imaginist

想象另一种可能

理
想
国

imaginist

土广寸木

魏思孝 著

北京日报出版社

图书在版编目(CIP)数据

土广寸木 / 魏思孝著 . -- 北京 : 北京日报出版社，2024.4

ISBN 978-7-5477-4935-7

Ⅰ . ①土… Ⅱ . ①魏… Ⅲ . ①长篇小说 – 中国 – 当代 Ⅳ . ① I247.5

中国国家版本馆 CIP 数据核字 (2024) 第 077356 号

责任编辑：姜程程
特约编辑：黄盼盼
封面设计：少　少
内文制作：陈基胜

出版发行：北京日报出版社
地　　址：北京市东城区东单三条 8-16 号东方广场东配楼四层
邮　　编：100005
电　　话：发行部：(010) 65255876
　　　　　总编室：(010) 65252135
印　　刷：山东韵杰文化科技有限公司
经　　销：各地新华书店
版　　次：2024 年 4 月第 1 版
　　　　　2024 年 4 月第 1 次印刷
开　　本：850 毫米 × 1168 毫米　1/32
印　　张：12.5
字　　数：240 千字
定　　价：68.00 元

如发现印装质量问题，影响阅读，请与印刷厂联系调换：0533-8510898

推荐序　怎样的村庄？

赵坤

“土广寸木”是村庄，一座叫“辛留”的村庄。辛，是辛酸的辛，也是辛苦的辛，看起来有点像幸福的“幸”，却差着几笔，像是隔了万水千山，总也越不过去。

在北方，这样的村庄很多。几个世纪的村史，村志却不足百年，在东西方哪一种文化结构的标准里，都算不上文明。短略的村志中，鲜见体面的世情人物，往往稀疏的几笔行状，就概括掉百年来全部的地方史。而那些隐没于历史背后、并未获准进入的乡土人生，因为普通得没有名字，仿佛从来未曾存在过。如果历史叙事的“整体性”框架无法兼容个人，那么在这一框架里，历史的主体显然不是人，是语言。

历史学的暗处，是文学之光照进来的地方。魏思孝《土广寸木》的悲悯之处，在于将历史的主体确定为人，将人从语言牢笼中解放出来。为此，魏思孝甚至重新整饬了当代乡村的记叙方式。他以上下篇的结构，全面包罗金岭镇“辛留村”的时代图景；又在分述的格式里，对乡村经验与生活细节进行细致的描绘。其中，上篇冒着人物角色多、情节分散的风险，呈现出微观视野下乡土的芸芸众生相；下篇则借重“老付和我”这对普通的母子，观察乡村在当代时序下的生活运转。上下篇在结构上互为补充，全景式地记叙了当下乡村的真实景观，以及乡土人生的命运遭际。

小说里，开篇便提及的县志和村贤，是作者冒犯现代性逻辑的开始。作为当代乡村生活的典型，辛留村里的几代村民，亲缘不出五服，三两个大族姓，关系未必亲密却深知对方根底，谁家亡老谁家丧子，谁家新妇的沾亲带故，都是瞒不住乡邻四野的秘密。由此形成的乡村生活逻辑，既依循着世代的积习，也为时代所左右。故事从食物写起，蒸馒头、劣质肉酒局、年货的粮油调料……辛留村的餐桌上，闻得到呼兰河的味道。刘长生蒸馒头的麦香气尚未散尽，人就已经凉透了，民科的养生学混合乡村亚健康的生活方式，小说的开端，充满乡土生活遭遇现代性的惶惑。王强家的酒局，召集了东超、李宝几个勉强糊口的失败者。集体凑份子的下酒菜和庸俗无聊的话题，暴露了人到中年极端的精神困顿，尤其是相互寻找对方人生结痂处的无意识心理，让阿 Q 的子孙们失去了最后的体面。更年轻的一代，红岩、大庆和同庆的儿子们，他们的人生几乎再没有什么可选项，勒索父辈，或出卖体力，有限的未来困扰着同时代青年，更为难着他们。迈出乡村，意味着更长的工作时间和更艰难的生存环境。这些乡村年轻人，已经不再有父兄辈关于食和性的强烈欲望，他们关于未来仅有的想象，只剩下“摩托车灯前的一小块明亮”。或许积满历史岩层的村公社礼堂可以作为象喻之物：随空间的时间化，从抗美援朝的神圣礼堂，到市场经济的色情兜售场，在马斯洛的精神层次图谱里，三代乡土人生的精神追求，一度呈现出断崖式的下跌。

当带有自传身份的人物卫华邦从历史的垃圾堆里翻出《天南地北临淄人》，他小说内外统一的写作者身份，也自动将当下的现实接续到历史之中。“背井离乡拼搏只是少数勇者（能人）的选择”，历史留下的经验被现实反复验证着，辛留村似乎只有赵长青和刘雄走了出去。他们通过军转或考学，完成身份的转换，勉强为下一代做了托举。而大多数人只能滞留在乡村，被限制了发展，过着“没有体面的生活”。怨谁呢？权力、资本、时代转型、现代性的劫掠，或农民自身的局限性……？似乎只有承担过乡村启蒙教育的幼师王爱芝对此做过一点反思，而她的反思，也稍纵即逝。

这是只有出身乡村，并始终未曾离开乡村的作家才能意会的。乡村主题最早出现在《豳风·七月》的农事诗里，后来演变成失意文人寄情的田园诗，都是缺少真实体验的旁观或想象之作，只见森林不见树木，没有乡村生活，也没有乡村人。直到宋代兴起了地方志，乡村开始全面进入记叙的视野，虽然只关注少数的精英楷模，但总算有了乡土人生。新文学的变化是，写作者的乡土身份以及乡村生活经验，借启蒙之镜，扭转了传统的精英取向，推翻“民可使由之，不可使知之”的帝王价值观，发现了那些被遮蔽已久的广大的、沉默的、鲜活的乡土之民。《土广寸木》挑战的是传统对于乡村的想象式书写，不以戏剧性的“乡村进化史”或“农民成长史”美化生活，也没有刻意的丑化夸张。在乡土脸谱化的类型描述之外，魏思孝选择了鲁迅式的现实主义，严肃地表现出乡村的真实图景和艰难民生，沿着新文学乡土小说的传统，还原乡村普通人的日常生活，有悲有喜，有烟火气息。

位于北方小城之郊的辛留村，长期恶劣的经济环境使乡村的道德感让位于温饱。人伦关系从古老的乡约转移到新的经济原则。大到乡村选举，小到家族纠纷，几块钱就能破坏村庄的社会关系。那些拮据而卑微的农民，长期忍受着生活的折磨，以虔诚的态度对待土地，却未能获兑勤劳致富的允诺。在逐渐失去的耐心里，乡村的性格也变了，变得暴躁、易怒、泼辣、冷漠……老付快七十岁的人，为田里旱透的玉米种人工背水，体力透支后还要犹豫，吃粥时撒上一把白糖，算不算罪过。赵长青的母亲不小心打翻一盘新磨好的豆腐，被丈夫敲头致死。感受到屈辱的刘国富，转过头去欺负更弱小的妻子。任霞一家亲兄妹因为算账反目，被对方施以最恶毒的诅咒……在形势、境遇、选择等各个方面，当代乡村村民的情绪，依然被基本生存抓牢。

好在，乡村还有温情流动的时刻。那些保留在民间的厚德传统、善意的涌动，结构出下半部的点点温情，平衡掉上半部现实主义的批判性，也丰富了当代乡村写作的边界与层次。下篇中，老付和“我”的乡土社会亲缘关系是结构的主线，将小说的焦点从上半部的乡村，过渡到普通的乡土人家。一月的饭局、六月的麦收、七月选举和十二月开会，乡土人家的四季轮回，对比古老的七月食瓜、八月剥枣、十月获稻，并未逸出传统的农耕时序，反而多了一重现代性的负担。小说中的结果显而易见，为消化这些“历史的负担”，乡村被迫磨出了铁胃，连温情都裹着硬壳。赵长青弥留之际重返故土，熟悉的老宅和健谈的街坊，都无法打开他的心灵，将死之人孤独的情感旅程，最终由他自己完成。冯爱月要去南京投奔子女，临行前来找老付说话。两个亲密不足、却有着半生交情的老姊妹，谁也不提年迈离家的辛酸或对都市生活的惶怵，她们只是守着火炉，嗑着瓜子，在有一搭无一搭的闲聊中，彼此抚慰。最动人的，还是老付和“我”。母子俩关心越深切态度就越凶，母子间的对话，经常以否定或反问的句式收尾：“让你老实在家待着，不听，非要出去干活，赚这点钱有什么用。”“我赚多赚少，自己花着便利，啥都指望不上你。”“你怎么样？”“我还向你汇报了。”……粗粝的态度和简化的语言，透着生活的辛酸和求生的智慧，也形成乡村独特的情感表达方式，在血缘的代际流动中，他们传递对抗生活的情感方法，顽强豁达、抗挫抗压。

情感认同会影响价值认同。作为贯穿上下篇的线索性人物，老付节俭、勤劳、能吃苦，快七十岁还要四处打零工，是充满韧性的乡土之子。而她中年丧夫，独自养大一双儿女，也随生活养成了强势、泼辣和小农意识突出的性格。她不关注乡村公选，但会对生活的不幸者展露同情心。她关怀将死的妯娌，也能在告别死亡之后，平静地掐断老化的丝瓜藤。老付和老付一代是给乡村托底的人，他们头顶风霜，安分守己，被儒教天下观入骨教化，挣扎在中国乡村的超稳定结构里，却依然乐天知命，有着顽强的生命力，任何生活的不如意，都能被一碗清炖鸡汤抚平。这是小说对于百年来乡土文学人物精神的继承与革新，在鲁迅、萧红、沈从文、赵树理、汪曾祺和莫言之后，魏思孝表述了当代乡村对于苦难的承受力，以及乡土人生惊人的自我修复能力。有别于二十世纪遗留的新旧文化鼎革、反侵略战争、经济改革，当代要面对的新问题还有全球化、算法、生化危机等等。对此，《土广寸木》所展现的当代乡村生活图景和乡土人生的生命轨迹，是现代人的心灵感受，而那个古旧又清新的难题也再次被他打开：关于“世界是怎样，和世界应该是怎样”，今天，我们要如何辨析？我们是否还有辨析的能力？

癸卯年于中海润园

目 录

下　一年

上　局部

一　馒头

丘陵包裹下的这块方圆几公里的平地，历来因风调雨顺，在看天吃饭的年头，被周边的山民们嫉羡。虽有盗匪光顾的可怖传说，在亲历者们死去后，也少有人提及，只留下县志里的一行文字:“民国初年，军阀混战，民生凋敝。乡间匪患频仍，地方受害极甚。”但对山区的偏见，根深蒂固。娶妻嫁女，避之不及。十几年间，过去依节气庄稼生长而变换色彩的大片农田，上面盖起宏伟体面的厂房。有幸失地的农民，进厂下车间。农具被挂起，落满尘土。家中多了工厂统一分发的工作服、手套，以及顺回来的废弃零件和需要记住的有关安全生产的材料。五险一金，不仅是城里人专有的词汇，在村民的口中，和粮食的价格走向，一同被讨论。经济下行，工厂效益不好，后续的规划占地一再拖延。一些还种着地的村民，在农田和厂房间腾挪。基于对土地的尊重，觉得有地不种任其荒废有些可惜。他们心里清楚，种地的确没有账可算，倒不担心麦子的长势和收成，让他们面容愁苦的，是迟迟发不出的工资（一拖就是半年）以及越来越严苛的规章制度（动辄罚款几百）。

自村落形成之初，几百年间，屋舍在数不清的动荡和灾祸中摧毁又兴建，如今成排的砖瓦房是自二十世纪八十年代开始建造的，最初只有院墙和北屋，随着村民手里有了余钱，十几年间又陆续加盖偏房，天井浇筑成水泥地面，木窗换成铝合金。近些年，村民闻讯要拆迁，为多拿补偿金，用彩钢板罩住天井，算作房屋面积，室内漆黑一片，白天也要点灯。仍保留着过去院式的村户，已是少数。拆迁迟迟没有动静，他们有着更为宜人的居住环境。世事人情在错落有致的房屋间织造的巨网，让看似冷清的街貌固若金汤。从外观来看，屋舍并没有什么区别，过去是灰色外墙，先是建设新农村，统一涂成浅黄色，去年又打造美丽乡村，重新涂成白色。风雨侵蚀，墙面裂出道道缝隙。相比生计，这并不为村民担忧，砖瓦房足以再坚持十几年，等他们入土为安。

过去的土坯房，集中在中心大街的南侧，少有修缮，多半已坍塌。没倒塌的，也摇摇欲坠。几片红瓦盖在墙头，勉强立起几根木头支撑着外墙。雨水冲刷，土坯的墙体上留下道道浅痕，泥土垫高狭窄的胡同。野草丛生，成为黄鼠狼的栖身之所。残垣断壁间也有零星的村民还生活其中，多为老人。与孩子分家后，孩子住进新村的砖瓦房。他们自觉时日不多，老屋修缮一下继续住在这里。再等不到半个月，大年三十给老屋贴春联。大年初一早上拜年，这是一年中，老村最热闹的时刻。男人们穿上最为体面的衣物——西服、大衣、皮鞋，口叼香烟，领着同样焕然一新的妻儿，经过小巷，望着破败的屋舍，忍不住分享几句死去的乡邻、曾经的玩伴，反观业已衰老的自己，哀叹白驹过隙，对当下的处境不无懊悔。瓦罐的残片嵌在土里，内壁落了一层还没有化冻的雪渣。“破四旧”时，祠堂的石碑被捣毁，散落埋在各处。接续族谱，先人的名字拿不定时，虽石碑上有记载，也没人费力再挖出来一探究竟，只凭发音记上。如今，祖训早就没人记得，代替的是在中心大街两侧张贴的新时代标语——*爱岗敬业勤劳富，精打细算聚财富，遵纪守法健康富，家庭和睦同心富，邻里相亲互相富*。日头好时，老人们围坐在标语下面，晾晒行将就木的身躯。

张贴在门上的白纸和胡同悬挂的彩旗交替出现。婚丧嫁娶照常发生，哀乐和欢笑都无法延阻村民在晨光中出门讨活的步伐。人命不值一提，握紧在手的东西寥寥，日出而作是必须承受的。日光掠过田地、果园、柴火垛、商店、炼油厂、物流园。生活污水在水泥盖板下静静流淌，屋顶的太阳能随温度升高，不断喷发出蒸汽，犹如醉汉呕吐。通往村外的乡间公路，路面坑洼。货车沿路停靠，排队等候进厂。一座猪舍，因赔偿没谈拢，沦为钉子户，公路被其分割成两条斜路。几年过去，养殖户搬走，和猪舍一同被遗弃的还有路口的村碑。碑身爬满枝蔓，拨开后，那些有关村庄来历的大段碑文上覆盖着“小额贷款”的喷漆广告，更加难以辨认这些经年累月风化的字迹。仅存的几块农田，村民站立其中，未完的农活让他出神。土地被轮番地耕种，仍保持本色。种子出土，禾苗生长，挂穗结粒，收割入袋，一如此地生死往复的人们。

相较归为尘土的祖辈，后代们对待生活的态度，没有多大改变。能糊口的年岁，在数百年的村史中，只是不起眼的一瞬。基因中对饥饿的恐惧，让他们始终不能相信，吃饭不再是问题。他们对粮食的态度依旧虔诚，这从农忙晾晒小麦、玉米时俯身仔细捡拾地缝里的粒子可见一斑。年轻人的抱怨，总会让父辈不屑，絮叨过去吃糠咽菜的日子。脱离基本生存的苦恼，在这里没有供其滋生的土壤。能吃饱饭，就该知足。不论是电视还是手机里所呈现的外面世界的光鲜和浮华，都可归类为是骄奢淫逸，让此地牢固的生存哲学——勤恳、本分、吃苦、节欲、忍耐、少言，有些细微的松动，但绝大多数后生们，进城被社会的铁网筛选，沦为杂质，到头还是要回到村里，进入工厂，穿好工作服，以劣酒做伴。最终明白一个道理，在一己私欲面前，妻儿老小的胃口更为重要。

这块弹丸之地，四季交替，雨雪飘落，人如虫蚁疲于奔命，到头来两手空空。你或许开始明白，留下来在这里生活的人们，并不是对此地有多么热爱和留恋。不可否认，这片祖辈开垦并踞此繁衍的土地，接纳着他们卑劣的出身。不论你是否有顽疾在身，还是愚笨无能，这一亩三分地，就是你的家，亲友对你伸出援手，也让你品尝世态炎凉。从学会走路，到被农活压弯脊梁；从姑娘洞房花烛时的羞怯，到在亲属出殡时大哭做戏。别处的富足和繁华入眼，也只会让你置气般道出一句：哪里都没这里好。找补自己缺乏冒险精神，没有去外面闯荡一番，混出个人样衣锦还乡。你不舍自己的破屋，只因，这里就是你唯一的栖息之所。

年关将至，腊八日这天，村民把蒜瓣泡进醋坛，等年三十饺子蘸醋。集市上，商贩摆出春联和福字。磨坊门前，排着等待磨面的长队。相比买鱼割肉等大笔的开支，手头拮据的老年人更坚持用自家粮食磨出的面粉蒸馒头，表达对年关的重视。也没有什么比得上端出亲手蒸的白面大馒头让客人品尝，更能显示自己的待客之道。从儿女施舍的生活费中，再抽出一部分，包成寒酸的红包，交到孙辈们的手中，总归是欠缺底气的。尽管馒头这类碳水化合物，早已被他们列为阻碍自己塑身大计的垃圾食品。

等大年三十的饺子一吃，刘长生再被人问起多大时，就能理直气壮地说自己七十了——农历才是他们认定的记岁方式。他心里盘算，亲自放除夕的鞭炮。这对患有眼疾的他来说，并不是件容易的事。刘长生悲哀地想到，除了自己，大概已经没人在意，父亲老刘也就活到了六十九。漫漫的十几年间，隐形的寿限如刽子手紧握的刀，悬在他的头顶，提醒自己是否能挨过去。迈过七十这道坎，八十七也就不那么遥不可及了。母亲这辈子，缺衣少穿，都能活到八十七，就现在的生活条件，用刘长生的话来说，不多活几年，对不起党，更对不起每天吃下去的饭。

刘长生自十三岁的一次高烧后，眼睛看东西就模糊了，无法用墨斗在木板上打出一条直线，锯出的木条像狗啃过的（刘父语）。他只能用手去感受刨子打磨的木板是否光滑。视网膜受损，求医无果后，刘长生断了子承父业成为木匠的念想。双手垂下，过去的伤疤慢慢愈合。耳朵上常夹的那半截铅笔，同样无法用于写字。不满二十，刘长生已近半盲。弟弟成为木匠，独立去外面揽活时，他也领到了政府盖章的二级残疾证。在父母的操持下，他认识了侯家屯的李兰香——却从未看清对方的长相。李兰香因小儿麻痹症，右腿发育不全，右手内卷无法伸开，自学会走路后如中风的老人，对刘长生也没本钱挑剔。成亲时刘父打的桌椅板凳，还摆在家中。现今，人们在手机上刷到有关榫卯结构的视频，惊叹古人的智慧，才短暂想到这片国度曾有过木匠这门职业。刘长生也早就对眼疾释然。眼球灼烧，见光流泪。村民不清楚刘长生何时戴上的墨镜，几十年过去，镜腿早就坏了，用以固定的铁丝也因生锈更换了多次。他坚持不用拐棍，走路步伐试探，一心想撕掉“瞎子”的标签。家里没钱，锅里常年不见油腥，儿子交不起学费，刘长生也学过《周易》，尝试以算命为生，学艺不精，只能对照时辰勉强列出八字，在集市上摆摊数日，碍于羞怯的性格，面对乡邻的质问，说不出什么场面话。

当年般配的残疾夫妻，如今步入暮年。独子刘亮四肢健全，念完初中，在城里打工时认识了父母皆为国企职工的儿媳，没要彩礼，为他俩生了孙子。刘亮常年不回家，虽没说透，也算是倒插门。刘长生独自一人时，以抚摸儿孙的相片来缓解难挨的思念。刘长生和李兰香在家里捡拾废品、叠纸壳，没有外出工作过，三亩地也从未精耕细作。对比村里的同龄人还在为孩子的房贷操劳，他俩领着低保，一生节俭，确实可以用“衣食无忧”来形容，也切实感受到了党的恩惠。

北风狂刮几日，天空湛蓝。刘长生俯身在树林里，后背状如一块黑炭。捡拾完一捆枯枝，他起身，仰望天空，墨镜前方一片污浊，不见直冲云霄的树群，只听到有只乌鸦示威般的叫声在呼啸的风中显得软绵无力。刘长生抱着木柴，沿来路返回。光亮平实的小道，能横穿这几亩林地，也有他的功劳。地头的独轮车上已放满干柴，刘长生把手里的这捆堆到上面，在车把处空抹几下，抓住绳子，绕过柴堆，穿进车头的铁扣，又绕回，在另一个车把处打结，不顾地上遗落的几根，推车离开。出坡，上了公路，小车不再摇晃。靠路边，往南走。他仔细听着是否有机动车经过，几百米后，拐进小路，经一排砖瓦房的屋后，到第一个巷口，一个人影正站在四个绿色的垃圾桶间。唐秀云喊道，长生，搭把手，把垃圾桶倒过来。刘长生问，为啥？唐秀云说，不知道谁他娘的往里面扔的楼板，死沉。刘长生笑了下，我能搬动，也不帮你。

唐秀云望着刘长生离去的背影，站在原地，气得没好意思说出的话，在这天上午，陆续对经过的几个村民说了出来。这个死长生，一个村的，让他搭把手，他说搬不动，我也不生这么大的气，能搬动，也不帮我，这是瞧不起人，别人瞧不起我也就算了，他刘长生算个什么东西，死不出好死。同样的话，进了不同村民的耳朵，反馈不同。王有福来倒炉渣，帮她倒出楼板，喘着粗气说，就他这点小米粒，跳起来还没你高，眼又瞎，楼板砸到他，再讹上你，你一年白干了。又说，你也是不看事，非要问他，你再等一会，我不就来了。从村委拉回桶装水的付英华，边听唐秀云说，边撇嘴应和道，你看，这就叫老实人，不会说乖话，他要是扯谎，不是不想帮，自己年龄大了，腰疼搬不动，就不是他刘长生了。她俩又琢磨，刘长生到底为什么不搭手，是和李兰香吵架了，还是他儿子小亮在外面出什么事了，不会是要闹离婚吧。又说，当初这门亲就门不当户不对，也不看自己什么家庭条件，还找了个城里的亲家，能在人家面前抬得起头吗？朱丹芝骑电动车过来，听完事情原委，抱怨说，这个刘长生，一天给我打八遍电话，问低保啥时候发，我就是个妇女主任，镇上的钱，又不是我做主，我都半年没发工资了。又对唐秀云说，他不是冲你，是对政府有意见。唐秀云说，这个死长生，人活不干，政府还一个月给他七百多，我整天扫大街，一个月才五百，半年都没发了，我还想找人出气呢！

饭屋不足十平方米，柴火垛占去多半。灶台有两个坑，一个放大锅，一个放小锅。自用上液化气，小灶台就用不着了。不用液化气蒸馒头，省气是一方面，主要是小灶台受热不均，不如在大锅上添柴蒸的好吃。几十年间，粉刷的石灰白墙早已熏黑。灶王爷贴了一年，脸上落满灰，过几天就下岗了，他坐南朝北，透过窗户，见刘长生推着车子进院。堆好柴火，刘长生把砖头压到锅盖的提钮上，左右找准，让砖头在上面保持平衡。他撕了把苞米皮，点燃，塞进灶口，趁火势旺，掰折几根树枝，扔进去，火被压小了点，又添进一把苞米皮。浓烟顺着灶口出来，刘长生往后靠，背被树枝顶了一下。每次烧火，烟往外冒，刘长生就想起卫学泉。当初找他垒的这口灶台，灶膛偏浅，烟总往外出。虽说卫学泉没要钱，白帮忙，可也管了他一顿饭。三年前，卫学泉死了。这三年，刘长生的埋怨里也多了份怀念。他俩同岁，从小一起长大。刘长生记忆中卫学泉的样貌，还停留在十三岁。卫学泉的丧事上，刘长生负责在饭屋里烧水——他也干不了别的。卫学泉给自己家搭的灶台，不往外冒烟。这个不冒烟的灶台，卫学泉也没用多久。他搬进政府建的扶贫房，不出半年，就查出了肺癌。

老年机准点报时：现在是北京时间上午十点整。寥落的阳光从屋顶烟筒旁边的通风口斜入，蒸汽滋滋往外冒，灶膛将刘长生的脸面映衬得如喷上红漆，他又把一根粗壮的木棍扔进去，等它燃尽，余火及锅里的蒸汽，足以让馒头熟透。他手扶住灶台边沿，缓慢起身，不至于晕头。刘长生从广播里听到，他这样嗜吃咸菜的老年人，是脑溢血的高危人群。专家讲的一些养生小技巧，他都记在心里。

晚上入睡前，他和李兰香平躺在床上勾脚，疏通血管。这个习惯已经坚持了十余年，其间他们见证了不少村民脑梗，并窃以为，这些人只顾拼命劳作，就是因为不懂这个简单的养生之道才如此。而他也无意传授此道，以秘籍自守，也不让李兰香外传。被子里的棉花已经板结发硬，盖在身上，如同硬纸壳。大衣橱里还有几床儿子结婚时缝制的棉被，只等儿子一家三口回来住时用，孙子都八岁了，也没有派上用场。鲜红的被面，图案龙凤呈祥，更适合出现在民俗展览上，而不是取代儿媳挑选的太空棉被盖在身上。儿子多次让李兰香把陈被子扔掉，盖新被子，只是他俩并不认为自己衰老的肉体有资格享用。李兰香拖着脚进门，见刘长生正把两床被子搭在天井的铁丝上，忙说，你还长眼神了。刘长生说，你还知道回来。

掀开锅盖，蒸汽如核弹爆炸直冲屋顶，又迅速沿屋顶扩散、下沉，像下了场大雾。馒头饱满如肥沃的坟堆，齐整挤满大锅。李兰香拿着菜刀，沿边切割一圈，指挥刘长生提起箅子，反扣在案板上。李兰香揭开笼布，用刀刃，把馒头一个个切离。刘长生问，今回馒头蒸得怎么样？李兰香说，你啥时候蒸得不好了，要不是你，咱家还能吃上这么好的馒头吗？刘长生嘿嘿笑，嘴里蓄满口水说，给我掰块。李兰香说，你这就做不了主了。说完，把粘在锅沿的一块皮，递到他手里。刘长生填进嘴里，认真咀嚼，咽下去，又回味了片刻，忙说，赶紧给小亮打电话，让他来拿馒头。又骂道，他娘的，还是自己磨面蒸的好吃。李兰香说，你没出息的样，吃个馒头，就知足了，回来拿几个馒头，还不够儿子来回油钱的。刘长生说，外面卖的那些馒头，白给我，我都不吃，自己蒸的多筋道。两层篦子，二十多个馒头，铺满整个案板，一个个饱满、滑溜，冒着热气，泛着天然的浅黄色，手指摁下去，能把人弹出去八丈远。这天中午，刘长生和李兰香怕吃别的混淆了麦香的味道，干吃馒头。边吃，边忍不住笑。李兰香说，什么叫没出息，咱俩这就是，吃馒头，都吃得这么起劲。刘长生说，你饭量不小。李兰香说，松下裤腰带，还能再吃一个。刘长生说，你要想吃，我陪你再吃一个。李兰香说，掰开一个，一人一半。

刘长生不合群，家里没有智能手机。村里的大喇叭早就停用了，公家主要在官方微信群发布消息。自从不用做核酸，这阵子比较冷清。过去的几天，李兰香发高烧，没出门。今天上午，李兰香出去串门，打听到了不少事：一、今年，村里还分福利。除了花生油、大米、面粉，和往年不同，不分黄花鱼了——过去几年分的都是陈鱼，不好吃，还有臭味——改发调味品。刘长生点评道：这些当官的，还算干了件人事。二、昨天，曹家成地里的一棵杨树，不知道让谁给砍了。他昨天在微信群里骂，三天之内，要是不登门道歉，他天天在群里骂。还说，骂出正月，他都不会重词。刘长生点评道：他娘的，曹家成也不是什么好东西。以前生产队，多穷。毕忠山的两颗白菜，放在门口。转眼，他拿走了。拿走了，还跑不快，让毕忠山拿锄头在后面撑。你当然不知道了，那时候你还在侯家屯。他缺德事没少干，别看现在六七十了，还玩手机上网。除了骂几句，我看他也没别的本事。三、好多人在卫生室排队打针，都是发烧的。王延安怕感染，躲城里，半个月没回来了。他儿媳一个人忙不过来。刘长生点评道：就他娘的还是医生呢，这和打仗当逃兵有什么区别，还跑到城里，城里人就不感染了？他城里的房子，还不是那些年药里兑水赚的。我看他早晚的事，肺癌这么多年，还没死，这次也该轮到他了。四、于春花家的狗降了，一共四只。问李兰香要不要。刘长生点评道：不要这玩意儿，有啥用，看门护院，有钱的怕被偷，咱怕啥，养这玩意儿还得整天喂它吃，不够麻烦的，你还想养大了吃顿狗肉啊。

批阅完"折子"，刘长生一脸满足，吩咐李兰香趁着锅里的水还温着把笼布洗了，双手一甩，走出大门，来到街上。晌午头，空无一人。他在道中央走着，如巡视一般。想到许久没去老宅，刘长生走进老村。土路硌脚，他扶着墙壁，手指划过，一层土在身后纷纷落下。走过墙体，手掌悬空，他挪到土路对边，扶着篱笆，上面的铁丝疙瘩，在手上留下几道划痕。刘长生缩回手，张开双腿，如铁裆功研习者在下体悬挂着一摞砖一样，向前走着。老宅的外墙只剩齐膝高的土堆，大门扎着篱笆，不是防人进出，只是提醒人们，这还算是一户宅子。门板几年前已经拆卸下来，放在新宅里生灰。这一切并不妨碍远去的旧景在刘长生的脑海中清晰活显。他进院，站在荒草丛中，凄凉感一瞬间充斥心脏。空心砖堆砌的房屋歪斜，除了拿来养殖家禽，别无用途。刘长生顺着空心砖摸去，在凹槽处，被硬物戳了下，手指简单抚摸两下，不用贴在眼前辨认，就知道这是他少年时曾用过的墨斗，后又作为玩具陪伴儿子多年，完全失去用途后不知去向，如今落回手中，墨斗一头压扁，齿轮上的线圈脱净，空隙处被尘土填满。他折了根木枝，蹲着把墨斗剔除干净。阳光已从身上移走，刘长生蜷缩在房屋的阴影中，寒意入骨。

不知何时，刘长生开始高烧，汗水浸透棉被，重如千斤，压在身上，使他动弹不得。昏迷中，他感觉全身布满墨斗打出的笔直交错的黑线，一把生锈的木锯沿线切割，肉末横飞，鲜血喷溅，肢体如积木散落一地。墨斗失而复得，只过了一宿，就成了遗物，又被李兰香当作垃圾扔掉，出现在村北的垃圾桶中。李兰香起夜，在房门的污水桶里尿完，回到床上，见刘长生一反常态没有跟着起夜，上炕后，她把手伸进被窝，湿了一手，以为他尿失禁了，用力推了几把，见毫无反应，又把手伸进去，身子已经凉透了。李兰香先给儿子打电话，一直没人接。等刘亮看到母亲的来电时，李兰香正行走在村中的胡同，因腿疾，上身侧着如匍匐的士兵。昏暗中，远观又如一辆老式的蒸汽火车头，铁轨颠簸，只能顿挫前行，头顶吞吐出大团的热气，努力追赶虚弱的天光。几颗冷清的星星点缀在墨蓝的天空中，李兰香敲了三户门。其中，三爷得知侄子刘长生死讯，隔着铁门叹了口气说，死得不是时候，我这一把老骨头，做不了主了，你们看着弄吧。她又敲王俊的家门，狗叫了半天，他才披着袄出来，开锁，敞开门缝，为难地说，我这高烧三十九度，浑身没劲。李兰香望着他一米九的庞大身躯，埋怨道，当初让我们选你当委员，你身上倒是一把子劲儿，现在你叔人没了，村里就不管了？王俊说，婶，你放心回去，我联系人，不管怎么着，先入土为安，特殊时期，就别那么多的讲究了。李兰香站在小叔子的门前时，额头已经急出一层细汗，拍打铁门的力道也大了些许，把先前的怒火，发泄在自家的身上，沉闷的捶鼓声，引起一阵此起彼伏的狗叫。始终没人出来，她透过门缝，大门底下没有电动车，意识到，两口子上夜班，还没下工。又穿过两个胡同，李兰香本打算去找刘功名，作为族里的账房先生，他的话分量重，由他出面更为妥当。她费力走了几步，拐进刘功名家所在的胡同，见悬在半空中正飘扬的几串小红旗，想到三个月前，刘功名的孙子结婚，刘长生执意只随一百块钱的份子，虽说没去吃席，但惹得刘功名对旁人说，长生的眼里，看不出远近，觉得村里有了治丧委员会，用不到我，不把我当回事了，我看他以后还求不求我。话经别人的嘴巴，传到李兰香的耳朵里，又进了刘长生的心，兑换出一句，他娘的，我看到底谁先出的殡。这句话，在刘长生死后的几个小时，无比清晰地萦绕在李兰香脑海中，让她站在刘功名的门口，流下了泪水，为丈夫感到委屈，仿佛代表着他的这一生，发愿和诅咒，到头来只能中伤到自己。此后，李兰香还要继续活十几年，在她的心中，这句刘长生死前三个月说的话，倒像是他的临终遗言。李兰香和刘功名一家也不再犯来往。李兰香返路回家，热泪流到脸颊如冰碴一般，刺耳的手机铃声响起，她没有掏出来看一眼，任凭儿子在另一头着急。铃声响了一路，家犬们隔着墙，也跟着叫了一路，声势之大，如送葬的队伍。

唐秀云和刘长生两家，不沾亲带故，也不是一个生产大队，从祖辈起，人情上一直不来往，各自家庭过往婚丧嫁娶的账本上没出现过对方的名字。这天上午，唐秀云走进刘长生的家，把二十块挽金交给李兰香。刘长生没被放进棺材，在客厅躺着，身下的门板正是老宅大门的其中一扇。他也没穿寿衣，身上盖着新鲜的棉被，龙凤呈祥。他脸上覆着黄纸，等着至亲的人来奔丧，见最后一面。那时，他们会发现，摘下墨镜的刘长生，眼眶处皮肤白皙如京剧里丑角的装扮。唐秀云站在门口，对刘氏本族的几个男的，说出心中的疑惑。一、怎么不设账房？不设账房，是治丧委员会的那几个老头，都不敢出门。二、怎么就扔在那里，棺材呢？没把刘长生装进棺材，是昨晚和他一同死的，还有九十岁的毕忠山。他比刘长生先走一步，儿孙从村委把唯一的棺材拉走了。三、长生也不穿老衣裳？镇上的寿衣店断货了，刘长生没穿寿衣，也没盖奠布。四、啥时候发丧？殡仪馆的车今天没空，明天也说不准。何时发丧，也没定下来。又说，幸亏是冬里，多放几天也臭不了。唐秀云问，咱村的赵传礼不是在火葬场上班吗，问问他。众人说，他就是个看大门的，管个屌用。赵传礼确实不管用，他的这份清闲的火葬场工作，也有赖于他那在区委组织部的外甥。不过，现在的情形和平时不同，就是找他外甥，也排不上号。

这一周多来，火葬场人手短缺，赵传礼也不只是看大门，还被安排去抬尸送炉。停尸房里的冰柜抽屉早就装满执意要举行告别仪式的逝者——他们多为退休的领导或是有些社会地位的人，并不心疼一天两百的停尸费，想等这一波过去，借此把过去送出去的份子钱多少捞一点。放不下的尸体，便直接码放在告别仪式的大厅里。起初的几天，运来的尸体还都装进黄色的裹尸袋，从远处看去，如美术课上孩童们画出的整齐色块。为方便辨识，裹尸袋的正面用黑色的记号笔写上名字。慢慢地，有裹尸袋的尸体火化后，再运过来的，都是用自家的床单替代裹尸袋，颜色各异，或站或坐守在一旁的亲属，像是守着一张张闲置的床铺。两个火化炉，一个小时火化一个，一天二十四个小时，日夜不休，一天也就能烧不到五十具。八个前线员工，病倒了四个，赵传礼补缺，很快也发烧了，领导许诺补贴翻倍，他咬牙上岗。虽说在火葬场待的年头久了，习惯了生离死别，可面对密麻的尸体，赵传礼嘴里像吃了屎，左右不是滋味，戴着三层口罩，也挡不住尸体散发出的苦锈味。抬了半天尸体，他适应过来。死的人多了，也就不算是死了，仿佛被包裹的并不是同类，心里告诫自己，是一团被褥。再后来，高烧让他脑袋空空，头重脚轻，多走一步，都出一层汗。把尸体放上担架，都要歇半天喘口气。死者的家属们，面对满地的尸体，悲痛被消融，或是一个人的悲痛，被在场的其余人共同承受。幸福是比较出来的，痛苦也是。看，并不是只有我死了亲人。他们加入运尸的队伍，尸体火化后自动退出，后面的亲属补入。赵传礼也终于能歇下脚，吃下他们给的布洛芬，回到保安室去小睡片刻。如此，过了一个多星期。一切恢复正常，赵传礼继续看门。

唐秀云回到家，换上工作服，把扫帚放进三轮车斗，骑到街口，继续扫大街，碰到有妇女经过，就把人喊住，主动说起刘长生，先是一脸懊悔，又说，我是咒他不假，那也是气话，谁还不说句气话了，早知道长生这么听话，我就不说了。付英华笑说，秀云，以后看谁还敢惹你。她深叹出一口气，我要说话那么管用就好了，真是该死的不死。旁人问，你说谁该死？唐秀云扔下一句，反正不应该是长生。

几天后，从西伯利亚跋涉而来的寒流，在午夜到达这块丘陵包裹下的洼地。天刚蒙蒙亮时，细碎的雪花从淡灰色的天际飘散而下，被呼啸的乱风吹到犄角处，松散如春天的柳絮，没有积攒成堆，也没有立刻融化。村里的墓地，几处空闲的墓等到了主人，其中一处是刘长生的。大理石盖板下面，用红砖堆砌的穴，能齐整存放两个骨灰盒，贴近西侧的那个包裹着红布，旁边已预留出李兰香百年后的位置。按照风俗，安葬当天，由儿子刘亮代劳，李兰香当然没有亲眼看见这一切，但她反复叮嘱儿子，穴要平整好，盖板也压结实，不要进风灌水，让你爸生气。刘亮在妻儿的见证下，双膝跪地，撅着屁股，手持瓦刀，将墓穴四周遗留的水泥残渣刮净，用手捧出来，并用瓦刀压实土面，泪珠落下。放进骨灰盒，盖上瓷板，他憋足气，吹了几口，又合上沉重的大理石。四下看去，严丝合缝。这是刘亮对父亲最有耐心的时刻，不顾一旁的妻儿已被冻麻。

刘长生入土后的当天，刘亮把李兰香接到城里。天气预报中的大雪，再次落空。晚上，李兰香坐在客厅，当地电视台的直播画面中，与此地相隔五十里外的山区，大雪纷扬，无数座山丘一夜白头。夜里，李兰香躺在床上，烟花升空，恰好在十楼外的窗口炸裂，色彩斑斓。十几公里外的村里，村民也在提前欢度春节，烟花摆在大街上，点燃，升空。李兰香心里雪花飘落，已经积压了厚厚的一层。

临近春节，唐秀云是村里最忙碌的人之一。村民清扫屋舍，把积攒一年不用的物件扔掉。环卫公司的垃圾车，一天拉两次，四个垃圾桶不够用，不到天黑，又被装满，一些破烂只能扔在地上。大小胡同，前后足有大半个月，总有收拾不完的烟花和鞭炮皮。火药燃烧，在水泥路面上留下的点状污迹，直到李兰香过完年回到村里，走到街上，还清晰可见。在街上晒太阳的妇女们，见她回来，喊住说话，摆出交心的姿态，客套没两句，就说，你家长生，死得不凑巧，春节福利少了他的，大米、花生油、调味品、面粉，加起来怎么着也有两百块钱吧。李兰香没接话，挎着的包也没放下，站在那里看她们的狗嘴里还能吐出什么形状的象牙。有人又说，我听说，这些福利，早就定下了，有你家长生的，被某些当官的给贪了。有人插言，就差那么几天，不给福利，没点人情味。面对这些不忿，李兰香还是一言不发。众人自觉无趣，又说，兰香，你想开点，谁都有这一天。安慰的话语，让她们脸上神采奕然。推开屋门，二十多天没回来，地上还有黄纸燃烧的灰烬，一股从未有人住过的尘土味。李兰香掀开白布，簸箩里堆放的十几个馒头，已经起皮，裂出条纹。她拿起半块馒头，已经冻干，摁不动，便低下头，呜呜哭了出来。脑海中是刘长生掰开这个馒头，一脸满足的样子。

二　混子

艾庄的东南角，有一小片的厂房，主体为两排相对于民居而言高大的砖瓦房，在村舍与农田的夹裹下，有些陡然。此处原为村办的印刷厂，两台油印机，一台胶印机，十几个工人，主做印刷，给政府各单位印刷表格、票证和发票，承包了岭子镇大多数的印刷任务。到二十世纪九十年代初，市场大潮中，印刷厂考虑过拓展其他业务，比如印刷商品包装盒、教科书等。因资金有限，设备无法更新换代，加上不算复杂的人事斗争，终究没能更进一步。余桂莲在此工作到一九九六年，三十五岁的年纪失去了这份体面的工作，不过点纸钞的能力倒保持下来，尽管此后的人生中，让她点巨额钞票的机会并不多。十五年后，儿子定亲时，她经手的八万八的彩礼，大概是数额最大的一次。余桂莲两分钟不到就清点完毕，令在场的亲友赞叹不已，这才想起来，她曾在印刷厂工作过。那时，余桂莲已经五十多岁，曾经纤细的手指，在农活、洗碗、塑编等工种的磨砺下，手指粗壮，皮肤皱如榆树皮。相比岁月和劳作在她身上留下的痕迹，更令她备受煎熬的是几年后所遭受的儿子的婚变，以及独自抚养孙女，为儿子再婚以及偿还巨额债务的压力。

先是停工，后关门歇业，机器变卖。写着“合作印刷厂”的木质竖排招牌，从厂子的大铁门边摘下，由印刷厂合伙人之一的隽兆光带回家，挂在西屋小门边，正对着将艾庄和辛留村划为东西两村的乡间公路。二三十年来，路经此地的外乡人，都能注意到这块招牌，以及那个常年紧闭的小门，多少会疑心，这毫不起眼的乡野之地怎么会有一个印刷厂，却从没有人主动敲门询问，或是商谈合作。西屋存放着一台油印机的骨架，机身锈迹斑斑，已作桌台用途，堆放着一些杂物，既占地方，又不美观。老伴隔三岔五扬言要卖给收废品的，次次都惹来老隽的一句抱怨，这叫纪念。至于招牌，历经风雨，木板如长进墙里，家人也都习惯了。隽兆光还留着当初厂里印的名片，头衔为：合作印刷厂经理。老隽虽是农民，在这个逼仄的乡村中，一眼能辨析出其不同凡响的地方，肤色白净，梳着后背头，不论农忙还是平时，浅色（白或浅蓝）衬衣束在裤内。隽兆光扛着印刷厂的招牌回到家中，没有业务上的劳心伤肺，也没有了不必要的应酬，他很快发福，肚子外露，仍旧一副见过世面、气定神闲的做派。农活并不需要你思前想后，麻利和勤勉是必须的，好在老隽生育了两个儿子，身高皆为一米九左右，儿子们对农活不拿手，娶的妻子却都任劳任怨，是劳作的好手。

厂长姚尊法，五十多岁的年纪，也没心性再去折腾，以出租厂院为生。他先是租给一对外地夫妻，作为煤厂。春天，厂院里长出两座煤山。秋后，煤山被四里八乡的村民陆续拉回家。从煤厂到乡间公路，是几百米的土路，为进出方便，铺了几车石子。不出半年，来往的拉煤车把土路压出坑洼的车辙。煤尘飞扬，周遭的果园、田地蒙着一层黑。地方偏僻，道路深处，天气不好时进出困难。三年里，有两年赶上煤价下跌，生意不好做。第三个年头，煤厂歇业。这对外地夫妻，开着那辆破旧的三轮货车，装满家当，经泥泞的土路，猛踩油门，排气管冒出一阵浓烟，噔噔声中消失在路的尽头。已经没人记得他们的姓名，或许从来没人留意过。至于这对夫妻的长相，因他们常年行走在煤尘中，也已模糊。姚尊法觉得他俩不会做生意，他是房东，来买煤，一分钱也不给便宜。脑子不活泛，早晚关门。厂院又空出来，遗留下的煤渣混进大地，如刺青入肉，雨雪交替，也没有清洗出来。

当初，外地夫妻只租了厂院——用于存放煤炭，以及前面一小间偏房——当作住所。后面闲置的两排厂房，孩童用石头敲碎玻璃，进去翻箱倒柜，搜刮到一些崭新的记账本，拿回去写写画画或当引柴火。荒草齐腰，小动物在这里安家。到了夏季，十几棵梧桐树长满幼蝉的外壳，告诉众人什么才叫作金蝉脱壳。粉刷在红砖墙面上的安全生产的标语已经褪色，字迹的最上端是孩童们撒尿比高时的目标。那对外地夫妻走前租住的偏房，窗户完整，里面散落着没有带走的杂物，包括：张贴的挂历女星，炉台，扇门脱落的衣橱，钉在墙上的挂钩，耷拉下来的电线。墙角那个用砖头搭建的木板床，中间塌陷，后来又睡过一个流浪汉。有天，姚尊法路过，见屋子里冒烟，推门而入，流浪汉蹲在地上生火烧水。他光着屁股，血水从肛门滴答下来。老姚把他赶走，换了新的锁扣，满地污秽没空清理，留给后面的租客。

二〇〇一年，春天，村里冒出来四个河南人，都是男的，三老（五十岁左右）一少（二十出头），带着三只猴子，一公两母。公猴迟暮，虽无绳索加身，也没活力，总是如人叉腰般站着，满脸毛发中，那双浑浊的眼睛注视着周遭的一切，又深觉和自己无关。两只幼猴，整天像脚底板冒火一般，上蹿下跳，龇牙咧嘴，要没有套住脖子的锁链，早就一路跑回花果山。他们在厂院落脚，白天分成两队，到附近的村镇卖艺，敲锣声一响，不一会就聚起来不少人。上次有耍猴的来这地界，是什么时候，没人记得了。晚上他们回来，麻袋里装着村民给的麦子和玉米。也有钱，不多。后生负责后勤，生火做饭，主食面条，最多加个鸡蛋。两大罐咸菜，是从老家带过来的。夜里，四个人三只猴，挤在小屋里。姚尊法来一趟，见他们破衣烂衫，背井离乡讨生活不容易，没要房租。主事的河南老头说，都说你们山东人仗义，你和宋江也没差，就是比他白点。老姚隔三岔五过来，提着老伴种的青菜以及自己泡的药酒。有意无意间，话题从药酒转到类风湿上，引出他们分享这些年全国各地扒火车耍猴戏的事。他们不能坐列车，一来车票贵，二来也不允许带猴子上车，走南闯北就只能扒货车专列，运煤的拉木头的，碰到什么上什么。冬天去暖和的南方，最远过境到缅甸。夏天去东北、内蒙古等地，早些年还去过西藏。路上最难熬，连续数天在露天的车厢里忍饥挨饿，碰到天气不好，也没地方躲，每停靠一站，还要和铁路警察周旋，东躲西藏，被发现赶下车，重新扒车。老头指着后生说，一九九五年，他爸和我们一起耍猴，在杭州让火车轧成了两截。老头揭开上衣，露出胸部，指着肋骨处的一块凹陷，大前年，在长春，列车急刹车，肋骨捣断了好几根，碎得不成样子，取出来了。大城市的钱好赚，在澳门的半个月，每天进账两三百。大城市也管得严，在上海他们被市民堵住，喊来警察，告他们虐待动物。罚钱还不算完，带去的两只猴子也给充公了。还是农村人好打交道，体谅人。出门在外不容易，又是一番对眼前老姚的感谢。姚尊法并无多大兴趣听这些，望着那三只猴子，活动伸不直的手指。走时，他抱着空去大半的药酒瓶子，思量再三，还是说出了他散发善意的缘由。两千块钱，买下一只猴子。众人诧异，问他买猴子作甚。他晃着手，把从老中医那里听来的话复述了一遍，猴骨祛风健骨、活血，能治风湿痹痛、半身不遂。

五月份，麦穗饱鼓，河南人要返乡抢收。出来三个多月，沿着胶济铁路，先在济南的地界停了两个多月，又在淄博驻足月余，潍坊和青岛还没去。所去的乡镇，在艾庄这里待了最久，足有小二十天，不为别的，有姚尊法这处遮风避雨的小屋。乡民打赏的钱，已经提前从邮局汇到家了，积攒的十几袋子粮食，喊来收粮食的，也有上千块的进账。临走时，耍猴人看着姚尊法那双拧成麻花的手指，心里软了，把小母猴以两千块的价钱忍痛卖了。姚尊法把小猴子牵回家养着，一个月后，养出了感情，他没杀，成了家庭的一员，牵着走街串巷，成为村里的一景。小猴子走累了，就趴在老姚的背上。村民打趣道，老姚，你这是又养了个儿子。老姚笑着说，闺女，小棉袄。又过了一年，二〇〇三年，春天，闹非典。村里停了多年的大喇叭又恢复广播，整天让大家勤洗手，戴口罩，每天要测三次体温。养殖场成了重点照顾对象，三天两头有人来抽查卫生。姚尊法养的这只猴子，从过去村民眼中的稀罕物，沦为避之不及的祸首。这可是野生动物，还受国家保护，他整天养在家里，和好事一样。在村民的议论声中，姚尊法和猴子搬到厂院，紧锁大门，住进耍猴人住过的小屋。镇上的防疫人员来做工作，要把猴子带走。野生保护动物，你自己养着算怎么回事。非典，要死人的，你还跟猴子整天吃住在一块，新闻里整天在说，你就没长耳朵眼，对不起自己的名字。在城区教书的儿子也回来劝说，为只猴子，想让我丢工作？姚尊法从中午想到下午，一盒烟不够抽的。小猴子知道自己命不久矣，往他怀里钻，可怜巴巴看着他。他含泪拿着锤头敲碎了猴子的脑袋，抱着尸体窝在地里，痛哭不止。

这年，姚尊法六十岁，食欲全无，儿子送来的饭菜在木桌上生了蛆虫。一群鸟儿叽喳，他在床上辗转反侧，闭紧双眼，回避人间，却升到半空中，门口空地上的那棵大柳树，正笼罩在晨光中，不远处的大片农田，麦苗在安静生长，从南边延伸过来的水泥沟渠里，没有一丝的水流。他从没感到身体如此轻盈，视野如此宽广。胯下虽没有仙鹤可以骑乘，他也觉得自己成仙了。村庄寂静，或许他已经死了。(多年以后，当姚尊法全身长满老年斑，风湿病让他的四肢彻底成为摆设，处在弥留时，感觉自己如襁褓中的婴儿，还有耐心和毅力，把过去的八十余年再活一遍。真能如此，重样也没关系。)

后来，姚尊法每次见到孙世海，不管是否有外人在场，都说，小孙啊，我这条命可是你救的。每次，小孙都用浓重的蒙阴口音说，叔，言重了，您长寿。这并不妨碍，老姚收租时一分钱不能少，点完钱，说一句，小孙，咱一码归一码。厂院里的废纸壳堆积如山，孙世海没工夫和他废话，拉上腰包，继续点秤。有人问起孙世海，到底怎么救了老姚的命，他也说不出口，也不值得一说。那天，他骑着三轮车，收废品经过，见“厂院出租”四个大字，敲开屋门，目睹姚尊法躺在床上，误以为这是自己的同行——拾荒的。摇不醒，一摸头，高烧，昏迷。孙世海把姚尊法拖到三轮车上，刚出工，还没收到什么废品，地方倒是宽敞，经村民的指引，送到卫生室，两个吊瓶输进去，人又活过来了。

此前，孙世海在距此五公里的马庄收废品。从南山的齐鲁石化顺流而下的污水，常年充盈着河渠，散发着酸臭味。沿河渠几处搭建的棚子，都是收废品的。孙世海是其中一间的主人。每天早上，他蹲在河边刷牙洗脸，顺手泼进泛绿的水面。因道路拓宽，这些棚舍作为违章建筑，限期拆除。堂叔让他另起炉灶。七八年前，孙世海高中没念完，辍学在家。老家都是山地，分到手的地不少，不出粮食，多用来种桃。种桃辛苦，浇水剪枝，不是人干的。好歹也念过高中，父母不想孙世海走自己的老路，没文凭，有力气，这里厂子少，就去外面寻活路。孙世海先在厂里干活，不服管，一进车间，听到机械的嗡嗡声，心就烦，甩脸子，发脾气，他那条流水线出来的残次品超标。一个月的试用期没过，他被辞退了，后又跟着堂叔收破烂，走街串巷，四处吆喝，不时还能收来新奇的玩意儿，心情大好。收废品多自在，收多收少，全凭自己本事，进工厂和坐牢没差，成在旧社会给地主当牛做马了。至今，仍留在老家的年轻人寥寥无几。离老家两百多里地的这里，青壮年们散落在各个村庄中，成为当地人口中的蒙阴贩子。他们各自协商划片，以厂区为主，村庄为辅，垄断了当地人不屑于去从事的收废品行业。

自租下姚尊法的厂院算起，五年间，孙世海完成人生中的两个重要阶段——结婚、生子。儿子在这里学会走路，玩着废旧的轮胎、泥巴、纸壳，在冰箱、电视机间攀爬，度过了孩童时期。堂叔在岭子镇租了个院子，紧邻102省道。孙世海和堂叔分开后，开始收铁，成了钢铁厂的几个工人销赃的窝点之一。堂叔过去说的来路不明的东西不能收，他并没放在心上。前后一年多，钱来得快，孙世海的口气也大了，对妻儿夸下海口，回头就去城里买房子。案发，一共牵扯进去小二十个人。除了工人，收废品的四五个，皆为孙世海的同乡。堂叔跑前跑后，姚尊法听说了这事，找到在区实验中学当教导处主任的儿子，儿子又找到在法院工作的学生家长。孙世海取保候审出来，凑齐了十二万罚金，一审判了两年，缓刑一年，他没再上诉。

那几年，流年不利。二〇〇九年，全球金融风暴，华尔街的投行纷纷倒闭，波及国内，企业效益不好，陆续关门。堂叔回到老家，以拉货为生。留下的同乡们也都在考虑转行，以前不愿意进厂是怕拘束，如今是没地方招工了，去劳务市场就成了不多的选择。孙世海望着囤积了半个厂院的生铁，心有不甘，脑海中总是回荡着，儿子小时候常问的，一斤棉花和一斤铁哪个更重？生铁不值钱，砸在身上，觉得更疼了。时气好时赚下的钱，就这么如电磁炉开锅后的水汽飘走了。那半年，全家以清水挂面度日。姚尊法拄着拐杖来收租，见孙世海喝得躺在地上不省人事，对他老婆说，小孙，可是救过我的命。这次，他没提租金。老孙从蒙阴过来，骑着三轮车走村收货，从早到晚，感觉比种桃辛苦，主要是心累。

政府出台环保整治的政策，关停了一大批私人作坊和小厂子。废品收购站的生意骤降，孙世海和酒友们的饭局上，已经很少出现瓶装的白酒，纯粮酿造的白酒塑料桶喝完后直接扔在废品堆里，连发出的响声都是沉闷的。十余年间，在这个弹丸之地，孙世海乡音难改，还是一嘴的蒙阴口音。但大家都知道有小孙这么一号人物，耿直，卖力，容易打交道。他有几个固定的酒友。小董，当初盗窃钢材的工人之一。牢中两年，小董出来后喜欢上了喝白酒。他结婚，选在腊月寒冬，凌晨迎亲，孙世海裹着军大衣，站在货车的车斗，卖命敲鼓。不出半年，小董离婚。又过了一年，小董二婚，选在春天，孙世海还是站在货车的车斗，卖命敲鼓。小董的女儿，查出先天性癫痫。一周，小董至少有五天，下班直接来孙世海的废品收购站，简单炒两个菜，举杯对饮。小董喝多了，说得最多的还是他头婚时孙世海敲鼓的事，零下十几度，就他愿意受这份罪，仗义。小毕在艾庄开小卖部，废纸壳和饮料瓶都送到孙世海这里。他有小儿麻痹症，落下残疾，快三十了，没找到对象，一沾酒，就吵着让孙世海介绍对象，当地女的要求高，让他去蒙阴寻摸。又说，瘸腿也算不上大毛病。小毕撸起裤脚，提溜着树枝般的右腿说，要钱，也有钱。问他有多少钱。小毕只笑，不说话。孙世海每次回老家，都打开手机，找出小毕的照片给人看，一说到残疾，没人应声了，怎么也到不了相亲这个环节。一年又一年，小毕酒入肚，也不爱说话了。小范也是蒙阴的，入赘到辛留村，在盈科环保上班，爱干净，一年四季西裤衬衫，这也没能阻止老婆总跟着别的男人跑。老家回不去，孙世海的废品站成了小范的第二个家，起码能听到熟悉的乡音。

孙世海走时，小董、小毕、小范帮忙收拾东西。事后，孙世海拿出一个木箱子，里面装着这些年收来的心爱玩意儿。一件件拿出来，摆在地上，小孙咬了下牙，让他们三个随便挑。小董拿起一个沉香木观音菩萨吊坠，放在手掌不舍，半身有个缺口，好在面容完好。菩萨低眉顺目，甚是慈祥。他不由自主地闭上眼，双手合十，想着回去送给女儿，望她一生平顺，少受疾病之苦。小毕小心翼翼端着"九五至尊传国玉玺"，天然的汉白玉比刚从奶牛身下挤出的奶更为纯白，上面的龙头因时间久远，有些泥垢残留在缝隙中，底座的侧面，印着一行字"江山如此多娇"。孙世海看到小毕眼睛发光，颇有些得意地说，当然，我也清楚，这个玉玺也有可能是假的。小毕瞥了他一眼，我看着像是真的。他拿在手里，没再放下，抱着玉玺，左看右看，如同下一秒自己就要失明一样，不由笑起来，开始盘算后宫三千佳丽，今晚上要宠幸谁才合适。小毕想到电视上女明星穿着内衣的样子，暗下决心，就选她了。小范一眼看中了公鸡的小摆件，在手里掂量一下，问道，这是铁的还是铜的？孙世海说，铜的，铁的成铁公鸡了。小范说起年前去算命，老先生说他这两年容易破局，让他在家里摆个铜的公鸡，能消灾避祸。他这半年没事就去找，没有卖的。小范把铜公鸡带回家，放在床头柜上，没几天，公鸡不见了。问来问去，家里人都说没见到。（回到蒙阴，孙世海先去报了个班，学糕点制作。学成之后，县一中对面的商业街，多了一家世海蛋糕店。到了年底，店里来了个客人，认出孙世海，拍着展示柜问，你认识范爱农不？孙世海回道，谁？小范，对方说，在盈科上班的。又说，我是他工友，咱们一起在盈科门前的大排档喝过羊汤，你以前在艾庄收废品，对不对吧。孙世海“哦”了一声，还是没想起对方的名字，也跟着说，原来是你。对方没等孙世海寒暄，接着说，小范死了。范爱农爱干净，不论是白班还是夜班，都要去冲个澡。不像旁人，下了班快点回家，吃饭补觉。当初小范酒后，和孙世海诉过苦，我在家里，洗澡多用点水，还要看他们的眼色，爱干净还有错了。入冬后，去厂里浴池的人也少了。范爱农光着身子，仰躺在瓷砖上，被人发现时，后脑勺渗出的血迹，在喷头的稀释下，已经流出了一张双人床。孙世海听完，还想问点什么，对方全然忘记了刚才还在他们话语中存活的范爱农，问他怎么不收废品开蛋糕店了，又问开了多久。一番问答间，对方说，老相识，你可得给我打个折。送出门后，孙世海坐在柜台后面，默不吭声，等心里的三炷香燃尽后，慢慢起身，下午的阳光正从玻璃门射在瓷砖上，耀眼的白光充满整个屋子，眼睛一阵刺痛，似有泪花，不知是不是因为半年前死去的范爱农。）

厂院空置了三年，艾庄新上任的村主任高宁买下这块地，包括后面过去从未有人染指的两排厂房。推倒一排建成高耸的车间，留下一排经一番修缮成了办公区。陆续拉来塑编设备，安装调试。前后大半年的时间，过去煤渣和废品的痕迹全无。门前的路铺成水泥的，供大货车进出。高宁听从风水先生的意见：一、在大门对面打了个基座，立了个石头的方孔圆钱，面文：招财进宝。二、办公区的前面挖出一块鱼塘，种上荷花。宁达塑编是继印刷厂后，好不容易又在村里出现的像模像样的一家企业。几十年间，那些消失的磨坊、粉坊等只能算是半加工的小作坊，后来虽短暂出现过清洗一次性餐具的所谓公司，也只是雇了几个妇女，守着大盆用手冲洗，简单烘干后用塑膜机封口，谈不上有什么技术含量。余桂莲在印刷厂、一次性餐具、宁达塑编都工作过，感触更深一些。印刷纸快如刀刃，时常在余桂莲的手上留下小口子。虽说洗餐具戴着皮手套，架不住天天泡在水里，冷天手冻得通红，洗洁精还经常进眼里。到了宁达，车间一股塑料味，机器的噪声也大，开始不适应，吃不下饭，时间长了也顺和过来了，来干活赚钱，哪有那么娇相。至于待遇，余桂莲只有一句话，当老板的心都狠。

厂子筹建之初，招工的白纸——五十五岁以下，女，根据情况安排全勤班或半天班，身体健康，吃苦耐劳，工作认真，有上进心，有良好的团队协作精神，待遇优厚。地址：艾庄村南，大柳树边，原小孙废品收购站——在附近几个村子的电线杆上出现。招工迅速，十几个妇女骑着自行车或是步行来上班，领着月薪（待遇优厚）一千五六百的工资。早上八点到晚上六点，没有双休日。

中午休息一个半小时，可以回家吃饭。离家近，家里若临时有什么事，都顾得上，到了农忙时也方便请假。有关高宁的传闻，在妇女间流传。姚尊法面对妇女的询问，心里不痛快——主要是对余桂莲。当初他当厂长，风光的时候，余桂莲看到自己，眼神充满着恭敬，如今她也是五十多的人了，五大三粗，脸皮松弛，这都是次要的，她对他的称呼，也从厂长变成了老姚。问，老姚，怎么让你来看门了？老姚说，请我来的，不是我要来的。问，你这么大的老板，还给他看门。老姚说，说是看门，其实就是让我来当顾问，小年轻懂什么开厂子。回，失败的经验也是经验。老姚说，失败是成功之母，我是他爹。问，给你开多少钱？老姚说，和你说，有啥用，给我再多钱，我又不分给你。问，高宁哪来的这么多钱？老姚说，又不是偷的抢的咱的，政府都不管，你们操这些闲心。妇女们背地里说，这个死老姚，跟狗一样看个大门，还真把厂子当他自己的了。

时间一长，蜚语跟着开动的机器，慢慢生产出来，装进新鲜的编织袋，四处流传。一、高宁老婆有个远方的亲戚在齐鲁石化当领导，业务都是他给介绍的。高宁不是老板，也只是打工的。投资建厂花的这几百万，也是这个人的。二、高宁的老婆是市领导的情人，靠这层关系，高宁才有了今天。三、高宁以前的事也被翻了出来，他在牢里的那些年，他老婆也没闲着，没在村里见过这个人。他为啥犯事，反正是捅了人，见不得光。总之，他们并不愿意相信高宁有什么本事，权色交易，以丧失尊严来换取体面的生活，更符合大家心目中这些人的做派，也更能冲淡他们的酸楚和恨意。能确定的是，高宁有了钱，成了体面人。办公室摆着一张根雕式样的长条茶台，在外人眼中，高宁似乎掌握了经商之道，边喝茶边打几个电话，谈笑间就能把事情办妥。高宁在不在厂里，看他那辆奔驰车就知道了。老板椅的后侧，有个隐蔽的小门，门上挂着一幅“梅花香自苦寒来”的国画，枯枝落满红色的斑点，远看像是喷洒的血迹。这幅出自某任副市长的练笔之作，高宁视若珍宝，常在与客户喝茶的间隙，轻描淡写地说出它的来历，彰显自己有着大可琢磨一番的背景。推门而入，是一间卧室，装潢设计与宾馆一致。有时应酬完，高宁不回家，在这里过夜。他把半瓶茅台和一些剩菜扔给老姚，那么老姚的老眼昏花就对自己搂抱的风骚女人视而不见了。老姚有段日子见高宁没领女人回来过夜，主动去关心，高总，最近怎么没出去喝酒，也应该出去喝点了。

空闲时，高宁也去门卫室坐会，闲谈之时，也涉及女人。问老姚，当初你当厂长那会，也没少玩女人吧。老姚回，你婶子就在厂里，管财务，看得我紧，我哪敢。高宁说，我就不信，你没别的事。不知是为了给自己添彩还是确有此事，总之老姚打开话匣，讲起一段往事。一九九四年，老姚为了考察一台日本产的秋山六色对开印刷机，坐火车去南京。机器确实好，他和隽兆光在电话里沟通，不是个小数额，只能从银行贷款，左思右想，还是不冒风险。

抽了半天时间，老姚去了秦淮河，沿着河堤走了几公里，见到不少女的正穿着旗袍，举着纸伞，左顾右盼摆姿拍照，美得和一幅画似的，尤其那腰肢，让他在三十多年后，还忍不住咂巴嘴，企图回味秦淮河畔的脂粉味。晚上回到小旅馆，老姚喝了点酒，躺在床上，一时半会没睡着，听到头顶的隔壁房间传来叫床声，就像是那俩人骑在他的头上干那事。一会，有人敲门。老姚耳朵贴在门上，紧张地问，谁？一个娇柔的女声，老板，玩一下。老姚说他就是想看一下这张脸是什么样，才开的门。女的说她下面还疼着，不舒服，可以做点别的服务。没等老姚往下说，高宁从椅子上站起来，把刚才松开的裤腰带扎紧，收拢起大腹便便，抖擞身躯道，你啊没赶上好时候。老姚愣住，似是在睡梦中被人泼了一桶冰水。老高问，你知道东莞不？见他摇头，好歹也是长辈，皱纹和白发也不只是见多识广，此时更显得童稚，便略去细节，大而化之，什么女的都有，想玩国外的也行，玩几个人都行，怎么玩随便你选，只要你有钱。老姚焦急万分，如同要让他用那双变形错节的类风湿手去穿针引线，愤恨道，你倒是往下说啊。这么说吧，高宁下了断语，皇帝要知道了，也恨自己生错了时候。老姚郁郁寡欢了好几天。

平时没事，老姚早上顺着河道，走到南公路，再往回走。三月中旬，路旁的果园桃花盛开，清香阵阵。回到传达室，身上微微出汗，老姚把小桌子支在门外的大柳树下，喝着茶，听收音机传来于魁智的《野猪林》：大雪飘扑人面，朔风阵阵透骨寒，彤云低锁山河暗，疏林冷落尽凋残，往事萦怀难排遣，荒村沽酒慰愁烦……三个半大小子，从西面走过来，朝打着拍子摇头晃脑的老姚瞥了一眼，招呼没打，直冲门进去。于魁智唱段里的三问，分别是：一问苍天，万里关山何日返；二问苍天，缺月儿何时再团圆；三问苍天，何日里重挥三尺剑。老姚的三问，分别是：一问，你们来干啥的；二问，找老板谈什么事；三问，家是哪儿的。得知高宁没在，三个小伙子坐下喝茶。老姚问，找高宁谈什么业务？小伙子们不言语。老姚说，厂子不招人，你们这才多大，不好好上学。小伙子问，开这样的一个厂子要多少钱？老姚说，这都不是你们该操心的事，好歹去学门技术。小伙子听惯了这样的说教，相视一笑，正眼也不再瞧老姚。老姚又对孩子们说，心思多放在正事上，不放假也不是星期天的，到处瞎晃荡个啥。说话间，奔驰车从路上驶来。老姚急忙从椅子上起身，三个小伙子也跟着站起来。高宁见老姚招手，停下车，歪着身子，冲着车窗喊，咋了？他们找你，老姚卖乖地说，让我拦下来了。三个小伙子神态拘谨，不由自主往老姚的身后躲。高宁摆手放行，小伙子们尾随奔驰进了厂院，又去了办公室。十几分钟后，高宁把这三个毛孩子送出来。老姚跟出来，问到底咋了。高宁笑着说，屌毛没长全，找我收保护费来了。看我怎么治他们，说着，他掏出手机，打了几个电话。

上午十点多，王能越从城区的蔬菜批发市场采购完物资，驾驶摩托三轮车飞驰在102省道上。初春，天暖和了，菜和肉容易坏，车斗里只装了未来两天需用的，总共花费了小一千块钱。高宁的第一个电话，就是打给他的。若在微信上进行位置共享的话，这时他俩的直线距离不足两公里。王能越到了杭柳村的地界，又经过宏远集团的大门，6路公交车从身边擦过，没听到口袋里的手机响。十分钟后，王能越进了家门，正从车上卸货，手机又响了。此时，王能越从第一个被通知的，成了最后一个。面对几十年的老友，高宁一时没改掉老板的臭毛病，下发命令般言简意赅地说，中午，十二点，杏园居吃饭，传宝和东明也来。王能越的手上沾着白条鸡的血水，在墙上摸了几下说，这不过年不过节的，弄哪一出，我还得出摊呢，没这些闲工夫。高宁说，少赚点钱，能咋的。王能越不乐意听，你是大老板，不差钱。赚多少，高宁没了耐性，这钱我出。这话让王能越心里不痛快，操，我有手有脚的，用得着你给我钱。高宁说，你就说一天多少流水吧。显得你能了，王能越说，我这一天，好说歹说，也小两千。别在这里磨嘴皮子了，高宁说，我出两千，你今天啥也别管，把家伙什拉过来。见血擦不干净，王能越在裤子上摸了几下，笑起来，我就说了，咱弟兄们出去吃啥，杏园居就有我做得好吃了，不是钱不钱的事。行了，高宁跟着乐，你早过来一步，喝个茶。王能越把冰柜里放了几天，已经变味的白条鸡、黄花鱼、猪肉等拿出来，菜也选了几样陈的，把煤气灶、铁锅等装车，叮嘱老婆把今天买的菜肉放进冰柜，不顾身后的老婆让他开车慢点，向艾庄开拔。

城区新开了个楼盘，传宝和老婆贴着沙盘听售楼员殷勤介绍，高层，一梯两户，小区内人车分离。各方面都相中了，就是价格有点高。三室两厅，一百三十多平，最低首付要三十万。传宝正愁没地方开口借钱，高宁来了电话，他与售楼员说好先留一套，不出意外两天内再来。传宝的那辆东风日产，开了近十年，虽没大修过，到处都是响动，车厢常年蒙着一层腻子粉。出了售楼处，传宝在茂业百货放下老婆。好不容易休息一天，她想买几件衣服。传宝有些不乐意，自己平日都在工地上抹墙，衣服穿给谁看。路上，传宝想到东明也去，今天不是个提借钱的日子。上次喝酒，还是春节，那顿酒，传宝差点没和东明动手。他这几年承包政府的工程赚了点钱，说话吆五喝六的，好像下一步能进中央一样。一个在镇长面前当孙子的小包工头，想到这里，传宝气消了大半，又下决心，东明再臭显摆，他绝不手软。

在南山红色教育基地的施工现场，东明正指挥手下的人挖土。早上，镇领导班子来视察，对进度不满意，点拨他，区里的领导对这个项目很重视，要加快工期。东明点头哈腰送走这一行在区电视台的摄像机面前费心劳神的公仆们，听监理分析施工图的细节时忍不住骂道，工期他娘的，一分钱没见，让我先垫付，毛病不少。监理问，为什么要抢在十二月前完工？东明说，正好赶在市两会召开前，这个红色教育基地就是姓程的政绩了，活到四十多，还是个正科，今年再没戏，他这一辈子就这么回事了。高宁打来电话。东明说，我这陪领导呢，过不去。上次的事，高宁说，找到门路了。

高宁回到办公室，调出监控，饶有兴致地看那三个孩子坐在茶台前大气不敢喘的样子。他们的面孔稚嫩，让他想起三十多年前的自己，也是这么瘦弱和生怯。传宝的大姨在丹东，他们四个人逃票坐上绿皮车，半夜饥肠辘辘，又不好意思问人要吃的。在德州，他们被列车员赶下来，没钱补票，打扫候车大厅。丹东去不了，顺着铁路，往回走。到了章丘，他们在农村的大集上偷了贩菜的钱，吃饱有了体力，扒上拉煤的火车，一路到了青岛。在栈桥，偷钱被人发现，跟人打起来，幸亏跑了。后来，高宁又去过几次青岛，经过栈桥时，每次都对同行的人说起这段往事，用以佐证那句古话，莫欺少年穷。高宁用手机拍下监控截图，去车间问这三个孩子是谁。妇女们认出来，都是辛留村的。

摩托三轮车进院，高宁搭手抬下煤气罐，在池塘前摆好灶。王能越拿起挂在车把上的微信付款码，对高宁说，高总，现金麻烦，转账吧。高宁说，操，你掉钱眼里了。别给我多转，王能越说，亲兄弟明算账。见钱到账，他展开菜和肉说，高总，点菜吧。高宁瞅了眼说，家常的吧，一个辣子肉，一个西红柿炒鸡蛋，吃着等着他们。热灶的工夫，王能越提溜出一块五花肉，在案板上切成肉丝，过了一遍油，捞出来，又去切辣椒。东风日产开进院，传宝一下车就故意说道，房子他娘的是一天一个价，都快上万了。高宁说，让你早买，不早买。你这话，传宝说，早买我也没钱。又看着正在切菜的王能越，你倒是不用买房子，俩闺女。传宝分完烟，捡起一根黄瓜，啃了一口，又赶紧吐掉，这黄瓜什么时候的？有的吃就不错了，王能越说，给我扒几瓣蒜。

池塘里去年枯败的荷枝，错落在水面，如山水画。高宁和传宝抬出桌椅，摆上碗筷。王能越见桌上的茅台，笑道，不提前把事说清楚，这酒我可不敢喝。丰田霸道开进院，东明故意鸣笛两下。三个人抬起头，瞟了眼。车停下，东明把手里的小包夹在腋下，抹了把脸，指挥跟班的去后备厢拿了三个礼品盒。年纪最小的东明，如今发福，挺着肚子，张口就说，今天这规格不低，越哥亲自下厨了。王能越说，明哥跟着政府混，出息了，去哪里都有保镖跟着，你这是在外面得罪了多少人。东明对跟班说，露两手。跟班四处寻摸，看到墙角的砖头，搬来两块，放在地上，没有任何悬空，运气，右手刀状，生劈下去，砖头裂成两半。众人没有意料中的反应，只有不远处的老姚，叫好了两声。跟班有些拘谨，叉开手，血滴答掉下来。高宁说，老弟，擦一下。小伙子羞怯地笑着说，蹭了块皮，不碍事。老姚在边上起哄，再来一个。小伙子看向东明。东明应允点了下头。小伙子脱掉身上的卫衣和黑色的背心，亮出健硕的肌肉，打了一套形意拳。可谓，迈步如行犁，落脚如生根。在王能越的爆炒声中，辣椒的辣味扑面而来，没几下，小伙子咳嗽不止。高宁悄声问，在哪儿找的？东明说，上周在大观园温泉度假村，请几个领导泡澡，喝了点酒，跟人吵吵起来，这个小伙子在那儿当保安，出手不凡，从小在河北练功夫，我就带在身边了。高宁说，都多大的人了，还打打杀杀的。东明见小伙子一板一眼，还要继续打，喊停下，行了。小伙子气喘吁吁，出了一层汗，恭敬地鞠躬，抱拳示意，解释道，作息不规律，疏于练功了。高宁捏了下他的肱二头肌，小伙子，能打几个啊。小伙子说，空手，三四个没问题。传宝坐在椅子上，抽着烟说，意思就是，打我们四个和玩一样。小伙子忙拱手说，那不能够，你们都是我大哥。高宁说，把衣服穿上吧，别冻着了。炒鸡出锅，王能越对小伙子说，过来搭把手。

传阅完监控截图，高宁对传宝说，都是你们村的。传宝说，我给大庆打个电话。又对王能越说，红岩是不是和你沾点亲戚？王能越抽出东明的中华烟，点上，红岩是我小舅的堂侄，都是一家人。东明说，刘同庆的老婆是我表姐，这是他儿子。高宁说，行了，论起来，都沾亲带故的，大人管不了，今天咱就帮着教育下吧。其余三人，分头打电话。王能越平时和红岩来往不多，家族的红白喜事上碰个头，走个过场的交情。他先打给表弟卫华邦，要到手机号。正是中午，红岩倒了一上午的料，衣服湿了大半，刚走进正远塑化的食堂。他不愿意请假，旷工半天，罚款一百不说，这个月的奖金也没了。本就三千多的工资，老婆还常年生病，一周透析两次。答应后，他又反悔了，给王能越回过来，说大中午的，吃个饭在哪儿不是吃，下午还得干活，临时也调配不过来。王能越能理解，在厂里干活由不得自己，只能道出实情。留下一句，你儿子来高宁的厂里要保护费。红岩骂道，他娘的，啥没学会，捣鼓这个了。大庆昨晚上的夜班，刚起床做点吃的。传宝说，别吃了，过来喝酒，问这么多干啥，过来就行。又问，你儿子呢？手机那头，大庆喊了几声，没有回应，说道，不知道去哪儿玩去了。东明先给表姐夫打电话，一直没打通，又给表姐打电话。表姐说，他去滨州干活去了，去半个月了，焊储油罐，估计是没听见。东明又问，你在哪儿呢？表姐说，在医院。东明问，在医院干啥？表姐说，孩子奶奶这两天头晕，吃不下饭，来疏通血管，还要住两天院。东明说，我认识医院的人，要不要打个招呼。表姐说，小毛病，不值当的。

下午两点多。三个孩子走进厂房，见这帮人正喝得面红耳赤，心里一愣，转头要走。身后的铁门，已经被形意拳小伙上了锁，摆手，让他们过去。三张空椅子，已经摆在那里多时，餐具也放好了。高宁见他们怀里鼓鼓囊囊，问，里面什么东西？敞开，棍子、刀掉出来。红岩起身，照儿子脑袋就是一巴掌。大庆坐不住了，不打儿子表示下说不过去，确实又没下过手，只好放下一句狠话，滚家里去！儿子起身，刚要走。高宁说，来都来了，先吃饭。东明对着自己的外甥说，你爸妈来不了，这个家长会，我替你开了，赶紧吃。红岩和大庆一脸不好意思，举杯，品了口茅台。一会，三个孩子把饭吃完。高宁说，边上站着去。三人站在墙边，听大人喝了酒说的都是些陈芝麻烂谷子的事。

传宝脱下上衣，显出胸前的文身及背后的刀疤，指着孩子说，你们还想混社会，上头让你混吗？东明跟着说，就你们这小身板，还收保护费。高宁说，学点技术，比什么都强，实在不行来我这里干活。又说，只要你们不杀人，我都能给你们摆平了，听见了没。传宝或许是想到自己那同样不成器的儿子，也或许是酒喝到位了，眼含热泪说，父母把你们拉扯大容易吗？王能越一直在笑。传宝说，没儿子，你笑个屁。王能越变脸，有儿子，装你娘啊。众人劝架，红岩和大庆夹在中间，有点不知所措，护住自己的酒杯，生怕茅台洒出来。高宁喊道，都住手，几十年的弟兄们，这是干啥，让人笑话。王能越说，高宁，有几个屌钱，你忘了自己姓啥了，茅台、中华、奔驰，你过去被人打成孙子，还不是我替你出的头。高宁略带委屈，有钱还是我的错了。又指着传宝说，他买房子，你能借给他钱吗？我能。东明说，几十年的弟兄，说这些就没意思了。王能越说，闭嘴吧，你装什么好人，还兄弟，上次在集上碰到，你跌着脸，招呼都不打。东明解释说，我真是没看见你。传宝加入，东明，你确实飘了，眼里没兄弟了。东明说，滚一边去，你懂个屁。传宝抄起酒瓶子，我弄死你，你信不信。高宁坐在椅子上，对身后站着的三个孩子说，看到了没，这就叫兄弟，这就是义气。

补：

五年后，一天。红岩的儿子接到家里的电话，久病缠身的母亲走了。当天的高铁和动车售罄，K 字头的还有上海到淄博的，凌晨四点多到站。发丧安排在十一点，能赶得上。挤上火车，他依靠在窗边，夜色如漆，玻璃映照着自己脸上前些天打架时留下的瘀青。六百多公里外的老家，大庆的儿子正在城区送外卖。上个月，下暴雨，他在送单的路上摔了一跤，磕破鼻梁，结的痂正在慢慢脱落，还留有指甲盖大小的黑斑，而其余脱落的部分白皙如涂的粉。滨州市区，某座商场的五楼，一家烤鱼连锁店正迎来用餐高峰，人手不够，同庆的儿子虽上个月刚被提拔为店长，此时也在招待客人和清理餐桌。晚上十点，商场关门，他要在店里留到十二点，整理表格，写每日的工作总结。女朋友留在老家，对他这半个月以来的疏于陪伴心有怨气，已经两天没有回音。他学的电气自动化技术，掌握的那点 CAD 绘图和 PLC 编程不足以找到一份体面的工作。现在这年头，本科生都不容易找工作，何况他这个大专生。如此自嘲，抵消了父母让他换份工作的念头，当店长说出去也不算丢人。他们三人已经很久没有联系，对各自的处境也是一知半解。以下贴在他们身上的关键词，也属于此刻散落在中国其他地方的年轻人：电动车，保健品，生病，单身，定亲，催婚，外卖，服务员，丧母，罚款，奋斗，加班，失业，租房，KTV，伤心，困，失眠，流水线，贫穷，绩效，提升，开会，团队，盖浇饭，付出，信用卡，快手，自杀，事业，放贷，汽车，地位，成功，希望，殡仪馆，王者荣耀……

三　酒

地点在王强的家中，人员有以下几位：王强、卫东超、李宝、赵兵。陈华宁作为固定的酒友，半个月前在城区找到一份送外卖的工作，缺席了这场并不重要的聚会。用他那正在和丈夫闹离婚的母亲从龅牙间说的话，整天和这些孬种在一起，能有什么出息。陈华宁清楚母亲在五十六岁的年纪，想离婚，主因并不是自己，而是那个脑溢血刚恢复不久，丧失劳动能力的父亲。面对丈夫的哀求和挽留，以及儿子的愤慨，陈母提出了一个条件，给她在城区买一套房子。大小无所谓，地段也不做要求，似乎这破败的乡村和这间居住了三十多年的砖瓦房，搭配不上她这暮色已至的身躯了。陈华宁不理解里面的逻辑在哪里。她明知自己的家境，别说首付了，定金都交不起。她不工作，丈夫打点零工，依仗家里有拖拉机，秋后给四里八乡的村民脱玉米粒赚点外快。那点微薄的存款，也在老陈住院期间花得一干二净，欠下了些外债。陈母的这一要求，不仅父子俩觉得荒谬和不可理喻，也顺理成章遭到亲属和乡邻们的嘲笑。“又不是黄花大闺女了，还有脸要房子。”“这是有外心了。”“大庆（老陈小名）这个孬种，自己的老婆也管不了。”“长成那样，住猪圈也便宜她了。”面对这些非议，身处家庭变故中的陈华宁瞬间成熟了。自初中肄业以来，他不断在四周的工厂留下自己轻佻、顽劣的身影。这次，陈华宁感受到生存的压力，等穿上外卖服，却隐约有些被欺骗的感觉，认定这是父母合谋做戏。但不论怎样，陈母的确回到家中。尽管还是一贯不顾家，略施粉黛，热衷于在集市上买新衣服，吃肉也不吝啬，仍把离婚挂在嘴边。

此时，下午六点半，正是城区用餐高峰，也是一天中，陈华宁最为忙碌接单、跑单的时候。他身穿橘黄色的工作服，摩托车后面的黑色保温箱里装着两份水饺、两盒炒面、酸辣粉、土豆丝、辣子肉等，如一条淤泥里的泥鳅，在下班的车流中寻找缝隙。半个月以来，陈华宁对大部分的生活小区了如指掌，今天有个地点他没去过，生怕走错路，紧盯手机上系统生成的路线图。时间在慢慢流失，他变得焦躁不安，此刻飘来的饭菜香味，并没有让他吞咽口水。对他而言，保温箱里的并不是食物，而是总值十五块钱的收入。

与此同时，十几公里外，陈华宁的户籍所在地——辛留村，在村口的小集市上，卫东超还守着自己的锅饼摊。摩托三轮的车斗挡板放下，留着一张案板。王强在手机里问，还不收摊，就等你了。还剩小半块的锅饼，虽说也就值十几块钱，卫东超打算再等一会，让人买走，便不耐烦地说，再等会。车把上挂着他从老钱那里割下来的二十块钱的猪头肉。几米远处的老钱用铁钩子在卤水里打捞了下，还剩两根猪尾巴、一个猪蹄。他捞出猪尾巴，用方便袋装好，提溜给卫东超说，拿回去，给乐乐吃了。卫东超猛地抬头，猪尾巴已经放在案板上，忙说，你这是干啥。老钱说，又不是给你吃的，有什么好让的。老钱回到自己摊位，用两根红绳捆绑住铝制的箱子。卫东超提溜着剩下的锅饼，扔在箱子上。老钱忙推让，我这牙吃不了这个。卫东超说，啃不动就早上烩着吃。

四月份，村内南北走向的几条路边栽种的玉兰花已经盛开了一段日子。花香四溢，却没多少人在意这些怒放的花朵了。它们很快就要败谢，被清洁工扫进垃圾桶。摩托车停到家门口，卫东超抬着案板放回东屋的作坊，用饭帚把上面的一些碎面渣收拢成一小堆，等到午夜起床和面时，混到里面。两条胡同外，王强正守着煤气灶，给铁锅里的炒鸡收汁。几分钟后，他索性关火，心想借着余热，焖一会也就可以了。卫东超进屋，乐乐坐在板凳上，手里拿着一个缺了两条胳膊、衣服被扒光的芭比娃娃，盯着电视机里的《精灵梦叶罗丽》，屋间没开灯，脸面随电视变换颜色。客厅杂乱无序，似乎这个家庭刚搬进来，尚未做整理——四季的衣物随处丢弃，地面砖早已看不清原本的颜色。此间陋室，在这对勤劳的夫妻眼中，并不值得多做打扫，有力气不如多用在赚钱上。卫东超问，猪尾巴吃不吃？乐乐把芭比娃娃扔在地上，跑去接过猪尾巴啃了起来，问，妈妈怎么还不回来？卫东超回了句，快了。去里屋换好衣服，他把猪头肉切下来一小块，叮嘱乐乐说，一会你妈回来，让她切了给你吃。刚出门，任霞回来了。停下电动车问，又去哪儿？卫东超说，上强子家喝酒。任霞斜着眼，狠狠地看着他从面前经过，额头上越发显著的纹路，在昏暗中如两把朝下的刀子，比她的眼神更为凶悍。她盯着卫东超手上的塑料袋问，这是啥？卫东超说，割了点猪头肉。话里，多少有些怯懦，又补充了句，十五块钱，我切下来一块了。任霞抢过塑料袋，拆开，对着咬了一口，咀嚼着说，少喝酒，九点我锁门。

出门，走出胡同，卫东超见李宝拖着脚过来，喊住他问，干啥去？李宝脚没停下，强子家没蒜了，我回去拿几瓣蒜。卫东超说，麻利点，饿死了要。进院，卫东超闻到肉味，快走两步进屋。茶几上，已经摆好了几样菜，炒鸡、西红柿拌白糖、油炸花生米、炸肉。卫东超说，就这点够谁吃的。赵兵手里攥着一把花生米，坐在沙发的扶手上，跷着二郎腿，晃着锃亮的皮鞋，邀功道，花生米和炸肉是我买的。卫东超把塑料袋扔给赵兵，去切了的。赵兵伸出右手，食指和中指缠着胶布，显摆道，缝了五针，明天去拆线。卫东超说，让小胡砍的？赵兵说，你这人。卫东超又问，小胡回来了没？赵兵叹了口气，用缠着胶布的手擦了下皮鞋，不搭话。都大半年了，卫东超继续说，那男的咋还没睡够小胡。赵兵举着手说，我这是工伤，不用上班，工资照发。卫东超说，改天你再剁根指头，赔得更多。赵兵走到一边，拿起茶几上的遥控器，摁了几下，没反应，又用手拍了下，发现后面的电池是空的，又装作去找电池，便说，我不和你抬杠。卫东超没继续说下去，不是怕赵兵生气，是刚才脱口而出剁掉的手指，让他想起了自己的父亲。老卫当年在建筑队当小工，锯木头的电锯把他左手的食指切掉了。如今，十几年过去，他对父亲的记忆早已经模糊，但那根后来缝上的歪斜的食指，倒一直印在脑海中。卫东超自觉无味，坐在沙发上，叹了口长气，充斥整个房间。十余年来，他对父亲的怀念，也是由不经意间的叹气组成。父亲已经和无能为力的叹气画为等号。

李宝闯进来，手里攥着一头蒜说，快点，饿死了，中午就没吃饭。王强把脚底下的大锅掀开，热气升腾，排骨的香味将卫东超的叹气冲散。眼见排骨舀到铝盆里，李宝站在锅边跺脚，真香啊。卫东超拽了下他外套上的黑色孝章，你爸死几天了？怎么还戴着。李宝笑着说，出殡的前一天死的。卫东超说，操，你这话说的。赵兵补充道，宝子重感情，打算戴到过年。李宝说，明天我给你儿子戴上。说完，嘿嘿笑。卫东超也跟着起哄，我看行。赵兵说，操死你娘。李宝说，我娘在家里，你这过去吧，没几步远。赵兵站起来，抽出板凳，坐在桌前说，你可真孝顺。卫东超说，你整天装什么，吃个饭，又是皮鞋又是西服的。赵兵略带委屈地说，我又没碍着谁的事。卫东超命令道，脱下来。不值钱，赵兵敞开怀，拽着衬衣说，腈纶的，大集上买的，一身加起来一百多。说着，他脱下西服上衣。卫东超抽了下鼻子，哟，还喷香水了，你捣鼓这些有什么用，老婆还不是让别人睡。赵兵把西服叠好，放在沙发上，低头盯着自己的皮鞋，不再说话。

因常年熬夜，卫东超两侧的头发已经花白，看起来有近五十岁，与其同龄的赵兵，心里不存事，还是娃娃脸，没有皱纹，只是身材发福。自小，赵兵就是玩伴们欺辱的对象，心宽与柔弱互为一体。到如今，他作为一个十五岁男孩的父亲，人生到目前为止，最大的挫败只有来自妻子的不忠。几年下来，在众人闲言碎语的浸染之下，他也早就习以为常。卫东超扫了眼，问，酒呢？王强把大锅盖上，对李宝说，在我屋里。李宝搓着手，大步流星进屋，在里面喊道，强子，你真不是个东西。李宝一只手提着塑料桶，一只手握住四十二度扳倒井蓝 A6 的空瓶子说，自己偷着喝好的，就让我们喝这个。王强说，这是过年喝的。卫东超说，来找你喝个酒，喝散装的。王强说，纯粮的，你们别没数了。赶紧把好酒拿出来，卫东超说，你一个人吃饱全家不饿，留着钱干啥。赵兵说，就是，炸肉和花生米，都给你买好了。李宝笑着说，先吃吧，好孬的，是酒就行。他坐下，边用手抓了把炸肉，往嘴里塞，边问，你这是从哪儿买的，是不是镇上十字路口那家？赵兵没好气，吃你的吧，堵不住你的腚。李宝低着头，继续吃，身体窝在一起，怕肉被人抢了。卫东超坐在沙发上，赵兵见状，坐在对面，不和他挨着坐。王强站在那里，四处看了下，对李宝说，去拿暖瓶来，倒水喝。李宝噌地起来，这是除家人外，他被人喊名字的第一反应，也是自小便养成的习惯。他大步流星出屋门，生怕一回来肉就没了，敏捷到他拎着暖瓶回来时，王强的话音还没有落下。

王强从茶几下面的抽屉里，掏出饭店里常见的铝制小茶壶。这是他前年在镇上吃烧烤，趁着夜色顺回来的。塑料袋里的茶叶，是在村口的小卖部买的，五块钱一斤，当时买了两斤，已经喝了有两年，平时他不喝，只招待宾客时抓上那么一把。李宝往茶壶里倒上热水，浓郁的茶香溢出来。王强忍不住吸了口气，脸上露出魔术师在向观众提醒奇迹即将到来时的鬼魅表情，紧接着从茶几下面掏出四个透明的分酒器和四个立式的小酒盅。李宝端着茶壶，颇为熟练地把茶水逐一倒在分酒器里。王强又互相勾兑，进行烫洗。一系列动作下来，让卫东超有些不耐烦，喝这破酒，看你这讲究样，不知道的还以为喝的茅台呢。这并没有让王强的动作有丝毫加快。他又说，你下次能不能顺点酒回来，只顺这些破杯子有什么屌用。王强憨笑着把分酒器和酒杯放在他们面前，这点东西，顺了，不值钱。卫东超骂道，操，怎么不顺个老婆回来。赵兵和李宝一阵哄笑，似乎自身的问题得到了缓解。赵兵心想，我老婆虽然现在和别人同居过日子，好歹还是我法律上的老婆，也给我生了个儿子，能传宗接代。李宝心想，我今年三十五岁，比你小一岁，我找不到老婆是我缺心眼，你脑子没啥问题，找不到老婆，你比我更丢人。王强来了句，没老婆，起码不用戴绿帽子。赵兵说，你们还有完没完了。三人哄笑。王强又说，宝子，这顿酒，是为了你爸，你爸死了，你还有脸笑。李宝说，我哭，我爸也活不过来。李宝把酒倒满，先自顾干了一杯。卫东超急了，你慢点喝，别和上次一样，吐得到处都是，还要把你拖回家。李宝憋红了脸，浑身颤抖，灰暗的灯光下，雀斑在涨红的脸上更为显眼。其余三人，小口抿了一下，拿起筷子，专挑肉去夹。

吊灯的保护罩不知去向，露出坏掉的圆圈状的白炽灯管。卫东超问王强，这都坏了几年了，也不修。这间宽敞的北屋，东西两边的天花板上各有一个吊灯，东边的那个，白色花纹的保护罩还在，散发着微弱的灯光。西边处在光亮的边缘，几个人的影子印在墙上。这座砖瓦房是王强的父母为给他结婚盖的，当初也费心装修了一番。几年过去，粉刷的白墙已经泛黄，天花板上也落满一层灰尘。家具当初没有置办，显得客厅很是空旷。他们坐的这组旧沙发，外套已经破洞，王母后来铺在上面的床单也布满污渍，海绵早就压扁，坐上去有些硌人。最新潮的是那台液晶电视，当初王强从镇上买的，花了七百块钱。客厅靠北墙的中间位置，摆放着老式的八仙桌，两侧放着太师椅。衣柜在东南墙角，一扇门已经坏了，一年四季的衣物混杂着流在地上。铺设的白色瓷砖，还留着上次雨天踩踏出的脚印，看不清瓷砖原本的纹路。西墙边堆放着几个花盆，叶子掉光，只剩下枝干，干涸的泥土上插着烟头，以及当初为了养花扣上的鸡蛋壳。卫东超说，这花盆前年就在这里放着了吧。

王强说，说不定还能活过来。乱成这样，赵兵说，哪个女的跟你。说完，意识到自己对婚姻最没有发言权，忙找补道，好不容易凑一块喝点酒，老提女的干啥，女的都是贱货、骚货。卫东超急了，你娘的，你不是你娘生的了。李宝不言语，只自顾吃着排骨，铝盆里已经不剩几块了。王强拿起杯子喝了一口，说，这炒鸡，尝尝有什么不一样的。赵兵捞出一块切碎的鸡腿肉，啃了两口，吐出骨头。李宝不接话，拿筷子多夹了几块，先放在自己的碗里，又去捞排骨。卫东超闻了下，你放大烟了。（王母在老宅里种了两垄地的罂粟，去年春天被政府巡逻的无人机拍下来。派出所的人把那几十棵罂粟给拔了，罚了五百块钱，把王母抓进去拘留了五天。出来后，王母逢人便说，还是在里面好，不用给这爷俩做饭，也没人让我生气。）

原本，酒局的主题是为了李宝，其实也不是为他，是为了李宝刚出头七的父亲。或者说，老李也只是他们的托词。这次聚会，就是为了喝酒。按照他们喝酒的频率，李元信不死，也到了他们聚众酗酒的时候了。而把老李搬出来，更有说服力，任霞也不好阻止卫东超。只是，李宝并没有沉浸在丧父的悲痛中。因罂粟，吃，意外成了这次酒局的主题之一。李元信成了笼罩在这次酒局中的鬼魂。而吃，对于活着的人来说，是更轻松的谈资。

十几年前的一个早上，卫东超的父亲目送七岁的孙子上了校车后，沿着小路走向镇上，自此消失在漫天大雪中，再也没有回来。当时，卫东超离开妻儿已有两年，正躺在邢台市桥西区的一间出租屋里，外面灰暗的天空落下几片如羽毛般晶亮的雪花，他赶忙摇醒同床共枕的彭莉。寒冬腊月，窗户上结出一层绮丽的冰花。才下了夜班的彭莉，没有及时醒来。卫东超只好把手伸进被窝，抚过彭莉的后背。水土不服，加上频繁夜班，彭莉原本光滑的皮肤，正冒出几个青春痘。手摁在圆润的屁股上，冰凉如烙铁上身，彭莉从睡意中惊醒，骂了句，你有病啊，大早上的，不让人睡觉。说完，用被子蒙住脑袋。卫东超隔着被子，在彭莉耳边说，下雪了。彭莉钻出被窝，头贴靠在卫东超的胸口，困倦的眼皮艰难睁开，呼出一股热气，赞叹道，哇，真下雪了。放在屁股上的手，已经焐热，手指从股沟下探，伸进细缝，揉搓间，娇喘声中房间温度升高，冰花融化成水。无碍严寒，情欲燥热。十多年后，卫东超人过中年，夫妻生活疲乏，只能靠回忆来抵抗性事的寂寥。他陷在沙发上，把手机放在凸起的啤酒肚上，解放出的双手，可以去干点取悦自己的事，抖音里年轻貌美又失真的女性在摆胯翘臀，奋力挑逗。他明白了一点，这种屁股叫蜜桃臀。不同于那些精致的姑娘在城市整洁明亮的健身房里通过器械和私教的指导去塑形，彭莉的翘臀除去北方女性天生的膀大腰圆，更得益于自小的体力劳动，是挥洒汗水的无心之举。大数据准确把握了机主的喜好，总是推送此类视频，劳作的间歇，这成了卫东超缓解疲乏，脱离日常苦闷的取乐手段。有时，妻子不在旁边；有时，三岁的小女儿在旁边吵闹，都无碍他的专注。

刚过午夜，卫东超起床生火，打锅饼，等早上六点多，四里八乡来进货的摊主们把锅饼运走，再回到床上补觉。若是碰到附近有集市，他短暂眯一会，再备货出发。后半夜，不论暑热严寒，十几年间，卫东超在东屋改造的作坊里，守着压面机和锅饼炉，把自己熬出了白发。一天用掉五六袋面粉，打四五十个锅饼，全年几乎无休，十几年下来，十几万个锅饼摞在一起，成为一座巍峨的山峰。卫东超每天傍晚在村口摆摊，逢集市去赶集，几个摊主又从这里进货，吃过他锅饼的人，遍布附近的村落。这样的小作坊，并不值得冠名“东超锅饼”。谈不上有多好吃，只能算可以充饥。从来没有食品安全卫生部门来这里走访，环境卫生确实堪忧，导致进过他的家门目睹制作环境的村民，不会去购买。他的婶子——付英华就是其中一个。卫东超以此为业，养活一家老小。总要有点念想去打发漫漫长夜，远在河北邢台的那间七八平方米的出租屋，就成了卫东超内心的寄托。他不知道的是，桥西区在二〇二〇年六月，已由国务院批复同意更名为信都区了。当初沿河的那片棚户区，也当违建被拆除，经过四五年的施工和兴建，如今成了风光秀丽的七里河风景区。当地摄影家协会的会员们拍摄的风景照挂在网上，用来招揽外地游客，令当地人以及曾旅居在此的外乡人惊呼，这还是我们认识的邢台吗？

蜜桃臀只存在想象中，十几年间，他的这双手揉搓面粉，在弹性中迷失，早已经无法体会当初触摸彭莉时的感觉。酒局的话题，落实到吃，和性更为契合。卫东超虽已释怀和彭莉隐秘的情感，也深知并不适合在酒局上公开分享，面前这几位粗鄙的人，怎么能理解爱情呢，自己必定会遭受耻笑和嘲弄。他闭口不谈在邢台漫长的冬天，睡觉盖两床被子，双手结满冻疮，在电磁炉上涮火锅，热气沸腾中把肉片蘸上麻汁送进嘴巴里，香味四溢。更别提还有入口即化的白菜。饱食一顿后，卫东超在岌岌可危的单人床上拥抱着彭莉，舌头纠缠，脱光衣服，趁电热毯还有余温，迫不及待进入对方的体内，以赴死般的心态把对生活的憎恨发泄在对方身上。想念至此，卫东超点了根白将，说道，冬天还是火锅好吃。吞吐的烟雾中，似乎又回到那间出租屋。只是现在，茶几上的这些菜已经有些凉了。灰暗的房间里，其余三个人并没有耐心听他说这些。火锅能有什么好吃的。

离家四年，卫东超回来。走失两年的老卫，成为家里的禁忌话题。他心生许多疑问。一、在雪地里走失的父亲，最后一顿饭吃的是什么？他没从妻子的嘴巴里问出来。（一般冬天的早上，下清水面条，再吃点咸菜。任霞吃饱了，抹嘴就走。上班赚钱，她积极，家务活不愿意干。老卫伺候孙子吃饭，送去村口的校车集合点。）二、那场大雪，有多厚。（反正这些年是没下过这么大的雪。一个月后，到年关，背阴处还有积雪。有这场大雪垫底，来年春天，一过惊蛰，麦子就泛青了，村民也不着急浇地，瑞雪兆丰年，那一季的麦子产量比往年高。）三、他会去哪里？（任霞说，当天下班，儿子没人接放学，先让邻居领回家。过了一宿，老卫还没回来。任霞带着亲友，从村到镇上的各个小路找，寻人启事贴满全镇各村的电线杆。不到一个星期，任霞扛不住了，再请假要扣钱，儿子还要管，就把寻人这事撂下了。）卫东超希望，有一天，父亲也像自己当初那样，突然回来，一家人再这样过下去。如今老卫活着，也是七十多岁的老人了，家族里同辈的男人，这十余年，陆续死了。或许在家一直待着，老卫更可能早死了。邻居和亲友向卫东超告讼他不在的这几年，任霞如何虐待老卫。家务活交给他，冬天让他手洗衣服，不兑热水。做饭蒸馒头不允许用煤气，要生灶。让他住在偏房，平时不准进屋。老卫只有两个爱好，喝点酒、抽点烟，都躲着任霞。大冬天，任霞一盆凉水泼在老卫的身上，让他站在院子里罚站，身上结了冰碴。不让他吃肉，说是高血压。老卫手里没钱花，上小卖部赊账，任霞知道后，拿着棍子打。人们期待的卫东超听后回家打任霞的画面没出现。村里人说，这父子俩让任霞治住了。当初，卫东超离家那会，村民也在后面指点，见过老婆跑的，没见过男人跑的。卫东超摸着儿子的头，问他想爷爷不。儿子说，想。又说，爷爷走的那天，塞给我十块钱。卫东超又问，爷爷和你说，去哪里了没？儿子说，爷爷要把你找回来。

卫东超回来，第一次床事过后，任霞哭着骂，你不是东西，你知道这些年我们怎么过来的吗。说着，光着身子，跳出被窝，低下头，扒拉头发，露出头皮的几道疤痕。伤口愈合多年，无助的情绪郁结在心，直到丈夫回来，缠绵过后，得以宣泄。又说，你娘的，看我没了，你儿子谁管。眼泪滴在卫东超性事过后正泛红的胸膛上，他忙伸手给任霞擦泪，趁机将其拥入怀中。不论任霞如何追问，他闭口不说这些年自己在外面干什么。任霞问累了，自顾说起当初怎么去找他。算命。贴寻人启事。去泰安。有人看到流浪汉像你。又去东营，还有滨州。开始那一两年，一有消息，就出去找。后来就疲乏了。是死是活，你自己的命。日子还要照常过。有了这次任霞的痛哭。卫东超知道她对父亲不好，也忍了，心想，她是把对自己的怨恨，发泄在父亲的身上了。几年后，任霞又生了个女儿。生活中总有忙不完的事。孙子进入青春期，姑娘占据他的内心，逐渐不再提爷爷。对孙女而言，爷爷只是一个称谓。卫东超偶尔还会想起父亲，比如上坟时，只有母亲的坟。父亲不知所踪，不立碑，也是抱着一线希望，人还活着，似乎立了碑，就默认了他的死亡。至于，父亲是否去寻自己而不得，还是单纯逃离这个令他难以忍受的儿媳。这不得而知，也越来越不重要。

几杯酒下肚，卫东超对自己今天的表现还算满意，哀而不伤的程度，过去的懊悔和不甘，想来也不是多么难以接受，可以认定的是，未来还有更多的不堪在等待自己。怕再喝下去，行为出格，他用手盖住杯口，求饶道，还要早起，不喝了。其余三人不饶，分酒器里的那点酒还没喝完，这才到哪里，让卫东超再讲几个吃的事。小时候，在村边池塘里，他捡过一条泥鳅吃。又说，十七岁那年，在镇上的旺达塑编下车间，有个福建的技术员，买了一个榴莲，把皮给他吃。卫东超吃了皮，咬不动，把榴莲砸他头上了。

在邢台的第一个春节，他们都没回家。彭莉和家里人说加班，工资翻倍。父母重男轻女，她也不愿意回去。父母让彭莉寄钱回来，弟弟要念书，买电脑。卫东超没回去，是不能回去。离家半年，他们都没赚到什么钱。卫东超只带着一个月工资和借的工友的钱（后来由老婆还了）不到一万块。这几个月来，吃用和租房子，所剩无几。卫东超在附近的一家板材厂当油漆工，没几天，身上起了一层的红斑，忍着瘙痒，干了一个月，说好的试用期四千块，一套防毒口罩、手套、紧身工作服，先扣了四百，到手两千五。他哮喘不止，去医院打针，彭莉坐在旁边，听他讲述肺病死去的母亲。那时，卫东超不足两岁，家里也没有母亲的照片，他只能从小姨那里寻得母亲的影子。彭莉边听，边把梨切成薄片，送进卫东超的嘴里。夜里，彭莉趴在床上睡着了，卫东超怕吵醒她，忍住咳嗽，脸憋红了。卫东超没什么技术，当初在老家的厂子，会操作塑编，这边没工作机会。他去轴承厂，羡慕车工和打磨工，有个手艺，自己只能干装卸，卖力气。一天下来，全身虚脱，红斑褪去。装卸工干了一个月，在澡堂单间，卫东超和彭莉互相搓洗，身上的污垢如墙皮被一层一层刮起。水雾中，彭莉蹲下，含住他的下体，水洒在她光滑的后背上，激起水花朵朵。卫东超闭上眼，如置身野郊的小河，身心自在，从眩晕到战栗。私奔时互相许下的承诺，在捉襟见肘的苟且中日渐消散。

除夕的这天夜里，卫东超和彭莉买的速冻水饺，两包，一份猪肉大葱，一份素三鲜。电视机坏了，只有声，不出画。俩人喝着绿色小瓶的二锅头，听完赵本山的小品《功夫》。整个春节，卫东超都耿耿于怀，这次老赵怎么没骗成功。街上店铺的卷帘门上贴着倒立的“福”。两人来到七里河，沿河岸走，没有路灯，月亮挂在半空中，河水在冰面下汩汩流淌，如一群鱼在河下面流动，又像一只巨猫卧在水下打鼾。河面蜿蜒，在月光下，如一条丝带。零星的鞭炮声从远处传来，不时提醒这两位异乡人当下的孤苦和凄凉。走出几公里，前方愈加黑暗，经过一座拱桥，进入乡村，火光出现。一帮人守夜，在坟地前点起篝火，火焰蹿起数米高，还有人在不断捡来木柴。卫东超和彭莉停下脚步，火光染红他们的脸。卫东超从后面抱住彭莉，直到两个人的身上冻透，又沿原路返回。回到出租屋，已是凌晨，伴随村落里此起彼伏的鞭炮声。卫东超和彭莉如两条冬眠的蛇，缠绵一阵后有了温度。许久没有清洗的身体，散发着原始的腥臊味，又让人格外地迷离和坦然，不论是对生活的憎恨，还是渴望，或许是预见到必将到来的分离，他们肆无忌惮，说着露骨的脏话。初一的早上，彭莉在下体的疼痛中醒来。外阴肿胀，似有血迹，卫东超见状，意识到自己并不爱惜眼前的这个女人。这种自责，在他后来漫长的岁月中，如肉刺一般，不显眼却极为不适。

夏天到来前，彭莉的母亲病重，她回了老家沧州。期间，他们通过几次电话，病情不理想，考虑做手术，小地方医疗条件有限，去大医院又治不起。幸好母亲文盲，住在肿瘤病房，不清楚自己的病情，念叨地里的庄稼。卫东超答应发了工资，把钱打给她。轴承厂的工资太低，卫东超跑去劳务市场，跟着装修队抹腻子，每日攀爬十几层楼梯，眼见一片住宅楼拔地而起。几个月干下来，说好的，一天三百块钱，迟迟不发。几次讨要无果，卫东超砸了工头的越野车，顺走钱包等物件。当天晚上，卫东超被抓，警察联系到家乡的派出所，任霞和村主任刘猛前来疏通关系，把他带走。这是后话。一天，彭莉接到卫东超的电话，言语客套，互道保重。这时，彭莉沉浸在丧母的悲痛中，结束关系，让她松了一口气。出租屋里，彭莉和卫东超留下的那些生活用品，都不值得任何一方去收敛。房东拿不到剩余的房租，变卖了电热毯、电视、风扇等。有些卖不掉的扔到垃圾池里，除去衣物等，有彭莉没怎么用过的口红、卫东超住院时的清单、小半袋生虫的大米……酱油醋瓶被打烂，流出的酱汁浸泡了两人姿态亲昵拍摄的那组大头贴。同居吵架生闷气时，彭莉用牙签在墙上刻出的一朵花保存下来，迎来下一个租客。

离开邢台后的第二年，卫东超买了辆五菱宏光。杂七杂八办下来，七万出头。从4S店提车，半路下起暴雨，铁路桥下积水。他在路边熄火，雨水冲洗车窗，想到有年夏天，他骑摩托车接彭莉下班，半路大雨倾盆，淋成两条活鱼。看着来往的汽车，卫东超想起从未对彭莉说出的话，以后买了车，载着她去更远的地方。(每逢假期，卫东超载着妻儿去莒县走丈人，三百多公里的路，穿山洞，上高速，四五个小时。他热衷于向外人谈起，是回程经过博山的盘山路，并不是因为下坡路，耗油少，更因为周遭是断崖，而此时妻儿也因路途漫长，早已在车厢里昏睡。没有吵闹声，除了不能在车厢里抽上一根烟，他终于能不被打扰。山丘层叠，峭壁悬崖，红色瓦房点缀。这样的景色，比那些旅游胜地也没什么逊色的。)

王强有些羡慕卫东超。他三十六岁，已经过了最佳婚龄，就算在城里，也是大龄。过去还热心为王强张罗亲事的妇女们，这两年也都疲沓了，在村里见到他，只不冷不热地打个招呼，转头就对身边的妇女们说三道四。从前她们嘴里挺好一个大小伙子，成了心里没点数，怎么还有心思吃得下去饭，一点也看不出着急，难不成他有什么病，或是压根就不喜欢女的。总之，她们在唾沫飞溅中达成共识，那就是王强又占用了一个光棍的名额。外人越是戏谑王强的终身大事，老范就越是着急，自己儿子的不争气，也有损她作为村里唯一的神婆的形象。老范要是真有能耐，能连自己儿子的婚事都解决不了吗？前些年，老范的大儿子，也就是比王强虚长四岁的哥哥，一直饱受婚后不育的困扰，经过几年问医求药，儿媳终于给她生下一个孙子。老范把这归功于自己多年来坚持的烧香祈求，终于让自己在乡邻们面前挺起了腰杆，不无得意地夸下海口，我在上仙们面前多少还是有点面子的。村民们也会递话，那看来，强子的婚事也快了吧。老范年过六十岁的后背越发驼了，着急迈开步子，努力把自己抽出舆论的旋涡，哑着嗓子说，我都问了，就这两年的事了。两年过去，又是两年。上仙们事务太多，在床上辗转反侧的夜晚，老范嘴里念念有词，引来老王的呵斥，这么晚不睡觉，招魂呢。

老范善做法事和通灵，村里长大的青年们，几乎都从她的手里，把丢失的魂魄捉回来。更不消说，逢神仙的日子，她带领村妇们去上香，所求事项包括但不限于亲人重病、流年不利、孩子考学等。她们提着装好元宝、帖子、供香的袋子，一路愁眉苦脸坐公交车、倒车，饿了喝点热水吃口干粮充饥，抵达深山中的寺庙、道观，并在老范的指导下虔诚上香、跪拜，并听她的安排去念咒。回程的路上，众人心情舒展，不论是因自己的虔诚得到内心的宽慰，还是真以为所困扰的事会得到解决，或许更多的是把责任抛给上仙们后的轻松，脸上洋溢着在农忙时节把丰收的粮食拉回家才有的表情。老范作为在省台《我是大明星》露过脸，并折戟海选的民间歌手，兴起之时，也会高歌一曲《好日子》。

当然了，这都是前些年的盛况。如今，已经很少有人登门请老范作法驱邪了，村里的年轻人都在城里置房安家，所生养的孩童，按照父母的文化水平，更信赖现代医学。至于村妇们没有继续跟着老范去烧香，除了有些人病故，并不是她们突然脑子开窍看穿了这种迷信的把戏，她们只是不再信任老范，转而求助于隐藏在他乡的大仙和神婆了。老范照样在各类神仙的诞辰日——鉴于每个月都有十几个叫得上名字的神仙过生日以及降临人间，她平时种着几亩地还有一些家务活要做，只挑选了几个重要的，包括但不限于——元始天尊、玉皇大帝、上元天官大帝、济公菩萨、太上老君、北极玄天上帝、中岳大帝、后土娘娘、文殊菩萨、碧霞元君、神农大帝、天竺观音、张天师、火神、救难药王真君、八字娘娘……有的她请回家，有挂满了客厅三面白墙的画像为证。而正堂上，常年燃烧着香火——后来与时俱进，以仿照火焰的蜡烛灯代替。蒲团放在面前，一日三拜，也是免不了的。这种上仙展览的家居氛围，自然引起了村委和镇政府的注意，并三番五次派人下来劝导，留下几本反邪教破迷信的小书，却也没悍然把画像撕下来。总之，近几年，老范孤身一人搭乘公交车去上香，碍于这些庙宇和道观总在偏僻的地方，去一趟着实舟车劳顿，对于一个六十多岁的老妇，并不轻松。王母每次上香，祈求家人平安后的第二句话，就是希望强子早点找到对象。至于保佑发财，她在心里默念时，已经谈不上有多么心诚。半截身子都埋在地下，谁家的钱也不是大风刮来的，勤勉也不一定致富。但凡王母能跪拜的上仙们，都对她儿子王强的为人耳熟能详。他自小内向，善于偷懒，中专学的工程预算，毕业后短暂在城里打工，如今在邻村的企业负责会计和预算，不事劳作，身体过早发福，不修边幅。毛病不少，都不打紧。显眼的瑕疵是，略有结巴。话说回来，哑巴都能找到老婆，何况是他呢。

王强很少向外人讲述自己失败的相亲经历，身边的亲友也就没办法帮他梳理并总结经验。媒人们只好从女方那边打探到些只语片言，一窥王强和女性相处时的细节。（备：请自动脑补王强回话口吃的情形。）女 1 说，坐了半天也不开口说话。我问他，喝水不。他说，别倒了，看着杯子也怪脏的。我说，是，我家里没那么讲究。他说，你脸挺干净的，还擦粉了，脸和脖子都不是一个色的。女 1 向媒人抱怨道，姨，结巴也不是大毛病。第一次见面，就挑三拣四的，不会说话。女 2 说，这个王强自己没点数，彩礼十五万，城里有套房，这都是最基本的，相亲就是谈条件，难不成还谈感情了，我和他有啥感情好谈的。我还没说完，他问我一个月多少钱。我在加油站，两千不到，是不多。他听完站起来就走，顺手还从茶几上抓了把瓜子揣裤袋里了。姨，就他，这辈子都讨不到老婆。女 3 对王强就一条评价：流氓。第一次见面手就不老实。我俩在里间，话没说一句，他抓住我的手，就说，咱俩结婚。眼里还含着泪，我也不能叫，不为别的，对我的名声不好。你说他胆小，找不到对象，我看他胆子一点都不小。我说，你松手。王强跟踩电门一样，全身抽搐，把我吓了一跳，寻思他可别有什么病，死在这里了。王强最后一次相亲，是去年，女 4 已经找到对象，正在筹办婚礼。对王强早已经没有印象了。媒婆说，就是说话有点口吃的。女 4 拍了下大腿，一脸鄙夷，屁，我本来对他还有点好感，结果加了微信，老是半夜给我发他的大头自拍照，长得跟猪头成精一样，咋还好意思发照片的，不要脸的东西，还让我给他发照片。神经病一个。

相亲过的女性在王强枯槁般的生命中一闪而过，以他作为反例，倒是衬托出其余普通男的有些不错，降低了择偶标准后，她们纷纷嫁做人妇。反观王强，不只是工程预算伤脑，还是独自居住，寂寞的日子令人神伤，他白发冒顶，如雪盖头，脸上几道沟壑，细纹丛生。这张愁苦的老脸，只有喝酒时才难得有些笑容。他从没有机会，像卫东超这样，和一个女人厮混在一起。众人不耐烦，问他到底还说不说吃过什么东西。王强极不情愿地说出了几个，锅灰、新婚的“囍”字烧成的灰、香灰，这些都在王母的要求下，为自己的姻缘，兑好凉水喝进去。这算什么呢，在场的无不在小时候让王母叫魂时喝过灰。王强罚了一杯白酒，脸涨红，擦了下一头白发，头埋在胯处片刻，抬头说，我之前相亲，有个女的（女 3）吃完苹果，擦嘴的卫生纸，我带回来，留了很久，没事拿出来闻一闻。哄笑声即刻回落，陷入一片死寂。这个细节，瞬间把他们从酒精中捞出来，丢到镜子面前，端详自己的丑陋和失败。李宝拿起自己擦嘴的卫生纸，要堵到王强的嘴上。卫东超一脚把李宝踹到地上。李宝索性四仰八叉在地上躺着，闭上眼，一脸满足，对卫东超的辱骂充耳不闻。王强出屋，来到阳沟，扶着墙吐了一大摊，等回到屋，见李宝用一团卫生纸捂着头，蹲在地下，血还在滴答。王强问，咋弄的？卫东超说，别管他，他娘的，就是欠拾掇了，今晚让他去见他爸。李宝用手指蘸着地上的血画圈。王强坐回自己的位子，问了个在他们看来，今晚上最好的一个问题：你第一次亲眼看到女的裸体，是什么时候？

二〇〇八年冬天，金池洗浴中心开业，传单挨家挨户塞到门缝里。起初，旁人都没在意。那时，已经有不少的家庭装上了太阳能。没装的，在烧炉子的屋里，接上一盆热水，用毛巾简单擦洗，更是他们熟悉且节俭的生活方式。只有在年底腊月，为迎接新年，村民才在不远处的铁矿厂的职工浴池里浸泡劳累一整年的身躯，污垢和毛发在池面上漂浮起厚厚一层，这也不妨碍人们继续跳下去，并有不谙世事的孩童学着电视里那些城里人在池里扑腾嬉闹，难免喝上几口秽水。泡完澡，掉十斤秤，虽为夸张的笑谈，多少也印证了，泡热水澡对他们这些在泥土里打滚的人来说是件奢侈的事。二十一世纪之后的头几年，村里也零星出现过一两家自盖的澡堂。一间大瓦房，分好男女，再隔出几个单间，为省水考虑，装一个脚踏式喷头，人离开喷头，水自然停止。只是没有池子泡澡，垒砌池子，是个工程，也不合算。一年中，村民也只在秋冬两季去洗澡。客源少，费用还赶不上煤炭涨价，也就关门歇业了。再后来，单纯的泡澡和洗浴，对年轻人没什么吸引力，远在城区的洗浴中心，虽有桑拿按摩以及特殊服务，动辄上百的消费，也让他们望而却步。其实，也不单纯怕花钱，那种外观金碧辉煌，服务员西装革履，张口喊哥的殷勤服务，让他们这些平日里不被待见的人，心里多少有些不自在，反衬出自己的卑微。他们也并不认为自己重要到如此被郑重对待，这里包含着由祖辈一代代卑贱的人生经历所累积下对世界的认识，而内心所体现出的善意，更多的是怯懦和自我轻贱，担心被欺骗，在社会中立足艰难，对不熟悉的场所天然畏惧。同时又不得不承认，面对精彩万象的世界，不论是哀叹命运的不公，还是悔恨自己不够努力，结果都反噬到自己身上。宝贵的一点，我们这场酒局的主人公们，都是些称职的废物，在命运面前，完全是听之任之的态度，并没有铤而走险。报复社会的念头总是有的，心里一想伤及无辜，只为成全一己私欲，他们也就作罢了。

金池的出现，填补了村建澡堂与城区洗浴中心之间的空白。塞在门缝上的宣传页，已经不知去向。王强看到工友拍摄的全裸歌舞表演的模糊照片，嘴巴如同打开的自来水管，口水不停吞咽。又过了一个星期——这对王强来说，漫长且难耐，有在被褥上遗留下的精斑为证。金池开业的热度消散，王强、李宝和陈华宁一行三人，骑着两辆摩托车，向镇上开拔。卫东超没去，他当时还远在邢台。王强等人回忆起金池洗浴时，他没有任何的参与感。等他回来时，金池洗浴也已经关门。（提到二〇〇八年，卫东超想到的不是年初南方的大暴雪，不是后来次贷危机导致的全球金融危机，更不是神舟七号上天，这些所谓的大事，和自己的生活没有半点的关系，只能作为背景音。在生活的舞台上，他与彭莉作为亲密的舞伴，共舞了一番。回忆不知何时被镀上了一层暖色，但只要略微擦拭一下，卫东超所见到的，是在异乡处处碰壁，自己逆来顺受，如一棵杂草。他总是把回忆浅尝，随之而来的，是一阵难掩的羞愧。那一年，家里的境况更加不好，任霞在村口出车祸，做完开颅手术后，语言迟缓，行动受限，有了伴随终生的偏头痛，头发剃光，戴帽子保暖，用一整年长成短发。）

夜里十点，他们经乡道，驶进东西向的镇中心大街。金池洗浴的门口，已经停了不少摩托车。周遭没有架设路灯，只有金池洗浴几个大字闪烁着霓虹灯，其余的平房退隐在黑暗中。三四成群的顽劣青年，聚在一起抽着烟，不知是刚从里面出来，还是在犹豫是否进去一探究竟。黑夜中局促的灯光，对于自小在这里长大的本地人来说，并不影响他们心里勾勒出金池洗浴的面目。这幢长方半圆拱形建筑，如抽屉一般塞进了居民区，正对街道的上方，用水泥铸造了个凸出的五角星。很长的时间内，全镇没有一处两层楼，它作为公社的礼堂，是镇上最为宏伟的建筑。在政治主导的年代，这里总是红旗招展，人声鼎沸，公社社员大会的革命口号响彻云霄。忠字舞的汇报演出，在这里举行；反革命的公审大会，在这里召开。群众释放激情，又宣泄着愤怒。宽敞的院落，不用铺设水泥和石子，脚踏的比用轱辘碾的晒麦场还要结实平整。后来，取消公社。显眼的红色五星逐渐褪色。半空中用于悬挂旗帜的铁架，先是生锈，后又在一九八五年春天的一场八级大风中彻底塌架。如此废弃几年，到了九十年代，这里短暂被私人承包，改造成电影院，放映从港台引进来的黑帮片。女明星硕大的乳房在荧幕上出现，至今还让那些年过半百的爷们儿回味悠长。很快，VCD走进寻常百姓家，影碟租赁兴起。拉上窗帘，锁上铁门，在家独自观看三级片更为尽兴。镇上的初中借用礼堂，请雷锋班的战友汇报，师生们坐在木板折叠座椅上听得泪流满面。新世纪到来，礼堂倾斜的内场塞满倒塌的桌椅板凳。铁门生锈，窗户玻璃被顽童们打碎。院落里的平房，租给了开网吧的，共有七八台机子，最多时也没有超过十台。服务器很慢，网络太差，也没有抵消初中生们在聊天室里和缥缈的网友聊上几句，以为这就是拉近了与世界的距离。先是家用电脑普及，后来手机也能上网。厂院彻底成了海鲜仓库。金池洗浴中心也只短暂出现在海鲜仓库前，坚持不到一年的时间。金老板因经营色情场所被抓，投入了七八万的装修费不知道有没有回本。老金敢想敢拼，从外地聘请的一批姑娘，的确为镇上的年轻人补上教科书撕去的生理卫生那几页的内容。成年人更受惠于此，其中当然包括，这天晚上站在门口的王强等人。

王强站在金池门口，想起初中时曾来这里听一名白发的特级语文教师讲作文写作的那个午后，一阵燥热，似乎横跨十余年，那个炎热午后的阳光才终于落在身上。过去的作家梦荡然无存，他有些泄气，路上飞驰电掣的豪迈之情一扫而光，用手松了下紧致且湿漉的裤裆——贴身的保暖裤确实有点货真价实。浴池的正门在院落里，还是过去礼堂的入口。掀开厚厚的棉布帘子，迪厅的动感音乐灌入耳朵，令人一阵眩晕。似乎一脚踩空，到了地球的另一端——美国。曾经倾斜的地面已经被垫平，主席台还保留着，被隔成几段，布置成前台和候客区。王强迅速把双手揣进裤兜，掩饰自己的无措，抢先坐在沙发上。李宝堆着笑侧身而立，指点王强去看墙上的宣传海报：艳舞双绝——知名模特小丽、小宛（穿着三点式的泳衣）——倾情献身。陈华宁故意去角落里抚摸矗立的大瓷瓶的纹路，装作一副认真鉴赏的架势，掩盖自己的好色。墙上贴着价格表，洗浴十九元，夜场表演十元。交了钱。服务生给了他们三把手环钥匙、三件浴衣，指向更衣室。三人走下台阶，打开门帘，更衣区里几排崭新的铝合金储物柜。有人光着腚，坐在台子上擦拭身体。还有几个换好浴衣，迫不及待地进夜场。他们找到自己的储物柜，站着脱掉衣服，地上横竖摆放着几只尺码和颜色混杂的拖鞋。换上一次性的浴衣，李宝问，这个能带走不？王强上去一把在他胸口扯出一个破洞，露出乳头。陈华宁见状，又扯另一个。李宝露出两点，捂住胸口。

来往进出的客人，低下头，生怕遇到熟人。浓雾般的水汽，看不清彼此的脸，他们在崭新的喷头下清洗，又跳进浴池。只简单过水，便迫不及待出来，跟着进入夜场区。厚重的门脸打开，炫耀的霓虹灯球下，隔挡出十几个茶间，圆桌沙发空了大半。另一半是足疗、按摩区——人不多，零散躺着几个人，坦然接受足疗小妹的服务。他们走向茶间，刚入座，一个服务生走过来。他们点了三瓶啤酒，一盆花生米，共花了一百块。暖气开得不小，空气中弥漫着烟味、脚臭和劣质的香味。演出还没开始，他们神情紧张，揉搓着身上的污垢。服务生端来啤酒和瓜子、花生。陈华宁问，演出啥时候开始？服务生笑着说，一会就有，别着急。时间过于漫长，他们回头，望着足疗区那几个来回走动的女技师，企图从她们的身上找到一丝幻影。

吧台后面站着的男人，拿起话筒说，下面请欣赏，著名模特小丽带来的热舞。灯光短暂暗下去，小丽从侧间出来，一束光打在她的身上，随着舞蹈的节点，边扭动身体，边脱掉薄衫和裙子，引来下面一阵呼喊和掌声。小丽走到舞台的中央时，脱下黑色的内裤，手指旋转，扔向半空，赤身裸体。略有近视的王强，眯起眼，向前探头。小丽小腹凸起，有赘肉加持，体态虽不雅观，已是他们肉眼真实所见最为美艳的裸体。小丽面带微笑，在台下男性的瞩目下，毫不羞怯，多了一份放浪和自在。她根本不会跳舞，只是在扭动而已。五六米的距离，王强目不转睛，一块沉浸。他身体一阵战栗，双腿磕到桌子，啤酒洒出一些。他把手塞进裤裆，表情欲仙欲醉。台下有人递烟，小丽接烟的瞬间，屁股被男的摸了一把。王强怒火中烧，仿佛是自己的女人当众被人猥亵，又一想，那么多人，凭什么就你能上去摸。有人能去摸，自己不能摸，仿佛吃了天大的亏。小丽点上烟，回到台上，吹出一口，对着台下摇晃着身子，下垂的乳房颤抖着，迈着步伐，看向王强这一桌，把多余的一根烟，塞到下体，摩擦几下，朝他们扔过来。李宝从座位上弹起来，接住那根烟，放在鼻子上嗅了几下。味道久久不散，持续了许多年。音乐停止，小丽捡起衣服，走下台，拐进门帘后面。众人屏住呼吸，寂静无声，座椅如一个个独立的行星，又被充斥的性欲牵引，汇聚成宇宙。公社礼堂的屋顶，高至五米，乳白色的水泥抹面现已纯黑，如时代巨幕压顶。当年，模范社员守山护林，为保住集体财产冻掉脚趾；老山前线回来的战斗英雄，拄着拐杖痛哭流涕回忆自己的战友被地雷炸成肉末，社员们恸哭的声响汇集到屋顶。如今，男人们掌声热烈，翘首期盼下面的节目。

《万水千山总是情》的前奏响起，小宛手持话筒款款上台。她身体消瘦，几无女性特征，在闪光透明的衣物衬托下，身体白皙甚是夺目，缀着流苏的内裤遮挡住隐私部位。她双手娇羞，挡在胸前，贴合得严丝合缝，转身对准台下，施舍般地让这些饥渴的男人观赏自己的臀部。或许是前面小丽过于劲爆和露骨，小宛出现在他们欲望发泄后，显得寡淡无味，引来了众人的一阵不满。李宝手里还攥着先前的那根香烟，担心气味消散，不时放在鼻下浅嗅。王强还在犹豫，是否可以冲上台，小宛腰间的一处文身让他有些畏惧。此后的很长一段时间，不论是小丽还是小宛，都轮番出现在他黑夜的梦境中，有时看不清样子，或胖或瘦的身体贴着他；有时场面淫乱，与毛片里的场景吻合，或是野外，或是城堡，酒池肉林，极尽奢靡。他有时跪倒在地，殷勤侍奉女人；有时杀伐果断，对女人极尽羞辱。不论何种情形，王强醒来时，被子总是湿了一块。

十来年间，小丽和小宛不清楚，还有几个男的，偶尔会想起她们。她们如今身在何处，过着什么样的生活。这种妄念，并不稀奇，如同他们在观看碟片时，也会对身处异国的女人们产生务必的畅想，唉，她们为什么选择这样的职业，是被黑社会逼迫的吧。她们年老色衰后，靠什么去生活呢。各种猜测，都包含着发自善意的可怜，落脚点必定是她们肯定生活不堪。不如自己，有酒喝有肉吃，还有几亩薄田，不忘感叹一句，还是社会主义国家好。对赵兵而言，王强断续且困难的讲述，以及李宝念念不忘的那根香烟，这中间留下的开放空间，能容下无数个金池洗浴，却放不下他的欲望。赵兵去镇上赶集，路过公社旧址，前面的沿街房，如今是一家超市。公社褪色的水泥红星在店铺招牌上得到弥补，从左至右，先是鲜艳的红色五星——红星二锅头的宣传广告，后面是“月玲便利超市”招牌。赵兵走进超市，环顾一圈，和平时所见的便利店并无多大不同，没寻到金池浴池的半点踪迹，从货架上选了一瓶醋和一袋十三香。他结账出来，置身在阳光下，内心填补不了的空虚，就只能咬牙隐忍。对赵兵，对胡珊，都是如此。

赵兵的儿子一米七，和他一般高，明年中考。当初，胡珊执意要离婚时，儿子的心思都还放在玩具手枪上，下班回到家，吵着要赵兵和他一起下军棋。如今，儿子痴迷电脑游戏，脱口而出的脏话，在这几年父母吵架的氛围中也不算突兀。胡珊作为济宁人，骂人用“日”，而不是“操”，儿子口头禅，日你姐，就是从这里学的。当初在工厂，赵兵和胡珊刚认识那会，胡珊就说，你们这边的人太没礼貌了，骂人哪里有骂对方父母的，不讲究。作为孔孟之乡的胡珊，显然就更有分寸一些，不问候父母，问候姐、妹。入乡随俗，更难听的话，在这些年里倒也没少问候赵兵。谈婚论嫁时，赵兵早已领教胡珊的脾气。赵母极力撮合，概因儿子从小懦弱，脑子笨，找个口齿伶俐、脑子活泛的，这日子才能过下去。赵母倒没想到自己和儿子，一直被她骑在头上。

结婚没多久，胡珊执意分家，把婆婆赶走。赵兵工资先上缴，再给他一点生活费。有几年，胡珊和老高同居。赵兵不知道老高叫什么，跟着胡珊也这么叫。有次，赵兵守在厂门口，跟踪胡珊下班，找到老高的住处。十化建三四十年的老居民楼，过去工人住的，如今只剩下一些老人。隔音不好。赵兵在门外，等两个人办完事才敲门。老高把赵兵让进门，三个人坐在一起。那顿饭，赵兵到现在还记得吃的什么。胡珊炒了两个菜炖了一条鱼，又下楼去市场买了份炸肉。喝的是五十二度的扳倒井。胡珊在厨房里炒菜，赵兵和老高在客厅里看电视。老高问，小胡在家里炒菜不？赵兵说，她一般不炒。老高说，我不会炒菜，都是她炒。赵兵说，她炒菜还行。老高说，小胡除了脾气急点，别的都挺好。赵兵说，她爱动手打人。老高说，那是你不会管教，她就不敢打我。赵兵问，你有啥办法？老高说，和你说也没用，我要是你，小胡干不出这种事，我把她打死算完。赵兵说，儿子老想妈。老高说，我也让她回去，她不听，三天两头往这里跑。赵兵说，那她再来，你别给她开门。老高说，钥匙她有，我换锁了，她还给撬开。赵兵问，这咋办？老高说，她身体里的锁，钥匙在我这儿，你明白不。赵兵说，她不让我碰。老高说，这事着急没用，你放心，我不和她结婚，早晚还是你的。赵兵问，早晚是多久？老高说，她还没玩够。赵兵说，我的老婆，整天在你这里，不是这么回事。老高说，你要心里过得去，你没事也可以来，反正我不在乎。小胡端上来一盘青椒炒肉，对赵兵说，吃完，赶紧走。赵兵说，我今天没事。看你这些臭毛病，老高伸手打了她屁股一下，骂道，男的说话，还有你们娘们儿插嘴的地方了，赶紧把菜炒完。老高让赵兵动筷子。小胡又端上来一盘辣炒肥肠，对赵兵说，空手来这里，你也好意思。老高又说，就你事多，咱兄弟来一趟，这是稀客。又说，上次你买的鱼还在冰箱里，去炖了。小胡说，两个菜还少啊。赵兵说，我会炖。你坐下，老高说，就让她去炖。小胡扭捏着走进厨房。赵兵看着自己老婆的背影，低头吃了口肥肠。老高说，欠打的玩意儿。倒上酒。老高和赵兵交了底，放心，老婆还是你的，也是孩子的妈，都是男的，我还能真娶回家不成。赵兵说，有你这话，我就放心了。老高说，兄弟，把心放肚子里。酒喝到半截，赵兵哭了，不为别的，小胡吃着饭，给老高倒酒，不给他倒。小胡和老高坐在沙发上，他自己坐在板凳上。老高见赵兵哭得伤心，推着小胡，去坐在赵兵边上。小胡坐在边上，又骂道，你哭你娘了个头，就你这样的能找到老婆就不错了，还有脸哭。老高双手拽住赵兵的手，赔罪道，我对不起你，但我和小胡，确实合得来，你也看到了，人总是要讲感情的，哥给赔罪了，你给哥个面子。小胡拍了下赵兵的头，快点的。赵兵闷了下酒，要走。老高说，胡，去送送。小胡提着垃圾袋，把赵兵送到楼下。小胡问，儿子最近学习怎么样？赵兵说，你抽空也回去看下。小胡说，你没事别来了。赵兵说，那你还让我下次来带东西。小胡说，你这人，别人啥话都往心里去，听不出好赖。赵兵说，这么多年，我啥都听你的。小胡说，听我的，就赶紧回去。（一年半后的夏天，连续下了一周的暴雨，老高跑去太公湖捞鱼，上游水库放水，一同被冲走的有三人，其中两人水性好，自己游上岸。两天后，救援队在下游两公里外的芦苇丛中发现老高，他全身淤泥干涸，状如做工潦草的兵马俑。妻儿从外地赶来处理后事，小胡以生前好友的身份，鞍前马后，颇为用心。有好一阵子，小胡秉性变了，不爱说话，经常自己掉泪。赵兵也不问，日子照常过。赵兵按时上下班，工资还是都交给小胡。赵母说，讨个老婆不容易，回来安稳过日子就行。不出半年，胡珊认识了艾庄的老马，跟着他跑运输，当押运，以车为家，走遍大江南北。其间，胡珊怀孕，在宣城做了人流。术后，老马熬过一次鸡汤，腥味太重，毛也没剔干净。小胡心灰意冷，觉得还是赵兵对自己上心。此后，小胡继续给老马押车，谈笑照常，但不再为他省钱。小胡不再向赵兵提离婚，也做不到回归家庭相夫教子。)

快九点了，菜空去大半，四个人脸色涨红，没有再说下去的兴致。地板砖上，李宝用血列出的算式已经干涸，答案是错的。卫东超半夜还要起来打饼。赵兵倒是不着急回去，小胡又好几天没回家了，手机打不通。昨天她发了条抖音，在外地的景区里扶着绳子过荡桥，从太阳眼镜里能看到老马模糊的身影。胡珊花容失色，尖叫着挪步。配字：爱情的独木桥，我愿意陪着你走到底。李宝不愿意走，用手搓着脸上的血迹，问要不要去医院看一下。卫东超端起酒，倒在他头上，消消毒就行了。李宝疼得叫出了声。王强一脸沉默，作为席中酒量最大的，八两酒对他来说不算什么。好一阵，他说，啥时候去城里的洗浴中心。卫东超穿上外套，把吃饭时松下的腰带系上，提着裤子说，消停会吧，都多大了。赵兵说，我没钱。李宝说，老爷们儿，整天想女人，有酒还不够。

残羹冷炙，一地狼藉。王强摇晃着把他们送走，锁上大门，钥匙扔在旁边的洗衣机上。回到屋，他从抽屉里找出磨损严重的光盘，放进影碟机，前戏快进，坐回沙发，把腿搭在茶几上。凝结的肉冻，沾染在裤脚上。他拉开裤链，掏出阳具，伴随着撩人的呻吟声，下体却毫无反应。他怀念金池洗浴，倒不是别的，更多的是当时自己雄壮的欲望，感觉能把地球捣穿。或许，有朝一日，一个真实的女人躺在自己的身边，就不会如此。又担心，万一还是无法勃起怎么办。在这种内心纠结中，他又独酌半斤，放任自己在沙发上昏睡。半夜，王强醒来，发现自己躺在尿里，头疼欲裂，恍惚间看到电视机里裸体的女人，误以为家里来了个女人，心里一急，瞬间酒醒。待看清楚后，一股巨大的虚空罩住他。他脱下湿漉漉的裤子，懊恼地回到床上，难以入睡。又一想，刚才就这么死了，也没什么可惜的。

卫东超小心翼翼推开屋门，卧室里传来母女平稳的喘息声。卫东超坐在沙发上，点上一根烟，拿出手机，调到静音，又刷了会抖音。大数据推荐层出不穷的天南海北跳舞的姑娘，像是在跳给自己看的，心里多少有些得意。期间，北焦宋的老葛发来语音，他转为文字：赶明儿，多弄十斤烧饼，村里死了个人，吃大锅饭。卫东超发过去 OK 的手势。桌子上的饭菜没收拾，盆子里还有几块猪头肉，他放进嘴里一块，一股碱的味道。心想，老钱这家伙做东西也不行。一根烟抽完，卫东超蹑手蹑脚走进卧室，脱下鞋，爬到床上，借着窗外散淡的月光，看到熟睡的女儿脸上还贴着一张小猪佩奇的贴纸，忍不住笑起来。任霞侧身靠里，轻微的酣睡，听到床在动，她醒了，问几点了，还不睡觉。卫东超不知为何，心情大好，手伸进被子，捏了下她的屁股。任霞没什么反应。卫东超心满意足地躺下，盖上被子。任霞说，浑身酒味，不喝能死啊。说完，转过头，又睡了。卫东超还能睡三四个钟头。他梦到了彭莉。恰逢镇上的大集，行人如织，卫东超在摊位上拿着壁纸刀切开锅饼，称重，收钱。有人问，锅饼怎么卖的？卫东超眼都不抬，三块五一斤。声音耳熟，他抬头，彭莉早已站在那里，双目对视，笑容凝固，如在四季来回穿梭。卫东超切开一块锅饼，两人分着吃。卫东超说，这几年，我就干这个。彭莉吃着锅饼，不说话。第二天，北焦宋发完丧，村民们吃着老葛带回来的锅饼，点评道，有点发酸，吃起来也没那么筋道，怀疑不是当天打下来的。老葛急眼了，早晨五点，我去拿的锅饼，还热乎着的，咋会是陈的。

李宝撞开屋门，自己像个提线木偶，而背后操控的那只手是一位帕金森病患者的。进门到躺倒在沙发上的这短暂几秒，老娟子坐在马扎上，双臂窝在小腹上，昂头看着电视，剧情正演到激烈的战斗，爆炸和惨叫声不绝于耳。她身体绷紧，不停骂道，杀了那么多人，这些日本鬼子真该死。李宝喘着粗气，同仇敌忾说了句，杀了这些日本鬼子。炮声滚滚。如今相依为命的这对母子，在家仇国恨面前，难得达成一致。葬礼当天放在供桌上的香炉，如今在电视柜上，香已经燃尽。李宝想到这个曾经的六口之家（两个姐姐，早已经远嫁）已经没有人管得了他，便心满意足地睡了过去。这天晚上，老娟子没注意自己的儿子头破了。第二天，也没发现。似乎，李宝就应该这么伤痕累累过完下半生。

回家的路上，赵兵经过老年公寓，拐进去，母亲所住的房子还亮着灯。大门敞开，赵母正在天井里洗衣服。赵兵问，咋现在还洗衣服？母亲全身一哆嗦，抬头发现是自己的亲生儿子，松了口气，紧着骂道，他娘的，走路没声音，吓我一跳。赵兵脱下身上的外套，扔到一边，嘱咐道，过遍水就行，别猛搓，给搓坏了。赵母闻到他身上的酒气，质问道，手还没好，就喝酒，这又和谁喝的。赵兵坐在母亲的旁边，温顺地把头放在母亲的肩膀上，像小时候一样学舌，一五一十，把刚才在王强家里喝酒的事情说了。赵母边说边点评，一、你的手就是松，还买炸肉、花生米，就你有钱是吧。二、李元信才死了几天，李宝就出来喝酒，传出去也不怕别人笑话。又说，也没人笑话，谁还笑话一个傻子。三、我早看明白了，这个王强找不到个媳妇，你们就往死里喝吧。你也别笑，你自己的老婆都管不了，还不如没有。她生了小然，就应该难产死了，咱家里省多少心，我把小然养大。她又叹气道，一想小胡干的这事，我这嘴里和吃了屎一样。四、天天喝这些酒，有什么好处呢，我就心浑，有那么好喝吗？你看看你现在胖的，还天天觉得自己很能，你要是有出息，赶紧离婚，再去找个老婆，你也没这个本事，喝酒能算本事了。赵兵偎在母亲的肩膀上，听着她絮叨，心里全无怨言，也并不往心里去。赵母说，起开，别靠着我，你还是小？赵兵的头离开母亲，又马上贴过去。赵母无奈笑道，你都四十多了，啥时候能长大。又说，你长多大，也是我孩子。赵母把涮洗的衣服递给儿子，儿子拧干，晾晒在院子的铁丝上。晾完后，赵兵把湿漉漉的手往裤子上摸了两把，妈，你手头还有钱不？赵母说，和我晒个衣服，也要工钱。赵兵笑起来，从后面搂住母亲，脸庞贴在母亲的后背上，语气娇柔，等我有钱了还你。赵母说，我从小把你拉扯大，你欠我的还能还清了。

这天夜里十点多，陈华宁跑完最后一单外卖。路上，他去街边的小超市买了一瓶脉动，出来后坐在台阶上，点上烟，喝了口，拍了张自拍，怒目圆睁，发在“辛留村酒神群”里，后又发了条语音，兄弟们，今天跑了六十单，我操，累死我了，勤劳致富啊，兄弟们，把你宁哥当个榜样。翻聊天记录，看到先前四个人聚餐时，发的一些现场照片，诸如，李宝在地上头破血流算术的字样，以及桌子上的菜肴等。他又连续发了几条语音，一、宝哥身残志坚，这是要当数学家啊。二、你们可真能吃，我晚上就吃了个肉夹馍，你们比王本道都腐败。三、黑社会啊。过了一会，见群里没动静。陈华宁缓慢站起来，许是骑车时间太久，大腿根内侧一阵灼热的疼痛。他戴上头盔，在后视镜里看了下自己，又摆正。回家，二十分钟的车程。一路上，他都在计算，什么时候能靠送外卖在城区买上房子，买上车。他脑子有点乱，什么都算不出来。摩托车灯照亮前方一小块的明亮，如自己狭隘的人生只能被照到这么一点，希望渺茫。他被黑暗笼罩，无法逃脱。不时有货车呼啸而过，强风使他有些晃动，只好紧紧握住车把。

四　李宝

李宝吃过人肉，也吃过屎。

五　人肉

二〇〇四年三月十日，一辆满载瓷砖的时风牌三轮货车，从桓台开往周村。司机三十出头，刚拿到驾照不足半月，这辆二手的三轮货车，花了他东拼西凑的五千块钱，车体斑驳，后面挡板上贴着的黄色“实习”标志有些突兀。作为新手司机，面对这趟四十里地的运输任务，从昨晚，脑海中总是不自觉浮现领取驾照当天等候区的大屏上轮番播出的道路安全教育宣传片——各类惨烈的车祸目不暇接。疲劳驾驶肯定是不对的，那个因意外车祸，盆骨以下截肢，将破旧的篮球套在下面借助行动的女孩，让他印象深刻。似乎考出驾照，开车上路，已经有个惨烈的车祸在前方伺机埋伏，等他入套。

装货完毕，浓雾遮住晨曦。他打开车灯，上路后才发现昨晚画的路线图派不上用场，路牌都看不清楚。第一次跨区县送货，遇到这个鬼天气。他走错路，误入乡道，等看清东孙村的牌楼，及时掉头，重回省道，继续向北，路两侧大片的麦地薄雾流动，车窗内玻璃蒙上一层水汽。为了省电，他不顾早春低寒，摇下车窗。他没有感觉到冷，并不是因为身上的夹袄，路况不佳，紧张也是其次，更为棘手的是腹痛。他不到四点起床，装了两吨重的瓷砖，没顾上排便，两根油条和一大碗豆浆，正在肠道里翻滚。来不及上立交桥，他在路边停车，扯了一卷纸，往桥洞下面跑去。他小心避开四处干瘪的粪便和散落的卫生纸，拐到石墩后面，褪下裤子，头顶上的济青高速因大雾天气临时封闭，静如止水。他松了口气，仰头见四五米高的桥体，因经年腐蚀，丑陋不堪，自己倒像是立交桥排泄的一坨粪便。他用脚拨了几下泥土，盖住稀薄的秽物。肚子空乏，先前的疲惫和腹疼一扫而空，心中一阵松弛，感觉这一天才刚开始。回去的路上，他歪头向西一扫，不远处的绿色铁丝网下，一双裸露的小腿。后来，面对警察的盘问，他颇为诧异地说，还以为是模特架子呢，也太白了。近处一看，才发现是个人，肠子都出来了。

大雾散去，司机留下个人信息，走到警戒线外等待的人群中，没等他们追问，就一五一十，把看到的说了出来。女的，死了。肚子被剖开，肠子流了一地。作为尸体的发现者，司机在几天后的晨报上看到破案的报道。

> 从11日开始，警方对尸体发现地附近的北黄、院上、东孙、东平等村落，连续展开了高密度的走访、排查。刑警动用了警犬，对接触过尸体的

> 气味进行跟踪。据北黄、院上、东孙等村的村民介绍，从12日至13日，民警对每一名村民、每一个村办企业的外来工都逐一进行了走访、排查，东孙村一砖厂厂长说：“仅13日这一天，警察就来了七八趟……”14日，警方将作案人锁定在北黄村男青年沈某身上，警方对沈某进行调查时，从沈某家中发现了人肉。经查实，沈某竟将被害人臀部的肉剜下后食用！目前，沈某已被警方刑事拘留。（线索提供人：王先生 奖金：300元）

令他更为懊恼的是，提供线索还有三百块的奖金。他心想，这钱本来应该是自己的。说不多，也不少。那天为这个事，送货晚了，一百五十块钱的运费，被扣了三十。至于沈某为何杀人，还要吃人肉，那女的又是谁，其中的是非曲直，他倒没太放在心上。生活中，让他更为担心的事还有不少。比如，他三十多了，还是一个光棍，上周相亲的姑娘，他倒是看上了，但对方嫌弃他家庭不好，连个房子都买不起。开春后，地里的农活多了，母亲偏头疼又犯了，吃布洛芬已经不太管用，她总是怀疑自己长了脑瘤，等空闲了要带她去大医院拍个片。思绪至此，那三百块钱奖金，要是给他，起码拍片的钱有了。想到这里，他又点上一根烟。

八年后，初春。济青高速房镇路段，发生了一起交通事故，四轮货车追尾一辆水泥搅拌车，放料斗撞破前窗玻璃，把货车的驾驶室搅拌一番，金属质地的设备在高速撞击下将司机开膛破肚。肠子流出来时，他望向前方的立交桥，想到几年前，在桥下发现的女尸。厄运，大概就是从那刻开始的。先是，母亲去世。他在装卸时脚掌骨折，歇了几个月。东拼西凑交首付买的房子，一直烂尾。父亲在化工厂打零工时遇到管道泄漏，硫化氢中毒，中枢神经系统受损，卧病在床，丧失劳动能力，至今没有拿到赔偿。他住在祖宅里，但每月要还三千多的房贷，还三十年。他年底离婚，贴在墙上的“囍”字还没褪色。两年后，他再婚。女儿遗传了妻子的癫痫，一直没学会加减法。儿子出生时，查出先天性心脏病。他简短回溯这八年自己的人生历程，心想下周儿子的手术，自己是没机会陪伴了。他被挤压在熟悉的驾驶室里，双脚不能动弹，触手可及的只有自己的肠子，捧在手里，血丝下白如珍珠，润滑脱手，只好往肚子塞回几节，一泄气，又滑出来一大截。他没等到救援，就死了。

四份三月十七日当天的晨报，由镇邮局的送报员插到辛留村委的报桶里。其中两份，分别由村书记刘猛、村主任刘宏拿走。另两份由妇女主任朱丹芝带走，并把其中一份，贴在村委门口的宣传栏上。如此，这则骇人听闻的案件，由始发地到达了四十公里外的辛留村。这天上午，小麦种植户分批来村委领取镇政府免费下发的农药。排队等候的间歇，宣传栏前照例排站着十几个村民，走马观花看着那些不痛不痒的新闻，最终在“社会要闻”这一版面驻足——“山东张店破获恐怖杀人案 凶手食用死者内脏肌肉”。美国白蛾究竟是什么东西，危害有哪些，以及这是不是帝国主义的阴谋，便和这则吃人肉的凶杀案，一前一后成为众人议论的话题，啧啧慨叹之余，又在琢磨，人肉到底是什么味道呢。这一问不要紧，适时唤起村民一段尘封的记忆。问李宝，他也吃过人肉。

两天后的下午，在城区念高三的卫华邦放假回家。付英华下工回来，特意为儿子炒了一个肉菜。为了不刷盘子，菜在铁锅里，直接端上桌。上周的摸底成绩出来，卫华邦的历史单科进了全市前一百名。付英华见儿子如此炫耀，心怀满足，表面不以为意，又说，别骄傲自大。卫学金在旁边问，其余的成绩怎么样？卫华邦含糊道，还是那样。老付的手擀面，卫华邦连吃了三碗，又喝了一碗面汤。菜见少后，付英华和卫学金两口子啃着自家腌制的咸菜，喝着面汤，并嘱咐卫华邦把肉都吃了。卫华邦说，我自己吃不了，你们多吃点。他快速吃了面条，离开饭桌，打开电视。铁锅剩下一小撮菜和肉。付英华埋怨道，这么一小口，你也不吃了。便自作主张，端起锅子，连菜汤一起倒进卫学金的碗里。卫学金骂道，你这是要撑死我。付英华说，向着你，别不知道好歹，人不吃油腥还行。卫学金心知是在疼他，但碍于儿子在边上，又或是因为儿子的成绩不错，总之，平日沉默寡言的他，有些意外地打趣道，你咋不从身上剜块肉给我尝尝。

晚上有鲁能泰山队的比赛，卫华邦进入高三后已经很少踢足球了，关注中超的战况是他为数不多的消遣。上半场比赛临近尾声，还是平局，场面有些沉闷。付英华语气神秘，似乎客厅里还有需要防备的人，说道，张店出了个杀人犯，把人杀了不算完，还剐下肉来吃。卫华邦扭头盯着付英华，一副不可思议的表情。卫学金喝完菜汤，骂道，他娘的，和孩子说这些个干啥。卫华邦扔下句，这有什么不好说的，过去吃人肉的事多了去了。卫学金端着碗筷走出屋门。付英华拿出记账本，伏在茶几上，口中念叨着，上午松的地，下午上的粪，又栽的茄子苗。中场休息，电视插播广告。卫华邦起身，坐在沙发上，闻到付英华身上有股难闻的猪粪味，而自小闻惯了的母亲的汗味又让他觉得亲切。透过窗户，他还看到饭屋里灯光微弱，卫学金正站在灶台前抽烟。卫华邦揽住母亲的肩膀问，和我说说，到底咋回事。付英华甩了下手，起开，什么咋回事，就这么回事。卫华邦继续问，那人为啥杀人，杀了人，为啥还吃肉呢？付英华合上账本，别上圆珠笔，一起塞到茶几下面，抬头看到卫学金在抽烟，骂道，吃完饭就抽烟，不抽能憋死啊。转头又对儿子说，我是公安吗？说完，她起身，去拿遥控器，近七点半，是该关心下天气预报了。卫华邦问，咱这边闹饥荒，就没有吃过人肉的？付英华说，没听说，我那时才五六岁，饿得在床上爬不起来，喝了一肚子水，身上浮肿。卫华邦来了兴致，凑过去问，还有呢？《新闻联播》进入尾声，熟悉的音乐响起，付英华陷入回忆，反正树皮草根都吃光了，也没听说过吃人肉的。卫华邦说，不对啊，历史书上说过去闹饥荒，易子而食都很正常的。付英华问，啥叫易子而食？卫华邦说，就是交换孩子吃，不忍心吃自己孩子，就吃别人的孩子。付英华皱眉、撇嘴，似乎眼前的儿子正被人挂在铁架上用炭火烤，不等熟透，就用刀一片片剐下肉，蘸着大料，狼吞虎咽。

卫华邦的高考成绩不甚理想，勉强考上本省的一所师范大专，专业是历史学。《史记》《资治通鉴》这类正史，是必读的。除此之外，仅凭个人兴趣，卫华邦也在图书馆的借阅卡上填写了《所知录》《续资治通鉴》等书名。学习的热情最终没能让他在文言文的晦涩中坚持下来。初夏时节，校园里出没的衣着清凉的女生对他来说更有吸引力。不消说，面对浩如烟海的文史资料，点缀其中关于吃人肉的记述，还是令他大开眼界。

> 十一月初一日，督师何腾蛟率保昌侯曹志建、宜章侯卢鼎、新兴侯焦琏、新宁侯赵印选克复永州，杀其镇将余世忠、巡抚李懋祖。永州坚守历三月，前后大小四十馀战，杀伤过半，所存羸兵不满千。粮尽，咽糠嚼草；初食马，继食人，城中妇女老弱皆食尽。城破之日，洒扫官署，所剔妇人阴弃不食者出之，计十五石。初五日，监军御史余鹏起、职方司主事李申春领兵复宝庆两府。捷音同日并奏，军声大振。——钱秉镫《所知录》
>
> 初，五湖捕鱼人夏宁，聚其徒为盗，后有众

千馀，专掠人以为食，郭仲威尝招之，不应命，至是受刘光世招安。又有仲威馀党出没于淮南，亦受光世招安，皆令来长芦俟舟以济。宁等无食，半月之间复啖万馀人，是日，始具舟迎之。由是江北乡村愈觉凋残矣。——《续资治通鉴》

十五日壬午，张荣屠通州。张荣在鼍潭，为金人破其茭城，遂率舟船至通州，过捍海堰，欲出海，复归京东，为水涛所阻，不得去，遂据通州，粮且尽，取人为羓，断其首，斫其两臂、两胫，以盐淹，曝干，用充粮食，得脱者无几。——《三朝北盟会编》

辛丑岁，大旱，三吴饥甚，人相食。明年大疫，死者十七八，城郭邑居为之空虚，而存者无食，亡者无棺殡悲哀之送。大抵虽其父母妻子，亦啖其肉，而弃其骸于田野，由是道路积骨，相支撑枕藉者，弥二千里，春秋以来不书。——《吊道堇文》

整日埋首故纸堆，不感到人生的虚无并怀疑当下的生活是很少见的。卫华邦及时抽身，荒废学业是体面的说法，他旷课早退，沉迷在网吧通宵，用自己孱弱的身躯来抵抗沉闷且宽松的大学生活，自我的渺小和无知反复折磨着他。美国的嬉皮士文化和垮掉的一代，更对这个出身低微的农家子弟的心性进行重塑。碍于环境，他行为并不过激，愤世嫉俗和玩世不恭，主要体现在自毁上。在同学们目光放远，为将来体面的生活提升学历而苦读时，他也频繁在图书馆借阅，但已经转向消遣类的文学书籍。他以文学青年自居，对被主流排斥在外的边缘小说家和诗人如数家珍——当然他认为这些才更应该是文学的正统——在网上搜罗他们的文字，被这些人年轻时（八十年代）的荒唐逸事和混乱的男女关系所吸引。关心他们，远甚于在老家做苦工供养他求学的父母。卫学金的身体，就是在这段时间恶化的，肝脏病变，癌细胞聚集，三年后发展成肿瘤，匆忙做完一次介入手术后不久便死去。死前昏迷，形销骨立，全身蜡黄，腹水严重，状如人类臆想中的外星人。又过了许多年，身处智能时代的前夜。卫华邦在深夜写下这些文字，脑海中浮现那次简朴的家庭晚餐，付英华身上猪粪的味道并不难闻，卫学金为躲避妻儿在饭屋里抽的劣质烟草味也没那么呛人。

春节前夕，各家各户清屋扫舍，辞旧迎新。付英华不顾儿子在电话里的叮嘱，刚退烧后就站在凳子上擦拭两扇窗户，不一会，咳喘不止，顾不上更高的几扇，自我安慰道，不擦也没事。至于一年下来蜘蛛在虚棚上落的网，只需拿着绑上扫把的竹竿沾下来，她也就照做了。忙活半天，付英华提着垃圾去屋后，四个绿色的垃圾桶已经满溢。转运垃圾的车，这两天都没来。各家各户把积攒了一年不用的杂物扔了出来，沙发、玩具熊、衣服、鞋子、柜子、花盆等。堆成小山的各类垃圾，成功唤醒了付英华的祖辈们勤俭持家废物也要利用以及有便宜不占就是吃亏的教诲。她把自家垃圾随手往里面一扔，绕着垃圾堆寻摸有什么可以变卖的物件，发现炉渣土掩埋下的一本硬壳书，心中一喜，捡起来掂量了下，足有四五斤重，能卖几块钱。付英华拿回家，扔到大门口下。又过了几天，腊月二十八，卫华邦提着走亲访友的礼品进门，在大门口下的一摞纸壳上面发现了这本书，用车筐里的抹布擦了下封皮的灰尘和霉斑，带回屋，放在客厅的书桌上。付英华没好气地说，拿屋里来干啥，这么多书还不够你看的，又指使他打扫卫生。下午回城时，卫华邦提着付英华备好的年糕、炸肉蛋等，也把《天南地北临淄人》扔进后备厢。除夕过后，没出正月，卫华邦遇到车祸，副驾驶的车门被压扁。这个春节，他没再走亲访友，过了十五，车修好，在后备厢看到这本书，带回书房，塞进书架。惊蛰过后，气温上升，春风吹拂，书架落了一层尘沙。入夏后，一天下午，卫华邦新买的一批书到了，他整理书架，这本书太占地方，他取下，一时没想好有更合适的地方存放，便随手翻了起来。

书的前五十多页介绍当地的风貌，包括景点、企业、广场、博物馆、乡间、产业园、养殖场等，无一例外，都是能代表新时代的繁荣发展。疏解思乡之苦是一方面，更多是让漂泊（定居）在外的乡民们安心，你们的离开并没有阻碍家乡的发展。这是否多少有些炫耀的成分？显然，这只是卫华邦作为一个不起眼的小人物内心阴暗的想法。随后是密密麻麻的人物目录，先以全国各省市、港台等地为例，再以山东省内地市，最后是淄博市五区三县。国外的在末尾，只简单几页。深刻体现出了山东人安土重迁的性格。通览全书，会发现背井离乡拼搏只是少数勇者（能人）的选择。编者后记里写道：本书基础资料征集工作，于 2008 年 8 月启动，经 7 个月的宣传发动征集，在充分征求了区大班子领导、离退休老干部、各有关部门意见的基础上，于 2009 年 3 月开始人员信息的全面核实工作，至 5 月底结束。其间，共收到社会各界报送的在外临淄老乡 5000 余人的信息。区政府办公室及时与区外临淄老乡进行了对接，先后发信 3500 余封，收到回信 2500 余封。经编纂整理，按入选条件（副县处级、副团级以上职务，副高级以上职称）收录 1316 人。

全书共 727 页，卫华邦这天，除吃饭、午睡、接女儿放学之外，到凌晨一点，翻看完毕后，得出一个不无悲哀的结论，自中华人民共和国成立以来，辛留村只有赵长青一人在册。他心中喟叹，从世俗成功学的角度来考量，他们这个村庄的确和人杰地灵不沾边，贫瘠如一块沙漠或是盐碱地。一个页码，上下，共两人。简单的人生履历搭配一张彩色照片，并在末尾缀上通联方式和住址。赵长青伏案，手持钢笔做出书写的姿态，正脸没显露出来，侧脸硬朗，说有一股英气也不算溢美。他皮肤白皙，一望便知长期坐办公室，不用风吹日晒。上半身穿着西服，里面的衬衣洁白如雪。背后的枣红色书柜中照例摆放着一些图书和文件，桌面的国旗、党旗摆件，彰显其拳拳的爱国忠党之心。赵长青，一九六九年出生，照片模样年轻，可谓年轻有为。想必不仅是认识他的人，就算是他本人也认为自己前程似锦，在仕途上还有许多的可能性。如今，又过了十五年，赵长青已经五十岁了。他的人生又是怎样一番景象，这激发了卫华邦浓厚的兴趣。村里出了这样的一个能人，为何从未听人提及，这中间有何缘由，或只是乡间“好事不出门，坏事传千里”的传播方式导致的。

以下有关赵长青的内容，皆为卫华邦回村后经各方打听，以及网上查找资料杂糅而成，文体介于虚实之间。起初的调查并不顺利，比如付英华压根对赵长青没有任何的印象，在儿子的追问下，她眉头紧锁，细数村里姓赵的，就那么几户。还有谁呢。心浑半天，才想到赵长青的父亲，拍着大腿说，我怎么把他给忘了。又找补说，也不能怪我忘了他，老赵都死多少年了。她端详着赵长青的样貌，自言道，没想到他儿子这么有出息，模样还有点像。村里都没他家里的人了，要不说我想不起来呢。付英华陷进沙发，语调悲伤，他家的事，我知道得少，又不是一个生产队的，住得也远。老赵家出的豆腐，倒是很不错，比艾庄那家出的好多了，卤水的，嫩，味也正。卫华邦不乐意，你就记住人家的豆腐了，他家的人呢。付英华轻描淡写地说，老赵把他老婆杀了，有个闺女也早就嫁走了，赵长青也不在村里住。眼见电视的剧情到了紧张的时刻，她不耐烦地说，你别问我，问别人去。她对儿子打探隐私的行为习以为常，又一次儿子许诺稿费分给她后，给儿子指了条明路，不用问别人，问王闻。

第二天，卫华邦睡到近中午，来到王闻的家门口。说明来意后，王闻妈倒是谈兴大开，不用问王闻，我知道，四月中旬，我刚见到他。下面的细节，如果过于逼真，信息来源是王闻的妈。卫华邦和王闻妈这次一个小时的长谈，大概是赵长青最后一次在村里被集中提及。此后，他会销声匿迹。为保持叙述的连贯性，下文中，多以赵长青为视角去叙述，间或采用王闻母子的说辞。细节之处多是卫华邦运用小说这种文体，合理性地去揣测，目的是让读者更为全面地了解。

一九九三年，腊月十三，父亲杀了母亲的第三天，赵长青从部队搭火车回到老家。当年那个身穿军装，面对至亲残杀的家丑努力昂首挺胸遏制悲伤情绪处理完后事就迫不及待回到部队的俊朗青年，如今躺在病榻上回顾自己短暂的一生。他还没当上单位的一把手，还有许多未竟的事业，更没有亲眼看女儿身披婚纱，将其交付给一个信赖的男人手中。在最后与病魔无望的对峙中，他终于从工作中抽身，求助于佛祖，思索生死轮回。《金刚经》中的“凡所有相，皆是虚妄”，让他特别地受用。深夜，赵长青合上书，闭目依靠在床头，佛祖那厚重慈悲的双手，从宇宙外降临地球，穿透云层和万物，抵达省立医院舒适的干部病房，如抚摸一只蜷缩在鸟巢嗷嗷待哺的雏鸟。佛祖轻托起他，飘然到空中。在佛祖的掌心中，他终于有勇气直面内心，半生积攒的委屈和不甘化作泪水顺脸颊而下，直到号啕大哭。过去的几十年，赵长青尽量避免向任何人谈及父母。至于出生地，身穿任何色彩的衣服（包括军服）一踏进鲁中地区的乡村，就像掉进腐蚀液里，褪色的不仅是衣服，还腐骨蚀心。一九九三年的冬天，赵长青回到军营，再也没有踏足老家。几个月后，父亲宣判死刑。大姐出面，亲属协助，父母下葬，分葬两处。

赵长青在部队服役两年，考上军校，提干，服从安排转业到地方。先后在青岛、济南工作，最后落脚泰安。他结婚，丧偶，又成家，和第二任妻子育有一女。女儿如今在澳洲留学，攻读人类学。赵长青已超额完成早年父母对他的期许，离开农村，成为公家的人，不用靠天吃饭。作为转业干部，他不苟言笑，以大局为重，富有牺牲精神（档案中的评价），服从上级，对下属多有体谅。他在国企深谙利害关系，又在机关揣摩人心。所到之处，他都给人留下寡言少语、兢兢业业又不免死板的印象。赵长青像是一块过去农村用的胰子，廉价、顽固又耐用，有极好的去污和润滑的效果。秉公而论，赵长青的确谈不上有魄力，这和他贫寒的出身有着莫大的关系。缺乏背景，也没有后台，对自己能拥有这一切常心怀戚戚，担心稍有差池就灰飞烟灭。他承认自己的渺小，摆在办公室的“天道酬勤”，只是对外的姿态。从来治国者，宁不忘渔樵——这句和自己卑微的地位不太相符的句子，暗合赵长青并不为人所洞悉的野心，只能在心里念叨。

年过四十后，晋升缓慢，赵长青饱受不大不小的野心折磨之苦。这似乎能解释，他在去年的一次例行查体后那不乐观的病情。赵长青一向注重锻炼和保养身体，没有三高和啤酒肚，有官媒的各类公务活动的公开照片为证。和大多数脑满肠肥的官员相比，赵部长迎面走来，人们都会心生感慨，真是一股不多见的清廉之风呢。过去的许多年，赵长青在残酷的官场面临过许多棘手的时刻。始终坚持人民的利益至上，当然可以作为他们工作的出发点，只是面对升迁和工作岗位的调动，无不认为自己的利益也是人民利益的体现，自己的利益得到满足后，才更有心气再为人民的利益活动筋骨。面对各方势力在人事安排上长袖善舞，他的沉着冷静应对也只是表象，不说是站在悬崖边险象环生，自以为压上前途的秉公办事，倒有那么几件。赵长青作为庞大的政治体系中的一环，早就被打磨光滑，手中握有权力，掌控别人的命运，自己又被他人掌控。君子不立于危墙之下，说起来也只是官场幸存者的自鸣得意。直到身体抱恙，功名利禄在他眼中都失效了。察言观色的下属们私下议论，赵部长更豁达了——对其工作不上心的一种美化。

返乡前夜，赵长青躺在床上回忆往事。成盆浸泡的黄豆倒进磨盘，他拉着磨，一圈一圈转，看着乳白的豆汁流淌。画面一转。他把无数根孝棍插在地上，哀鸿遍野，鲜血咕嘟着从大地涌出来。一想到父亲，他立刻停止，勉力起身，坐在桌前。窗外，半空中，圆月在云层中穿梭。赵长青走来走去，试图让自己镇静下来，双肩下探，又颓唐不已。月光洒在他的身上，皮肤褶皱，如溪水流经搓衣板。他已经活到父母死时的年纪，可记忆中的他们分明垂垂老矣。这张父母给予的脸尚未布满皱纹，他深感自己无法等到自然衰老。

清晨醒来时，赵长青脸面紧绷，如糊上一层胶水，稍作活动，干裂成陈年的报纸。他空嚼了下口腔，苦味从肠胃泛上来，像是过去老家地窖里冬储胡萝卜的邪味。导航提醒，两个小时十五分钟的路程。这点时间，能处理些什么事情呢，平日里随便一个会议，或是一个难熬的酒局。而今天，这个晴朗的日子，只是他回乡的时长。世界已经尽可能在赵长青的面前摊开自己的样貌，他去西欧考察过，因公务开会或培训到过祖国绝大部分的省份，在风景名胜留影，见过山川大海，山珍海味穿肠过。而如今，又要回到人生的起点。他双手紧握方向盘，看着高速两侧渐次略过的山体，忽然意识到，命运对自己的确不薄。他本应该留在乡村，与磨盘为伴，娶妻生子，在生活面前一脸愁苦，毫无脾气。

赵长青在淄博西服务区停下，站在车头双手扶腰，远眺南方天空几朵硕大的雪白云朵，转头之际见白色的奥迪 A3 车头布满了飞虫的尸体。他伸手擦拭斑斑血迹，挡风玻璃照见自己立在此处，如粮食丰收后无人在乎的稻草人，凄凉感充身。下了高速路，又经二十多分钟的车程，车在拥堵的青田桥下面，被前后半挂车夹击，赵长青见辛留村的招牌立在道边，打开保温杯，喝了一口，早上出门时泡好的茶水，还有些烫嘴。他关上车窗，艰难前行，半挂车气刹的声音，如流感后的老人在用力擤鼻子。车缓慢接近村口，导航的声音在不断催促他前方右转，心烦意乱中，他关掉导航，凭借残存的记忆，完成剩下不足一公里的路程。

远在澳洲的女儿，自小就对父亲的故乡很感兴趣。赵长青设想，这时女儿坐在旁边，他该如何去介绍。进村的水泥路，应当是自己过去出村的那条沙石路。如今道旁的房子和沿路栽种树木，全然不是当初的荒凉。赵长青停下车，拿出手机，站在道路中央，拍下四周照片，待以后给女儿看。锁好车，他站在墙边。村委沿路的外墙，开了一个小门——合金的防盗门已经生锈——上方是镇派出所标志性的蓝色，贴着褐底鎏金的“邻里之家”四个字的竖牌。自南往北，还有三块招牌，一个是邻里之家工作人员的公示栏，有驻村指导员、警区民警、网格员、法律顾问、五老调节志愿者。下面贴有负责人的照片，赵长青一一辨认，并没有他认识的。另外两个是并列的门窗大小的警示宣传。一是五行红色大字的警示语：好男不网聊、好女不刷单、没钱不网贷、有钱不赌博、打死不转账。二是禁毒宣传。暗红色的字体：珍爱生命、远离毒品。两行小字：广大群众行动起来，积极检举毒品违法犯罪行为。

村委大院的两层楼是何时建造的，赵长青并不知情。上午十点多，由红灰相间的石砖铺设而成的足有半个足球场的院落有些空旷。在大门正对面的墙上，贴着一块电影幕布大小的“百姓大舞台”，高台望去也就是刚齐腰。坐北向南的办公楼，共两层。屋顶白色铝合金焊接的栅栏式的长条，粘贴着“辛留村党群服务中心”的字样。背后的旗杆上国旗正在迎风飘扬。以赵长青的官阶，本可以提前打个招呼，来个衣锦还乡，乡镇领导前呼后拥，再安排些亲友会面，畅谈建设社会主义新农村的发展大计。这个念头在他的脑海中一闪而过。一个村民在西北角的水房取完桶装水，骑着电动三轮经过赵长青，只觉陌生，歪头多瞅了两眼。赵长青站在告示栏前，观摩上个月的现金银行存款逐笔公开榜。收入五万出头，最大的两笔是去年第三季度和今年第一季度的环境整治奖补，共一万多。支出不到一万五，最大的两笔是支办公用品费及广告设计制作费和今年一季度的发放水人员的工资。其余包括，修理排污用的水泵五百、南外环路挖树坑的机械费六百。一季度余额还有差不多二十万。赵长青注意到，如今的村支书叫赵庆业——并不是本家。另一张A4纸，是上个月村公章的使用情况，包括村民开具证明以及报表盖章。顺着往下走，健康教育宣传栏，分别是吸烟的危害、有益人们营养的食物，以及食品健康安全，怎么预防食物中毒等。还有，应急救护的小知识（风吹日晒，颜色已经褪色）。氯胺酮（K粉）、摇头丸、麻古加工点的识别，配图场地特点和原料设备的照片。南边的告示栏，先是“美在家庭”示范户光荣榜，贴着十户村民整洁的家居照片，虽简朴但卧室、厨房、天井打扫得一尘不染，井然有序。赵长青在里面看到堂叔赵忠的家，已经和过去印象里的不同。冰箱、空调、抽油烟机等家电齐全。在善行义举四德榜上，张贴着文明家庭，以及仁、爱、诚、孝的个人榜，他的小学同学王月峰赫然在列。王闻的妹妹，为好媳妇。赵长青心想，她原来嫁到了本村。村里的老范是好婆婆。后面的几个宣传栏，是村民公约，以及详细介绍这些身边好人的事迹，内容千篇一律，赵长青熟悉这些宣传套路，一带而过。为纪念建党一百周年，“铭记党恩，永远跟党走”的主题宣传展板还没撤去。在社会主义新农村的展示栏中，有张乒乓球比赛的颁奖合影，赵长青看到王闻的身影。过去那么多年，样貌和轮廓还在，只是更为消瘦，穿着背心，骨头毕显。王闻面对镜头羞涩的样子，和当初小学毕业时合影中神态一致。这些照片，是当初母亲丧事后，赵长青带走的不多的物件之一，从河南周口到济南，又到青岛，最后落在泰安，陪伴了他许多年，如今还在家里，只是很久没有拿出来。在玻璃镜面的反射中，赵长青看到了现实中的自己，双鬓斑白（半年没有焗染，头发所剩无几，王闻的头发还很茂密），发福了（与王闻相比小腹隆起）。玻璃上的赵长青与王闻的照片重叠，如同三十多年后，这对少年交好的玩伴又一次的合影。

那些以为忘记的事情，都一一回来。头顶上，不知何时飘来饱满的云朵。赵长青心情畅然，不自觉间身上出了一层细汗，脚下步伐轻盈。他有些迫不及待，去拥抱改天换颜的村庄。仿佛女儿就在身边，他了然于胸，忍不住去讲解；这条路原先也没这么宽，也不是水泥的，就是铺了些石子，一到下雨天就没法走，石子没几天就没了，让村民都筛回去垫自家的门口了。西边的树林，也是后来种上的，以前是艾庄的农田，收麦子，堆的麦秸老高了。我十来岁的时候，晚上麦秸起火，这真是我这辈子见到的最大的火灾了。火光冲天，把路边种的一排杨树都烤焦了，两个村的人都出动来灭火，村北边最后一排的村民，爬上屋顶，把被子衣服弄湿了盖上。我去帮王闻家盖的，他家就在最后一排。这里还有饭店和超市，以前可什么都没有，买东西还要骑着自行车跑到镇上的供销社。从这条斜坡下去，就是艾庄了。我记得这是个大下坡，现在坡这么小了。夏天下暴雨，咱村的水都哗哗往艾庄淌，和泄洪一样，上面漂着麦秸、树叶，乱七八糟的生活垃圾。艾庄西边有水渠。顺着这条路，一直往南，看到那片山了吧，齐鲁石化就在山上。我上初中那会，炼油厂已经建好了。下了晚自习，骑自行车回来，几公里外山顶的火炬，能把路都照亮。我那时候最大的愿望，就是能去厂里当工人。周末不上学，一大早，我骑着自行车，去厂门口卖豆腐，去的时候，沥青的爬山路，难走，回来的时候，都是下坡。那些工人可有钱了，穿着工作服，豆腐一块一块地买，都不还价。一抽屉豆腐，一下午就能卖光了。好的时候，能有七八块钱。一斤豆腐五毛钱。咱村的农田，顺着路走到头就到了。待会再过去，我先带你去村里转转。

村北的路边有架 LED 显示屏，滚动播放着禁毒宣传。

赵长青怕遇到熟人——过于担忧了——从北面的小路穿过去，一直向西走，就是铁道。路两侧栽种了杨树，杨树下面又栽种了花椒树当作篱笆。这个季节，植物开始泛青，置身其中，一股绿油的清爽味道袭来。越向里走，路越窄，只能勉强一个人通过。南边的这排房子，和记忆中的变化不大，仍旧是灰色的沙石抹成，经三十余年的风雨，颜色偏深。红色屋顶瓦片，竖着烟筒。只有悬挂在上面的机顶盒以及网线，能感到时代的变迁。屋后的院子堆放着柴火，还有几垄零星栽种的覆膜的菜地。赵长青像被扔在沙漠里的一块蛋糕，全身沾满沙粒，再一颗颗挑拣出来，显然不可能。前些年，下乡扶贫，不清楚赵长青是否有过帮扶本村的念头。一路走下来，过去的穷苦的记忆翻滚而来，不知觉间，泪花已经让他的视线模糊。他拒绝承认这一丝的动情，没有擦拭，任由不知从哪里钻出来的邪风，把它吹干。

一个老妪正背身在一堆废纸壳中收捡、捆绑。虽然几十年不见，却与过去脑海中的形态精确对照，如齿轮般严丝合缝。确定无误，这就是王闻的母亲。电光火石，他想到，即便是死去的父母在几百米远的地方，融化成一个黑点，他也能一眼辨认出来。这个想法，让他内心一阵绞痛，先前忘却的病痛又袭来。他勉力站着，犹豫是不动声色离开还是相认，片刻间，喉咙早于理性，不自觉喊了一声：婶子。这拖长的声调，像是哀叹。赵长青及时又加了一句，忙着呢。与先前字正腔圆的普通话“婶子”相比，后面这句地道的土话传到王闻妈的耳朵里，她以为又是个主动套近乎的外乡人，隔着篱笆，从空隙中瞅了眼，看着赵长青的一身装扮，确认是前几天镇上派下来的吃公粮的主儿，又来催她收拾屋后的杂物，挖苦道，不忙还能行，整天和你们似的，吃饱饭，就下来治人。赵长青忍不住，向前快走了几步，试图让她看清自己，手扶住篱笆凸起的木棍。经年累月雨打风吹，木棍看似粗壮早已腐烂，一用力就掰断了，一层暗褐色树屑粘在溢出汗液的掌心。（稍后，他驾车两个多小时回泰安，树屑残留在方向盘上，更多的掉落在家中的洗手盆，又被冲到下水道。这是他从家乡带回去的唯一的东西。）婶子挖苦道，弄坏了，你可得赔，你们这些人，干别的不行，搞破坏倒在行。嘴上不饶人的说话方式，赵长青听着，心里一喜，脸上堆满笑，用土话说完下面这些话——不说王闻妈，连他自己都吃了一惊——婶子，我是昆明啊。王闻妈问，哪个昆明？王闻妈起身，赵长青的脸终于从栅栏后面显露出来，哎吆嗨，你怎么回来了。婶子扔下手里的纸壳，双手捶地，走了两步，意识到前面还有些新种的刚浇的几垄葱，又转身迈着小步绕过栅栏，和这个侄子在入口处会合。当中间只有一人距离时，又颇为生疏地上下打量。乡侄身上体面的衣物，她难以用自己脏兮兮的双手去触碰，只在空气中上下浮动，当是抚摸了。赵长青又涌出来几颗泪珠，坠在下眼皮。他洞悉了老人的顾虑，贴住老人瘦如枯柴的胳膊，又松开，仿佛稍微用力就会折断。

接下来二十分钟的交谈，通过王闻妈这张闻名遐迩的快嘴，很快就传到妇女们的耳朵里。对年纪尚轻的人来说，赵长青以及死掉的父母，只是一个传说，在嫁过来时就只存在言说中。而对那起命案的亲历者们来说，赵长青的突然造访，让自己平静的生活又起了一层波澜，可也并没有半点的痛惜和不堪。三十多年，就算是自己身上剜去的肉，也早就愈合，何况这只是别人家庭的不幸，命案也仅作为时间的注脚，用来回溯自己年轻时的光景，感慨岁月在她们身上留下的无情风霜。无一例外，徘徊在她们心中的疑问出奇地一致，三十多年不回来，为什么突然回来呢？生怕这个七十多岁的老妪，遗漏掉什么关键的情节，便逼迫她去复述谈话。

王闻妈：多久没见你了，简直认不出来了，变样了。

赵长青：我和王闻同岁，也是小五十的人了。

王闻妈：你几个孩子啊？

赵长青：一个女孩，去年读的研究生。

王闻妈：那你结婚早，生孩子也早，王闻也是一个女孩，才上技校，学习也不中用。你闺女学习应该不差吧，随你也孬不了。

赵长青：学习还行，在国外念书。

王闻妈：咱国家这么好，送国外去干啥，那么老远，不在身边也见不到，一个女孩也不值当这么拼命去供，早晚也得嫁出去。你看你都有白头发了，不过你脸面上倒是不显老，一看你平时就不出力气，不在太阳底下干活，晒不黑，不过笑起来皱纹倒是有了。

赵长青：不出劲是不假，可也是心累。

王闻妈：小燕的儿子，学习可好了，去年考上的本科，咱村里就他一个，他以后肯定也要读研究生，反正只要他学，我就拼了命去供。还是男孩子好，你说你和王闻，怎么就生了一个就不生了。

赵长青：您这身体很好，还在干活。

王闻妈：不干活不行，谁愿意干活，城里人有退休金，老百姓不干活没钱，不能总伸手向孩子要钱，吃喝享乐，吃苦受累，都是一辈子，只要没病没灾就行，我一口气还能吃一个大馒头。

赵长青：俺叔呢？

王闻妈：又去收废品了，下午两点才回来，没别的本事，院子里这些是昨天收回来的，我拾掇好了，再拉去卖了，今年纸壳卖不上价，现在干啥都不好干，反正不干活，天上掉不下钱来，多少干点，够花的。你现在干啥？

赵长青：我也是领死工资，王闻这干啥？

王闻妈：他结婚前就开大车，小二十年了，没别的本事，就学了这门手艺。一年到头，没几天在家里，什么也指望不上他，光说我和你叔干活，不干能行吗？王闻找的媳妇，很迂，不和人家似的，两口子开大车，还有个照应，给做点饭。王闻自己上路，再雇个人，算不着账。你回来没提前说一声，他出发了，十天半个月回不来，前天打电话，说在内蒙古呢。

赵长青：开大车倒不少赚钱。

王闻妈：这累也不是一般人受的，他一米八的个头，刚一百二十斤，在城里买的房子，还买了两间店铺租出去了，去年换了新车，奔驰。就是不舍得吃不舍得穿，这点随我和你叔。我身上这衣服，都还是补丁的。好吃好穿有啥用，手里有钱才是实在的，到了用处拿出来，自己不受难为。这个社会，谁都靠不住。你说，我说的在理不。

赵长青：是这个理。

王闻妈：我一说就说多了。

赵长青：村里变化不小，地都是水泥的了。

王闻妈：政府没少修路挖沟，不然这点钱还不够村里这帮人给贪的。咱这村里，人没挪窝，死人倒是挪了三次了。现在老墓田被占了，先挪到西山上，修路，又挪到了公路边上，你要是上坟，没人领着都找不到地方，你上坟别找不到地方了。

赵长青：我姐知道，清明都是她回来上坟。

王闻妈：我也好多年不见你姐了，她咋样？

赵长青：都很好。

王闻妈：快中午了，就在家里吃点吧。

赵长青：不了，我还有事。

妇女们听不下去了。不说这对话是否属实，可以肯定的是，里面夹杂了不少她个人的私货，颇有些显摆自己儿子和外孙的嫌疑。一路听下来，三十多年不见，说了这么多，都是些没什么价值的客套话。王闻妈解释说，那还能问啥，我总不能上去就问，你赚多少钱了，年小的还能和咱老娘们儿说这些了。又说，怨我，那当时你们怎么不在家。两三句话说下来，妇女们也笑起来，让她继续说。王闻妈说，也没什么说的了，我还叠纸壳，哪有闲工夫陪他多说这些，礼让他吃饭，也就是赶他走，来一趟也不说帮我干点活，两个肩膀扛着个脑袋就来了，也不带点东西。话题转到赵长青为何而来上。一、村里要拆迁，让他回来。这也不对，他家的宅基地早卖出去了，老房子铲平，别人都盖上新屋住了几十年了。二、赵家小门小户的，有干系的也早出了五服。这么多年，别人家的婚丧嫁娶，他都不露面。也肯定不是这个缘由。三、思来想去，也只有赵长青说的，最为合理，顺道路过。

过完夏天，九月底的一天，王闻从浙江温州拉回来一车麒麟瓜，卸完车，他从一堆有裂纹的西瓜里挑出了几个，放回驾驶室。在城里的家中睡了一宿安稳觉，第二天，他提着回到村。一个月没回来，村里大小胡同堆放着晾晒的玉米，奔驰车停在村口，早上刚擦拭的车体印着天空中的蓝天白云。王闻徒手顺缝掰开西瓜，用水果刀削掉略微变质的边角，啃了两口，鲜红的汁液沾染嘴角，说道，赵长青死了。顿了下，又说，今天的告别仪式。昨天下午，在京沪高速蒙阴服务区，王闻正吃着一碗面条，收到赵长青的微信，一张图片，点开后，正中写着黑体的“讣告”：

中国共产党党员，泰安市委 ×× 部副部长赵长青同志，因病医治无效，于今天上午11时35分逝世，享年50岁。赵长青同志一生淡泊名利，夙夜在公，严于律己，宽厚待人，对党、对国家、对人民无限忠诚。他用无私奉献谱写了精彩的人生，为我们树立了光辉的榜样，我们深切怀念赵长青同志，沉痛悼念赵长青同志！赵长青同志遗体告别仪式定于2019年9月27日（星期五）上午11时在泰山殡仪馆竹厅（山东省泰安市岱岳区粥店办事处六郎坟村）举行。凡有关单位和生前好友如致唁电、唁函及敬献花圈者，请与治丧委员会联系。

谨此讣告。

因病医治无效。至于什么病，王闻没问，也不好问。况且，这条信息，大概也是赵长青老婆代发的，家属正处在悲痛中，也有许多琐事要处理，还是不打扰为好。讣告中关于老同学的这些信息，让王闻大为意外，原本饥肠辘辘，面条只吃了几口，就放下筷子，平复心情——并不全是伤感，更多为意外。过了一会，他挑着碗里漂浮的几片牛肉和一点油菜叶吃下，付账走人。回到驾驶室，他搜了下泰山殡仪馆，虽说不到两个小时的车程，可平白无故多出一百多的油钱。明天出殡，今天赶过去，还有这一车的西瓜，要体谅人家老板的生意，不能顾着自己，身不由己。心里这一番话，希望在天之灵的赵长青能听到。王闻把自己拽出了道德困境，心里松弛了下来，又觉得刚才没多吃几口面，有点饿了。

上路，不出半个小时，到了泰安的地界。高速路延伸进山间，巨大横切面的白色岩石甩在身后。云朵遮住太阳，暗影迅速赶去，前方原本刺眼的道路，质地犹如烧焦的鸡蛋。王闻又想，这种场合，有他没他，也没什么区别。老同学好歹是个领导，最不缺的就是场面上的亲朋好友，自己又算个什么呢。过了隧道，地势逐渐平坦，公路两侧是待割或已经收割的玉米地，其间村落成片出现，如早些年王闻那一身因银屑病抓出血痕斑斑的皮肤。王闻又想，自己这十几年过着操蛋的生活，还想什么参加赵部长的葬礼，可笑至极。王闻环顾驾驶室，这些年他绝大部分的时间，就在这不到两平方米的地方。暑寒交替，日落月升，膏药和布洛芬是必备的，发臭的衣物，外壳磨损的高压锅，所有这一切都是他奋力生活的见证。而赵长青这个老同学，何时又曾惦记过自己，他的日子必定宽敞，死去时还有体面的告别仪式。心酸和怅然交织，灰暗的天空下，透出一片深蓝色，不远处的城区已亮起灯火，收音机里传来怀旧的乐曲，王闻跟着哼唱几句，从水桶里捞出毛巾，盖在头顶，水浸湿头发，顺脸颊一直湿透前胸后背，困意暂时缓解了，车速降到九十公里以下，准备驶离高速。身板瘦弱的主人，驾驶这辆中国重汽又完成了一次长途跋涉，在夜幕中满载而归。车身不复当初的鲜艳，在愈加狭窄的路面，它更显笨重。那微明的驾驶室，就像不远处的农村老家后屋亮着灯的窗户。两百多公里外，赵长青的家中，灵堂设在客厅，遗像两侧的插电蜡烛会彻夜亮着。赵长青略有洁癖的妻子，并不赞同亲友所说的在铝盆里点燃香纸的建议，斥责这是农村的陋习。老赵是党员，这些封建迷信，不要也罢。至于萦绕在房间里的《地藏经》音乐，涉及给死者超度，又能缓解压抑的气氛，她倒不置可否，也就这么唱了一宿。

赵长青上次返乡，当天回到家，翻找出几张小学时的照片，发给王闻，并配上几行字：老同学，好久不见，今天路过回去，见到婶子，看她身体康健，心里很是欣慰，并说了些你的情况，日子过得红火，很是为你高兴，在外跑长途，也要注意身体。白驹过隙，如今我们都人到中年，等你有机会来泰安，一定要找我，甚是想念，保重。王闻在跑长途，看到信息，趁红灯时，拍了张路况照片发过去。晚上，他在服务区休息时再想回复，又觉得不知道说什么。过去小半年，这是他俩仅有的聊天。细算下来，当时赵长青或许已经有病在身。（三年后，王闻查出癌症，自知命不久矣时，才体会到赵长青的心境，那条初看时有些酸臭和虚伪的微信，也变得有了温度。只是那会的他，哪有心思怀旧。生病后，王闻时常看小时候的照片。人生眼看就要走到尽头，回溯过去，的确是延长生命的方式。人活一世，无非就是靠这些有限的记忆来填充。而对他来说，成年后的这几十年，细想之下，只剩下全国各地盘根错节的道路，以及记在心里的数百个地名了。在鹤壁的乡道上，一条狗从地里跑出来，他躲闪不及，轧死了，心里愧疚。后来听老司机说，不躲是对的。他刚跑车不到半年，在开封遇到油耗子，四百多升的柴油，偷得一干二净，想着还有十几万贷款没还，哭了好一阵。在鄂尔多斯，遇到新闻中所说的百年罕见的暴雪天气，他在车里住了三天两夜，水喝光了，煮雪解渴。在兰州，他和当地的司机打架，额头缝了五针，刚买的手机也被抢走了。报警，人一直没抓到。在玉溪的服务区，半夜驾驶室爬进来一条蛇，在他小腿上咬了一口，以为自己要死了，幸亏不是毒蛇。在六盘水的暴雨中，他涉水过河，发动机进水，大修，一车猕猴桃烂成汤。在娄底，他嘴馋，吃了鲜湘鱼头和川辣蒸鱼，痔疮犯了，染红坐垫。等不到回家，在湘潭做的手术，住院五天。一车辣椒找同行拉回去，一分钱没赚，倒贴了三千。在抚州，他占用高速应急车道，交警罚了二百，扣六分。这些年，他分别在通辽、赤峰、仙桃、阜阳、宿州、临沂、淮安、无锡等地因超载罚款，总额过五万。在唐山，一车西葫芦，说好的运费八千，因半路爆胎，晚到半天，扣了两千。在南通，高架坍塌，命悬一线，要是快半分钟，掉下去，车毁人亡的就是他。在高青，他在道边买了两条黄河鲤鱼，带回家，炖着吃，这是他至今喝过的最鲜美的鱼汤。在宝鸡，两个高考失利结伴离家的小伙搭顺风车，他把他们送到西安，留下了五百块钱。在衢州，双彩虹悬挂在前方的天际，他一路追赶。日子过得辛苦，他想换个活法，热泪盈眶。在嘉祥的服务区，他遇到同村的王传明。平时不熟，在村里都没说过几句话。这次碰到，站在道边，说了不少话。临走，传明给他留下了几瓶水。）

听儿子念完讣告，王闻妈哀叹不已，心想，赵长青这是死前，回来看看出生的地方。王闻说，赵长青还是个正处级干部。王闻妈问，啥是处级？王闻说，和县长一个级别。王闻妈说，这官不小啊，咱村里还没出过这么大的官呢。又想，当这么大的官有什么用，快死了才回来。便觉得赵长青这个孩子不行，不帮乡里乡亲办点好事，出去光便宜别人了。王闻扯了块卫生纸，擦了下嘴和手。只坐着吃块西瓜的工夫，他的颈椎病和腰肌劳损让后背疼得像扎满玻璃，起身走了两步，头晕略微缓解，扶额道，这你就不懂了，他就是这样才能当大官，不然天天有人找他办事，办了犯错误，不办得罪人，不来往就对了。王闻妈一听，道理也对，便说，吃个西瓜，还用卫生纸擦，出去洗个手不就行了，浪费纸。赵长青是处级干部，传下去，没几天就成了市长。有人对李宝说，市长老娘的肉你也敢吃，幸亏赵长青死了，不然你还能安稳在家里吃饭？李宝害怕极了，惶惶不可终日了许久。至于吃人肉的情节，他饱受间歇性癫痫和酒精摧残的脑袋，留存的记忆已经寥寥。他对赵长青的恐惧，倒持续了好些年。一旦村里有陌生且穿着体面的人出现，他就抱头鼠窜，关上铁门。

从前，每家每户都有磨盘，逢年过节自己磨豆子，出豆腐。后来，公社解散，包产到户，村民在外面苦钱，也没这些闲工夫，只有极少的老人还保持着自己出豆腐的习惯。赵长青的父母成了村里唯一一户一年四季还出豆腐的。到了年关，村民不用去集市上买，来赵家订豆腐的络绎不绝。刚进入腊月，赵长青的父母就如同磨盘上的驴，没日没夜地出豆腐。到了腊月十三的这天早上，夫妻抬着一抽屉的豆腐出屋，经门槛时，赵母脚上打绊，一百斤热腾腾白雪般的豆腐掉在地上，成了一摊泥。赵父先用木板砸头，又拿切豆腐的刀把自己老婆的脸砍成等待爆炒的腰花。早上商量好来取豆腐的村民，站在门缝里，目睹这一残忍至极的景象，至死难忘。人死透了，赵父打开门，坐在门边，抽着旱烟说，让公家来吧，这事你们管不了。腊月寒冬，赵母身下压着豆腐，鲜血浸泡的衣物结成盔甲。公安涌进门，见老赵坐在那里，抓着泡在血水里的豆腐吃，上身满是红白相间的豆腐渣。人带走时，他回头望着家门说，可惜这些豆腐了。

县里新落成的法医中心还在收尾，法医在现场铺上塑料布，当场尸检。村民们闻讯出动，警力有限，驱赶不及，把赵家这座宅院，挤成了菜市场。七岁的小李宝，从人缝挤进去，绕过法医，从开膛破肚的赵母身上扯下来一块肉，含在嘴里跑了。抓到李宝时，公安从他的嘴里扯出半块胸口的肉，另一半已经进了肚子。事后，问李宝，谁让你干的？李宝指着正在谄笑的人群，他们说唐僧肉能长生不老，昆明娘的肉也能。又问，到底是谁说的。刚才还喧嚣的人群，突然肃穆如为死者默哀，双手插在棉袄袖子里，一个个面黄肌瘦，如柴木立在那里。李宝又说，我想长生不老。

赵长青没了父母，辛留村也再没有出豆腐的。从那以后，邻村艾庄的一户开始出豆腐，到这儿，已经是第三代。小三十年过去，赵长青再没吃过豆腐。李宝还活着，至于能否长生不老，暂无定论。

六　屎

三十多年前，老309国道通车，在大约二十公里长的临淄路段，曾出现过众多车匪路霸，其中以刘丘为首的犯罪团伙，虽人数不算众多，犯案也不拔尖，但因刘丘的心狠手辣和狡猾多诈，名声持续至今，还总是被本村的村民不时抬出来炫耀，用来佐证别看我们辛留村不大——只有三百多户，也是出过"能人异士"的。而最终射入刘丘后脑的那颗子弹，喷溅出来的血迹，以及空中回荡的枪声，都有意被众人过滤。并不是他们善忘，而是认为，其无奈伏法的情节，多少有损形象。何况，项羽都没脸见江东父老，在乌江自刎了。连关羽都败走麦城，被割下首级。就别提这些个扫兴的了。是的，经过时间的洗礼，惨死在刘丘刀下的若干外地司机以及包括贺国华在内的那些曾受其凌辱的人，在村民的口中都成了刘丘"英雄事迹"的注脚。一如，林冲在野猪林被鲁智深搭救，薛霸和董超这两位公人存在的价值，就是充当天雄星与天孤星义薄云天的见证人。在辛留村，我们可以放心做个论断，村民的确是历史的记录者，只是碍于他们的见识，由他们口述的历史册页上，只有这些骁悍的寥寥几人。客死异乡的无名司机们，已经成为当地编修的史志里法治建设一栏不起眼的统计数据。至于贺国华，考虑到他还健在，且作为刑满释放人员，在野蛮的乡村不仅没有遭受歧视生活不便，还拥有了可以横行的权利。没有任何迹象表明，贺国华的事迹会变成几行铅字让后世得以翻阅。至于李宝，更是上不了台面的闲散人士，名字将长期在众人的嘴巴里出没，多搭配着鄙夷和粗口。这两位只能以猎奇的方式，与“屎”搭配在一起，才更富有生命力，穿透这乌烟瘴气的现世。虽有碍观瞻，却也是无奈之举。下文所述，也仅是我这一家之言，对注定湮没的两人，做出的一点负隅顽抗的努力。

贺国华和刘丘生于二十世纪七十年代初，童年缺衣少穿，果腹困难。刘丘自小就展现出了卓越的领导能力，身边聚集了一帮比他或小或大几岁的玩伴，其中贺国华最为忠诚。暑假过去，秋后的一天，刚平反不久的教书先生卫正俞，心情低沉，脸上挂着泪水，站在土坯垫高的讲台上，对下面的小学生说，我宣布一个重要的消息，我们伟大的领袖毛主席，永远地离开了我们。见台下的学子们毫无表示，他小声命令道，快点哭。老卫先是捂住脸号啕大哭，一时教室里哭声震天。这场在全国上下蔓延的丧事，成为刘丘和贺国华这对异姓兄弟的成年礼。各个村庄都临时搭了灵堂，供男女老少跪拜。当时真以为天塌了，世界末日了，毛主席怎么可能死呢，他应该万万岁的嘛，这以后可让人怎么活。刘丘说这话时，已经过去了十来年，包产到户，吃饭不成问题，人们都把搞钱摆在首位。这两位二十来岁的年轻人，下地干活，采石挖渠，发现磨出老茧的双手更适合操持砍刀和铁棍。他们昼伏夜出，在国道上布设机关——无非是石头和铁钉——货车爆胎失控后，再一拥而上。外地牌照的过路货车是他们的最爱，战利品包括电视机、火腿肠、棉被等，藏匿一段时间，再慢慢销赃。

贺国华用一台收音机，俘获了邻村孙玉梅的芳心。不确定的一点是，贺国华是陷入情网，在玉梅的劝说中不顾兄弟之情决定离开团队，还是他厌倦了血腥，意识到这样下去早晚会出事。和贺国华的儿女情长不同，刘丘对女人的认识更单一，泄欲和繁衍后代。玉梅的出现，让贺国华在后来的作案中，从身先士卒到总是畏首畏尾落在后面。这一点，当然逃不过刘丘那双阴鸷的眼睛。彼时，广东正沐浴在改革开放的春风中，且毗邻香港。香港悍匪绑架富豪一夜暴富的新闻传遍全国，纸醉金迷糜烂不堪的腐朽生活在电影里也多有展示。凡此种种，对委身山东乡村的亡命之徒们的吸引力自不待言。西山摇摇欲坠的仓库里的那些略显寒酸的生活用品，已经无法满足刘丘的欲望，他喝着啤酒，心有不甘，都是老本行，人家晁盖还劫生辰纲呢，咱这算个啥。那段时日，风头正紧，公安加强巡逻，过路货车锐减，有时蹲一宿，也没个收成。再这样下去，怎么和人家香港比，刘丘心急，咱没有枪，连银行都不能抢。

贺国华劝他，咱这日子可以了，再说，你有闺女了，不为自己，也得为孩子考虑。刘丘盯着他，又说，这是觉得我拖家带口，耽误兄弟们的前程了。这顿酒，之所以让贺国华铭记终生，并不是后续他吃屎，更是因为，这是他和刘丘最后一次喝酒。不知情的人，总是迅速过渡到刘丘答应贺国华退出，条件是吃他的屎。却忽略了一个重要的细节，贺国华虽对刘丘马首是瞻，以跟班自居，但他也是一个乡间少有的好勇斗狠的汉子，能承受巨大的屈辱。支撑贺国华忍受屈辱的，并不单纯是自保，是，且只能是，源自爱。如此处境下，吃屎就被赋予了另一层意义。这个爱，不仅是对玉梅，还有刘丘。爱情和友谊，在这一刻让贺国华抛下作为人的尊严。刘丘作为头领，向来恩威并施，但面对这些作奸犯科的人，威严更出效果。让手底下的人为自己卖命，当团队的二把手要离去，他也身处困境时，一方面是手足之情的兄弟，一方面是自己的权威遭受挑战。团队岌岌可危，更别说去南方，建功立业成为一代枭雄。他只能把贺国华的离去作为一个手段去杀鸡儆猴。贺国华重感情，这是他的弱点。刘丘给出两个选择：其一，可以走，但要吃屎。其二，不吃屎，也行，玉梅让兄弟们睡一次——除了贺国华，共五人。贺国华面临着两个选择：一、拒绝吃屎，不同意玉梅陪睡。二、弄死刘丘。酒喝到这份儿上，山风呼啸，屋顶上盖的油毡布拍打着，如同不知轻重的母亲在哄睡一个调皮的男孩。他俩以砖头搭设的木板桌为界，对坐看着彼此，乙炔灯挂在半空中呼呼燃烧，摇曳的灯光下，众人黑影晃动，如同正在发生八级地震。其余四人，屏住呼吸，目睹这场决定团伙命运的谈判，将要以什么样的方式收场。这是生死攸关的转折点。刘丘冒进的思想严重，抛家舍业，放着现成的国道不守，放过货车司机，要南下广州，涌进改革的大潮中，打家劫舍，扬名立万。不气盛叫年轻人吗？十几年后，这句电视剧的台词，多么契合他们此刻的心境。

必须要提一句，在场的六个人中，有命看过《征服》和没命看过的，对半分。刘丘会在一年后被枪决。雷子作为年纪最小的从犯，当时十九。出狱后，雷子回到村里，很是寂寞。过去的朋友不是死了，就是还在服刑。他在狱中四年，作息正常，饮食少油，劳作锻炼，清瘦且健康的身体经出狱后半年酗酒，又彻底毁了。狱友出狱，一顿酒后，雷子抱怨家人的不理解，偷拿了八百块钱，远走高飞。他在东营炼油厂，入室抢劫一个供销科的科长，连捅数刀。几天后，雷子在汽车站被巡逻的公安抓住。科长没死，正逢第二波严打，雷子被判了死刑。和涛坐牢九年，出狱后考出大车证，由刘丘的弟弟刘猛出资买了辆二手的半挂车跑运输。有一年，他夜里犯困，喝酒助兴，一口，又一口，酒劲上来，喝多了。途中，在济青高速高密路段出车祸，油箱起火，他困在驾驶室没救出来，烧成一块黑炭。家属从交警队得到的反馈是，车祸发生的瞬间，和涛就已经死了。但和涛的堂弟，从验尸报告中看到一句话，死者的气管和肺部有大量的烟尘和油污。他并没有把这个细节，告诉文盲的伯父伯母。一次饭局，和涛活活烧死的事实，传到贺国华的耳朵里，他泪洒当场。永军出狱后，回绝过去老友的招徕。他经亲戚介绍，进了齐鲁石化下属子公司的采购科。几年后，他调到乙烯厂，成立运输队，以此起家。后经几次股份改革，原乙烯厂成为如今矗立在西山的永军化工，占地五百余亩，员工六百余人，以碳九石油树脂生产为主。永军作为当地的知名企业家、政协委员，有没有时间和兴趣看《征服》，贺国华有点拿不准。不过，他的司机在春节期间，给贺国华送来烟酒时，曾提到一件事。平时，公司的内部会议上，永军对不满意的员工，常说的一句话是，给你机会，你娘的不中用啊。司机又说，董事长的脾气一上来，谁也拦不住。贺国华说，摊子越大，烦心事越多，有空和他说，来村里住两天，啥毛病都没有了。当然，这一切都是笑谈。永军已经不是当初那个缩在后面，听他们使唤和取笑的小兄弟。不是一个阶层的人，见面也说不到一块，还能想着给老哥们送点东西，也算不错了。贺国华刚出狱那阵子，海峰隔三岔五从镇上割点猪头肉，找贺国华喝酒，镇上的五金建材生意也不管不问，让老婆打理。微醺时，下午，各大卫视轮番重播《征服》，尽管说是广告间插播电视剧更为恰当，一些老中医改名换姓三番五次违背祖宗的决定推销各类保健品。随剧情的进展，尘封的记忆适时冒出来让他们咂巴出点滋味来，当然还有他俩都刻意回避的屎。海峰总爱说，要是咱丘哥还活着，搞得不比这大多了。又说，我像不像大海吧。又说，你就是跃平，坏在女人身上了。嘲笑他为了玉梅，和刘丘闹掰，现在老婆也跟人跑了。海峰还是老样子，心里的江湖梦没有磨灭。贺国华说，你都这把岁数了，去找永军，那么大的厂子，还愁你这点五金建材没出路。海峰回怼，你咋不让他给你找点事干，跟着他发财。一时无语。海峰说，还兄弟呢。贺国华说，逢年过节，礼品和烟酒，也没少给你啊。海峰说，他啥意思，我不知道你还不知道，求他办事啥不行，小恩小惠，这是让咱别找他麻烦。电视上，又到了广告时间。海峰说，永军就和那高俅一个德性，你还记得不，高俅进了王府，先把过去一块玩的兄弟们给揍了一顿。他重重点了下头。贺国华叉着胳膊问，那我一出来，你三天两头找我，把我当真兄弟了是吧。海峰没接茬，电视里刘华强正手持猎枪顶着封飙的脑袋，他感叹道，咱那时候就是缺把枪。贺国华意识到，海峰还能找自己，把自己当兄弟，最主要的一点是，他混得比海峰还差。

回到十几年前，这六个人——刘丘、贺国华、雷子、永军、海峰、和涛都还健在。贺国华和刘丘片刻对视，从小到大养成的默契（或许也是他自己的一厢情愿，不排除是为后续自己找补），刘丘的眼神在恳求和狠毒间摇摆，贺国华心领神会，这并不是他俩之间的事，更多的是给在场的其余四个人看。贺国华服软，瘫坐在椅子上，把其余五人杯子里的酒喝光，不清醒，或是为了让自己麻木，能顺利吃下屎。一会，刘丘走回屋，贺国华被架到外面。平地上，冒尖的新鲜屎丘。贺国华蹲下，趴在地上，一口，一口，吃了下去，最后抓了一把土，把嘴边的屎搓了搓。

二〇〇九年元旦前夕，贺国华陪儿子去市区逛街买衣服，在美食街的盗版碟地摊前，他先假模假式选了几张港台流行歌曲和成龙、李连杰、周润发、周星驰的电影合集。临了又把一开始吸引他的那套世界十大禁片的碟片拿起来，问儿子，这个咱也看看。儿子不置可否，贺国华愉快地付了钱。晚上，回到家，吃完饭，贺国华把禁片放进去，打头的是帕索里尼的《索多玛120天》。贺国华在后，坐沙发上。儿子在前，坐马扎上。外国女人脱光衣服，情理之中，禁片嘛。贺国华说，外国娘们儿的身材就是好，你看这肥屁股大奶子。儿子发出沉重的吞咽口水的声音，不予回答。女人被纳粹牵着在地上爬，贺国华点评道，操，这些人，真他娘的没人性。婚礼举行完毕，少女趴在地上吃屎。儿子站起来，跑出屋。贺国华盯着画面，身上像是着了火。他不清楚村民的风言风语是否传进儿子的耳朵里。儿子回来时，电视里正在放着《新闻联播》。贺国华收拾好桌子，正在里屋洗碗。碟片不知去向。儿子要等几年后，考上大学，在北京就读视觉艺术专业，和同学一起在网吧通宵时，花了一周的时间，陆续看完十大禁片。猎奇的心态之外，他对文艺产生了浓厚的兴趣，蓄起长发，喜欢在各类论坛上和网友交流电影、音乐，对各类外国导演和作家如数家珍。私底下，那些出生在城市的同学，都认为他多少有些前卫，不明白这个打耳钉、听死亡金属、出生在山东乡村的同龄人有过怎样的经历。他省吃俭用，宿舍的床头常放着日本捆绑艺术的画册，爱吃臭豆腐腐乳，谈过的几个女友对他的评价出奇一致：变态。

贺国华吃屎半年后，他和玉梅的婚礼如期举行。清晨，初秋的露水挂在枝叶上，考虑到去邻村迎接新娘，路途太短，迎亲车队穿过薄雾，有意在镇上绕了一圈，经过镇政府时，好事的青年撒下一堆彩纸。跨过火盆，进门，天井里已经被男女老少围满，只留下简单搭建的背景板前的一块空地，给这对新人拜天地和给父母敬茶。众人簇拥，目睹贺国华和玉梅亲吻时，乡民们脑海中浮现出的第一个念头，并不是对新人的祝福，而是贺国华这张嘴吃过刘丘的屎，又亲新娘的嘴。贺国华吃屎，是否对团伙中的其他成员起到警示的作用，效果不好说，起码从这之后的一年，到刘丘团伙覆灭时，没有另外的人离开。贺国华作为曾经的骨干，十几起抢劫案的犯罪嫌疑人，被公安干警从家中的床上抓走时，因被褥撕扯，玉梅的上身走光。当时，她怀有五个月的身孕，墙上除“囍”字外，还有几张贺国华从集市上买的观音送子贴画。

众所周知，刘丘也吃过屎。贺国华吃屎，是被逼的。刘丘吃屎，是自己主动的。后者经村民广泛且热烈的议论，概因吃屎已经和刘丘杀人、枪毙等元素一起，成为他性格的佐证。在逃避公安追捕的时候，他跳进自家的茅坑。夏天，雨水多，茅坑不渗水，粪水居多。几天后，刘丘团伙的成员在西山的破屋里被一举抓获。有知情人说，贺国华可能是告密者。这当然也不重要，一种没有得到证实的传闻，这次对车匪路霸的打击力度之大，是省领导一个司机的车辆被搞了，一箱现金不翼而飞。海峰说，当时，刘丘就知道自己活不了，判决的时候，主动把事往自己身上揽。海峰说，不然，你也活不了。永军尿裤子了，海峰笑起来，你看不出来吧，他是真怕死。我记得和涛当时就哭了，站不稳，被公安拖着上的警车。我？操，我啥时候怕过死，就算现在要枪毙我，我眼都不眨，何况我这不是没死呢，现在是法治社会，我又不犯法，谁能拿我怎么办。华子，你肯定也哭了。老婆孩子热炕头，你能不哭？

沿辛留村西边的铁路，向南约两公里，过去102省道，西南角的一片厂区是宏远润滑油生产基地，到处可见“宏远润滑油，和谐天地间”的宣传标语。虽是民营企业，且位于乡镇，可作为省市重点的工业项目，工资待遇也说得过去，吸引了周边县区的广大农村青年，以及各大高校的毕业生。厂区划分为四片，高耸造型各异且闪着银光的是炼油区。几排蓝色屋顶的厂房是仓储区。白色的大楼是办公区。还有一排低矮的楼区，是餐厅和宿舍区。三十多年前，这里因是黄泥地，没有开荒的价值。后来，杭柳村的瓦厂从这里取土，十几年过去，挖出大坑。瓦厂关停后，在大坑里放映电影，群众用铁锹沿坡挖出梯田状，俨然成了古罗马的斗兽场。因在两个区县的交界处，向西不足两公里处是鲁中监狱，严打及前后那些年，大坑也做法场用途。犯人拴在解放车上游街完毕，拉到这里执行枪决——刘丘就是在这里执行的。

如果选择一组人物，来介绍这片土地近三十年的变迁，作为宏远集团的创始人马宏远及其家族责无旁贷。二十世纪五十年代，马宏远出生于岭子镇的一个农民家庭。八十年代，齐鲁石化新建乙烯厂，附近村落许多农民被临时雇去工地干活，时年二十多岁的马宏远新婚不久，当小工，贴补家用。不久，马宏远借来一台拖拉机，在工地运土、拉沙，挣点运费。后来，他自己买了拖拉机，跑运输。三年后，马宏远的大儿子出生。也是这一年，三十岁的马宏远，投资建了一个石灰窑，生产石灰，既卖给当地的老百姓，也卖给乙烯厂。他从农民变成了小老板，长期与乙烯厂打交道，积攒下最初的人脉，和厂里的领导称兄道弟，远离劣质白酒。一九九三年，马宏远成立物资储运有限公司，从银行贷款，组建了自己的运输车队。当初，那台四处借贷买来的拖拉机，作为他人生奋斗的见证，先封存在老家的东屋，又过了几年，企业壮大，梳理企业文化时，专门建了一座展馆，供员工们忆苦思甜增强凝聚力。为淄博当地企业从事运输服务，让马宏远日进斗金，心高气傲，不说自己可以上天揽月，但对伟人所说的“人定胜天”深信不疑。二十世纪九十年代初，成功还没麻痹马宏远的大脑，年富力强的他敏锐地意识到，各地到处都在修路，生产修路的沥青会大有作为。很快，他从齐鲁石化请来技术员，成立沥青厂，以一套简易的土法装置炼制沥青。又以此为契机，针对山东各地农民种蔬菜大棚时需要大量的农膜，成立塑膜厂。后来，他又成立宏远石化有限公司，生产各类特种油。一九九八年，马宏远成立宏远集团。此后，他陆续在各地建厂，是各级政府及银行的座上宾。二〇二〇年，宏远集团进入中国制造业民营企业500强。如今，宏远集团在马宏远的经营下，年产值超过三百亿元，客户群体遍布十五个国家和地区，为中国石油和化工企业100强之一。随着企业的飞速发展，马宏远的个人财富也与日俱增，数次进入胡润百富榜。有人问他，为什么经营企业如此成功，他总是谦虚地说，有信则立于世，有品则行天下。要怀有敬畏之心，用心经营，造福社会。这条软文的下面，诸多负面却贴合实际的留言中，摘选如下几条：一、最后可能连台拖拉机都没有。二、马老板，一年多没发工资了。三、七八个老婆。四、七八个老婆是假的，十几个。五、要账的一堆。六、马老板，听说你进去了。七、他有句名言：花不完的钱，还不完的债！八、这故事水分太大了。有关马氏家族最近的动态。马宏远及其两个儿子被带走调查。不久，老马作为癌症患者，需定期就医，先放出来了。他的两个儿子仍在里面，配合调查十几亿不知去向的集团资金。老马出来的当天，各大银行的负责人登门嘘寒问暖。马宏远侧身而卧，心里想的不是上百亿的贷款，也不是数千名员工等着发工资养家糊口，而是母亲在世时的手擀面。

相较而言，刘氏家族无疑是一个最有趣味的代表。刘丘在这里被枪决。又过了十余年，这片洼地建设工业园区，时任辛留村村主任的刘猛，负责治安维持秩序，同时承接了一部分土石工程。这么说吧，园区建设，刘猛出过力，也从中捞到不少好处。其间，刘猛和马宏远多有来往。马宏远拖欠其他村的占地补偿款，但刘猛在任时，从不拖欠辛留村的。后来，当刘猛竞选失败，马宏远还力邀他来集团，发挥他的特长，负责追缴各方欠款。至于刘甲释，他曾短暂在宏远上过班，让别人洒过热血。

刘丘死时，儿子刘甲释刚满三岁，对父亲没任何记忆，由爷爷奶奶抚养成人。沿袭家族的风气，他学业一般，勉强念完初中，在亲叔刘猛的金融贷款公司打杂，讲义气，略微腼腆（熟络后则不然），见到长辈说敬语，没有任何违法乱纪的苗头，颇受长辈们赞扬。他年满十八岁这年，刘猛觉得侄子再这么厮混下去，不是个办法，说不定走父辈的老路，下一步就是进局子，便把他送进工厂，磨下心性，领教下宏远严苛的规章制度：三班倒，厂区内严禁吸烟，迟到早退罚款，不准玩手机，不能打瞌睡等。好歹让他忆苦思甜，知道自己这些年来吃下去的饭菜也是有价码的。

刘甲释谨记小叔低调处事的嘱托，穿上那身丑陋的钴蓝色工作服，分配到车间。不到一个星期，熟练操作起总价上千万的设备。日照的同事小张，见小刘不言不语，把他当作一个可以欺辱的对象，包括但不限于：随意和他调班，让他填写单子，回到宿舍随意抽他的香烟，让他给自己洗袜子。事发前一天的夜里，小张想吃镇上的牛肉蒸包，让刘甲释一早给他买。他躺在床上说，买回来，你有命吃就行。一早，小张还没起床，刘甲释买回来肉包，放在床头。小张啃了一口，牛油溢出嘴角。刘甲释问，刚出锅的，好吃吗？小张嗯了几声，就是有点烫嘴。刘甲释从袖口抽出水果刀，上前一步，扎进小张的肚子里。血掩盖嘴角的牛油。好吧，经过刘猛的疏通，没几天，侄子就出来了。达成和解，赔偿，都是应有之义。厂领导和同事轮番去看望，当知悉小刘的背景后，本躺在病床上输液的小张，忍着腹部因起身伤口撕裂的疼痛，气若游丝地说，小刘也不早说，早知道，我惹谁也不惹他。又不无担心地问，我出院后，还能回厂上班不？同事不置可否。小张自语道，我好歹也是个班长，对公司有贡献。

刘甲释躺在宿舍的床板上酝酿复仇时，宿命感笼罩着他，当初的大坑就是如今宏远的宿舍楼。一整夜他都没怎么睡好，死去的父亲似乎在此刻附体。他把计划的细节在头脑中一一演练，又努力压抑怒火，看明天一早是否还有杀人的念头。四月份，很久没下雨了。那天，风不小，尘土飞扬。解放大卡车的车队缓缓驶过，头车是死刑犯，武警押解，胸前挂着的木牌写着名字，打着红叉。游街过后，犯人们青光的脑袋上落了一层尘土。大坑周围已经聚集了闻讯赶来的群众，当地的民兵扯着麻绳，把群众圈到法场之外。贺国华在人群中发现了几张熟悉的面孔，有心留意，没有玉梅。贺国华站在卡车上，相比围观的群众，视野开阔。七八个死刑犯，逐一押到前面。刘丘在经过卡车时，与贺国华眼神交汇。拖进大坑时，刘丘又回头两次，双脚留下一道深深的地沟。他微笑，回头，眼睛泛红。此后的许多年，刘丘临死前的眼神在贺国华的脑海中生发出了不同的滋味，有后悔和请求谅解，或是不甘，或在死亡面前努力镇定自若。总归，他早就释然。依稀的记忆尚存，贺国华出狱后，见到刘甲释，没有把这些告诉他。老一辈的事，不值当说，孩子们也不见得爱听。贺国华入狱十三年，出来时正赶上北京奥运会。他端坐客厅看开幕仪式，指着入场运动员身上的制服，对儿子说，这样的纽扣，我做过。这句话自然没有引起儿子的注意，他和刘甲释的眼里只有那些女运动员。贺国华仰头，喝下一盅白酒，提示这俩小子吃菜。儿子不为所动。刘甲释转头，夹起一块肉，说道，谢谢叔叔。时年四十三岁的贺国华，看着自己和刘丘的后代，鼻头一酸，心里很清楚，他已经没有可以托孤的兄弟了。

贺国华出狱时，玉梅早已改嫁。儿子由老人抚养长大。新婚时砖瓦房简陋，只有北门，后续加盖了偏房，天井里这对新人栽种的泡桐树，也早已不知去向。家电齐全，为迎接贺国华出狱，又重新装修了一番，明亮整洁，已经为他的第二段婚姻做好了准备。前些年，种的果园拆迁，当时刘猛正在任上，照顾赔偿了五十多万。贺国华回来，取出其中的二十万，放在刘猛的金融公司里放贷。脱离社会太久，贺国华见到人不自觉立正，双臂贴腿并拢，木讷的脸上挤出笑容，等对方发话。不出半年，胡吃海喝，他脸上有了油光，身材发福，走在路上开始主动和人攀谈，再被问到监狱生活时谈笑风生，说上几句里面的简情，满足对方的窥探欲后，不忘补一句，有空进去体验下。一旦接纳了自己污点，也由不得别人去指摘。他考了驾照，学会用智能手机，也很快认识了个离异的女人，睡过几次。面对女人温热的身体，又力不从心。养精蓄锐十余年，并无屌用。一天早上，他闻到自己身上有了老年人腐朽的味道，从后面搂住女人，顺隆起的小腹下滑，手指抠动，误入妊娠纹。贺国华怎么也想不起来玉梅的味道，清爽和顺滑只存在记忆中。他应该认清现实，有人愿意跟自己过日子，搂着睡觉就可以了。体态臃肿，神情涣散，和他当下的生活是一致的。

人言可畏这四个字，对李宝来说，理解起来可能比较吃力。他因智力缺陷，并不在意外界对他的看法，也无力改变自己。他的人生，从出生的那一刻，就注定是一段下坡路，中间能过上相对父辈来说体面的日子，诸如吃饱饭，有肉吃，看上电视，用手机，骑着摩托，也是恰逢其时，时代把他托举到了这样的位置，功劳概因那些在书本上所简略介绍的科学家们，以及小时候就会唱的——没有共产党就没有新中国。父母对他的期望，能养活自己，不过如此。李宝二十来岁那几年，曾经短暂让父母欣慰，有厂子愿意用他，在车间扛大包和投料，累归累——他三十出头就腰肌劳损。李宝工资从来不拿回家，不是被工友骗去请客喝酒，就是被女网友骗走。他管不住自己的嘴，也招架不住异性的甜言蜜语。总有那么一个时刻，李宝认为好事临头，伸出空空双手，拥抱伤害和侮辱。后来，没有厂子愿意收留他，卖力气的活干不了，时而犯病，躺在地上口吐白沫抽搐不止。李宝卖不掉力气，不顾癫痫和酒精肝，喝下劣质白酒，扔下一句，喝死拉倒，早就活够了。

想要客观且全面了解一个人是很困难的，每个人活着都要经受误读和曲解。想要探究一个人的内心，更是不可能。幸好，李宝作为一个微不足道的人，被误解和轻视，并不妨碍世界的运转。但有些人就不一样了，比如爱因斯坦。李宝上小学那会，挂在学校走廊上的世界名人装饰画中，爱因斯坦白发苍苍，眼神深邃望向天空，配着一行字：“天才是百分之一的灵感，加上百分之九十九的汗水。”紧随其后的那句“但那百分之一的灵感是最重要的，甚至比那百分之九十九的汗水都要重要”对普罗大众而言太过于残酷了，也不利于教育孩子们去努力，索性略掉了。（顺便说一句，讲这段话的其实是爱迪生。）老师在课堂上拿爱因斯坦小时候数学考 1 分（按照当时德国的打分制，1 分是“优秀”）作为例子来勉励台下坐着的这帮乡村子弟，把目光最后落在教室后面墙角处的少年李宝。他流着鼻涕，穿着补丁衣服，并没有由此认定自己是所谓的天才。至于理想，别提什么科学家，一个老实巴交的农民的儿子，以后当个工人就是他空乏的脑袋里最肆意的妄念了。在李宝并不算漫长的求学生涯中，智商的缺陷成为他的特权。老师们秉持着照顾残障人士的心态，很少像对待普通的顽劣学生那样上手教育，也不放心指使他去干这干那。最多就拿他开玩笑——虽有侮辱尊严的嫌疑——每次都会引来哄堂大笑，也无人在意。在谈到未来的人生规划上，挖粪劳模被频繁拿出来对照李宝。总之，李宝只是象征性完成义务教育。

李宝作为共同话题，谁都可以随意聊几句。如清明时，村民逢人打招呼，上坟了没有？所不同的是，李宝是一年四季恒久不变的话题。纳凉时，清扫初雪时，散步偶尔撞见，谈论李宝都会大大缓解村民间无话的尴尬。和村里有出息的人不同，他们可以俯视李宝，对照自己现有的生活，获得幸福感，谈笑间，扮作无奈来一句，这个李宝，活成这个样子，真是没办法。如果说，宏远润滑油，能润滑天地，那么李宝也是润滑剂，是对话的引子，行走在干裂且粗糙的乡村中，把这块看似凋敝、荒凉的村庄，润滑出欢声笑语。

写到这里，上面出现的智障、残疾等词汇，虽然是李宝的主要特征，但据此就这么认为他，多少有些以偏概全。评价的样本越多，就越立体。毕竟，让李宝去表达自己，是件困难的事。他所说的，也不足信。李宝有些话，流传下来，威力和效应在辛留村比爱迪生之流的名言更为人所知，且没有被断章取义。

人物：任霞

问：你觉得李宝傻吗？

答：宝子可不傻，他可知道钱有用了。老娟子的养老金，他都拿着，没钱了就让老娟子到处借，借不回来，就打她。去年把老娟子的手指头给打断了。现在李元信死了，更没人管得了他。再说了，管一会行，谁一直管他。他堂哥李永禄还活着的时候，揍李宝重了，老娟子还不愿意。我这可不是编瞎话，邻居这么多年，亲眼看到的。把李宝拖出来在街上拿棍子打，老娟子挡在前面不让，怕给打坏了。宝子心里很有数，欺软怕硬，打一顿，管用没几天，他该怎么样，还怎么样，不长记性。老娟子不做饭，他就没吃的。那天还剩下几块锅饼，给他吃了。李宝这样下去，他妈死了，他也活不了多久。说不定，他先死在前头，见了酒，不要命。他干不了重活，在家里别折腾也行。年初，我送给他几只鸡，好好养着，下了鸡蛋，省得花钱买。他倒好，回头就把鸡宰了吃了。他一家人还领着低保。去年扶贫，上面的人来他家，送的面和油。政府也是，给他这种人给瞎了，人活不干，不如扶持下我们这卖命的老百姓。我说的就是这么个理。李宝这种人也没什么好问的，你有工夫干点别的，操心下我们不行吗，一天累得要死要活的，也赚不了几个钱，你老惦记他干啥，活着还是死了，都是一双筷子的事。

人物：刘祥

问：你和李宝熟不？

答：我家在村北边，他家在村西头，隔得远，他家的事，也不是什么秘密，我多少听到过一些。他上头有两个姐姐，大姐十七八岁，跟着一个蒙阴的小伙子跑了。几年后回来，孩子都会走路了。二姐还行，嫁到了镇上。山里生活比较难，大姐一家子又回来了，李宝不让他们住在家里。这都是十来年前的事了，大姐夫来过我家，老实巴交的人，让我爸（那时候还活着）帮他找个活干，累点无所谓，不求别的，能按时发钱就行。他又说起李宝，下手黑，还打他，把他赶走。我心里就乐，这么多年不见，李宝还会打人了。后来，听说大姐夫在村里租了别人的房子住，现在好像不在了。这几年，这里的活也不好找，不如回蒙阴种桃。我和李宝同岁，一起上的育红班。小学他留了一级，比我矮一级。我不常回村，来往也少。那些年，经常看到李宝穿着工作服骑着摩托车上下班，低头就过去了，也不打招呼。没想到他还能干活，看样子也下力气。这些年，他胖了，老了不少，走起路来气冲冲的。有年夏天，我在门口，看到他头破血流，问他咋回事，他也不说，扭头又从另一个胡同走了。去年，我堂哥家里装修，我去帮工，李宝也在。垫高地面，要土。我俩就去挖土，堂哥老宅早就塌了，砖土刚好有用。李宝下力气，拿着铁锨往里铲。铲满了，草包老张推回去。中间能歇几分钟。李宝不闲着，不是去这边看两眼，就是去里面折树枝子玩。小四十的人了，还和个孩子一样。李宝话也不少，看我玩手机，问我手机是什么牌子的。我说，华为的。李宝说，还以为你用的苹果呢。又说，美国快完蛋了，美国人都快吃不上饭了，天天上街，到处打枪，黑人还闹事。你看咱这里，多太平，政府还扶贫给钱，美国人能这样吗？我问，你这都是从哪里看的？李宝说，手机上到处都在说。我问，还说什么了？李宝来劲了，悄声说，知道为什么建航母吗？我摇头。李宝说，要统一啊，就这一两年的事。我说，还要一两年啊，这个月底前能吗？李宝说，你咋比我还着急。我说，中国人能不着急吗？还等什么啊，需要你的时候你去不？李宝嘿嘿笑起来，喊我，我就去。我说，不喊你，你也得去，政府给你的钱，还白给了。李宝说，你说的在理。我说，少喝点酒，养好身体，等着为国捐躯。李宝想了想，有点为难，喝酒，还不能去吗？

人物：付英华

问：你怎么看李宝的？

答：俗语说，儿子的脑袋多半随妈。男的找老婆，丑点没关系，可别脑子不好使。你看李元信，话少，脑子可不傻，他要不是找了老娟子的话，日子比现在过得好。两个闺女，都不傻，单单就是儿子傻，调换一下也行。女的再傻，也能找到婆家。你看李宝，谁跟他，糊里糊涂的。老娟子话倒是多，说不到点子上，碰见个人，说起来没完，问东问西的，搭理这个东西干什么。不过李宝这孩子也不孬。那年，刚打下来麦子，李宝从胡同里过。我喊住他，宝子，干啥去了？他嘻嘻咧咧，闷着头。我说，没事来和我晒麦子。我就把推耙给他了。我说，我歇歇，你把这都摊开，晾着。我就坐在阴凉下歇着，宝子一口气，把五亩地的麦子都给我摊开了，满头大汗，你是不知道，那天得有四十多度，跟冒火一样。我说，你等着，我给你买水去。我就给他买了一瓶可乐。我说，歇歇再干吧。李宝喝了可乐，又干。你说他不知道干活吗？主要是老娟子，不会指使自己的孩子，摊上这样的妈，也是李宝倒霉。

人物：刘兴民

问：李宝为什么打你？

答：我和李元信可是从小一起长大的。他们李家，在村里是小族，就这么几个人。李元信亲兄弟就两个。他兄弟俩，找的老婆也都是本村的，一个王家，一个张家。这才算是在村里站住脚。要不然，李元治怎么能当了几年大队书记。不过话说回来，那时候大队书记也不吃香，没有什么油水好捞。我和李元信对门，隔着一条胡同，三十多年，他家里啥事我没插过手，盖屋，铺地面，晒麦子，对不对，家里种的菜吃不了，我也给他拿过去。老娟子平时在家不做饭，来我家里蹭饭也都是常有的事。李宝也是我从小看到大的，我就没想过有一天，让他还打了我。李宝不懂事，不论理，我也不怪他，都是背后有人指使，他是一点脑子都没有。他不懂事，我还能不懂事了。我也没报警，不然把他抓进去待几天。我看谁的面子，还不是李元信的，从小玩到大的，人是死了，面子得给。这事我都没和我儿子说，不然回来，没完了。多一事，不如少一事。我在村里管账，贪不贪污的，自然有人管我。有政府，有领导，凡事还都要讲证据。李宝也不想想，他家评上低保，材料不都是我给写的。我年龄大了，儿女都在南京安家了。中风后，腿脚也不灵便。我就不愿意生这个气，不和他一般见识。

人物：田立松

问：你咋不和李宝来往了？

答：李宝这种人就不能对他太好了，从小学到初中，九年，我和他都在一个班，上学一块走，放学也一起。别人欺负他，我帮他出头。别人耍他，我头一个站出来不让。小学那会，十以内的算术，他都不会。别人让他干啥，他就去，还觉得自己了不起。我就说，你别听那些人，我为你好，你有啥事先和我说，你缺脑子，我给你当脑子。初中他还算好点，多少懂点事了，爱瞎起哄。他是真没一点是非观念，欺负女同学，把女同学的卫生巾贴在黑板上。我和他都是念完初中，一起去建筑队当小工。那些人耍他，当小工推沙子。我说，李宝是傻，但你也不能这样吧，做人讲良心的。三伏天，热中暑了，我拉着他去的医院。后来我去盈科上班，流水线，工资高，不用风吹日晒，又喊李宝去。李宝这脑子是真干不了，学不明白。他就是一根筋，干活你不喂到嘴边，不知道吃，让他干这个，只能干，把这袋子放在那边，他知道。到了另一个车间，一样的活，他就不知道怎么干了。说远了。我现在的老婆，就是盈科的同事。来家里一起吃饭，我去炒个菜的工夫，李宝偷看她上厕所。说没见过女的那玩意儿。我当时就火大了，两耳光扇他，让他滚。这也就算了，我也不和他一般见识。这个畜生，到处说，看到我老婆的屁股了。这我要还能忍，我还是个男的不？我没打折他的腿就不错了。他是死是活，以后和我没关系。我对他这样，他对我什么样。

人物：彭浩

问：李宝这人怎么样？

答：上个月，那天下着小雨。中午，我和同事坐在路边吃蒸包。李宝骑着电动车过去了。喊他，他没听见。起码有三年多，没见他了。当初，我们是东浩化工的同事。他在车间投料，我每次去车间，都叮嘱他，戴好防毒口罩，那些原料都有毒，他当时戴上，回头又摘了。也不知道他癫痫，和这有没有关系。车间的那帮外地小伙子，三天两头撺掇他请客。也喊我，我不去也不好意思，再议论我这个坐办公室的，眼高，看不起他们，也就跟着吃过几次。镇上这些馆子，基本上吃了个遍，酱牛肉、羊汤、炒鸡。这个李宝，次次都是他请客，每次都把自己喝吐了。后来我就不去了。私下我也和他说过，一个月五六千块，不算少，多少留点自已花。说啥，他都嘻嘻听着，不往心里去。东浩应该是他最后一份工作。你和他一个村的，对他了解更多，没必要问我。我和他就是点头之交。要说点别的，他在车间干活，是真出力，别人还知道偷奸耍滑，他是真拼命。去年设备升级，都自动化了，投料也不需要人工了。话说回来，我应该请李宝吃饭，以前都吃他的。待会，我割两斤牛肉，你帮我带给他。就说，他浩哥给的。

人物：陈伟安

问：李宝挖你家菜了？

答：我把话放这里，这个李宝再没人管一管，就成咱村的一个祸害了。都觉得他傻，不和他一般见识，李元信死了，他舅死了，李永禄又死了，没人管得了他，他就作吧。我也不是心疼这点菜，我退休金一个月两千，足够我们老两口生活的。平时闲着没事，在地里，种点菜和葱什么的，也就是图个新鲜和现成的。现在的菜打农药的太多，不健康。岁数大了，要养生。他娘的，这个李宝，一棵棵给拔了，拔就拔，他也不看个时候，菜都还没长好，茄子手指头那么大，就给拔了。再说，你拔菜吃了也就算了，别糟蹋，蔓子都给掰断了。我刚浇的水，地里踩得到处都是坑洼。这种事我还能冤枉他？我就不说是谁了，反正有人看到了，来找我。我也是六七十的人，好歹是个长辈，和这个李宝计较什么，几块钱的东西，还不够生气的。这个李宝，说起来让人生气吧，又好笑。他偷了菜，也不自己吃，放别人家门口。他娘的，我辛苦种着点菜，让他为好人了。他祸害的也不是我一家，坡里种菜的，他挨个偷。找他，管什么用。他嘻嘻咧咧地说不偷了，回头还偷。我种了点方瓜，那么大个，他骑着三轮车，拉了一车，挨个门口放。那天我见他了，我说，我自己种的瓜，你好歹也给我一个尝尝吧。他还笑呢，说下次。乡里乡亲的，这点事，咱也不好意思报警。他也不是小了，快四十的人了，打一顿管什么用。也别觉得他给了菜，他人就有多好，回头上人家里要吃的。这个李宝，真是没法说。现在好了，都不去地里种菜了，我看他还偷什么。

李宝三十二岁这年，李元信死了。发完丧，当天下午，李宝骑着电动车，经过村口，让村民拦住。宝子，问你几句话。李宝刹住车。村民招手，让他过去。李宝笑嘻嘻走过去。村民问，你爸死了，你哭了没？李宝说，李元治像是哭了，其实是干号，根本没哭。村民说，那是你大伯，你就直接喊他名字，听见不揍你。李宝嘻嘻笑，都在假哭，没有真哭的，脸上根本就没泪。村民说，别人假哭，你也得真哭。李宝说，他老婆都没哭。村民说，你这孩子，你妈不哭，你也要哭。李宝说，人都死了，有啥好哭的，能把人哭活还是咋的，要是我能把人哭活过来，咱村里再死人，都请我去哭的，你们要是死了，我也去哭你们。村民说，你这孩子，说的什么话。李宝见引起了大家的兴趣，不论是反感还是好感，来了精神，继续说，今年咱村里才死了三个，一年死十来个，还有的死呢。眼前这些村民，都六十往上，头发花白，慢性病缠身，或许其中有些已经有癌症了，只是自己还不知道。有村民说，你堂哥来了。李宝慌忙往后看。村民一阵起哄，宝子，你欠揍。李宝说，李永禄也没哭，他跟着我一起去的火葬场。村民问，李元信留下遗言了没？李宝说，食道癌，别说吃饭了，喝水都费劲，还说啥话。众人发出啧啧的叹息声，脸上又为知道这些隐秘的细节，有些许的快意，并忍不住继续说，这病真是遭罪，饭都吃不下。又说，不好治啊。李宝忙说，李元信早死一步，去享福。有人问，你爸死的时候，你在干啥？李宝说，昨天的事，谁还记得这么清楚。村民说，你倒是忘不了吃。李宝说，不吃饭，饥困。村民笑起来，你也不把李元信送医院治治，你怎么当儿子的。李宝说，卫生室拿的药还没吃完，抽屉里放着好几盒，降血压的，布洛芬，李元信吃不完，留着给老娟子吃。村民围观李元信从简的丧事没有尽兴，本指望留下的遗憾从对李宝的盘问中得到满足。李宝句句冷漠无情甚至是丧失人伦道德，此刻倒显得洒脱，回馈给在场的这些村民的是一种极为苦涩的感受，毕竟死亡也在不远处等候着他们。他们失去耐心，深感失望，只有人淡淡追问了句，你不在家里待着，跑去哪里？李宝说，去村里，看怎么把李元信的户口销了，听说死了人，政府还有补贴，养老钱还能退回来不少。村民说，到了钱上，你积极了，人刚死了，你这么着急，也不怕人笑话。李宝笑着说，有钱不去拿，才是真傻。见李宝骑上电动车。村民又说，你问清楚，自己的钱上点心。又说，别显得太高兴了，出去让人笑话。村民又说，不懂的多问问朱丹芝。李宝说，我才不问她，让她帮忙，凶着张脸，不知道的还以为是她爹又死了一遍。村民又教他，这是正事，怎么说她也是你堂嫂。李宝点头。村民又说，宝子啊，你爹没了，回去对你妈好点，别老让你妈生气。李宝说，都死了才好呢，没人管我。众人摇头。

李宝骑上电动车，哼着不成调的曲子，却又准确抒发出内心的松弛。不知是李元信在忍受病痛折磨大半年后终于死掉，笼罩在家庭中的死亡气息四散，或是丧事办完，心里的一块石头落地，还是刚才和村民们的一番交流，不说是唇枪舌剑，也像是自己在舌战群儒，为自己能有如此的言语表现而自豪，但肯定不是村民们的关心，让他感受到久违的暖意。更贴切的是，此刻，李宝单一的脑子里一心想着要到手的三千多块钱。提包里装着户口本、身份证、社保卡。李元信留下的东西，会一步步消失。

李宝身后的这些村民，沉浸在李元信死去的空缺中。他们和李元信或自小一起长大或壮年相识，几十年的老交情，关于李元信的诸多记忆，此刻浮现在脑海中。肉体消散，而今天以及未来的几天，将是李元信最后被频繁讨论。骨灰有余温，墓穴还松软。就当李元信还没死，又回到这里，还是骑着那辆三八大杠的破旧自行车，漆面斑驳，随时都要散架。车把上挂着一个布袋，有次别人打岔，李元信把布袋打开：塑料水杯布满划痕，结了一层厚厚的茶垢，铝皮饭盒里有半块泛黄的馒头，掏空一半的咸鸭蛋，叠好的卫生纸，捡来的碎铁，一块起毛的毛巾。李元信下工回来，不愿意回家。即便是村口聚集的这帮村民不招呼他，他也会自觉停下车，走过来，蹲在旁边，听着众人打牌的喊骂声，摸着自己光秃且两边冒出白楂的脑袋，唉声叹气。天黑前短暂的这一点时间，是李元信劳作一天后最为轻松的时刻，无须回去面对老娟子的聒噪，也不用为李宝恼火。他蹲在那里，姿态如一条听话的老狗。除非有人搭话，他一言不发，望向集市上来往的人们。他出门，除非是有意要买东西，平时一分钱不带，至于集市上的水果、蔬菜、零食，更是很少去买。一天劳作，汗流浃背，在衣物上留下盐渍，身体泛着酸臭。他的脸晒得黑红，圆脸，五官模糊，很少出现什么表情——喜或悲，常年吃咸菜——食道癌也就不稀奇了。或许他早感觉自己吞咽困难，但又并不觉得是一件需要去重视的事。他的身体日渐衰老，每天卖力气出工，在记工本上计算收入，人生断无起色，过不了多久，也再没地方用他。村里一个和李宝年纪相仿的人经过，李元信罕见地主动问，你多大了？和李宝同岁。又问，结婚了没？孩子都上幼儿园了。李元信盯着对方，打量到他浑身不自在，仍意犹未尽，似乎从这个年轻人的身上，看到儿子李宝本该有的命运。

李宝这批学龄段的孩子，在村里念完育红班，升到三个村合办的小学。没等小学毕业，村里的适龄儿童减少，育红班办不下去，和临近两个村合办，在小学操场辟出一块地，盖了两间大瓦房，简单添置秋千、滑梯、跷跷板等游乐设施，围墙画有各类小动物的可爱形象。育红班这个带有时代气息的称呼，自此绝迹，代之以幼儿园。育红班的旧址——一个厂院和两间砖瓦房，包括宅基地，卖给村民王有福，十余年间一步步修盖，早已没有了当初育红班的遗迹。低矮的土墙，成了高耸的围墙，自种的爬山虎，经多年生长，盖满墙壁。王有福在院子一角挖出池塘，种的荷花，长满一池。西边的外墙，栽种了一排竹子，虽政府勒令拔掉，王有福不为所动。他比其余村民多一倍的宅院，处处呈现出对生活的热爱。他搭建仓库，货物随季节变化，各有不同，瓜果桃李、小米、番薯等。批发之外，也零售。逢集市卖不掉，王有福的女儿就在村子的微信群里叫卖——低价出售。王有福的大门不是朝南，对准前面一排房子的后墙，而是向西，朝着南北走向更宽的胡同，方便他进出四轮货车。王有福在冲着门的电线杆上架设了监控。前些年，他和王本道不对付。王本道带着人进门打砸，监控派上用场。派出所出面调解，王本道赔了四万块钱。相比王本道的庄园，王有福的家虽有些简陋，但也尽可能捯饬出堡垒的样子，院墙上没有架设一层铁丝网，是他觉得这样防范，有点过于给王本道脸了。在法治社会，他还能上天？王有福头上缠着绷带，站在街上，对乡邻们痛斥道，四万块钱，让他长个教训。

有年夏天，晚饭过后，妇女们结伴出来散步，王有福端出来一盆油桃，放在路灯下面。模样好看的都卖光了，剩下这些蹭了皮卖不出去的，口味没差别。王有福穿着破了洞的白色背心，皮肤在路灯下泛着黝黑的光，口吻像是饲养员，下达命令，都给吃出来，吃不出来不许走，明天就变味了。密麻的飞虫附着在油桃上。付英华说，好的不拿出来，快烂了，知道给我们吃了。王有福说，别说你了，我还没吃过好的油桃呢，不信问你嫂子。王有福的老婆前些年得了鼻癌，术后口水不受控制，往外滴，说话也含糊不清。她坐在小板凳上，瓮声瓮气地说，油桃不好看，好吃。有散步路过的，也被王有福招呼过来一起吃油桃。不一会，聚集了七八个妇女，边吃边唠嗑，其中就有王爱芝。

前两年，王爱芝的丈夫退休。夫妻平时住在城里，很少回村。王爱芝也已退休多年，她当了一辈子的教师，早先是民办教师，家里种过几亩地，不过也算是村民口中没出过什么力气的。王爱芝已经六十多岁，每个月领着五六千的退休金——据说每年还在涨——但看起来也就五十出头，在这群经年劳作的妇女们中，她留着考究的短发，戴着耳环，身穿一件大花长裙，身形虽有些臃肿，并不肥胖，背直腰顺，有退休金的呵护，完全是城里妇女的气质。夏夜闷热，其余人摇着蒲扇驱赶蚊虫。王爱芝泰然自若，身上散发的不是花露水的味道，女儿从网上购买的驱蚊贴，蚊虫不敢近身。她吃完油桃，从挎包里掏出纸巾擦手，并放在铝盆中间，礼让众人也用一下。这一响应，并不奏效，妇女们还是习惯将汁水在手上抹一下，等待自然风干，无须白白浪费一张纸去擦拭。这有点太把自己当回事，不符合她们的自我认知。王爱芝这个小小的举动，自然也将会在此后妇女们背后议论她时常常提及，用以佐证她的“忘本”。

王爱芝高中毕业，最初那几年教过小学，后来一直当幼师。她性情温柔，有耐心，保持至今，说话细声慢语。当然也有妇女们非议，我要是一个月不干活，白领几千块钱，我的脾气也能这么好。村里的孩子，如今四十多岁到十七八岁的，都是王爱芝看大的。那会，也教不了什么东西，把门一关，让孩子们在院子里活动，磕碰也没事，只要别出人命，父母也说不出个什么来。王爱芝为人细心，领着孩子们做游戏，从老鹰捉小鸡到跳房子。孩子们每天玩得一身泥，脏兮兮地回家，大人们起早贪黑，也没心思洗衣服——主要是也没有多少可以替换的衣物，孩子们再脏兮兮去育红班，乐此不疲。寒冬腊月，大教室只有一个小煤炉，煤渣掺土晒干分割成的煤块，微火烧壶水都需要半天。孩子们一个个手上长出冻疮，鼻涕擦得棉袄袖子锃亮。条件艰苦，一视同仁。至于王爱芝作为幼师到底怎么样，当初的幼童长大成人，没有说过她坏话的。年幼不记事是一方面。小学里那些暴虐的民办教师，给孩子留下连绵不绝伴随终生的噩梦——撕裂的耳垂、红肿的脸庞、拽下的头发——至今看到那些垂垂老矣的恩师，还望而生畏，见面躲着走，更不会主动去打招呼尊称一句“老师”。王爱芝教过的孩子，见到她，也在称呼上犯难，喊老师，都是一个村的，多少还沾亲带故，能按照辈分论。日积月累，有些就直接打个招呼。

村里经王爱芝双手哺育长大的孩子们，她都能一一列举出来这些孩子是什么样的秉性，并屡次对人说，从小看大，三岁看老，这句老俗语确实凝结了古人的智慧。这句话，现在又被她拿出来说。王爱芝提到在村西边小坝下被水淹死的刘冲——死时小学二年级——至今还是一脸惋惜，这孩子聪明，心眼多。有天，我看刘冲在家门口。我说，你干啥呢？他说，我锁门，锁不上。我就过去，把门锁上了。王爱芝笑起来，你猜怎么着，刘冲趴到门洞里看，用手拉锁扣，看我是不是真锁上了。想起三十多年前的事，王爱芝笑容凝滞，这么点小孩，哪来的这些心眼。缀在尾音的那声叹息，是对刘冲没能顺利长大，爱才若渴的教师本能反应。她对刘祥的二婶说，你家兄弟三个的孩子我都教过。你家刘兆，心里总藏着事。（刘兆春天刚离婚，结婚四年，媳妇一直没怀孕。去年说怀孕了，瞒到预产期，才说是假怀孕。亲戚老小的早提前通知喝喜酒了，刘家成了全村的笑柄。）又说，老大刘润，自小不爱说话。（四十五六了，还没找到媳妇。）老二刘祥，话倒是多，心眼直。（离婚了，儿子跟着前妻，也没打算再找，时常还去家里住一阵，享受天伦之乐。）王爱芝又对王有福说，你闺女自小就胖，现在得有二百多斤了吧。王有福说，从小胃口就好，就这一个闺女，还能不让她吃了。王爱芝说，我教了这三四十年，没见过赶上你闺女这嘴的，太能说了，心眼随你。王爱芝又对付英华说，没看出你儿子以后能当作家了，自小就老实，不爱说话，他上学比别的孩子早吧，小不点，人堆里不显眼。付英华说，谁能知道他以后干这个，不愿意上班，孩子大了管不了。说完一脸自豪。王爱芝问，和他一级的都是谁来着？付英华说，刘冲、刘祥、王强，这些都是一级的。王爱芝问，王强还没找到对象呢？付英华说，这种事难凑。王爱芝说，他打小脑子可不笨，不说话，就是懒，安排他干啥，他都不听，也不知道心里在想什么。又说，不过他每次见到我，倒是喊老师。

众人开始拿手数村里四十上下，还没结婚的。李宝并不作为抱憾的对象。三十多年过去，记忆又把王爱芝带回那个秋天的午后。她闻讯走进教室，孩子们闪出一块空地，捂住鼻子，惊愕地围观李宝正用手搓着自己拉的屎——黄色的屎，从他的指缝里挤出来。见王爱芝走进来，他顺手塞进嘴巴里，邀功式地憨笑着，露出沾染着屎橙黄色的牙齿。王爱芝把李宝赶出教室，一直赶到院子的水龙头下面，让他洗手漱口。李宝喝水，咽下去。王爱芝说，吐出来，别咽下去。王爱芝找来脸盆，接水把他从头到脚冲洗干净。李宝光着屁股，站在那里。回忆至此，王爱芝脑海中浮现出，阳光下全身闪着光的那个白净孩子。事后，她问李宝，屎好吃还是馒头好吃。李宝说，馒头。王爱芝说，以后别吃屎。李宝点头。王爱芝又问，你咋想起来吃屎的呢？李宝说，狗也吃屎。王爱芝说，你不是狗。李宝汪汪叫了几声。王爱芝摩挲着他的脑袋，头发里还沾染着一些屎，让李宝蹲下，又仔细洗了一遍。

月亮挂在头顶，盆里油桃已经见底。众人嘴里还在咀嚼着油桃那鲜黄色的果肉。李宝吃屎，已经成为典故。这也是李宝能做出来的事，众人并不觉得有什么，也不是王爱芝第一次说。但每次说起，王爱芝作为在场者，都免不了又勾起生理反应，她只好起身，走到花坛边，俯身干呕了几下。付英华打趣道，王有福，我就说这烂油桃不能吃。

王有福说，别怪我油桃，爱芝这是有喜了。众人笑作一团。三十多年过去，王爱芝已经从过去的生活中脱离出来。这几天，城里所住的小区加盖电梯，装修吵闹，王爱芝睡不好觉。回村，她不习惯旱厕，城里的抽水马桶，更符合她对体面生活的要求。干呕回来，王爱芝陷入沉默，脑海中又浮现出这一茬茬孩子们的样子。有的为人父母，有的早就死掉，有的遭遇不幸（文红初中时被堂叔强奸）。有的考上大学不回来。出去的孩子，就不提了。留在村里的这些，每次遇到，王爱芝都心里发堵。在她看来，他们并没有一个体面的生活，收入一般，气色疲态。她总会反思，自己有哪些做得不够，是否对孩子有些不好的影响。却又很快宽慰自己，我王爱芝只是一个幼师，也没能力决定这些孩童的一生。即便是有不够耐心的地方，她也早就忘记了。

这天晚上，回到家，王爱芝吃下一片维生素，量了下自己的血压，泡脚完毕后坐在床上按摩足底的穴位。这一切都没让她很快入睡，辗转反侧想的已经不是李宝，而是追忆三十出头的自己。可惜的是，并没有一张照片留下来。她那会，也正处在纠结中，女儿上三年级，丈夫一直催促她再生个孩子，最好是儿子传宗接代。她被说服了，怀孕后，又流产了。想来，还有些后怕。过了几年，民办教师能转正。如果当时再生一个，违反了计划生育，她就得一辈子当民办教师，没有退休金，整个人生就改变了。是啊，人生重要的就那么几步。想到村里同龄的这批还在四处奔忙，我王爱芝这辈子，算是命不错。尽管她心里清楚，她走后，这些人会说她一辈子也没生养出个儿子。这点谈资，就当是她们对贫瘠生活的心理慰藉吧。人，总要找出一点优越，把这难熬的日子过下去。

王爱芝在手机上查了下泰国的天气，最近一周最高气温都在三十五六度，还有些阴雨天。不像山东，入伏后已经大半个月没落过雨。白天出门，地上冒火。前天，女儿发来一家三口在普吉岛的照片，碧海蓝天，在棕榈树下荡秋千。外孙女戴着墨镜，穿着吊带裙，手里举着椰子冰激凌，露出牙齿，过于成熟，不像是个十岁的小姑娘。另一个视频，外孙女露出牙说，姥姥，我最后一颗乳牙掉了，你看。手掌间，洁白乳牙如米粒大小。王爱芝说，未未，牙别丢了，记得带回来。一桌泰国的菜肴，色彩鲜艳，倒没有引起王爱芝的食欲。这两年，她不爱吃肉，血糖有点高，谨遵医嘱，碳水也吃得少。已是晚上九点多，女儿还没发照片，王爱芝心生担忧，发语音问，今天去哪里玩了？一会，女儿回话，刚从夜市回到酒店，今天来清迈了。下面跟着一溜照片。有沿途的风光，有夜市的鼎沸。寺庙金碧辉煌，涂着金粉的各类佛像、佛塔。两条蜿蜒绚烂的巨龙雕像，立在道路两侧，女儿一家三口在中间摆姿势拍照，神情昂然。王爱芝眯起眼，调暗屏幕，问道，这是在哪儿呢？女儿发来一条视频。寺庙前面，一群人跪伏，闪出空地，汽车驶来，走下一个全身白色短衣短裤的小伙，在几个保镖的簇拥下，神情懒散地对众人摆了下手，引来人群呼天叩地。此景，小伙似乎司空见惯，扫视一周，转身走了。女儿说，这是清迈的双龙寺，刚好碰到王室成员也来祈福。王爱芝问，这些人都跪着干啥呢？女儿回，在泰国见了王室成员都要下跪。王爱芝说，那你们跟着跪什么。女儿说，入乡随俗。王爱芝问，这男的是干啥的？女儿说，好像是一个王子。王爱芝又看了一遍视频，觉得这王子呆头呆脑的。她说，这个王子，咋长得这个样？又端详片刻，王爱芝皱眉道，还没咱村的李宝看着精神。说完，她心生感慨，这个王子是应该多去寺庙拜一拜，他这辈子投了个好胎。

七　福利

二〇一七年六月的一天，刘雄在知乎上开通了一个账号，写自己移民的心路历程。“移民”这个词，是何时进入我脑袋里的，我已经记不太清楚了。至少是在二〇〇五年后，甚至还要更晚。现在与家人均在国外，过着与国内截然不同的生活，可以把那些过往写出来了，也不为别的，只因那是我的青春年华……历时一月，他写了总共不到三千字。此后，便没有了下文。当时，刘雄刚移民成功。卖房、准备材料、提交后的漫长等待、告别亲友、收拾行李、落地、租房子，如此下来，身心不说是伐毛换髓，也是被剥了一层皮。刘雄夫妇年过四十岁，如此坚持移民，儿子的出生是个主因，想到他再如自己那般遭受这一切，就痛心疾首。至于他经历了什么，文中没有具体提及，只用“阉割”来形容。那么，移民就是活在世间的另外一次投胎。略有遗憾的是，他仍保存着前世的记忆。好在，儿子赶在三岁前完成了移民，故国对他来说，只是一个称呼和地理名词了。安顿下来后的刘雄心绪万千，在他看来自己是逃出生天，留下亲友们在国内继续吃苦受难。而在对方眼里，这一家三口更像是变节。面对刘雄的诉苦和炫耀，他们态度冷淡。总之，他们已经不在一条船上，彼此的处境都不能感同身受了。有感于此，刘雄急需一个抒发情绪的渠道。知乎，便是其一。

更新了两千余字后，刘雄猛然意识到，一来，移民的生活才刚开始，并没有可多去分享的，无非是游客的见闻，完全融入还需要时间。二来，他逐步构建自己的生活，日常琐事不断，身心疲惫，也无心去分享。夫妻内部商议，为一家三口日后生活上的便利，由他先学习西班牙语。刘雄念大学时英语四级，早已经生疏，从印欧语系-日耳曼语族过渡到印欧语系-罗曼语族的确一时有些费劲。至于母语，除了家庭沟通，以及偶尔和国内的亲友电话一二，正慢慢被他清除出自己的生活。早上，刘雄出门，沿老城区铺设的斜坡向上步行一公里多，送儿子去幼儿园。入园不到一周，他在肢体的辅助下，和老师同学们沟通无碍，爱吃海鲜饭，早上能吃掉一整个蜗牛面包。回到家，刘雄简单做点饭，以面包牛奶为主。他在北京念大学时饮食就偏西式，山东老家早餐喝一碗面条的习惯只存在记忆中。语言之外，重新学习考驾照也是重中之重，因西班牙规定考试的过程中不允许使用手机或者字典，对于刘雄这样的移民人士来说，这不仅是在考理论知识，更是在考西语。因此，他率先掌握的词汇多和考驾照相关。刘雄不是拿着手机听课程，就是抱着词典翻阅，苦读伴随着不时的哀叹，消遣时间也多看西语的电影跟着发音。总之，他的精力都用在学习语言上。

半年后，进入腊月，临近春节。刘雄孤身海外，在网络上多次发表不当言论，微信又重新申请了一个账号，过去存在手机里上千的好友，荡然无存，他仅凭印象，陆续又加回几个。真可谓是祸福相依，于他而言，人际关系简练到不用再看到那些目光短浅的庸碌之辈们令人倒胃的发言以及炫耀。几天下来，勉强有了几十个好友，这些就是刘雄和祖国仅有的密切联系。今年格外反常，禁燃烟花的政策似乎放宽，他每天夜里——西班牙是白天——在朋友圈看到内地的亲友们拍摄的一场场盛大烟花——北京、青岛、济南、淄博、大连、天津、大理等地。刘雄从睡梦中醒来，拔下床头正在充电的手机，时间显示为三点十五，来西班牙已经一年多，他轻松能转换到国内的时间——简单加上七个小时。尽管已经不需要在手机上设定国内的时间，他也一直没有进行调整，并不需要把这一个细节，认为是他心系故土。父母相继离世后，虽还有哥哥留在国内，都不足以引起他深切的怀念。如同，他在知乎上的那则移民心路历程的连载文章中所陈述的：在学校里学习的知识，到社会上根本不好使。你要重新学习丛林法则，不用多长时间，什么尔虞我诈、口是心非、口蜜腹剑、官僚主义、形式主义、官大一级压死人、穿小鞋、抢功劳、拉帮结派、裙裙带带，等等，各种人间悲喜剧会在你身上或你眼前不断上演，不把你搞进精神病院绝不罢休。学习能力强的很快就掌握了这些丛林技能，从而步步高升。反之，就很惨了……看看大草原上那些被开膛破肚的动物们。不得不说，我幸运地避过了很多坑，否则现在我还在里面痛苦挣扎。我的性格，不适合在这样的环境待着。

小城托莱多在马德里的南边，典型的地中海气候，夏季炎热干燥，冬季温和多雨。刘雄习惯性把在异国他乡的一切与国内对标。去清华念书后，他回老家的次数屈指可数，先后在大连、青岛等地生活，可还是习惯以山东老家为底。比如，托莱多离西班牙的首都马德里七十多公里，辛留村离省城济南一百多公里。托莱多是世界文化遗产名城，至今保持着中世纪时期的风貌，作为古城，大小有七十余座教堂、修道院、寺庙、城堡等各类文化古迹。其中最著名的托莱多大教堂，是哥特式教堂的巅峰之作之一，也是西班牙红衣大主教的驻地。主教堂附有二十二座小教堂，每一座的内饰都极尽奢华，精致烦冗，令人惊叹。其中的壁画、雕刻都由各个时期的著名油画家、雕刻家所创作，价值连城。主教堂的大祭坛令刘雄大为震撼，拍下海量的照片，分享给国内的朋友，并说，你们要能亲眼看到，也会终生难忘。而刘雄的老家，在公元前，中国的春秋战国时期，便是齐国的首都，历史更为久远。有碍中西方的差异，当时的建筑多用木材，早已在两千多年间数不清的战火中焚烧殆尽，只有挖掘的古墓，可一窥当时的风貌，诸如东周殉马坑，殉马六百匹上下，属世界罕见。壮年战马——均为骟马——被处死后人工排列成两行，前后叠压，昂首侧卧，四足蜷曲，形做奔跑状，呈临战姿态，威武壮观。刘雄念高中时，学校曾组织他们去观看，业已风化如雕塑的可怖残骸，给他留下了深刻并不算美好的印象，令他此后在啃食完鸡骨头后，都会想起这些场景。至于稷下学宫，作为中国第一所官办的大学，原址如今只是一片农田。总之，老家所有的一切，只能从古书的记载中来了解，能对照如今遗迹的乏善可陈，只剩喟叹。

老家的历史悠久，对刘雄来说，并没有半点的自豪感。他是过去十余年应试教育下的失败案例，官方的宣传，统统在他身上失效。刘雄在中国最高学府之一的清华大学接受了系统的美术教育，毕加索是绕不过去的一座丰碑。刘雄作为无神论者，虽没有宗教倾向，可在潜移默化中，还是更为倾心欧洲的教堂和宫廷建筑以及所延伸出来的油画风格及风土人情。顺理成章，他天然被托莱多的风景所吸引，这也是他选择移民后，落脚此地的主因。在外求学的那些年里，有时刘雄短暂回村，也曾在村南边的田埂上支起画架，对着绿油油的麦田，拿起画笔，将眼前的场景复刻到画布上。路过的村民，无不赞叹，说上一句，画得和真的一样啊。也有不知趣的说一句，这和拍照有啥区别。这类质疑写实油画的言论，他早已司空见惯。村民看着琳琅满目的颜料，最关心的仍旧是这些东西多少钱一管。得知动辄上百后，村民说，你这一小管，赶上一百斤麦子了，真不值当。随后村民聚在一起交谈，注意力更多放在刘雄梳着的辫子上。男不男，女不女。如今，刘雄还是一副艺术家的装扮，走在托莱多的街头，一副典型的亚洲人的面孔，也不会引来侧目和评头论足。这份包容，就是他长久以来所渴望的，自身的撕裂和难堪，并不想在儿子的身上重演，希望儿子能遵循内心，无所拘束像个天使（西方的话术）一样长大成人。如他与友人交谈时大赞这里的学校，随后又找补一句，当然这里的教育也有弊端。无疑，后一句是苍白的。

借着微弱的光亮，刘雄看到刚满四岁不久的儿子正在睡梦中酣睡。他预想中，随着年岁的增长，儿子势必会在他认为更好的环境中茁壮成长，自小浸泡在艺术的国度，又被父母教导，成为一名蜚声海内外的艺术家也不是妄念。父母的油画肖像挂在客厅的一角，隐没在黑暗中，此刻看到刘雄从卧室蹑手蹑脚出来后踏实地踩在地板上。肖像画是刘雄从国内带来的为数不多的几幅作品，虽为他大学时的稚嫩手笔，贵在当时双亲健在，端坐在他的面前充当模特，耗费了整个寒假的时间一笔一笔勾勒而成。肖像画先是挂在辛留村的家中，等双亲陆续离世后跟随着刘雄到过北京、大连，如今远渡重洋，来到西班牙，落脚这间坐落在半山腰的石头房子里。每次不经意从画前走过，那两双眼睛注视着自己时，对刘雄来说，他知道自己不是毫无由来的，父母只是肉体的消亡，每日不时对着油画看上两眼，内心沉浸片刻——失落居多——更是坟墓离自己相隔千万里无法按时去烧香的替代。儿子没见过祖父母，悬挂肖像，也是亲情教育的一种。

窗外不知何时下起小雨，被风斜吹而落，在路灯的映照下，如银发一般。他走到窗前，石头铺就的街道上雨水已经汇聚成溪流，冲刷而下。山坡上的教堂还亮着灯，前不久圣诞节的气氛还在，几株圣诞树经雨水冲刷更为崭新。刘雄挠了下大腿，裹紧身上的棉布睡衣，拖着脚走到餐桌前，晚饭后餐盘没及时收理，油脂凝结，灰暗中犹如他过去开设美术培训班，学生们那些单纯浪费颜料的不合格画作。他喝了口儿子碗里的麦片粥，牛奶凝固，麦片发涨，咽下去如同胶水。他又喝了两口，没有再去温热一下的打算。饥饿和口渴，得到缓解。他把碟子和碗筷摞起来，放进洗碗池，扭开水龙头，这样早上起来，不至于干涸后太难清洗。从厕所小便回来，睡意全无的刘雄陷进沙发，盖好毛毯。他对身下这套在网上花了一百五十欧元买到的长条黑色沙发很满意，每次坐下，总有一种被拥抱的感觉。他和妻子说好了，以后搬家也要把这个沙发带走，即便托运的钱足够再买一个这样的沙发。

最近几个月，刘雄一直在找房子，托莱多的夏季太热，争取夏天到来之前搬走。他选的马拉加，周边有海滩，今年夏天可以游泳。微信朋友圈国内的春节气氛渐浓，刘雄身为海外的游子（朋友的戏言）接续上了梦中的场景，在沙发上陷得更深，闭上眼，如幼时躺在父母的怀里。那些年在外求学，一放寒假，他就和朋友们操持艺考培训班，赚足下一年学费和生活费。刘雄总是在除夕前两天才回家，腰包鼓着，穿着棉衣，拖着装着烟、酒的行李箱，在村口下车，经辛留村和艾庄中间的那条乡间公路，来到村委大院，拐进旁边一条通往王本道庄园的长约五十多米的水泥路。那几年，刘父在丧偶后为王本道看门兼做饭，平时住在门房里。新宅早已被大哥霸占，换了门锁。过年这几天，刘氏父子住在门房里，守着用来烧水的小火炉，分享各自的生活。父亲说的都是村里的见闻，错综复杂的乡里关系以及基层政治斗争的险恶，还有对大儿子的无奈。这一年来，村里死的那些人，总会引来父子短暂的叹息，用以缅怀过世的刘母。刘雄略去自己对艺术追求的焦灼，努力去平衡现实与梦想。他宽慰父亲，有清华学子这一身份的加持，养活自己不成问题。他拿出相机，打开电脑，让父亲观看自己生活的点滴。刘父的房间总是杂乱——已经是为儿子回来特意打扫过，床底下留着几瓶没舍得喝的好酒——王本道给的。他特意做了儿子爱吃的肉蛋和炸鱼，这个曾经的乡村大厨，手艺谈不上精湛，早已无法满足儿子愈加西式的胃口，但熟悉的味道，仍能让儿子狼吞虎咽。自从饭店歇业后，能有幸品尝刘大厨手艺的，除了王本道全家及其门客外，已经寥寥。他最为用心的菜肴，总是为小儿子准备，颤抖的双手无碍刀工，桌台也比平时打理得整洁。只是，他有些忘事，味觉也在消退，过去为了照顾乡民的胃口，菜品本就有些偏咸，如今盐和酱油更加掌握不好。回忆至此，刘雄似乎又在啃父亲卤的猪蹄，口渴难耐。

当刘雄远在西班牙，窝坐在沙发上思念父亲的卤猪蹄时，他并不清楚王本道庄园门口那两尊加上底座和成年人一般高大的石狮子，在过去的几年里已经变了模样。南边（左边）的雄狮子，被碰掉了半块耳朵。去年夏天，收鸭子的货车从小路经过时，车斗横出来的铁棍给了狮子当头一棒。此时，王本道还是村书记，调出架在墙头的监控，看完事发经过，记下车牌号，打电话给交警队的朋友，找到司机，索赔了两千块。北边（右边）雌狮子的身上还残留着黑漆，虽王本道安排手下的人耗费大半天，拿着钢丝球仔细擦洗，表面已无大碍，但渗透进缝隙中的黑漆，令石狮从远处看去，如同用画笔描摹了一番轮廓。泼漆的人把自己包裹严实，无从辨认。前年冬天，和泼漆同时发生的，是一夜之间村里的各大胡同的居民后墙上（主要是王本道团伙的住宅），出现谩骂的标语——诸如：村霸王本道，贪赃枉法，横行乡里，鱼肉百姓，不得好死。这个凌晨，旅居西班牙的刘雄想象中的狮子，还是原先的模样。他知道王本道在去年换届选举前，被上面劝退，辞去（好听的说法）村书记。刘雄不清楚的是，王本道的庄园已经租出去，临时成为旁边修建高速公路工程的驻地监理工程师的办公室。刘父当初守着的平房，如今已经空闲，成了杂物间。同一时刻，北京时间上午九点多，村委大院里正是一番热闹的景象。几个村民从货车上卸下过年的福利——面粉（一袋十斤装的香雪牌饺子用小麦粉，从麦芯处取粉，适合家庭制作饺子类面食制品），花生油（一箱装着四桶五升西王浓香压榨花生油，非转基因，传统工艺，物理压榨一级，充氮保鲜)，调味品（当地品牌巧媳妇的全家福礼盒，红色长条箱，共有一桶清香米醋、一桶原汁酱油、一瓶味极鲜、一瓶小米醋、一瓶料酒、一盒黄豆酱、一盒甜面酱)，大米(一袋十斤的塑封五湖东北大米，粒长油润，美味飘香)。村中户口在籍的共七百三十五人，每人每种五份。一番搬运，在村委大院乡村大舞台上分为四大堆。他们满头大汗，或蹲或坐。村委员王俊在微信群里下达通知，下午一点发放过年福利。因发放的时间，只有今天下午，在工厂上班或没在家的村民看到通知，立刻四处联系亲友们代为领取。

卫华邦看到发福利的消息，先后打了三个电话。今天上午，付英华去镇上的银行，取了三个月的养老金和占地赔偿款，共八百多。两个月没理发和焗油，头发花白一片，就等年前来，像模像样过个年，有她这个想法的妇女不在少数，十来个人挤在镇上的理发店里。付英华等了半个多钟头，轮到她理完发，接到儿子电话时，正坐在一旁的椅子上焗油。听儿子说完，她回了句，那你回来领吧。儿子又问，你在干啥呢？她没好气地说，我干啥还整天向你汇报了。挂了后，付英华对先前正在谈天的老曹解释说，下午村里发福利，这不儿子打电话，要回来领。老付和老曹是老相识，她来得早，焗完油，看见老付，留下叙旧。十几年前，两人刚五十出头，同在镇上的蔬菜大棚干了七八年的活。说到村里分福利。老曹来了精神，忙问道，今年，你们村里都分什么？老付说，还是那些，分总比不分强。

两个人又说起，当初一起干活的妇女们。旁边的耳目们并不妨碍她们谈话。老曹还是那么心直口快，说自己爱赌博的儿子，如今正经干活了。有些城府的老付，只迎合，对方不问，她对儿女的情况缄默不言，以防被旁人认为是那种显摆的人——她讨厌这样的人。老曹还要说什么，老付问她几点了。老曹看了眼电视机，十一点半了。老付说，你不回去给孙女做饭，还在这里白话。老曹咧着嘴站起来，把刚剪的头用头巾包裹起来说，要不是碰到你，我就走了，好多年不见，和你多说会话。老付说，我这也快完事了。老曹走后，老付自顾说，说书的都没她话多，不让她走，她能说到天黑。理发师小窦接话说，天黑也说不完，她好不容易逮住个人。

去年发福利，刘祥在村里，卫华邦没回家，让刘祥帮忙领回来的。今年，刘祥在城区，和前妻住在一起。接到发小的电话时，他正躺在沙发上陪儿子下围棋。定好下午一点，卫华邦来接刘祥，俩人一起回村。前妻在卧室里问，谁的电话？刘祥说下午要回村。没等到下文，回过神，他看到棋盘上自己的白子已经被吃光，假愠道，你这熊孩子，作弊也不会。中午，刘祥的妈在附近的比萨店帮工，不回来吃饭。他去厨房，炒了两个菜，一个红焖虾，一个辣炒白菜。又熬上小米粥。前妻的身体不好，尤其是冬天，浑身乏力，上个月做完一场大手术，还没有恢复过来，吃不了油腻，只能喝点粥。她很少下床，倒在床上看电视剧，耳朵又听着其余的动静。刘祥想到下午可以出去透气，心情莫名好了不少，舀上小米粥，端到前妻的床头，又剥好几个虾，用清水冲了一遍，叮嘱前妻好歹吃两个，补充高蛋白。前妻叹了口气，手机电量不足，她指使刘祥给手机充上电，这才艰难地起身，吸溜了几口小米粥。没吃虾。

卫东胜说，还是送到跆拳道馆。挂了电话，他想到，又一年过去了，上次堂弟打电话，也是去年，差不多的时候，也是因为领福利。（卫华邦打完电话，坐回椅子，看着电脑，出神片刻，想的也是这些。这些年，给堂哥送村里发的福利，成了记岁的方式。一年，又要过去了。）对卫东胜来说，年岁增长，自己却还是没有多大改变，没有结婚，还是在跆拳道馆，自己的母亲还病秧着，没死，却也只是活着。去年还能勉强起来活动，今年只能坐在轮椅上，照旧对一切感到不满，整日谩骂，为自己不公的大半生叫屈。二十多公里之外的辛留村，他家闲置的砖瓦房，已经五六年没人住了。屋顶冒出几棵泡桐树，已经有三米高，雨水渗透，天花板布满霉斑。屋内的那些家具，落满尘土以及蚊虫的粪便。天井的水泥地开裂如手纹，缝隙里冒出的杂草经几个四季，茁壮成长，已成气候。入冬后，杂草枯萎，贴合地面，等来年泛青。

如今，卫东胜与村庄唯一的联系，就是发放的这些福利。一年一度提醒他，虽常年在外，还是这个村庄的人。接电话的声音，惊动了母亲，她驾驶轮椅，出现在卧室门口，伸头问，谁打的电话？卫东胜岁末的惆怅被打断，怒道，你少管这些事。过了会，又说，下午村里发福利。母亲意料之中，又翻腾起村里的那些琐事，自顾说道，这些王八玩意儿，材料写好了，我就寄到北京，一个个的不得好死，千刀万剐。她越说越激动，从骂王本道贪赃枉法欺负她开始，又骂朱丹芝不接她的电话，在骂妯娌这里停留最久，虽这两年妯娌们陆续死了，也无法消解她内心的仇恨。她想到自己健在，且能吃能喝，仰头大笑，活该，老天有眼，死了也不给她们超生。桌上摆放着的足有老式电视机高的上访材料，还在以她每天几页的书写频率增加厚度，从她早年记事写起——足见她的记忆力之好——六十余年中遇到的各种坎坷，人物和事件遍及四里八乡。前言不搭后语的上访材料，儿子负责寄走，归宿是楼下的垃圾桶。除了写材料，她每天惦记最多的是想象中的属于自己的中医诊所。前些年，她没治疗好老伴的肺癌。这些年，她又通读《本草纲目》，在自己的身上试验，常年弥漫在房间里的草药味为证。谈不上延年益寿，但这些年没求医问诊，只喝中药，身上虽长出大小不一的肉瘤也无碍她认为自己若不如此早就死了。又骂村卫生室的王延安，屁本事没有，卖假药，都能买上房子。母亲哀叹自己生不逢时，卫东胜起身关上门。手机调回“王者荣耀”的页面，努力使自己平复下来。自秋天，卫东胜母子搬到东一路这处新租的房子，面积比之前电力小区的房子小了不少。好在是一楼，出门不远就是便民市场，里面蔬菜、猪肉等价格亲民。小区老旧，卫东胜隔着生锈的防盗窗，看到一个收废品的三轮车夫经过，想到地下室里积攒了几个月的快递包装盒，应该卖了的，此刻又没有心思去管这些，隐约听到母亲在外面打电话，一个劲说，我搬家了，你有空来玩。电话那头的付英华着实不耐烦，我在焗油，不说了，忙着呢。卫东胜能想象到母亲瘫坐在轮椅上，脸面衰老的肌肉松弛下来，那是一种难以消解的从来不被重视的悲怆感。这种表情，此刻也浮现在了他自己的脸上。

妇女主任朱丹芝和数名干大队工的村民早早吃过午饭，正从村委一楼的杂物间搬出几张桌子，放在乡村大舞台的下面，摆成一列，作为分界线。登记表以过去的六个生产大队为底，打印出来的名单皆为户主的姓名及对照领几份福利。程序如下：领取的村民，先报上自己是哪个大队的，再顺着名单找，签字后领取。这不是第一次分福利，众人对程序了然于胸。十二点半不到，电动三轮、汽车、小推车等出现在胡同里，又汇聚到公路上，纷纷涌来。如此车水马龙的盛况，除了分发福利，也只有在换届选举时可见。四堆福利，各有两位村民把守，等分发时搬下舞台，交付给村民。卫华邦和刘祥从家里骑上电动三轮车来到村委时，已经有五六十个村民——多为留守在家的妇女和老头们——裹着棉衣在前面扎堆说话，身后是一片三轮车、汽车等。他们牢牢占据自己有利的位置，尽早领完福利回去，不时盯着年轻人的面孔，已经叫不上这是谁家的孩子，不好打听只能多张望几眼，悄声问身边的人。卫华邦和刘祥混杂其中，是为数不多的壮劳力，年轻人不是在外地谋生，就是在附近的工厂里，领取福利这种散事都由家里老人出头。

王有福在人群中喊了嗓子，还不分，等到啥时候，冻死个人。众人起哄，就是，大冷天的，说一点，用得着这么准时，人来了，就赶紧发。王有福说，东西搬出来，放这里让人过眼瘾了这是。有人议论，今年还行，不发黄花鱼，换成调味品。有人撇嘴，那些黄花鱼不知道在冰库里放多久了，都是臭的，过油就碎，不中吃。王有福说，别人不要的，分给咱们，钱都让那些狗娘养的给贪了。有人起哄，那你不去上面告他。王有福说，东西领回家，我再去告，让他们过年在牢里喝凉水。刘祥爱说话，见到熟络的邻居和家族的长辈，主动打招呼问好。见年龄大的搬不动，刘祥挪到前面，帮着抬到车里。刘祥领两份。卫华邦家里六份。卫东胜的三份。一共十一份，塞满车斗。

回城，他俩先去卫东胜教课的跆拳道馆。道馆在沿街房的二楼，六七十平方米，东边的一面墙是落地镜，地上铺着黄蓝相间的海绵垫，卫东胜正带领七八个穿着白色训练服的学生热身，见堂弟和刘祥把三份福利拿上来，忙停下动作，走到门口，让他们把东西先放在墙角。临近年关，春节的气氛下，他们作为小时候的玩伴，这短暂的相会，足以感受到时间的流逝。寒暄几句，匆忙告别，下次再见大概也是一年后了。卫华邦在送刘祥回去的路上说，不知道冯军还回来不。他们四个上次聚会，已经是五六年前了。也是春节，当时冯军刚结婚，带新婚妻子回村过年。四个人喝酒，拍照，提起小时候的趣事停不下嘴——主要是说给在场的冯军的妻子听的。他们喝到后半夜，站在胡同口，黑夜如漆，左拥右抱，久久不愿散去，一致决定，就算天崩地裂，每年也都要聚一下。

冯军并不知道今天村里发福利。这是他来北京的第八个年头，之前他先在济南的保险行业混过几载，又回老家的证券公司工作半年多，不顺心，机会太少是一方面，小地方思维固化，不利于自我提升，心存壮志的他又去北漂。这八年里，他浸淫在金融理财行业，学历有限，缺乏人脉，从普通的业务员到客户经理，没有本质区别。如若没有结婚生子，这八年对冯军来说，和一天没有区别。常年穿在身上的工装如绳索捆绑住他，公文包里的材料和合同，就是他存在的价值。年关将近，公司为迎新春，应景出了一套新的理财产品，冠冕堂皇的话不提，主旨只有一条，套牢客户的钱。冯军坐在工位上，对照优质客户名单，刚打了一通电话，不是一听理财就被挂掉，就是忙音。还有一天，就要放假了。办公室里弥漫着倦怠的气息，这些常年不回家在外地打拼的年轻人如面对祖辈的牌位，把过去几年没有上过的坟，一次默哀完毕。冯军常年不在家，有哥嫂在，他也没什么不放心。今天，冯母趁天气暖和，把给孙女做好的棉衣棉裤又拿出来在天井里晒。冯军还没通知她，今年春节不回山东了，要带女儿回妻子辽宁本溪的老家。妻子的奶奶，八十九岁，上周摔倒，可能活不过这个春节，心里惦念还未谋面的重外孙女。又打完一个电话，客户并没有投资的意向。冯军起身，披上外套，拿起茶杯，要去楼梯抽根烟，排解下郁气。路过茶水间，他把茶杯放在台面上。这个公司，冯军刚来半年，业务拓展不理想，只是把上一家的几个客户拉了过来。这两年大环境不好，隔几天就能看到客户在朋友圈卖车卖房回笼资金，更别说去理财了。抽完烟，冯军见推拉门上的公司宣传语“有融乃大，共赢天下”的一角已经脱落，伸出手摁了几次，黏性减退，没贴合在玻璃上，只好作罢。坐回工位，发现茶杯忘在茶水间，他实在不想再站起来，对着公司分发的潜在客户列表，清了下嗓子，拨出一个注定被拒绝的电话，喂，哥，你好，我是……

出生在辛留村，且和冯军同样生活在北京的，还有比他小两岁的陆一楠。作为一个全职的家庭主妇，这天下午，她接到了母亲的电话。过年清屋扫舍，母亲在西屋的柜子里，发现了女儿在体校时参加比赛得的几块奖牌、过去同学的信件以及日记（不同程度被老鼠啃咬），问她是否还要留着这些。没等女儿回话，陆母又说，都是些没用的破烂。陆一楠气血攻心手脚打战，似乎刚进行了高强度的体能训练，几块奖牌能占多大的地方呢。又一想，这些奖牌，虽然没那么重要，也是自己用青春和汗水换来的。陆一楠脑海中转念了这么多，说出话，也只是简单一句，我还要，你给我留着。母亲又说，留着干啥，又不是真金真银的，卖不了几个钱。她说，那你扔了干什么呢，家里就没地方放这几块奖牌了吗？那么多不用的东西你留着，就非要扔了我的这些东西。见女儿生气，母亲换了个话题，缓和气氛，说道，村里分福利了，我让你哥给你快递过去。陆一楠心里明白，这只是母亲的托词，她的户口不在村里，过去这些年分福利，也从不和自己说，回道，寄过来还不够快递费的，你们留着吃吧。母亲顺嘴关心了下自己的两个外孙。陆一楠说，老大还没放学，一会他爸去接。老二就在小区旁边的幼儿园，下午四点放学，过会她自己去接。挂了电话。陆一楠从冰箱里取出一捆芹菜，坐在厨房里择。最近阴天，过去的老伤反复，后背略微活动，就是一阵钻心的疼痛，眼泪不自觉流下来。十三岁那年，她在区运动会上打破三千米的纪录，被选拔去了市体校，一年后进省皮划艇队，两年后在全运会的女子二百米单人皮艇项目上摘铜，后又召入国家集训队，直到因伤退役。悬挂在客厅正中的照片，是陆一楠十余年的竞技生涯最为高光的时刻——皮划艇世界杯女子五百米双人皮艇项目亚军。大伤后，思索再三，她与大自己十五岁的教练结婚，先因怀孕，中断在高校深造的机会，第二次怀孕时，查出糖尿病。如今，陆一楠比刚退役时，胖了四十多斤，膝关节严重负荷，同时困扰她的还有隔几天就需要刮一次的体毛。离家、训练、比赛、集训、失利、伤病，回首这十余年，可供回味的少之又少，点滴辉煌如昙花一现，只留遗憾和泪水。晚饭后，陆一楠抱着小儿子看体育新闻。在法国举行的一场室内田径比赛中，一名黑人运动员刚刚创造了新的室内三级跳远世界纪录，他张开双臂，迎接全场观众的掌声和欢呼。儿子冲着电视喊，冠军，他是冠军。陆一楠应和道，对，是冠军。西墙角上的摄像头，拍下了儿子振臂高呼的画面，也拍到陆一楠在儿子的背后偷偷抹泪。

陆一楠在自家的监控里落泪的时候，离北京四百多公里外的辛留村，一个同样掉泪的妇女在村口走下公交车，出现在监控中。吕有梅平时在区医院当护工，刚才在20路公交车上，她接到二姐打来的电话，问她明天是否能请假去陪床。母亲在市中心医院，刚查出了癌症。她没请下假来，领导不让。想到每天在医院照顾别人，自己的母亲都没办法照顾，吕有梅的泪就出来了。监控中的吕有梅走路姿势有些晃，并不是悲伤所致，而是她后背的罗锅像是驮着一袋子面。天已经黑透，路对面的车灯让吕有梅的影子拉长又消失，速度快到她来不及抹泪。哭，为了母亲的病，更为了自己。没人理解她。领导不理解她，不让她换班。二姐能干，找的老公也有本事，也不理解她。刘富国手头存不下钱，也不理解她，觉得她抱残，结婚这么多年，自始至终都觉得配不上他。一路走回家，等寒风吹干了眼泪，平时七八分钟的路程，吕有梅这次走了十几分钟。刘国富吃完饭，坐在沙发上刷手机，一脸乐，传来配音“哈哈哈哈，你别笑”。他听到开门，知道吕有梅回来了，怕错过视频的精彩之处，并没有抬头看上一眼。过了好一会，没见老婆出来，他高声说道，村里发福利了。福利摆在地上，以为老婆看到会高兴，主动又说，发了四样。见没反应，他又说，还不吃饭，菜都凉了。吕有梅出来，坐在饭桌前，又是猪肉炒白菜，已经下去大半，油脂凝固贴在盘子上。她心里的委屈又上来了，结婚十五年，自一开始，她就说吃不惯猪油味，刘国富还是炒他自己想吃的。菜她一口没动，硬吃了半个馒头。（吕有梅忘记了饭盒里还有中午在医院食堂打的半块把子肉，过了一宿，等第二天早上她发现时，肉已经发硬，她倒进了垃圾桶。）

客厅的暖气片只有点温热，刘富国手里抱着保温杯，半躺在沙发上，下半身盖着小被，还是觉得有些冷，指使吕有梅去看下炉子，添点炭块。见吕有梅进屋时，屋门没关严，他训斥道，你长尾巴了啊，门都不关，要冻死个谁。他没注意到老婆没吃菜，心思全在抖音上不小心刷到的一个聚餐视频上，那里面有他熟悉的几个身影。离他家不足两公里，位于艾庄西头文远环保公司餐厅二楼的招待包房里，公司的中层以上领导们正在进行春节到来前的聚餐。硕大的玻璃转盘上摆满菜肴，十几个人端着酒杯一饮而尽，其中那个一身黑色西服、面色红润且搔首弄姿的女士，正是平日不苟言笑的人力资源部苏经理。她笑容可掬，殷切地望着端坐在主位上的公司老总，想提醒老总手指夹的香烟已经燃去大半，却又觉得冒昧，举棋不定，心急如焚，如同烟灰即将要掉进自己的嘴巴里。刘富国暂停又回播，短短二十多秒钟的视频他来回观摩了十几次，把里面一闪而过的那些面孔一一辨析清楚，直到确信自己没有疏忽任何的细节，才把画面定格到苏经理。从进厂至今，这三年里，刘富国身为车间的一名叉车司机，只在苏经理陪同政府领导下车间视察时远远看过其侧身。她很少抛头露面，宣传栏以及公司的公众号不定时出现她的照片——妆容精致，穿着考究，令人望而却步又忍不住贪念。刘国富瘫在沙发上，全身死僵如被冻住，内心却天翻地覆，五脏六腑破碎成粉末。这个女人平日的冷若冰霜只是针对他这样的小人物，酒后面对大人物，她竟是如此活泛，如同自己珍藏许久每天拿出来小心擦拭的珠宝，到头来发现只是一坨粪便。刘国富情绪失控，生怕被人察觉到异样，抬头看了眼不远处的老婆，见吕有梅低着头，并没注意到自己，又全心沉浸在自己的哀痛中，想到自己过往的深情——说是情欲更为恰当——被辜负，脑海中又挥不去苏经理身姿散发出的诱惑。他感觉自己没用极了，逐而骂起吕有梅，你整天板着一张死脸，给谁看呢？

年三十。辛留村迎来春节前最重要的一项事务——祭祖。一早，村民们起来准备，女人们剁馅子包水饺——上坟必须要用素馅的。男人们扫门打浆，爬屋上梁贴萝卜钱、春联。快中午时，妇女们备好炸货、水饺、菜肴、干果、糖、酒、纸钱、香火等，没出五服的男性后嗣亲属结伴去墓地上坟。墓地还在村西边时，祭祖都是步行，浩浩荡荡，跟逃荒似的。墓地搬迁后，距离远，就没有步行的了。隔着老远，鞭炮声阵阵传来，墓地的路旁停着一溜车，松柏包围中的天国银行已经升腾起一阵浓烟。走下坡，进入墓园，一溜墓碑整齐划一嵌在大地上。没有坟包，墓碑也不是竖着，一块大理石盖板斜扣住墓穴。依照习俗，村民们仍旧在右上角的位置压了坟头纸。摆上菜肴，点上香，倒好酒，闲站片刻，默哀亲人，等香燃尽后，再去天国银行烧纸——香火旺盛，后代人财两旺。烧纸的间隙，去空地上放鞭炮——驱除邪祟，后继有人。回到坟前，磕头，洒酒，收拾菜肴时扔一部分在地上，当作留给先人的。没有多少可供悲伤的机会，一切都有固定的程序。下午时，祭祖的人就少了。松柏间的数百个坟墓，贴上显眼的黄纸。附近的野狗和野猫寻味而来，四处穿梭，搜刮丢掉的菜肴。一年中，这是它们难得的盛宴，可以去挑剔，也并不着急去享用。炸鱼，小猫爱吃的。狗，寻到了排骨。至于馒头和水饺，它们只是浅嗅一下，若不小心舔舐到地上的白酒，也有了些许的醉意，天旋地转，以为踩在水面上了。

天黑，一个流浪汉打着手电筒一路从别处的墓地捡拾过来，出现在辛留村的墓地时背着的编织袋里已经装了不少供品。他的脊背被压弯，却劲头十足，像是在串门访友。这是他第三年来拾荒，除夕的年夜饭由大家伙提供。去年，吃了这顿年夜饭，他发烧了好几天。这次，他准备了不少香纸，捡完供品，在空地上点火烧纸，叩拜三下。微弱的火光，恰好被下班的刘胜天看到，他停下摩托车，想进去一探究竟，走了两步，又返回公路，站在路边，拿出手机，拍下火光点点，发到微信群里，语音问道，大晚上的，谁还在咱村的墓田里上坟呢？还有半个小时，春晚即将开始。刘胜天的这条信息，显然比春晚的节目更有趣味，立刻有村民附和。1说，你这是撞见鬼了吧，哪有大晚上去上坟的。2说，你问的这工夫，下去看看不就行了。3说，发红包，我告诉你是谁。4说，你是党员，还害怕鬼吗，是不是做什么亏心事了？5，拍了张在家里喝酒的照片，招呼道，有谁来喝酒的？6说，赵传礼在殡仪馆上班都不怕，你怕啥。刘胜天进家门时，突然想到，家中儿子还不足一岁，他虽没进坟地，但还是担心怕沾染上邪气，从屋后的桃树上折了根枯枝，在自己的身上反复拍打，用以辟邪。

距离辛留村二十多公里的城区东郊，有一处厂院，里面除了高耸的烟筒，还有一座四层楼的办公楼，紧邻一条宽敞的国道，在一众农田里甚是突兀。这是城区唯一的火葬场，有两处大门。其中南边的大门，紧靠国道，平时供办公楼的员工进出。北边的大门，要经过一条伸进去的一百多米的水泥路。除夕的夜里，道两旁的松柏，让人感受到的不只是寒意，还有阴森。即便是盛夏时节，路过这里，能立刻感觉冷了几度。赵传礼在此看门，已有九年，他早已经习惯旁人在知晓他在火葬场上班后的异样神情——吃惊或是诧异。他作为安保人员，工资并没有外界传的那么邪乎，好在稳定，扣除五险一金，不到四千。遗体化妆师的工资高，能到一万，那也不是常人能干的。多亏在区组织部上班的外甥，老赵有幸找了这个清闲的活儿，要不他还在村里种地。赵传礼在门房里喝着热茶，看到辛留村的微信群里有人提到他，摇头笑了起来。与门房一墙之隔的南边是停尸房，抽屉式的冰柜里如今还有五具尸体。

要说害怕，老赵最有资格。五具尸体里，两具是对夫妻，昨天送来的，车祸死的。另外一男一女，男的是上周送来的，听说有医疗纠纷，不知道啥时候能火化。女的是今天下午送来的，年龄不大，听亲属悲痛欲绝的讲述，好像是自杀，原因不详，明天火化。另一具，比赵传礼来得早，据说已经停了十一年。起初是群众报警，警察从河里打捞出来，寻人启事贴到现在，也没人认领，从法医中心转到这里。赵传礼给无名尸的亲属算过一笔账，停一天一百块钱，十一年，四十万，能在城区买套房子住了。也不是钱的事，人死了又这么冻十来年，不是这么回事。偶尔，闲下来，赵传礼也替警方琢磨这个男的来历，有其余死者的家属来这里等候，和他们闲聊时，也有意多说几句，谈资是一方面，他希望有更多的人知道，这里躺着一个没人认领的尸体。上次老赵拉开看，还是九年前，自己刚来的那会。想起来，和他也有九年没见面了。尸体的脸上蒙着一层厚厚的冰碴，看不出人样，还有一股无法形容的恶臭，后来老赵就习以为常了。只要是除夕，赵传礼值班，他会在停尸房的门前烧纸。他每年说的都一样，早点让家里人领你回去吧，好死歹死的，也得入土啊。停尸房的门前，赵传礼泼出去的半瓶高度白酒，还在寂静地流淌，香纸的灰烬早已经被风吹散，只留下焚烧后的一小块黑色的污迹。春晚马上要开始了，赵传礼听到急促的喇叭声，忙起身，披上军大衣跑出门，殡仪车的车灯照过来，将漆黑的院子打出一道宛如登上天国的光明大道。老赵从腰间掏出钥匙，边去开门，边心想，这个点真他娘的不凑巧。老赵问，这次是咋了？司机说，酒驾，车祸，头都撞烂了。

补：福利流向

1

卫东超的父亲走失至今，一直没有销户，逢年过节，也就一直享受着村里的各项福利。其间，村委多次来劝说，都被任霞怼回去了。开始那几年，她说的是，这才走了几年，就当人死了，明天说不定就回来了。又过了几年，任霞说，昨天还打电话了呢，老头在外面过得好好的，不回来归不回来。让她提供证据，或是给老头打个电话，请他回来一趟。任霞就骂，回你娘个屁，整天没事，就惦记着销户，你嫌自己家的户口本上人多咋的。如今，十来年了。镇上的工作人员伙同村委，又找上门来，老调重弹，该销户了，十来年了，你说人没死，就回来一趟，重新办个身份证。任霞把他们挡在门外，叉着腰说，人没死，昨天刚又走了。镇上的人说，失踪人口五年就可以注销户口，这失踪多少年了。朱丹芝接茬说，对啊，这十几年东西也没少给你家，差不多行了。任霞指着朱丹芝说，去年选举的时候，你咋不来说销户，票都投给你了，翻脸不认账，都说你下炕就不认人，还真不假。众人默不作声。任霞又说，再拿销户说事，别怪我说话难听，更难听的话我还没说呢。

年底，卫东超一家四口加上走失的老卫，共领了五份福利。往年，卫东超都是初二回莒县，看望岳父。今年任霞和弟妹两家人协调好，初三一起回。去年冬天，老任又住了一次院，多年的肺癌外，又添心衰，风烛残年，能挨过这个春节已是侥幸。初三上午出门，到家刚好中午。弟妹两家人还没到，老任坐在天井里裹着棉袄晒太阳。山里空气清新，老任的肺癌能挨这么久，和这有关。不远处的山坡，成片的果树枯枝，会在不久后的春天冒芽生叶。任霞把带回来的肉蛋做了个汤，切了一盘香肠，白菜炒了下，吃着饭对老任说，别老惦记山上的果树了，和你有啥关系。老任进食困难，只喝了几口汤。半下午，弟妹两家人前后脚来了，加上孩子，十来口人，平日里老任独守的院落，立刻热闹起来。孩子们不时放鞭炮，一惊一乍，老任捂住胸口，心脏受不了，可许久不见孙辈们，又不忍心说些什么，回到自己屋，关严门，脱鞋上床，盖着棉被，摆出一副将死之人该有的病态。他睡醒时，天色已黑，肉香飘进房间，外间传来剁肉炒菜的动静。老任活动了下筋骨，坐在炕上，屋里没开灯，外面的声音格外响亮，犹如那些话就是说给他听的。儿子前些年在青岛做生意，赔了几十万，大女儿一家借给了他十几万，有七八年了。小女儿借给他的几万，也一直没着落。儿子每年都说还，今年还是没钱还。任霞提高嗓门，孩子快二十了，再过两年就要谈婚论嫁，借给你的十几万，早就能买套房子了，现在连付首付都不够。见父亲走出来，众人收住声。一桌子菜，卫东超喝多了酒，把桌子掀了。孩子哭闹，大人吵架。儿子一家趁夜开车走了。小女儿追在后面破口大骂，没还钱，你可别掉沟里摔死。老任一手扶住门，一手捂住胸口，咬牙切齿道，你们一个个的，都滚。八天后。老任住进医院，留在老家的小妹给任霞打电话，让她快点回来，这次老爷子应该挺不过去了。这天中午，卫东超一家四口正和本家的几个堂兄弟在杏园居喝酒。他酒后没法开车，任霞一个人先坐大巴车回去，到了县城医院，已是下午四点多。过了一宿，老任走了。又过了一天，丧事办完。任霞发现过年带回来的福利——大米、面粉、花生油、调味品还放在西屋没有动。她心想，这些东西，留在家里，也是给了弟妹；带回去，又不好看。自己做主，分给前来帮忙的族里的叔伯们。

2

谭升对妻子蔡荟那边的亲属分不清楚，舅、姨、姑加起来，十几个。两个叔，一个没了，只剩下一个，倒是记得。结婚、孩子（两女一儿）满月酒等分布在他们近二十年的婚姻中，和蔡荟这边的长辈加起来也就见过那么四五次，且每次都人员嘈杂，他作为小辈只敬酒递茶，自有长辈招待攀谈。那一张张年老的面孔，只是浮光掠影，在谭升心里什么都没留下，他便去招待那些贵客——生意上的伙伴。当然，这可能是谭升的托词，不过他确实不喜欢这些错综复杂的亲属。他早年家境不好，自小饱受亲友的欺辱和怠慢。这些年，亲戚们见他们家的日子红火，又主动来贴合，遭受谭升不少的冷眼。更重要的一点，仅有的这四五次大办宴席，都是喜事。近二十年间，双方老人的身体都还硬朗，虽偶有小恙——“三高”或腿脚疼痛——不至于惊动亲友来探望，也就更没机会坐在一起唉声叹气，体现血浓于水的可贵。和喜事相比，丧事的确是一个更为充分认识这些亲戚的机会。人在无力感的状态下，抬起眼皮才能看到那些无足轻重的人。谭升四十出头，作为三个孩子的父亲——去年他喜得一子——生意多有起伏，冷暖自知，对外还是体面的成功人士，在这个巴掌大小的县城里，他生活无忧，更由着自己的性子来了。就拿眼下的春节来说，往年，不等除夕，他就召集两三好友，带着女儿，开着越野自驾游，在路上欢度春节。今年不同，他不是没动过这个心思，被蔡荟臭骂一顿，儿子出生的第一个春节，必须在家里过。又说，过完春节，你爱死哪里去，就死哪里去。

谭升忍到初五，收拾装备。因这次先去扬州和提前到的朋友会合，路况尚可，不像去大西北那样需要提前背书，途中计划只过夜一次，只简单带上炊具和睡袋。几日不见，狭小的地下室堆满过年这几天来回折腾的礼品。他提了一袋大米，一箱坚果，一筐沃柑。蔡荟问，拿这么多东西，你能吃了？谭升说，吃不了，我送人。蔡荟的二姨在辛留村，这袋大米，是村里过年发的福利，二姨过年送到大姨家。大姨的表哥，拿着这袋米，又送给了蔡荟的母亲。蔡荟回家，提了回来。谭升上路，当天下午四点多，下了京沪高速，到了宿迁的地界。他在新沂市的沭河边上停下车，沿着河道欣赏落日余晖，不远处的城区里高楼林立，并没有提起他多少兴趣。谭升作为一个在商场沉浮洗尽铅华的中年男子，这阵子在老家拾掇一个院落，见河道上堆砌的那些石头，他走下栈道，挑选半天，找到两块样式不错的石头，其中一块形如坐地高僧。他不顾严寒，怀抱在胸，走回停车场，把石头放进后备厢，又拿出炊具，用电热锅蒸上米饭，撕开一包牛肉，切碎，坐在折叠椅上探身煎烤，滋滋声如巨蟒吐信子。一个衣衫褴褛的流浪汉从小路走出来，视线有些暗，猛然间，谭升以为是条直起身子的野狗，吼了一声，拿起手边的手电筒照去，见老汉定在原处，身披厚重的大衣，上面挂满色彩斑斓的塑料瓶。老汉身上的异味，盖住饭菜本来的味道。谭升看着他狼吞虎咽的样子，一时没了胃口。问了半天，老汉一句话没答，不知是哑巴，还是不想说话。谭升说，慢点吃，锅里的都是你的。牛肉烤熟，谭升挤上酱料，搅拌好，端到老汉的面前。老汉没闻，用手塞进嘴里。这天晚上，谭升用电饭煲又蒸了五次米饭，每次都满满一锅，倒进收纳箱。沃柑和干果，也一并留下。老汉吃饱，蹲在一旁，看着谭升收拾东西，如一座石像，不言不语。当天夜里，一点多，谭升提前到了扬州。饥肠辘辘，他去饭馆点了一份扬州炒饭，对朋友说起路上的奇遇，众人只当笑谈。（后来，石头摆放在院子里，形状越发像是那个老汉的样子，流浪汉或是得道高僧，都可。）

谭升为老汉煮饭时，七百多里外的老家，蔡荟临时被委派处理一个上访事件。老头是困难户，也是扶贫对象。春节前，对口扶贫的工作人员送去一盒牛肉，过期的，老伴吃后上吐下泻，在医院里挂水两天，没人来看。老头一气之下，跑到区政府的门前静坐。蔡荟先赶到医院，了解病人情况。老头得知这次来的是副镇长，心里不悦，我找的是区长，你一个镇长，还是副的，副的也就算了，还是个女的，能管什么事。蔡荟劝慰半天，给出了两条回复：一、病人住院期间的所有费用，政府承担。二、给予一千块钱的慰问金。另外，摆在病房里的鸡蛋、奶、坚果、蜂蜜等营养品，是蔡荟临来前从家里的地下室带的。老头先去看保质期，发现都还没过期后，坐在床边怄着气，指向虚弱的老伴，又提了三点要求：一、老伴有心脏病，年前大夫就说应该支架了，没钱，本来能撑几年，现在这情况，人眼看就不行了，都怪那过期的牛肉，做心脏支架的钱，政府必须出，不出不行。二、低保，一个月才六百三十，太少了，老头要求和城里的低保一样，也给八百。都是一样的命，就不应该有贵贱。三、儿媳没工作，要求不高，安排她在村里扫大街就行。蔡荟听后，思忖片刻，这三点，要回去开会讨论，再给答复。老人问，要等多久？蔡荟说，尽快，一切都要走程序。老人说，你们就在这里骗老百姓吧，不给解决，我去省里，省里不行，再去北京，总能找到说理的地方。半夜，蔡荟照常起来给儿子冲奶粉，看到谭升发来的扬州炒饭的照片，当没看见。

3

近些年，张端午这对老夫妻频繁被两件事困扰。一、荣光欠的外债啥时候能还完。二、荣光两口子到底在外面干啥。对于前者，他俩能做的极其有限。过几天，吃完年夜饭的饺子，老两口也都是七十岁的人了，没有任何可以糊口的工作留给他们。政府每个月发放的一百多块钱的养老金，种在几亩薄地上的玉米、小麦，以及一小块菜地产出的时令蔬菜拿去村口的集市上贱卖所得，这三样就是他们一年到头全部的收入。自从猪瘟后，一头猪的价格，就成了老张两口固定的计价单位。比如一头出栏的猪，一百多斤。生猪收购价，能到十五块一公斤，小一千块钱。要是按照市场价，随季节浮动，比如临近过年，一公斤猪肉涨到了二十八。这么算下来，老两口一年的收入也就是两头猪。一人顶得上一头猪了。这面对儿子荣光欠下的几十万的债务，杯水车薪。对于荣光，老两口只知道，他们在江苏一个叫昆山的地方，那地方的钱好赚，起码比山东好赚，四年能还清三十万的欠债。更多的，他们就不清楚了。比如夫妻两个，究竟做什么工作，三年没回家，到底过着什么样的日子。偶尔，张端午也能从外界听到一星半点的消息。有天，同村的赵兵在道上碰到张端午，说荣光也玩抖音了，还总发些视频。老张忙问，他干啥了？就是喝酒。老张心浑，这个赵兵是不是认错人了，儿子以前可是滴酒不沾。赵兵拿出手机，一通翻找，也没有找到。又说，等下次。下次，到现在又过去了大半年，张端午对儿子在外地的生活，还是知之甚少，只存在虚无根基的浮想中。

像过去的三年一样，儿子儿媳还是没有回来过年。两个月前，荣光在电话里说，债都清了。年关将近，的确没有亲朋好友像过去那样陆续登门来要账。荣光说，好不容易债还清了，想再赚些钱回去。当初一场猪瘟，里外亏了上百万。为了省钱，也是入行晚，缺经验，没买保险。镇上卫生防疫站的人下来，监督他们尽快处理。三百多头眼看要出栏的死猪，全家上阵，一头一头往外运，堆满土路，成了一条崭新的猪道。又过了许多年，张端午一想起那个场景，鼻子就发酸，一头猪是死，死了三百多头猪，死的就不是猪了，能要了人的命。村南头挖出两个大坑，铲车把死猪铲进去，铺一层石灰粉，最后用了两吨石灰。他娘的，盖口屋才用多少石灰。这是近几年，老张逢人说起时的感慨。村南头的那片树林，后来被刘猛承包，割了一茬树，又种上。老张又逢人说，没有那批死猪垫底，这些树长得也没那么快。当初儿媳怀孕四个月，猪瘟一闹，流产了。不是这场猪瘟，张端午的孙子（性别未知，但他认为定是男婴），也快三岁，能上幼儿园了。上次那通电话，张端午有句话憋在心里，没好意思对儿子提，债还完了，也应该考虑给老张家留个后了。

过去三年，老张夫妻共有两次成为村里的舆论焦点。一次是猪瘟时，在壮烈的埋猪现场，不少村民捂住鼻子忍受着腐臭味，聚集在远处围观并指点。家在村南边的村民，还和防疫站的人发生了一场不大不小的冲突。你们就不能埋得更远一些吗？离得这么近，熏死个人，万一有传染病怎么办。其他村委人员默不作声，驻村书记尹长舜出面调解，保证一定要处理到一点味道都没有。村民们看着站在坑边的老张夫妻以及神情没落的荣光，交谈道，老张这一家子，很难翻身了。他们把这作为案例，对养殖这个行当有了切实的认识，又在后续的日子不时评头论足，养殖的风险太大，几十万打水漂了。很快，一头头白花花的猪，被推进坑里。他们又啧啧称道，埋人也无非就是这样，日本鬼子就是这么埋咱们中国人的。日本鬼子可真该死啊。另一次是去年，妇女主任朱丹芝在胡同口带领几个四五十岁的妇女练习完瑜伽，盘腿坐在瑜伽垫上聊天。后来，又加入了几个老妪。话题从护肤、健身以及保养转到了养老金上。老妪说，这都两个月没发养老金了，政府就差这点钱了吗？朱丹芝说，政府不差，现在谁还差这点钱呢，一两百块钱能干点啥，给车加油，也跑不了几天。老妪不乐意了，你们这些当官的，真是不知道老百姓怎么过日子。我上个月一共才花了不到八十块钱。这么一说，年轻些的妇女深感吃惊，问道，这可怎么花？老妪笑道，你们是赶上好社会了，能赚钱，才舍得花钱，我们这些不能赚钱的，还有啥可以花的。自己蒸馒头，地里种着菜，割块肉包顿饺子，能吃好几顿，岁数大了，牙口不好，想吃点别的，也吃不了。朱丹芝说，说起会过日子，咱村里没比得上荣光他爸妈的了。前天，我在村委碰到供电局的小王，他和我嘀咕，这年头，还有人半年的电费不到十块钱。刚才的老妪直言不可能，我按月都还交四五十呢。朱丹芝问，你家里有啥家电？老妪说，我就看个电视，夏天开个风扇，再热的话，吹一会空调，冰箱肯定也不能关吧，馒头和肉还冻在里面呢。朱丹芝说，半年不到十块钱，你算一下，一个月才用几度电。众人纳闷，天黑开个灯，也不止这个数。朱丹芝说，还开灯，人家连灯都不开。小王以为老张两口子偷电，不信，我带着他去老张家。一进门，我这么多年，就没去过他家。说起家里不好，他家和旧社会差不了多少，电视都坏了好几年了，也不修。冰箱扔在那里，都没插电，里面放着衣服，当衣橱了。灯，老张说了，天黑了有手电筒，不用灯。众人叹息，这叫过的什么日子。又说，这么节省，也没见他把日子过得多好。又说到荣光和猪瘟的上面了。荣光还不是随他两口子，钱省不到地方，当初花点钱买份保险，哪有后来的事。现在搞养殖的，谁不入一份保险。咱村里种地的，都还有保险。大风刮倒了苗，还给补贴。

老张夫妻俩的午饭是馒头、炸的小咸鱼、腊疙瘩咸菜，吃完骑上三轮车，去村委等着分福利。四口人，四份福利。去时，张端午骑着，老伴坐在后面。回时，福利装满了小车斗。还是张端午骑着，老伴跟在后面推车。三轮车小二十年了，细轮胎还没老两口的胳膊粗，铁锈斑驳，蹬着和走着差不多。到中心大街，经荣光住的新宅，老张心想，马上就三年没人住了。又想，也该贴春联了。年前，他俩开门，想打扫下卫生，又觉得没什么可打扫的，一切如原样。当初家具、电器、床上盖的报纸和帆布，还是那样。老张隔一段时间，敞开屋门和窗户通一下风。天井，冒出不少杂草。屋檐有些漏水，他也没和荣光说，做一次防水要好几百块钱，也不值当，一年到头，下大雨也就那几天。回到老宅，三轮车开进门，停在天井的东屋门口。张端午一只手提一袋，老伴抱在胸前，老两口分数次把福利堆放在上午清出来的空地上。为了防潮，特意在地上放置了几块木板，又铺上一层塑料布。四桶花生油，四袋白面，四袋大米，四箱调味品。老张拿起灶台上的剪刀，划开全家福礼盒，看到里面码放的瓶瓶罐罐，心有不悦，似乎里面本应该装的是一箱黄金，便开口骂道，又是这些破玩意儿。在这对饮食简单无所谓美味佳肴，人生的绝大多数时间只求果腹的老夫妻的眼中，调味品无非就是三种——盐、酱油、醋，其余的花样都可以归类为是城里人的巧吃。这里包含着一种轻蔑：把心思都花在研究吃上，人能有多大的出息呢。吃饱饭就应该干活。这才是生而为人，颠扑不破的真理。老伴找来透明胶带，递给老张，顺着刚才的切痕，又贴好。这四箱调味品，可作为礼品，和亲友们置换成别的物件。不用猜，每年亲戚们带来的东西，无非就是几类，奶、八宝粥、水果。也都是没什么价值的。对于生活简朴的张端午老人来说，最好是能割上几斤肉，或是排骨。平日，他舍不得买肉。尤其是那一场猪瘟（又是这个），似乎一辈子该吃的猪肉都已经埋葬在那大坑中，再多吃点（尤其是还要自己花钱买）就是天大的罪过。

一年到头，张端午家的饭菜没有多少油渍可寻。他俩吃惯了白面馒头，偶尔蒸一碗大米饭或熬粥，撒上一浅勺的白糖，就算是换个口味，取悦自己的肠胃，又不免反思是不是太把自己当人对待了，回溯那些饿死的祖辈，多少有些忘本的嫌疑。小瓮里腌制的咸菜上面漂浮着一层白沫，尽管每年政府组织的体检，报告出来后医嘱都是让他们少吃点咸菜。但不吃，确实没味道，难以下饭。天井西边的那一片菜地，还埋着青萝卜以及地瓜。至于身上的衣物，遮体保暖即可，没有好看和难看的区别。生活拮据，一年四季忍受严寒和酷暑。这更多的是旁人的视角。对张端午而言，这就是他们数十年如一日的生活，这把老骨头，若看不透这一点，那日子就不仅是寒酸，而是一种无望的折磨。如今，儿子还清债，烦心事去了大半，没有孙子辈，倒成了心病。这怎么说呢，也不是自己能做主的。自己能做主的事，不多，也不是没有。

腊月，刚过五点，天已落黑。老张夫妻吃完饭，早先灌满热水的吊瓶已经焐热了一块被窝。他们褪下棉裤，上身穿着棉袄，依靠在床头，视线渐暗，不远处的宏远物流园里，偶尔传来一阵油罐车的鸣笛声。除此之外，寂静如真空一般。在这样的冬日黄昏，老张打开收音机，熟练调到淄博交通音乐广播电台。此刻，城区正在下班的高峰期，路段拥挤，主持人提醒司机注意路况。老张对老伴说，柳泉路和新村路怎么整天堵车。老伴回道，还有金晶大道。

老张心浑，整天哪有这些车好堵的。他上次进城，还是前年。当时老张的妹妹住院，外甥拉他去医院看望。老张坐在车里，脚下放着一箱鸡蛋，盯着外面的高楼大厦以及不息的车流。这些街景虽然陌生，道路的名字他却滚瓜烂熟。不多久，妹妹就死了。电台进了司机热线，北京路和华光路的交叉口，两辆小车发生了剐蹭。北京？老张夫妻俩没去过北京，活了七十年，就没出过山东。

七点，《新闻联播》准时开始。张端午对中央发出的一切声音以及主要国家领导们的动态了如指掌：致贺信，发表重要讲话，举行会谈，致节日问候和新春祝福，主持会议，会见……老张心生感慨，人家比我小不了几岁，这么忙，可得注意好身体。老伴说，有的是人操心，多你一个也不多，你没事还是多操心下我吧，少让我生点气。一月一日，中美建交四十周年，两国领导人互致贺信。（老伴在旁边说，咱们怎么还发贺信呢？老张让她闭嘴，这是大国间的外交，是政治，又不是村里吵架。咱可是负责任的大国，这叫气度。）一月三日，嫦娥四号探测器自主着陆在月球背面南极–艾特肯盆地内的冯·卡门撞击坑内，实现人类探测器首次在月球背面软着陆。（老伴在旁边又说，地球上的事还弄不明白，光去月亮上干啥，美国以前不是也去过。老张又生气了，甩脸子道，美国去的是正面，咱现在连反面都去了，以后我们还要去火星，光在地球上能有什么出息。）新华社一月十日报道，近日，中共中央印发了《中国共产党农村基层组织工作条例》。（老伴又说，可算有件和咱农村有关的事了。老张附和道，党还是关心咱们的。老伴说，希望能再多关心点。老张说，没有党，你连个养老金都没有。老伴说，那可不，过了七十，住院报销得更多了。老张说，好好活着，过了九十，看病就不花钱了。）一月十二日，陕西省神木市百吉矿业李家沟煤矿井下发生事故。经核查，当班入井矿工共八十七人，事故发生后六十六人安全升井，二十一人被困，十三日早上确认二十一名工人均已全部遇难。（老张说，我说吧，还是种地好，累是累点，但是安全。下煤井，多赚那几个钱，没命什么都白搭。又说起堂弟张文达，不老实在家里种地，去外面下煤井，断了条腿，只能当个鞋匠。又说起卫秀华，以前多壮实，干活顶得上一个男人，坐轮椅十几年了，半死不活的，整天往医院跑，虽说有保险，也是活受罪，还不如当初煤矿塌方给砸死呢。）一月十四日，海关总署发布数据显示，我国二〇一八年外贸进出口总值 30.51 万亿元，比二〇一七年的历史高位多出 2.7 万亿元，同比增长百分之九点七，规模再创历史新高。（老伴说，刚才说的是多少个亿来着，我没听清。老张说，万亿，还几亿，全国人民拼死拼活干了一年，到你这里几万块钱成了几块钱了。老伴心浑，这么多钱，可怎么花呢。老张说，这点钱算个啥，这么大的国家，花钱的地方多了去了。咱国家连个航母舰队都还没有呢。老伴说，造那玩意儿干啥，花那么多钱，有这些钱分给咱老百姓不好吗？老张生气，你这什么觉悟，没航母，挨欺负，还统一不了？）一月二十三日，委内瑞拉总统马杜罗宣布，委内瑞拉正式与美国断交。（老张喜起来，这个马杜罗，人还怪好，直接和美国断交了。老伴问，委内瑞拉是哪儿的？老张说，南美洲的一个国家。老伴说，他咋就敢跟美国这么硬气呢，我想着前几天，咱还给美国发贺电呢。老张说，美国也给咱发了。又补充道，委内瑞拉这个弹丸小国，能和咱们这泱泱大国比吗？）小年那天。美国政府谈判代表和阿富汗塔利班二十六日证实，双方就阿富汗和平进程谈判取得"重大进展"。（老伴问，这个重大进展，到底是什么意思？老张说，阿富汗这都打了多少年了，老美撑不下去了，毛主席老人家说的那句话没错，一切帝国主义都是纸老虎。老伴说，毛主席还说过，东方不亮西方亮，黑了南方有北方。老张笑起来，你不识字，"红宝书"倒背得不赖，过去几十年了，还记得毛主席说过的话。老伴叹了口气，他老人家要是现在还活着就好了。）巴西南部米纳斯吉拉斯州尾矿坝溃坝迄今确认致使至少三十四人死亡，大约二百五十人依然下落不明。（老张感慨，说是下落不明，其实就是死了没找到尸体。）英国女王伊丽莎白二世的丈夫菲利普亲王给一名女子写信，为他十七日驾车发生撞车事故导致对方受伤道歉。（老张不屑，还是个亲王呢，撞个人咋了，别说是亲王了，就是个镇长，撞了个人，也不是个事。老伴迎合道，这个亲王当得憋屈。）今天，是农历戊戌年的最后一天。国际要闻：中韩将于四月交接第六批中国人民志愿军遗骸，预计该遗骸将被一起送还中国。报道称，从二〇一四年到二〇一八年，韩国共移交中方五百八十九具中国人民志愿军遗骸。(老张点评，这朝鲜战争都过去多少年了，那时候我才两三岁，战士们的遗体还没入土为安，何以告慰革命先烈在天之灵？）国内：国务院台办发言人马晓光一月三十日在北京强调，以所谓“制宪”名义推动“法理台独”，只会把台湾推向危险的深渊，严重破坏台海和平稳定，我们绝不会坐视。(老张说，这场仗早晚得打。老伴说，收个台湾怎么就这么难呢？老张说，都怪美国。老伴问，美国离咱这么远，还管得着？老张说，他们有航母，在日本和韩国都有军事基地。老伴又说，基地才有几个人，咱们国家这么多人，还怕他这个？老张说，你以为是村里打仗，靠人多就行了。老伴说，自古以来不就是这个道理，咱十几亿人怕个啥。老张生气了，你不懂就闭上个嘴。）山东青岛市公安局消息，在抓捕行动中被刀刺中、壮烈牺牲的警察别立福被省政府评定为烈士。(老张说，烈士的家属，国家都给照顾，考学还给加分，这个人死得也值了。老伴说，照顾再多，也不如人活着。)《二〇一八年全国姓名报告》发布，“王”“李”“张”“刘”“陈”五个姓氏户籍人口数量占据头五把“交椅”。(老张说，都排第三了，我想着以前“张”是第一的。又想到荣光，现在的年轻人也不知道想什么，怎么就不想要孩子呢。老伴揶揄道，你儿给你生个孙子，张的排名也还是第三。）临睡前，老伴说，老张啊，你在咱村里屈才了，中央应该请你去出主意，你看你，什么都懂，就没有你不懂的。黑暗中，老张的嘴快要咧到后脖子了，回了句，中央不光缺我，更缺你这种识才的人，咱俩搭伙正好。老伴又说，咱俩搭伙过了小四十年了，也没见把日子过得好到哪里去。老张训斥道，跟着我受委屈了？缺你吃还是缺你穿了？上个礼拜你还吃了猪肉白菜的水饺。两人无话，但都没睡。

4

冯爱月拖着手拉车，走了两条胡同，来到付英华的家门口，敲了几下铁门。付英华敞开门，见状问，你这是去哪儿？冯爱月说，给你来送菜了。进屋后，冯爱月勉强蹲下身，从车筐里取出塑料袋，边放在地上边说，几个土豆，两个菜花，三颗白菜，明天去南京，带不走，吃不了也是瞎了，留给你了。付英华说，要去儿子那里过年了。冯爱月拖了个马扎坐下，清瘦的脸上苦笑，我是真不愿意去，不去吧，孩子又不乐意，也不回来过年。付英华说，孩子让你去享福，你还不乐意。我真是怵头出门，冯爱月掰着手指数算，从这儿到车站，再坐车，五个多小时，到了南京还得坐车，早上出门，到家就晚上了。冯爱月犯愁的样子，让付英华忍不住发笑，你说再多，明天还是得去。她起身，走出屋门，从西屋搬出一个纸箱，放在冯爱月的面前，显摆道，给你看看，昨天我赶集买的菜。付英华一脸兴奋，蹲下，从里面一件件拿出用旧报纸包裹好的择好的菜，打开报纸说，你看看，这韭菜，多新鲜，年二十三的集上，还三块五一斤，我没买；昨天的集上，还要三块五，我说这都啥时候了，马上过年了，你再卖不出去可就留着自己吃了，还不便宜点。这一把，不到五块钱，你说值不值吧。冯爱月迎合道，值。付英华又拿出一捆，打开报纸，两根藕，一根两骨节，一根一骨节，过了一宿，上面还似带着水珠，像刚从泥塘里挖出来一般。冯爱月拿在手里说，真新鲜。能炒两盘菜，付英华说，等孙女回来，再蒸个糯米藕。醋熘藕片好吃，付英华又说，不过藕太贵了，平时舍不得吃，也就过年买块尝一下，自己也吃不了几口，先待客，能剩下就吃，剩不下就不吃。付英华又拆开报纸，是几个青椒，我不愿意吃，大过年的，也没别的菜好买，青椒炒肉。几根芫荽，付英华一笔带过。又拿出两个菜花，付英华说道，早知道，你送菜花，我就不买了，今年集上菜花不便宜，两块五买的，这两个就花了七八块钱。冯爱月说，过个年，到处都是花钱的地方。付英华把菜重新包好，忙说，老俗语说得好，年关，就是关，老百姓过年有啥开心的，有钱的人现在也不在本地过年，都出去旅游，你和兴民，就是出去旅游过年。冯爱月咧嘴笑，去哪里也不如待在家里。

放好菜回来，付英华指着桌子上的簸箕，再给你看个好东西。她掀开白布，里面是满满的浅黄色的煎饼。她揭了一张，递给冯爱月说，尝尝，可好吃了，我昨天摊的，里面有豆子、小米还有红枣。冯爱月接过，撕成两半，又递给付英华，一个我吃不了。付英华说，昨天摊了来，中午我都没吃饭，一口气吃了三张，我去侯家屯摊的，五点多，天还没亮，我就骑着电动车载着王闻妈去了，寻思早点去，早点回来，去了一看，队都排一长溜儿了，我就说他们，你们晚上不睡觉吗？这么早就过来，煎饼都成好东西了。冯爱月跟着乐，付英华谈兴大开，紧接着说，早上我也没吃饭，就跟人借了几张煎饼，要了碗热水喝。十点多，才摊好回来。冯爱月咀嚼着煎饼说，好吃，有香味，比过去棒子面的好吃多了。付英华说，吃粗粮好，别看现在的年轻人不爱吃。冯爱月说，还是你能，我这腿脚不好，出个门都费劲。付英华笑着说，你比我能，南京那么远，你都能去。说着，她找出塑料袋，装进几十张煎饼，你拿着吃。冯爱月忙起来推让，不用，太多了，吃不了。付英华说，客气啥，又不是多值钱的东西，还没你给的菜贵，带到南京，你和兴民吃。冯爱月堆着一脸笑，你看，我这是给你送菜，这成了拿你东西了。付英华嘱咐道，去了，放冰箱里，干了，就拿喷壶喷点水。你老实坐下，冯爱月说，咱说会话。你也不是话多的人，付英华说着拿起果盘，打开电视柜，从里面拿出瓜子、花生，又抓了一把开心果，放在茶几上，来这里，吃着说。冯爱月抓了把瓜子。付英华说，尝尝开心果，这个好吃。冯爱月填进嘴里，咀嚼中，似乎回到三十多年前。

同一年，付英华和冯爱月前后脚嫁到辛留村。入冬，地里没活，也没地方打工，吃了晚饭，付英华对老卫说，走，去找冯爱月和刘兴民两口子。瓦房没盖，两家祖宅的土坯房相隔几步远。两对夫妻，守着土炉子嗑生的葵花籽。老卫和老刘从小一块长大，话都不多。主要是听付英华和冯爱月说。冯爱月话也少，付英华说一句，她跟一句。这么说下来，能聊两三个小时。头两年，冯爱月不是要不上孩子，就是孩子生下来夭折了。过了几年，等付英华的女儿都会走路了，冯爱月刚生下的男婴是个脑瘫，养了快一年，脖子还挺不起来。后来，儿子也死了。冯爱月失眠的毛病就是这时候落下的，夜里到了三四点也睡不着。如今，付英华的儿女都长大成人，外孙女上了初中，外孙和孙女已经念小学。冯爱月刚有了外孙女，还不会走路。刘聪三十好几了，还没结婚。三十多年过去，老卫都已经走了十年。刘兴民在中风过后，身体每况愈下。冯爱月抱怨道，供两个孩子上完学，咱这里多好，非要跑去南京。付英华说，一个研究生一个本科生，赚钱不少，让你去大城市享福，你还想不开。冯爱月说，去一趟，好几天歇不过来。付英华问，昨天村里发的福利领了吗？冯爱月说，领了，三份。付英华说，你家怎么才三份？冯爱月说，刘涵的户口早就起走了。付英华说，少领一份东西，再落回来就不好办了。冯爱月说，这点东西，年轻的根本放不到眼里，也就咱这些老家伙上心。付英华说，年轻的花钱没个数。想来，又叮嘱冯爱月说，你去了南京，和孩子们住在一起，可别管东管西的，让孩子烦恶，观念不一样了，看不惯也别作声，孩子有自己的生活。冯爱月嘻嘻笑。付英华说，别和胜天的妈小旺的妈一样，插手孩子的事，这看不惯，那看不惯，早晚把孩子搅黄离婚了。付英华又找补道，当然，你也不是这种人，你默不作声的，主意比我多，你和兴民心眼比我多多了，我就是啥话都说出来，心里憋不住。冯爱月心里发笑，想起年轻那会，一起干活。先是九十年代初，在建筑队当小工，去四里八乡盖房子，一天六七块钱，推石子、拉沙子、和水泥、扔砖头。冯爱月个矮，也瘦。付英华就招呼其他男的，你们一个个大男人家，赚钱比我们娘们儿多，多干点，去，替下小冯来，让她歇歇。又过了几年，一天工钱能到十块钱。建筑队的活不多了。四十出头，她俩又结伴去镇上给人种蔬菜大棚，一个人伺候两个大棚，一个月五六百，干了七八年，最后那几年，一个月能拿到一千块出头。好处是，家里不缺菜吃，一些品相不好，或是有点烂的，卖不掉的，她们就带回家，棚里种什么就吃什么，有时一个月顿顿都是青椒和西红柿。付英华说，伺候大棚，不是人干的，热死人，大夏天打农药，我这气管不好，就是那时候落下的病根。冯爱月说，松了地，推猪粪，我膝盖现在这样，也是那时候累着的。付英华又说，咱不干大棚，没几年，老杨就死了，有年，我去医院看我二哥，正碰到老杨的闺女，老杨也是想不开，好好的诊所不开了，非要承包什么大棚。冯爱月说，那几年大棚也不赚钱。付英华说，不干大棚了，咱又去了杭柳的农药厂干了一阵。冯爱月说，药味难闻，回到家，我吃不下饭。付英华说，你从小就娇相，睡不着，又吃不下的，我躺下就睡，吃上也不奸馋。冯爱月说，你没心事，嘴上都能说出来，一起干活，工资不发，你就去要，抢东西上你也不怵头，有轻快活，你也知道去赶着要。一说，付英华直笑，在外面干活，不这样光吃亏了，我觉得自己还不算精明的呢，当时在药厂，光让咱们在流水线上装药，味大，落不着歇，我当然不愿意了，只让杭柳那些娘们儿干轻快的，我就和那个姓马的说，这得轮岗吧。冯爱月弯腰笑起来，我这还记得老马当时说，你这个老付，主意不少，要不你来当车间主任吧，你说，要我当，我肯定让手底下的人都服气。付英华叹了口气，那会干活也不觉得累，歇一晚上就好了，不像现在，干一天活，要歇好几天。冯爱月说，那会咱才五十，现在都快七十了。付英华说，一辈子干活的命，说起干活，我就干不了熬夜的，在旺达塑编，上夜班，我半年瘦了有二十斤，实在是不想干，不干又不行，那会孩子刚结婚，得还账。冯爱月说，熬夜我倒是能熬，就是大冬天的，骑着电动车，冻得腿疼，半宿也暖和不过来，在车间里，也冷，手冻得不听使唤。付英华说，自那后，你就不出来干活了吧？冯爱月说，哪里，你忘了，咱俩还在大王的废品收购站干了一阵。付英华说，想起来了，那才干了有两三个月，当时还有我二嫂，现在她都死了两年多了。冯爱月说，这几年收废品的那帮外地人也都走了。付英华说，啥都不好干。冯爱月说，我后来还扫了一阵大街，要不是膝盖不行，我还干。付英华说，我那几年在高宁那里剪编织袋。

微弱的阳光穿透薄雾，果盘里的瓜子下去大半，开心果倒还有不少。刚倒上的热水，还冒着热气。付英华去里屋看了下炉子，又添了一把炭块，出来时，手里提着塑料袋，招呼冯爱月说，看看我过年买的衣服。第一件，是枣红色的呢子外套。付英华说，你摸摸料子。冯爱月说，料子好，样子也不错。付英华嬉笑着脸，脱掉身上的夹袄，换上外套，站在原地，双手捋顺，左右摇晃着说，在百姓商场买的，挑来挑去，就看上这一件了，要二百八，还价最后二百四，就这我还嫌贵，孩子给买的。说着，又拿出一条裤子，你猜这裤子多少钱？冯爱月坐在马扎上，接过裤子，笑着说，我猜不出来。付英华撇着嘴说，一百块钱还不卖，我说你们还要一个价就是个价了，最后一百四，不过质量确实比大集上的好。冯爱月说，我还没买新衣服。付英华说，你攒那么多钱不花干啥，平时不买就算了，大过年的，等着去了南京，让闺女和儿子给你买的。冯爱月说，一想着去南京，我就头疼，连个人都不认识，憋在屋里，闷死个人。付英华换下身上的衣服，让你去看孩子，又不是去找人说话的，你也没那么多话说，让你出去，你这腿脚也走不动道，嫌闷，就看电视。冯爱月说，我想把过年的这些福利带过去，孩子还不愿意。付英华说，这些东西又不值多少钱，出远门坐车，带这些东西干啥，面和大米，让孩子自己买就行了，到那边缺不了你们老两个吃的。冯爱月说，孩子也是这么说的，咱不是寻思，去孩子家里，空着手也不好，多少带点东西，也是心意。付英华说，道理是不差，你这么能，咋不把家都搬过去，你不是不能了嘛，就打不能的谱，少带东西。冯爱月叹息。付英华又说，真是穷出身，狗不嫌家贫，还又舍不得，不说你，孩子喊我去城里过年，这么近，我都不愿意去。说到后来，付英华躺在沙发上，冯爱月倚在边上，有一句没一句，一直说到下午三点，兴民打来电话，问冯爱月去哪里了。冯爱月说，在老付家里。刘兴民说，让你送个菜，去了半天还不回来，以为你让人拐了呢。临走，付英华又嘱咐冯爱月：一、到了南京，别老想回来，帮衬孩子，人活一辈子，到头还是为了子女。二、闷了，就给我打电话。

第二天，一早，冯爱月和刘兴民提着大包小包出了门。背包里装着肉蛋、香肠、藕盒、炸鱼、煎饼。行李箱里放着一袋大米，以及调味品。到了南京，大米放在儿子家，刘兴民跟着儿子住。调味品放在女儿家，冯爱月跟着女儿住，帮忙带外孙。正月初五，付英华在大姐家吃完午饭，与小妹及两位还健在的哥哥又说了会话，到家时已经下午近三点，她捅开炉子，添了炭块，放上铝壶，躺在沙发上，盖上小被子准备眯一会，铝壶刚烧得发出滋滋声，她的手机响了。冯爱月在电话那头笑着说，过年好啊。付英华说，好啊，咱都好。又自顾说道，我这刚躺下准备眯一会，你这电话打来的也真是时候。冯爱月说，外孙刚睡着，孩子也不在家，我坐在屋里闲着没事，电视我也不会开，也没啥看头的，这不在厨房里收拾下，打开冰箱，看到你给的煎饼，寻思给你拜个年。付英华笑着说，你这去了大城市没几天，倒是很讲礼数了呢。又问，煎饼吃了没？冯爱月说，吃了，顿顿都吃，家里就我自已吃。付英华说，在外面，不吃好的，还吃煎饼，你倒是不忘本。冯爱月笑了会，我来了这几天，门都没出过，小区里也没认识的人，孩子们也都忙。付英华问，兴民呢？冯爱月说，别提了，不让他喝酒，在小聪家里，嘴馋，喝了酒，头晕，昨天送医院了，倒是没大事，让住几天院，我也没空去看他。付英华说，你看，大过年的，我就心浑，酒有啥好喝的。冯爱月问，咱村里有啥事不？付英华说，你这才走了一个星期，能有啥事，就算有事，你还能管得了了，隔着十万八千里，你还操心，孙悟空都没空管。冯爱月笑起来，这次村里分的大米你吃了没，小聪蒸了一次吃，说很好吃。付英华哈哈大笑，不让你拿，你最后还是拿去了。冯爱月起身，看了眼窗外，对付英华说，南京这边总是阴天。付英华说，咱这边倒是大晴天。冯爱月穿着一身秋衣秋裤，揉搓了下膝盖，阴天，我就膝盖疼，抱着孩子，抱不了一会。付英华说，你穿暖和点，别冻着。冯爱月说，倒是不冷，有地暖。付英华说，那你还想家。冯爱月问，你亲戚都走完了吧？付英华说，也没那么多好走的，都不留下吃饭，放下东西，说几句就走了，不留下吃饭正好，我也省心。冯爱月问，孩子呢？付英华说，去走丈母娘家的了。冯爱月叹息道，你说这一年又过去了，小聪都三十二了，还没找对象，真是愁人。付英华说，孩子不急，你急也没什么用，你就少操这份心吧，你晚上睡不着觉，你天天比中央的人还操心，想天想地的。冯爱月说，咱说句话，也没人当回事。付英华说，好了，说了都快半个小时了，别浪费电话费了，你就安心在南京看孩子，咱村里少了你也照样转，地里的庄稼也还长。冯爱月说，对了，村里发的小米醋，你记得吃，蘸饺子正好。付英华说，好，我这就打开，不蘸饺子，我喝几口尝尝。说完，两个人哈哈大笑。冯爱月挂了电话，站起来，看着抽油烟机上面的一排按钮，又忘了女儿说过的该怎么用了。一想，还是不开了。她坐上小锅，打算蒸个鸡蛋，等外孙醒了吃。

5

腊月二十八，红杰上了半天班，遵照老板的意思，把员工（包括自己）的工资打到银行卡里，又处理了几张进货单。财务上的事收完尾，她把公司发的礼品，一袋五谷杂粮、一箱坚果大礼包、一桶花生油放进车里。到家，她只把坚果大礼包带上楼，其余的放到地下室。红杰从冰箱里拿出王亮做好的卤肉、酥鱼、猪肘子、丸子，提着下楼，出了小区，来到批发市场，把车停在路边，又割了三斤排骨，买了两只白条鸡。经 102 省道，镇上有一小段的拥堵。年关，道路两侧的肉摊，剥了皮的一扇扇牛、羊的肢体悬挂在铁架前，如肉林，引得人头攒动。红杰回到辛留村，提溜着东西进屋，见付英华正在屋里和面，饺子馅已经调好。红杰问，什么馅的？付英华说，牛肉白菜的。见女儿提着这么多东西，责怪又欣慰道，买这么多东西干啥，花这些钱。红杰把排骨放进冰箱，至于白条鸡，她先放在外面化冻，从南屋拿来案板，放在地上，举刀把鸡剁了，分袋装好。清理冰箱时，见上次拿来的肘子和酥鱼还没吃完，便问，你咋不吃呢？付英华擀着饺子皮，不好意思说不愿意吃女婿做的这些，腻，只说，我一个人在家，哪能吃这么多。

女婿王亮这几年一直在考虑转行，年过四十，体力有限，如今的工厂厂房越建越高，攀爬起来也费劲，以前睡个觉就好了，如今好几天歇不过来，腰和肩膀都出了些问题。二十八岁那年，大女儿出生，王亮从公司辞职（一直自己缴纳社保），十多年单打独斗，只在繁忙时从劳务市场或是在老家赋闲的亲友中找个帮工的。这两年，他主要是找小舅子卫华邦的发小刘祥。工钱，一天两百。如今，王亮有稳定的客户，包括日常修理和维护监控，突然撒手不管，也不合适。对于未来的人生规划，他有过两点考虑，自去年在村里竞选失利，仕途这条路走不通，从事餐饮业，就成了头选。不善言辞、做事细心的王亮，的确觉得自己适合经营一家快餐店。从小到大，父母对吃上有些随意。他的一手厨艺全靠自己钻研，没科班学习过。他不喜欢在外面吃饭，节俭是一方面，主要是觉得不卫生。王亮习惯从批发市场买来食材，动手烹饪。有了儿女后，王亮的厨艺更为精进，花样繁多。厨房的墙上贴有食物营养结构、日常生活食物相克以及高血压糖尿病饮食禁忌三张挂画，同样的两份，在黄城的父母家中，以及辛留村的岳母家中。各类卤肉、酥鱼、肘子、肉丸、茄盒、肴鸡等，王亮隔三岔五就做一次。这些年，快餐店一直没能干起来。因为儿子上小学，需要人照看，心想等孩子再大点。只是，家里的人，已经吃腻了他的这些花样。

饭后，母女说话片刻，提着两份福利出了门。车的后备厢里还有几盘监控线缆，几个空盒子占地方，红杰扔出来，放进去两袋大米和两桶花生油。至于两袋面粉和两箱调味品，扔在后车座上。红杰进小区时，王亮正在炸肉，来不及解开围裙，跑下楼，夫妻两人，一起把不怕潮的花生油和塑封大米放在地下室，把一箱调味品和两袋面提上楼。下午，王亮携儿带女，提着炸肉、肘子、肉丸、酥鱼，又从地下室抬出一箱酒，放进车里，驱车十几公里，回到黄城老家。

大年初二，王凡和丈夫驱车两百多公里，从青岛回来，到家时已近中午。因妹妹新婚，这是第一年回来过年，王亮做了两桌子菜，用的调味品，也不是平日的，是拆开的全家福礼包。酱排骨时，特意挖的黄豆酱。炒菜也用的小米醋。猪肘子等事先做好的，自不待言。大姑和小姑家的两个堂哥也携家带口过来，男女分了两桌，比往年热闹。女眷那桌气氛活跃，谈小孩，又讲些村里闲事。男的这桌，大多不爱说话，只礼让喝酒，从春晚的话题延展失败后，转移到蔬菜的价格以及青岛的房价上。女眷们很快吃完饭，并把没吃完的几盘菜端到男桌上，后又围坐在一起翻看王凡结婚时的婚纱影集，先问花了多少钱，当得知要一万多后，咋舌之余又不忘回忆自己结婚那会，什么都没有，更别提什么影集了。很快，三十二岁的王凡，被表嫂们催生了。过去的几年，王凡领回来两三个男的，也有到了谈婚论嫁份儿上的，皆因性格不合（对外宣称）没有步入婚姻殿堂。此时，她面对嫂子们的催生，笑容可掬，并无表现出多少反感，请她们放心，已经提上日程了。滴酒不沾的王亮，又给妹夫倒上酒，以茶代水，领着他向两个堂哥碰杯。见妹夫拘谨，王亮加快节奏，去厨房炖了丸子，又把吃剩的鱼砸了个鱼汤。妹夫喝酒上脸，面红耳赤，喝了一碗说，这个好喝。王亮心悦，那就多喝几碗。表哥们喝到微醺，黝黑的脸上泛红，神情松弛下来，向眼前这个自小在城里长大的新晋表妹夫，传授贩菜的种种门道。作为操持大棚十多年的菜农，这是他们唯一熟悉的领域。菜贩子从大棚里收西葫芦，一斤一块，卖到青岛，三块五。并指着墙角带来的那两个苹果箱（里面是各类蔬菜），带回去吃，昨天刚摘的，新鲜。饭后没多久，身上所穿大衣散发的农药味提醒这两位菜农，走亲戚时的悠闲时光转瞬即逝，下午还要去棚里干活，匆忙道别，晃荡着微醺的身子，发动起三轮摩托，老婆孩子在车兜坐稳当，一骑绝尘，消失在胡同口。

如此，住了一宿。第二天，这对新婚宴尔的小夫妻在王亮的带领下又去两位姑姑家走亲，长辈往年的催婚如今成了催生。时间紧凑，他们没有留下吃饭，只寒暄了几句。走了姑家，又去舅家，后在本村看望几个叔伯。一圈下来，这对夫妻疲态尽显。王凡把长辈给的红包，共计两千整，又自己添了三千，凑足五千留给父母。母亲拉着王凡在里间说几句贴己话。王凡的丈夫和岳父在客厅，喝茶，对坐无言。女婿说，爸，有空去青岛住两天。回，家里这些事，走不开。又说，在家多注意身体，少干点活。回，能吃就能干。收拾好东西，上了车，女婿摇下车窗说，爸妈，外面冷，快进屋吧，过阵子再回来看你们。下了高速，他们先去李沧区，把一箱蔬菜、花生油、白面、大米以及哥哥做的肘子和炸肉放下。这间四十多平方米的小公寓，是前些年王凡自己买的。另一箱蔬菜以及其他的东西，王凡的丈夫拉回市南区的婚房。王凡学的日语专业，自毕业后在外贸公司干了小十年。这两年，外贸整体不景气，降薪后，她去年拿起书本，投身考公大军，准备时间短，分够了，在面试折戟。半年前，她辞职，平时住在自己的公寓备考，周末去婚房和丈夫团圆。还有不到两个月就考试了，期间又因结婚，耽搁了些日子，王凡送别丈夫，给母亲打电话报平安后便伏在书桌前，列出学习计划。她想到当初高考时借住在哥哥家里挑灯夜战的情形。晚上，她热了下王亮做的肉丸，倒进一勺小米醋，虽还有股腥味，却吃得心里含了泪。（四个多月后，五一假期刚过，青岛发布公务员录用名单，王凡在列，岗位是市南区宣传部下面的精神文明办。当全家还沉浸在喜讯中，同一周，王亮打来电话，近半年困扰母亲的头疼问题，医院给了初步的结果，病情并不理想，建议去大医院复查。两天后，兄妹二人陪同母亲，在青岛的医院等来最终的结果，恶性脑瘤。几天后，化疗。王母头发脱落，开始戴发套。回到老家，面对陆续来探望的亲友们，王母坐在床头，笑谈自己头发掉光，成尼姑了。她状态尚可，臃肿的身体还没消瘦，面对病情，她显得乐观，不厌其烦对亲友普及，在大棚里，天热，又打农药。这个病最怕热了。头疼就吃个止痛药，不疼了，又去干，没寻思会这样。亲友们纷纷宽慰，安心养病，医学发达，心态最重要，寥寥数语后过渡到日常絮语。另一边，王父从卧室里拿出女儿大学的成绩单和毕业证书，向众人展示，每年都是第一，每年都领着奖学金，用以佐证女儿的确是学习的材料，三十多岁都能考上公务员。赞叹声中，王父跟着微笑，以此驱赶已在家中安营扎寨的病魔。每隔一段时间，王母要去放化疗。事后身体虚弱，女儿的公寓就成了她休息的地方。平日里，王凡叫外卖。过年时带回来的大米还剩半袋，面粉倒是还有，但王凡不会和面。蒸一点米饭，王母也吃不下多少。王亮觉得外卖不干净，自己动手蒸出一锅馒头。又去市场割了点肉，剁馅子，包了一顿饺子。剩下的，放在冰箱里，足够母亲在这里两天的口粮。化疗后，休息两天，王母坐火车回去。王亮去车站接，再送回老家。这会是此后生活的常态。母亲走后，王凡收拾房间，从起初随处可见的头发，到后来没有头发可清扫。从不做饭的她，开始留意食谱。只是，问来问去，母亲也说不出来喜欢吃什么，她已经没什么胃口了。食物营养结构、日常生活食物相克以及高血压糖尿病饮食禁忌这三张挂画，又出现在王凡的这间公寓里。)

6

腊月二十八，卫华邦从家里带上一箱调味品、一桶花生油、一袋大米，沿 102 省道，穿镇而过时先在超市停顿片刻，买了一个玩具车，十几分钟后，在城区的海鲜批发市场买了一箱带鱼，又拿了一箱水果，共两百八，和老板商议后，支付一千两百八，把老板找回的一千现金分装进两个红包，各五百。

刘忠的姐姐打开门，迎面而来一股酒气，刘母正在清扫地板上的水渍——不知是酒还是水。茶几上的一桌菜，已经吃用过半，刘父斜靠在沙发上，正掩面号哭。卫华邦站在门外时，已经听到哭声，斟酌二三敲了门。刘父的身边坐着一个老头，漠然抽着烟，对旁边恸哭的老友，不知如何劝解，似乎先前说过的那些话，自知无用，便听之任之。老年丧子，的确让任何宽慰的言语都显得轻佻，甚至是对死者的亵渎。刘母说，小卫来了。卫华邦站在门口，见刘忠两岁的儿子试图去帮奶奶扫地，便放下手里提的物件，蹲在地上，把玩具车递给孩子。伴随着刘父不断的哀号声，我的儿啊，我的儿啊，卫华邦拆开玩具车，刘母找出四节电池，安装好后，玩具车闪着灯光，在地上跑来跑去，引来小宇一阵雀跃。刘母问，吃饭了吗？得知已经吃后，她指着自己的丈夫说，想起来就哭，喝了点酒，停不下来了。卫华邦说，哭出来，心里舒服点。刘母指着旁边的老头说，这是你董叔，来看下。又介绍卫华邦说，这是刘忠的朋友。点头示意后，两人互相递烟，又各自抽着自己的。电视里演的节目，无人在意。卫华邦上次来时，刘父歇班，没喝酒，睁开眼坐在沙发上，默默流泪，一直对卫华邦重复，他走了一百五十六天了。春节临近，儿子走后的第一个春节。刘母在旁边说，歇班就去坟头坐着。一会，刘忠的姐姐打了招呼，说先走了。下午，她还要上班。卫华邦守着刘母又说了些别的，比如，孩子妈还没放假，越到年底，厂里更忙了。刘父端起酒杯，又喝下一口，瘫坐在沙发上，继续掩面哭。似乎只有哭这个行为，能让死去的儿子离自己更为贴近一些。和上次来相比，小宇又长个了。卫华邦抱起来，掂量了下，沉了不少，全身的肉紧绷着。抱着老友的骨肉，让他感受到久违的亲切，心中荡漾着幸福。收拾好餐桌，泡好茶。儿子朋友的到来，更加让刘父念子心切，他恢复了些许平静，对卫华邦打招呼，来了。卫华邦同样羞愧于自己的健在，看着刘父，他眼睛浮肿，神态用憔悴已经不足以去形容，头发比上次又花白了不少。

过几天，按照乡间习俗，老刘就年满六十九岁了。他这大半生，过得并不轻松。早年工厂招工，从农民一跃成为工人。没几年，工厂效益不好，老刘带头和其余几人合伙，接手厂子，申请银行贷款。这是一条如今商业大佬们早年发家的常见路数，按照惯例，生产的轴承应该畅销国内外。大浪淘沙，时势造英雄。老刘全国各地跑业务，硬撑了三四年，无济于事。他在九十年代初，背负了十几万的银行贷款。直到五十五岁，老刘才偿还完贷款。彼时，女儿已经在城区的人民医院当护士多年，为周遭的亲友们出过力；儿子在天津当武警，入党后成为士官。这之前，老刘从成为企业家的虚妄中走出来，创业失败的经历让他此后的余生都稳健踏实——也可以说胆小。老刘年轻时应酬多，对吃在行也乐于研究，转行成为厨师，和妻子经营饭店。先在城乡接合部，以承接乡村婚宴为主，行情最好时雇用了三个服务员。期间，他动过念头，扩大经营规模，压在头顶的贷款以及膝下的儿女，让老刘不敢再迈错一步。儿子入伍的当年，老刘夫妻因常年劳累，三高在身，权衡再三，在城区选址，盘下一间小店，以做特色鱼锅为主。一来，减少配料。二来，不用雇太多人，也轻松些。六十岁那年，老刘住过一次医院，康复后，因儿女强烈反对，匆忙结束了自己厨师的生涯。那一年，老城区改造，他过去当工人分的房子拆迁，换了两套房。儿子也在这一年成婚。他开始憧憬和身边大多数老友一样的轻松惬意的退休生活，远没有意识到，自己一生中最大的劫难，要在几年后等待着自己。

除夕的这天夜里，老刘亲自下厨，做了一桌子菜，其中酱排骨、焖大虾、红烧鲤鱼，是他必做的三道菜，也是刘忠最喜欢吃的。今年，这三道菜，味道一般，没太有人动筷子。老刘落座，捂住脸，先哭起来，儿啊，都是你爱吃的。没一会，老刘喝多了。半夜，老刘不见了。家人在墓地找到老刘时，他已经趴在儿子的坟头上睡着了。刘母看着老刘平静的脸，这大半年，就没见他睡得这么香过，不忍心去打扰，又怕他着凉。过了片刻，不顾众人反对，刘母抱住坟头的另一侧，紧贴着冻硬的黄土，轻声呼喊，儿啊，让我再好好抱抱你。担心两位老人着凉，亲友在坟旁捡拾枯枝木头，点起篝火，不间断烧到天明。

春节过后，卫华邦回村，看到书桌上放着的两双鞋垫。这还是年前去刘忠家，临走时刘母送给他的。刘母夜里睡不着，纳鞋垫打发时间。付英华说，现在谁还纳鞋垫，不够麻烦的。卫华邦看着上面绣出的“一生平安”四个字，念起故去的老友，一时哽咽无话。付英华从西屋出来，问道，还没出正月，怎么调味品一箱都不剩了？卫华邦说，一共四箱，给了刘忠家一箱，给了孩子姥姥一箱，一箱给了大姨家，还有一箱我带回城了。付英华看着屋里放着的好几箱奶、八宝粥等，闷声道，过个年，东西就是来回倒腾，便宜卖东西的了。

7

刘利作为村委的外聘工作人员，提前知道要发福利，在村民们还没接到通知时，他先骑着电动三轮车来了。朱丹芝站在货车旁边，正守着几个村民卸货，见刘利来了，和他搭手把旁边一堆挑选好的福利装上车。刘利没多做停留，主要是三轮车后兜也没有了他家福利的位置。他出了村委大院，拐到小路，不一会来到和村委一墙之隔的王本道的庄园内，并按照王本道事先的嘱托，把福利放进储藏室。忙完这一切，刘利并不急于回去，和那些陆续赶来的村民一起排队领福利，这多少有失身份。刚才一番折腾——如果这还算是体力劳动的话，二百四十多斤的他有些气喘，走进阳光房，坐在茶台前，为自己烧了一壶热水。最近，他总是头晕乏力。上周，他去医院看腰椎，顺便抽了个血，医生让他控制体重，三高不说，肾也有些炎症。至于更为困扰刘利的腰痛，医生也没什么好的办法，手术有风险，效果也不会太好。每想到这里，他就生自己老婆的气，倒车不看人，要是刹车不及时，就不是他的腰，全村的人都要吃他的席了。

阳光房里绿植满屋，半空中不时喷出雾气，刘利犹如身处仙境，感觉舒服了些，也和过去不时来到这里的村民一样心生感慨，有钱就是好，王书记真会享受。没有王本道夫妻在场的时日里，刘利作为门客之一，更为踏实呼吸着这套价格不菲的净化系统提供的氧气。他坦然接受这一切，安心给王本道当个跑腿的，也不觉得有什么可委屈的，小五十的人了，再对自己缺乏清醒的认识，可不就有点白活了。也不能说刘利对自己的现状有多么满足，去年竞选村委员失利，他就不服气。王本道虽也下台，一番运作，又让刘利在村里谋了个差事。王本道也需要在村委，有他这么一个自己人。这两年日子不好过，自己努力，不如让王本道更争气一些，这是刘利的真实想法。前些年，托王本道在村里执政，刘利在城里买上楼房，换了新车，又生了一个儿子，气魄随着体态膨胀，对前来道喜的村民说，没钱的怕生儿子，咱可不怕，三个儿子也照样养着。

要问，钱怎么来的。远的不说，王本道下台后，刘利把村委告了，拖欠他的工程款总计一百七十多万。这些年，刘利承包村里的工程，小到疏通污水沟，大到整修路面，加上修建的墓地。这钱，大头是王本道的。说起这些事，村民们都给气笑了，平摊下来，咱每个人都欠他刘利三千多块钱呢。让刘利引以为豪的事情不多，一来，有两个儿子；二来，懂得审时度势。往前推，刘猛在台上的那几年，刘利和他是一伙的。自从刘猛下台后，他就没再去过他那宅子喝过酒。之前，他也和在王本道这里一样，像住在刘猛的家里。他不禁后怕，当初要还跟着刘猛混，哪能有现在的红火日子。

刘利还没喝完一壶茶，王本道打来电话，说今天不回来了，在城里和几个区里的领导吃个饭，联络下感情，让他趁这空把卫生打扫一下。又说，走的时候，从储藏室拿一盒海参、一盒牡蛎，回去给孩子补补。刘利心想，虽然这些年被王本道使来唤去的，但他对自己也不薄，又一想，都是给孩子的，储藏室里那么多箱白酒，也不说让自己拿走一箱，又不是不知道自己喝酒，他还是对自己不够好。刘利起身，伸腰，他坐不惯红木的椅子，硌屁股。知道自己的腰不好，王本道也没换个沙发，眼里还是没自己。想到这里，他把泡了一遍的茶叶倒掉，抓了一把普洱放进去，又背对着墙角的摄像头，从烟盒里抽出几根中华，放进自己的烟盒。

刘利给唐秀云和赵丽分别打电话，让她们来这里打扫卫生。她俩都还在村委大院排队领福利，有些不情愿。刘利只好又说，不亏待你们，以村里的名义记一天的大队工，一百五十块。她俩在村里打扫卫生，一个月也就六七百块钱。他给唐秀云多安排了点活，让她把自家的五份福利领出来，带到这里。唐秀云和赵丽到了之后，刘利交代了几句，一、仔细点，打扫干净；二、东西别碰坏了。说完，他拉着五份福利回了家。此后的几天，刘志气逢人就说，你说我这个侄子多不是东西吧，他奶奶的那份福利不吭不响领回去了，连个招呼都不和我打，我这个当叔的还活着呢，轮不到他拿。别人的家事不好插嘴，村民们只能劝他别生气，你侄子什么人，你又不是不清楚，饭吃进他的嘴里，拉出来的屎都不养地，东西到了他的手里，别想着要回来了。

大年初五，迎财神。早上，天刚放亮，刘志气怀里揣着两挂炮仗去老宅，开门进院，也不顾老母亲睡醒了没，把炮仗挂在那棵石榴树上，先放了。响声挺大，他整个人精神了，又紧接着放了一挂，留下一地喜庆的炮仗皮，搓着手，笑着进了屋。屋里黢黑，他拉了灯绳，十一瓦的节能灯也没让屋里亮堂多少，好歹能看到矮桌上的一碟饺子。这还是前天，他送来的，见没怎么动，火气上来了，骂了句，贱馋，有饺子也不知道吃。他歪头，见老母亲还躺在床上，没什么反应，心想，她是耳朵越来越聋了，大清早的村里这么多放炮仗的，也没吵醒她，便又大声呵斥道，财神你都不迎了。隆起的棉被，如一座冻住的土堆，他过去，推了推，又扒拉过来，母亲仰着头，嘴巴微张，黑乎乎的嘴口，没气出来，手背在额头一测，凉的。

死讯，先从刘志气这里传给了刘利。刘利又给远在西班牙的刘雄语音通话，咱奶奶死了。刘雄问，怎么死的？刘利没好气地说，都小九十的人了，老死的。刘雄又问，啥时候死的？刘利说，小叔刚和我说的，就当是刚死了吧。沉默片刻，他又说，反正你也回不来，这些事你就别管了。刘雄“嗯”了一声，看着手边词典上的那些西语单词，愣了会神。他已经忘了上次见到奶奶时的情形。出国前，他没回村，再往前推，就记不清了。第二天，出殡。大过年的，村民都有各自的事操持。本族的几个人顺手搭了个灵堂，遗像是个两寸的证件照，也没来得及放大，贴在硕大的镜框中间，如白纸上落了一个黑点。天寒地冻，众人聚在老宅的天井里，说说笑笑的，就等着时辰到了，把尸体送到火葬场。活到这把岁数，死了，也确实没什么可惜的。刘利作为大孙子，声称腰不好，只勉强对着遗像鞠躬三下。老人家在西班牙的二孙子，出现在手机里，对着遗像磕了三个头。刘雄磕完头，对大哥说，咱奶这遗像，咋是空的。刘利说，大过年的，你人都回不来，还要求这么多。挂了视频，刘雄想见奶奶最后一面，记牢她长相的念头也落空了。托刘雄的福，奶奶的死讯是辛留村历史上传播最远的。奶奶死后，村民们聚在一起，讨论最多的是去年春天，儿子和孙子一连几天都没来送饭，她趴在道上，饿得连句话都说不出来。幸好，有村民路过，带过来吃的喝的，把她喂活了。奶奶活过来后，吐出句，娘啊，没在旧社会饿死，这要饿死俺。

下一年

一月　饭局

一年半前，尹长舜被上级派到辛留村当驻村第一书记。按照计划，今年夏天结束两年的驻村生涯。元旦三天假期过后，他在电话中问了我两个问题。一是，我是否在村里。我当时在城里，但已经决定这两天回村。尹长舜的电话，让我决定第二天回村。二是，我是否认识安建利。安建利是当地的知名散文家，除了市作协组织的采风，我和他也会在一些文友聚会和饭局上碰到，在嘈杂的氛围中，贴面交流过文学创作，算是有些交情。尹长舜说，那就好。估计他从安建利那里打听到的，也逃不出我所说的交往范畴。我们定下第二天中午，在村头的杏园居吃饭。

我备好了两份礼品。离春节还有一段日子，元旦假期刚过，节日的余温尚存，送礼也合适。尹长舜驻村一年多，我和他认识这大半年里，对我，尤其是老付，也算是多有照顾。老付作为村民代表，每次去村里开会，尹长舜都越过众人，不顾乡邻的侧目，说句，婶子，你来了，快找地方坐下吧。老付生怕被人误会自己在背后有恭官的行径和谋取私利的嫌疑，忙向众人解释，小尹只是和我认识，没有别的。老付言语间闪躲的神情，自然在他人眼中成了掩盖和隐瞒。后来，老付向我诉说自己一向端正，和那些领导干部划清界限，以示自己是无愧于心凭力气吃饭的劳苦大众。之外，她因驻村书记对她态度谦和尊敬，佐证自己儿子交际广泛，一脸自豪。老付苍老的脸庞焕发出了光亮，散会走回家的步伐也轻快了许多。

以后，这帮妇女们聚众点评当下村里事务和咒骂领导干部不作为时总是欲言又止。老付已经察觉到，同伴们对她的提防。老付冒着被孤立的风险，谈到尹长舜时忍不住去对比由村民选举出来的那几个村领导，感慨说毕竟是上面派下来的人，在主席台上不怯场，讲话句句都说在点上。这些话，老付又屡次传达给我，一番称赞后忍不住感叹，你说人家的父母怎么养活出这样的儿子。目光落在我身上，瞬间成了鄙夷，对我们家族中她所接触到的祖辈三代男性的寡言口拙、缺头少脑、不会行事，进行口诛和哀叹。这么说吧，尹长舜几乎是老付的认知范围内优秀男性的典范。

老付断续从我这里了解到尹长舜的一些情况，解答她心中的疑问——人家的父母是怎么培养出这样的儿子？尹长舜比我大三岁，老家朱台镇，父母种蔬菜大棚，上面还有个哥哥。他在济南读的师范大学，是武术特长生，这从他的外观——一米七的身高，略有发福——难以看出来。毕业后尹长舜考上事业编，当了四年中学体育老师，又考公到了区文联，工作了三个年头，调到区政协，在第四个年头，年满三十五岁的他主动向上级申请驻村锻炼，积累基层工作经验，为后面的仕途铺路。从以上略显冰冷的个人履历中，尹长舜也只不过是一个通过几十年的个人奋斗进入机关单位的普通名字，在后续我们交谈中，那些个人生活上的细节，才让他有了血肉和温度。

来驻村后，尹长舜碰到原先文联的同事，知道村里有我这么个写东西的。尹长舜的办公室在二楼——妇女主任办公室的对面，一间十多平方米的小屋，一张办公桌，两把椅子，供休息的长条沙发，立体文件柜，门上没有悬挂任何标识。村委办公楼原先是附近三个村集资盖的小学教学楼，办公室由教室隔断而成，尹长舜的办公室，原先也是我上三年级时教室的一部分。尹长舜的身上有种天然的亲和力，第一次见面，客套过后，他大倒苦水，三百多户的村子，整天那么些破事，我来了没几天就后悔了，没在基层待过，不知道里面这么多歪门邪道，这一天天的，不是今天有电话投诉，就是明天有上访的，这都是要扣分的，全区四百多个村，咱们村每次评比都倒数，你说这到底怎么治，我刚来那会，还有一番抱负，现在我就想安稳熬过这一年多，别出大乱子。

这并不是单方面的倾诉，在尹长舜说的过程中，我实时点头应允以及补充，比如：刘猛和王本道两派的矛盾。我说，刘猛混社会出身，能压得住人，他在任上那七八年，村里治理得挺好。又说，王本道有钱，家族人多，他在任上这五六年，不太服众。至于，企业占地的赔偿款和竞选时承诺的村民福利。我说，刘猛在台上还能按时发下来，王本道上台后不按时发，据说占地款要不回来。至于打举报电话和上访的，我说，刘昆仑去上访，是王本道上任后撤了他管浇地的职，一年少赚一万多，他这人平时小偷小摸，把水井的泵和大门都卖了。刘昆仑每次上访都拉着一个坐轮椅的老太太，那是我本族里的伯母。前些年，村里危房改造，她家的老宅置换了间砖瓦房，刘猛在任上说好的不用花钱。新房盖好，要搬进去时，王本道上任了，让她交一万块钱才能住。这是起因。后来，她生病，走不了路，一个人住在新房里，儿女都在外面。去年冬天，家里的窗户被人砸了，寒风往家里灌。她认为是王本道派人干的，都知道她上访去告，镇上不行，去区里，下一步还打算到市里和省里。尹长舜面露难色，过去的事，我还真不知道。我说，千丝万缕，说不清楚。话搁置一边。尹长舜说起刚来村里，人生地不熟，不了解情况，差点中了埋伏。我一听来了精神，往下追问。安排办公室时，王本道想让他去大的一间，他执意要了现在这个小间。后来才知道，那间大办公室，是村主任刘猛的。当时上级刚出台政策，有犯罪记录的不能继续在村里任职，刘猛已经不怎么来村里办公了。王本道想顺水推舟把他直接赶走。尹长舜又指着房间里的空调说，我刚来，村里给我这办公室装空调，每项支出，需要开会决定，村委班子人都到不齐，后来还是我拿着驻村给的津贴，自己掏钱装的。尹长舜补充道，如果早认识你就好了，多了解村里的这些情况。我说，现在认识也不晚。相对而笑，不知不觉间，过去了一个多小时，我们交谈的场景就成了这么一幅画面：他两只手臂放在桌案上，身体前倾，讲到激动的地方双手忍不住挥舞。办公桌前方，紧挨着一张沙发，我坐在上面，身体向北侧倾，一脸兴奋，忍不住大笑，有许多时刻，我们不禁要压低声调，怕隔墙有耳。我也问了句，隔音是否好。初次见面，的确可以用一见如故和相谈甚欢来形容。

后来，谈话顺利过渡到尹长舜驻村后带来的变化，由他在中间调和，刘王两派的矛盾缓冲，起码正常的会议可以召开，各项工作能进行下去。一年多来，虽有摩擦和斗争，没有再出现打断村民肋骨等恶性事件。同时，尹长舜又秉公处理了几起村民纠纷，包括但不限于，春天种树占了地界，垃圾倾倒，酒后口角引起的打架。一个显著的变化，往常三天两头110警车的声音，已经在村里不常听到了。尹长舜又说，他通过政协联系企业对村里帮扶，村里栽种的景观树木就是成果之一。面对我的点头和表情中的称赞，他又说，我本来还想多做点实事，帮村民一步步致富的，但眼下来看，情况还是太复杂了。这些听起来，像是自我宣传的部分，并没有引起我的反感，从他真诚的表情中，我能做出公允的判断。说起最近的情况，我关切地问起来——大概在尹长舜的眼中更像是在打探——最近老村修整道路，几条几百米的土路，铺上几车石子，花了七八十万？尹长舜问，谁说的？我说，村民都这么传。尹长舜说，这胡说八道，七八十万，是铺路加上疏通排水沟，一下雨，老村的路都没法走，住在那边的村民意见很大。我说，该修，听说工程是王本道包的，他族里的兄弟们跟着他沾光了。尹长舜说，咱村里，就他有这些机械。又说，村里的人，没法弄，见风就是雨的。我附和说，有些事该说清楚，不然误会太大，你要不说，我也不知道，那不是铺石子，是铺金子了。话说到这里，门打开了。

李宝妈伸进头问，人都去哪儿了？尹长舜站起来回，你找谁？李宝妈说，我找能替我做主的。尹长舜示意我出去。我走到东边的走廊，扶着栏杆，看着厂院抽烟。一会，从身后的办公室传来哭声。不远处的公路上，李宝骑着自行车气势汹汹过来，冲进院落。他刚上楼，出现在走廊上，慌神不知道往哪走。我吼道，你来干啥？李宝说，找我妈。我说，你他娘的，又打你妈？李宝笑起来，裤子耷拉着，提溜了下，又搓着手说，一打，就跑。我推开办公室的门，尹长舜守着哭泣的李宝妈正不知所措。我说，她儿子来了。李宝妈身体一挣，扭头，背对着墙说，我不走，我以后就在这里住。我指着李宝，再打你妈，我砍下你的头。李宝妈扒着沙发不松手，叫唤着要让政府给自己做主，把李宝关进去，最好判个无期。到最后，大家都失去了耐心。尹长舜拍桌子大吼道，当这里是你自己家呢，有事说事。

把这对母子送走，我和尹长舜回到办公室。我说李宝随他妈，脑子不好使，又把去年李宝把他舅活活给气死的事也说了。李宝的舅也是本村的，本来心脑血管就不好，自己妹妹又被外甥打，过去拉架，李宝从茅房里，捞出一勺粪，泼在他的脸上，当场脑溢血躺地上了，拉去医院，在重症监护室抢救了四五天，也没活过来。听完，尹长舜说，这个李宝，真该好好管一管了。我说，管不好，直接揍一顿就好，他有怕的人。尹长舜问，怕谁？我说，李宝的堂哥，他大伯家的二儿子，我家东邻居，李永禄，不过他去年查出癌症了，往常他过去，二话不说几个耳刮子再踹上几脚，李宝能老实好几天，不过揍狠了，李宝爸妈也心疼。尹长舜靠在椅子上，仰头叹息，你们村还有个，喝多了酒，也来村里闹事，上周又来了，正好我在，上来就骂人。我说，这个我知道，王青海年轻那会酒后捅了人，判了十几年，前几年刚放出来，不干活，打老婆，不喝酒没事，喝了酒不是个东西，你不用搭理他。尹长舜说，我该早点认识你。我说，现在也不晚。临走，尹长舜把一个信封递给我，里面是几张金山镇采桑节的门票，还有十几天就到期了，让我有空带着老婆孩子去看。

初次见面，我还知道尹长舜驻村只是兼职，工作仍在政协，一三五驻村，二四在政协。他早上来村时备好饭盒，中午在办公室简单吃点。如此，我们约定下次去家里吃饭。又过了一阵，我回村，把尹长舜喊家里吃牛肉水饺。家里很少来外人，老付不停说，家里寒碜。尹长舜说，我也是在村里长大。又指着带来的一箱西红柿，这就是我家里大棚种的。自此，尹长舜在老付的眼里又多了两个优点，朴实，会来事。

想到这里，我决定给尹长舜一箱红酒。另外一个是陶瓷笔架——侍女坐在一朵莲花上，姿态优雅，在我这种粗俗人的眼中又不免搔首弄姿，手的位置可以放置毛笔。以我的了解，这个更适合安建利。在微信朋友圈，时常能看到安建利分享的国内外文学大师的文章，并摘抄其中一句，提炼感触，诸如：诗歌必须尽其所能赞美存在和发生的一切（奥登）。世界上有一种最美丽的声音，那便是母亲的呼唤（但丁）。寂静、故乡、远方、陈旧，是安建利近几年散文创作中频繁出现的字眼，搭配着他双臂抱胸、举目远眺、悲秋怀古的侧影。大概是人到中年，生活和事业上感到力不从心后又不忘初心的一种反噬。我从朋友处得知，作为老资历的安建利，在单位的晋升上停滞了十几年。事业和文学，相互冲突，又互被拖累。过剩的精力和抱负，只好放在业余生活上。他经常组织当地文友——以妇女为主，在茶楼、咖啡馆等场所举行朗诵、研讨——他们口中的“雅聚”。妇女们穿着旗袍，脖子上挂着丝巾，围绕在安建利的四周。他脱掉警服，穿着麻布开襟的褂子，其乐融融品茶论道，性情所致，大家起身摆弄文房四宝，泼墨一番，再举着刚出炉的字画合影留念。这些照片上传到朋友圈后，再以文字备注说明：一方书屋雅居，一起来谈书，从书中来，到书中去。以上，是我窥见的安建利业余生活的点滴。当然，这也仅仅是他乐于对外展示的。

有次采风，在大巴车上，我和安建利坐在一起，路途无趣，沉默良久后我们聊起文学。我谈了下对他散文的感受，大致意思，应该写点硬货，尤其是在公安局上班，从派出所、刑警队到如今网络中心的副主任，这么多岗位待过，经手的各类案件数百上千，无疑是文学创作的宝库。我还列举了几位国内同行业的写作者，身份从法医、刑警到基层民警，涉猎小说到编剧。说到后面，我自知有些失言，过于从个人的创作角度出发，忽略了安建利的文学审美。最后要下车时，他说，文学要展现人性中的美，要教化人心。我说，对。此时，天色已暗，我们抵达山区的一所民宿。近在眼前的是绵延起伏的山丘，山林在晚霞映照下如过火一般，颇为壮美。安建利站在原地，双臂抱胸，举目远眺，显然被眼前的景色震慑，早已顾不上采风这几天保持的帮同行女士拖拽行李箱的礼节。我见状说，安老师，你别动。按下快门。

去年夏天，表哥王能好出车祸死了，责任判定，他酒后骑着电动车闯红灯，全责。我陪二表哥去肇事科处理，不太顺利。他说，有个熟人就好了。我给安建利打电话，简单说了下情况，他颇为爽快地帮忙托人。虽对最后的责任划定没什么影响，只是再去处理时，办事科员的态度缓和了不少，也更为耐心。过去大半年，我决定把笔架送给安建利，表示下感谢。

杏园居在马路东侧的一处沿街房。路西是我们村，路东是艾庄村。杏园居的老板姓王，老板娘姓唐。他俩不同村，家隔着一条马路，对门。婚后，用老唐家的沿街房开了饭馆，老王主厨，他老婆负责算账，手底下雇着两三个本村的服务员。有时也让亲戚帮忙，老唐的小姨也嫁到了我们村，腰疼，受不了工厂的高负荷，闲时来饭店帮工，对外说，我这个外甥女，从她手里，连个盐粒也掉不出来。前两年，政府拆除违建，整条马路两侧搭建的沿街房都拆了。与那些小超市、理发店要另觅店址不同，杏园居基本没受多大影响。主体往后挪到了老唐家里的砖瓦房，北屋、西屋和东屋分割成几个包间，天井用玻璃罩起来，摆上桌椅接待散客。到了中午，马路上停满车，多是附近工厂的员工。如店门外招牌上鲜红大字所示，杏园居也承接各种宴会，对农村来说，主要是婚丧嫁娶。十来年间，生意不说火爆，也算得上兴隆。店里的招牌菜，依赖两个禽畜，一个是鸡，有炖鸡和炒鸡两种做法。平时用的是白条鸡，招牌炒鸡用的是家养的。老王的父母，年事已高，在村西边的老宅里专门养鸡，不吃饲料，肉质鲜嫩，有嚼头。其二是牛，有酱牛肉、牛骨头多种做法，虽比不上镇上做的牛肉——也可能是刻板印象——味道不差，价格上也有优势。

这天中午，我走进杏园居时，老唐站在柜台里看到我这个不常来的顾客，迟疑的眼神透露出对我眼熟但一时又对不上号。我说，找尹书记。老唐说，兄弟，尹书记早就来了，在包间里呢。她上身穿着围裙，领着我往里走，经过天井，指向正对的包间。老唐推开门，一个能容七八个人的大圆桌，尹长舜和安建利坐在东边的两侧，看我进来，停下话茬，起身欢迎。一会，菜上齐了，除了炒鸡和酱牛肉，还有一个丸子汤和麻汁黄瓜。我们三个都开车，没人喝酒。边吃边说。尹长舜作为主陪，先开口说话，分别介绍我和安建利。对我说，安建利是他的老大哥，认识多年，现在又都是驻村书记。我来之前，他俩正交流驻村经验，面临的问题大同小异，如何应对各类事件。安建利作为长兄，为了照顾我先前的缺席，又复述了一遍，主要是处理村里的派系斗争。进村没几天，他先把双方叫到一块，过去的矛盾和冲突不提，在他驻村期间，不允许闹事。碍于他的公安局背景，双方表面和解。安建利不无得意地说，过去一年多，相安无事，没出什么状况。这句话在整个不算漫长的酒局中，重复了三次。谈及治理乡村，安建利表情严肃，眉尾下探，和他笔下的美文有些割裂。介绍我时，尹长舜简而言之，用了几个关键词，好兄弟，村里的一股清流。前者多少有些托大的嫌疑，酒局上说这类的场面话也无不妥，但在没有酒精的润滑下，听起来还是过于突兀，这多少也是对我的一种抬爱，让我有些受用。至于清流，无非是我并不热衷于村里的各类事务，置身事外，事不关己的姿态。安建利说话前，在对我的称谓上有过不算太大的纠结，最终还是以文友的身份称呼，而非称兄道弟，大概也因为接下来要说的话，更多在文学上，而非私交。我们目光对视，又急忙闪躲，各自内心回忆起那次在大巴车上，也是仅有的一次略显严肃的文学讨论，显然这在我们心中并不愉悦。等安建利话音刚落，我回忆起那个冬天去博山采风，在山里的民宿住了三天，十几个文友，一早在院子里集合，呼着白气，吃油条喝小米粥。有天夜里，下起大雪，众人跑出屋，雪花落了一身，裹着厚厚的衣服坐在凉亭里喝茶。对我这种没有工作，平时缺乏集体生活的人来说，真是一次当时觉得乏味，如今想来充满温馨、让人怀念的经历。末尾，我说，好久没去采风了。

基层工作不好干。在这点上，尹长舜和安建利达成一致。安建利举起茶杯，好在你要调走了。饭局的主题，这时才浮出水面。上周，市两会前夕，波及整个市的人事安排中，尹长舜调到临近的乡镇当副镇长了。驻村锻炼和考察告一段落，这也是上级对他这一年多来工作的认可。安建利说，正科给解决了。尹长舜举起茶杯说，那边的情况我多少了解了下，也不好干，以后工作上还要多向老哥请教。安建利顺着牛肉，吃下这句恭维的话，开始梳理过去二十多年的工作履历，从警校毕业，到派出所，再去刑警支队，不到四十岁时成为指挥中心最年轻的副主任。话到这里，此后小十年的平稳期，安建利归结为，有更好的晋升途径，但我给婉拒了。资历和年纪的渐长，成为他唯一的安慰，用过来人的口吻劝慰尹长舜，组织让你去哪儿，要服从。年轻的同志去驻村，锻炼和积累工作经验，也是组织对其的考察。安建利在五十多岁的年纪，还去驻村，是在部门同事互相推诿后，他主动去申请的。曾经的年轻人逐渐成为领导，指挥老安也有点不顺手，老安也想换个环境，能否施展拳脚另说，起码更受重视，这个年纪脸面更重要。以上这些内心的想法，当然不适合在饭局上说出来。

还没吃几口，菜不再冒热气，成了酱紫的肉冻。尹长舜向老安介绍下我们村的情况。这些我多半知道，在旁边会心附和。只有一件，我不知情。离换届选举还有半年多，村民持久的上访和举报电话收到成效，镇上决定让王本道从村书记的位置下来，对外体面的说法是他主动离职。说到这里，尹长舜放低声音，看着门外，生怕被人听到。杏园居的老王和王本道是叔辈兄弟。我听后，难掩兴奋，村庄虽小，但对生活其中的村民，这不亚于外国的总统或首相被弹劾。变动所带来何种效果也不可预知，总好过这么一直腐烂下去。尹长舜嘱咐我，这个消息先别说出去。（几天后，老付给我打电话，语气神秘又兴奋，先问我，你知道不，村里出事了。当调动起我的好奇心后，她缓缓而出，王本道要下台了。我说，我早知道了。不知是因我隐瞒，还是老付没在我这里收到预期的效果，她又情绪低沉地说，上次去王本道家里，他还送了一箱水果。这个人情要记住。）离选举还有半年的空档，对于谁接替村书记这个差事，尹长舜说，只能从党支部里推选，先过渡下。对于未来，尹长舜又说了两个可能性，一是上面派个人选，二是从村里选拔。

临别时，我从后备厢里，拿出红酒和笔架，分送给尹长舜和安建利。尹长舜的后备厢里，刚好有茶叶，推让给我。老安接过笔架，忙推脱自己也没准备东西，这怎么好意思。又过了半个月，进入腊月。一天，安建利经过我们村，把一箱东西放在村头的超市，让我有空去领。我当时在城里，让老付去领。老付领回来，拆开箱子，里面是蔬菜，有柿子、菜椒、西葫芦等。安建利下派的村子以种植大棚蔬菜远近闻名。

二月　采访

临近春节，市委宣传部组织我们一干人在市图书馆召开总结会。出席人员大致分三类，宣传部领导及下属部门的负责人，退休老干部，文联推荐的各区县的文艺工作者。进入会议室，按照桌签入座后，宣传部部长环视四周，发现来的媒体记者寥寥，颇有些光火，问怎么才来了一两家媒体，多找几个人过来。老干部们退休多年，平时泼墨所书写的“老骥伏枥，志在千里”的诗句，绝非是一句空话，积蓄已久的精力，终于有了一个宣泄的渠道，怎能三言两句就轻易抹过，一手攥紧话筒，一手摁在事先准备好的发言稿上，口齿之间，大有气吞山河如虎的架势，先痛斥当下浮躁的社会气氛，敷衍了事，只追求效益，忘记初心，并不时对比当年自己在任时推动和实施的政策，回头看，虽过去十几年，仍为人们所津津乐道，遗惠后人。简单对在场的后辈领导提出表扬，继而又痛斥当下的诸多弊端，问诊各种不足，显然自己接下来要说的，无疑是在任者苦觅许久而不得的良药，并陈述几大条又展开数小点。这些凝聚了老干部们头脑智慧的方针计划，也看似有效却并无多少实施可能性。等几位老同志讲话结束时，已经过去接近两个小时。其间，宣传部部长认真在笔记本上记录。还有十来位代表没有发言，大家自觉加快语速，长话短说。最后，部长总结发言。他先回顾了近些年取得的一些成绩，又说了一些不足——当然都是客观条件限制或一些历史遗留问题（这点主要针对老干部）。至于我们刚才提出的一些建议和要求，表示回去后会认真研究，争取给出一个满意的答复。一句话，这是一次卓有成效的总结会。

领导在众人的簇拥下，又去了图书馆一楼的展厅，了解近些年市文艺界的图书成果。接受记者采访，合影留念，都是必要的环节。至于为什么如此突然地召开这个总结会，几天后，在和朋友的闲谈中得知，宣传部部长不久要调去别的部门，说这是他为自己三年任期举行的一次庆功会也无不妥。我们当众在会上提了不少建议和要求，回头来看，确实有些不够应景。好在，后续见诸报端和流媒体的通稿中，一律都是成绩。当然，这些都是后话。

会议结束后，岳光喜找到我，自我介绍说是本省报社记者站的，想加个微信。他后来说，当天他正在开发区一处科技园采访，临时接到宣传部的电话，站点一共三个外派的记者，其余两个在下面的区县采访，他放下手头的活，匆忙赶过来时会议已过去半个小时。腊月寒天，岳光喜扛着摄影机进来，出了一身汗。我背对着门，没看到他进来。

岳光喜扛着机器，围绕会场录像时，我也没注意到他，心思都放在到我发言时要说些什么。他拦住我要微信时，我才近距离观察到——岳光喜身形壮硕，一张典型的山东人四方脸，刚褪去夏天晒的一层黝黑，色调偏灰，虽才而立之年（我是后来知道的），已有不少白发，给人历经风霜的观感。我们边往外走，他边说，对我刚才在会议上自我介绍时感谢市签约扶持这个点感兴趣，想抽空做个视频专访。我应承下来。

回去后，到了晚上，岳光喜发来两个视频链接。一个是他老家博山琉璃的制作过程，工人一只手用铁钳夹住琉璃，放在火焰上方，另一只手拿着工具，将软化的琉璃拉伸出各种形状，说巧夺天工有些过头，在镜头之下也细致到令人瞠目结舌的地步。另一个是近些年在国内大城市兴起的创意园区，若说地方特色的话，这个是由废弃陶瓷工厂改造的，不论是用生产陶瓷的大火炉制作双人床般的超大比萨，还是高耸烟筒上的涂鸦，无不呈现出一种怪异的中西文化融合，在咖啡馆里一颦一笑的年轻女性，更是不可缺少的点缀。昭示于众，这才是追求生活品位的人们必来之所，用时下的语言，就是网红打卡地了。考虑到上面两条，不够全面，或者是深刻，岳光喜又发来一条，这条不到两分钟的视频，是前不久刚发生的一名群众跳进冰冷的孝妇河救出落水儿童的民生新闻。配乐感人，除了后续的救人群众和获救儿童家长的采访外，现场采用的路人手机视频，画面晃动，不太清楚，仔细听，有人在喊，赶紧救人啊！

我们简单沟通了下思路，定下来这两天他来我住处拍摄。

夜里下了一场大雪，气温低到零下十几度。这天上午，岳光喜扛着摄像机提着器械进门时脸上冻得通红。岳光喜言行举止十分客套，开口闭口都称呼为哥，再后来见到我其他的亲友，言必称敬语。开始我说不用这样，心想大概是平时和各类机关领导打交道养成的习惯，也就不再纠正了。只是这种过度的礼节，总让人神经紧绷，产生疏离。但他身上又有一种稀缺的品质，就算是我表现不如意，他也语气和缓，闷头自己想会，再给出一些更切实的意见，或是更换场景再进行拍摄，倒是我总是表现得缺乏耐心。从早上九点多到下午三点，中间我们吃着外卖水饺闲聊。岳光喜比我小五岁，老家在博山，现在也住在那里，每天开车一个多小时来回赶。他大学在本省念的，编导专业，毕业后和几个同学做了个工作室，拍企业等各类宣传片，勉强维持了两年。经济不景气，活太少。现在这份记者的工作，是去年刚接手的，月薪不高，四千左右，好在是本专业的。（话说到这里，他突然断了，咽下去的话，几天后，等片子拍完后他又接续说，工资太低，加上老婆处在待产，压力也大，正在考虑换工作，已经应聘了几个岗位，其中一个是在消防系统，也是拍宣传片的。当时他没说这些，是怕影响对我的拍摄。他多虑了。）岳光喜说，其实他喜欢摄影，拿出手机，让我看里面的照片。有彩色也有黑白的，主要是博山随处可见的街景和路人。还有些废弃的老房子，以及车间。岳光喜的父母原先是纺织厂的职工，后来下岗了。我又提及了近年国内几个比较知名的野生摄影师。岳光喜说，我这就是个爱好。又说，平时没事喜欢扫街。艺术都是相通的。我脑海中，想起了一句话，拍得不够好，是离得不够近。战地摄影师罗伯特·卡帕的名言，如今已经有些变了味道，那些偷拍裙底风光的猥琐男，大致也是这么想的。我也说了下过去的经历，从大学毕业，不工作，迷茫，一心要写出名堂。如今，过去十几年。尽量让自己不是过来人的口吻，用过去的不易来凸显当下的成绩，避免陷入好为人师的窠臼。餐桌上，还剩下几个饺子，没人再吃。我说，经济形势不好，什么都不好做。

我背靠书架，坐在电脑前自我介绍，反复拍了多次，不是我说话卡壳，就是光线没调好。等待岳光喜调试设备的时候，我有些手足无措，似乎这不是我的房间，所有熟悉的物品也因为他的介入变得陌生。他又指挥我坐在电脑前装模作样去敲打。镜头内外，我分裂成了两个不同的人。总体来说，还算顺利。等到在客厅，拍关于市里政策对年轻人的扶持时，我顿时领悟到这次岳光喜拍摄的重点，聚焦的不是我的创作以及文学本身。我在讲到市里对文艺人才的重视上，总是忍不住露出微笑。反复拍了几次，岳光喜说，哥，你这笑有些不怀好意。我说，有吗？没有吧，我没有觉得。岳光喜重重点下头，哥，确实有。我调整下心态，对当下自身的处境，已经不是厌烦和低落，而是可笑和无奈，进而劝慰自己，我所说的虽然冠冕堂皇，也基本遵循事实。如此说服自己，讲到感谢的话语时，努力表现出严肃状，这条总算过了。

岳光喜收拾好设备，我和他一起搬到车里。临别时，敲定明天去拍外景，先定下了三个地点，一是附近的齐盛湖，刚下了雪，外景应该好看。二是回村拍一下，小说中出现的故乡。他提出，最好有童年的玩伴，能够采访一下。三是去当初我大学刚毕业时租住的道庄小区，小说中不少段落发生在那里，来个故地重游的效果。晚上，我给老付打电话，说明天回村。她说，回来就回来吧，中午包水饺吃。我问她在干啥。老付没好气地说，我干啥还向你汇报咋的，我想干啥就干啥。又说，天冷，路上上冻，开车慢点。我说，院子里的雪先别铲，小心摔倒，等我回去铲。老付骂起来，操你娘的，我就摔倒了，你不盼我点好了。我又给刘祥打电话。他也没好气地说，什么事，快说。我问，你在干啥？他说，斗地主呢，该我发牌了，你快说。我说，明天回村。他说，回来就回来，有啥好说的，我还出门打着旗，再给你放个炮，让全村都知道你这个著名作家回来了？我说，还麻烦先去买炮仗，多不好意思。又说，不过有记者跟着回去拍视频，点名要采访你。他笑起来，滚吧你，采访我干啥。我说，人家听说你的光荣事迹，要报道你。刘祥笑起来，我这里都是负面的，都是不能播的。我说，明天你在家里待着，我回去了和你说。刘祥问，需要我提前准备些什么不？我说，你想好怎么夸我就成。他笑起来，行，你要我说啥，我就说啥。

上午十点多，我们在齐盛湖门口会合。树木上的积雪被冻住，宛如雾凇白茫一片。北风呼啸，晶莹的雪花扑面而来。我和岳光喜弓身穿过小路，到了湖边。气温太低，无人机没有反应，备用电池没充上电，岳光喜取出电池，放在胸口焐了好一会。无人机升空，盘旋片刻，抓紧拍下画面。外景不需要我说话，我缩着脑袋，冻得脸上失去知觉，双腿颤抖，在湖边的小路走了好几个来回，总算拍完了。我们分别开车往村里赶，出了城区，路面结冰，不好走，原本二十多分钟的车程，用了四十分钟。到家时，已经十二点。老付正在包水饺，已经摆满一盖垫。老付说，这么冷的天，非要回来干啥，快挨着暖气片暖和下。又说，家里乱，没啥好拍的，也没收拾。来前，我和岳光喜说，老付有白斑病，有个心理准备，别吓一跳。老付在村里，远没有在城里那般拘谨，收放自如。岳光喜说，阿姨，不乱，挺好的。老付包着水饺，打听道，你家哪里的？我说，好好包你的水饺，瞎打听什么。老付口气略带委屈说，还不能拉家常了。又对岳光喜说，你把这段也拍下来，让外人也看看，对他母亲（在称谓上，她没用“娘”，突然转成普通话）是个什么态度。一会，刘祥来了，他没穿平时的棉袄，换了身行头——皮夹克、牛仔裤、板鞋，胡子刮净，刚吹干的头发蓬松着，洗发水的香味还在发散。总之，对比平日的不修边幅，不说让人眼前一亮，也年轻了好几岁，没有一丝人近中年离异多年闭门鳏居的消沉。我简单介绍了下，两人无话。刘祥注意到地上的黑色手提箱，问里面是什么。打开后，看到无人机，问多少钱。当得知价格上万后，他吸了口气，怕碰坏，小心放回。书桌还保持着我上次走时的样子，浸泡着烟蒂的口杯，没看完的书，乱放的稿纸。我打算整理一下，岳光喜说，别动，这样很好。我把手里的一个陶瓷小羊摆件放回，只把书合起来，放在一旁。他说，要的就是这种生活质感。顺着又拍了书架，以及老付包水饺。我们屏住呼吸，担心弄出一丝响动。

水饺出锅，我们围坐在一起吃。岳光喜问老付，阿姨，你对你儿子有啥评价。老付说，很好。又补充，总不能说自己儿子孬吧。岳光喜又问刘祥。刘祥笑起来，很好。又补充，当着面不能说他孬。我先吃完，套上手套，找出小推车和铁锹，来天井里铲雪。积雪还剩下一半。我铲完一车，出门，过胡同，倒在后院篱笆旁。进门看到，岳光喜拿着手机对着我拍摄。一下子，让我觉得这个铲雪的行为像在作秀，刻意表现在家里勤劳的一面，全身不自在，又不能放手不铲，只好埋头加快速度，让这一切尽快结束。

出门前，岳光喜和刘祥互相抢着扛机器。岳光喜连口说，不用哥，我自己来就行，怪沉的，哥，真不用，我自己能拿动，怎么能让你拿，好，哥，谢谢哥。这番话，在后续拍摄过程中，还要重复多次。我们一行三人，先来到村头的公路上。午后一点，路上空荡，不远处的杏园居门口停着几辆车。阳光猛烈，天空湛蓝，大块奶白色的云朵悬在半空中，肉眼可见变幻着形态，望向片刻，让人感到也没有了拘束，整个心灵被洗荡。这样爽朗的好天气，我们这个在各类污染性工厂夹裹下，终年灰蒙的小村庄，一年也难见几次。只是寒风让人手都不敢拿出来，脑袋没一会便被冻得生疼。我向岳光喜大概介绍，公路东边是艾庄，西边是我们村。他让我站定，对着镜头介绍。我望着街景，内心翻涌，几次开口，在方言和普通话间摇摆不定，又吞咽下去，要说的太多，几十年间村庄的变迁，生老病死，悲欢离合，每一张面孔都有无尽的故事，又毫不起眼，凡此种种，如把自己的胸口剖开，摊晒在这条结冰且泥泞污秽的公路上，等待乡民赶来，每个人的身后势必跟着死去的亲属和祖辈，浩浩荡荡，成千上万的活人和鬼魂塞满了大街小巷，齐刷刷地望着我的血肉，幸灾乐祸，言辞讥讽，那是积蓄已久的对我巧撇他们隐私、贩卖他们苦难的不满和愤怒。我百口莫辩，等他们从我的眼前消失。阳光猛烈，我抬头酝酿了一会，说，开始吧。多是一些场面话，三十多年，除了在外求学的几年，我一直生活在这里，这里有我的亲人，有我熟悉的村民，尤其是近些年，看到一些村民悄无声息地死去，没有留下任何的印记，作为写作者，我深感自己有义务，记录下他们的生活。岳光喜说，再说一遍。第二次，我领悟到，在末尾加几句，作为写作者，要把握时代脉搏，牢记使命，做到胸中有人民，写出无愧于这个伟大时代的文艺作品。总算拍完。岳光喜让刘祥先放下手里提着的无人机盒子，让我们并肩走一段。背对着镜头时，我问刘祥，冷吗？刘祥说，他娘的，你不快点说，再多拍几条，蛋都冻没了。

村后的小路铺着厚厚的雪，在阳光下如一条纯白巨兽的皮毛，我们小心踩在上面，经过各户后院被积雪压弯的篱笆。自路的尽头被封住，通不到披甲村后，很少有人再走，两旁不经修剪的树枝肆意生长，找准机会扫人的脸。在爬三米多高的陡坡时，我们手脚并用，终于站在枕木上，弯腰喘粗气。路上，我已经向岳光喜普及了这条铁路，之所以带他来这里，概因自从二十多年前，老村那座碉楼坍塌后，铁路就成了我们村里唯一称得上景点的地方。即便碉楼还在，作为一个中华人民共和国成立前地主的自建物，只是用来看家护院，外观像是六七米高的烟囱。不论本身的意义，还是外观的宏伟程度，都无法媲美这条第一次世界大战后，日本人为掠夺铁矿石而修建的长约十几公里的双轨铁路，它南接胶济铁路北通金岭铁矿。过去了一个世纪左右，铁路仍在正常运转，只不过铁矿早已枯竭。几年前，宏远的炼油厂和物流园占了我们村和披甲村的大片土地，铁路成为物流园的重要宣传点，当初装铁矿石的黑色车皮如今换成银色罐体，每天有成百上千吨的成品油、润滑油从这里运走。对村民来说，每天呼吸着呛人的空气，铁路成了咒骂时必提的，要不是它，炼油厂不会建在这里，没那么多污染，也就不会生癌。再往下捋，铁路是日本人建的，说到底，是他们害的。看着电视里演的抗战片，村民叫好，这些日本鬼子，可真该死，死多少也不算多。

岳光喜第一次来，站在枕木上，与我和刘祥看到的景色是不同的。他目光所及，西边铁道坡下是竖起的绿色铁丝网，里面一片是正在继续拓建的物流园，远处一排排矗立着在阳光下闪烁的银色储油罐。铁路被积雪覆盖，只见到侧面的黑色铁轨，如同雪地上的两条黑色平行线，分别延伸到南北。雪后，铁路上一串人和小动物留下的杂乱脚印。我和刘祥看到这些景色的同时，又叠加了三十多年间不同时期的样子。小时候，铁路西边是大片的农田——如今农田早就成了物流园。东边是村民开辟的菜地，各类蔬菜在去年政府主导的净化乡村环境被勒令拔除，荒废后长满了野草。铁路经过村庄的两公里路段，共有三处涵洞，一处扳道房，供村民通行。幼时，我们围着涵洞上下攀爬，模仿《铁道游击队》里的情节，拿着土坷垃追逐厮杀，不论是“八路军”还是“鬼子”，最后都尘土满面，看不清彼此的脸。如今，涵洞被内急的人当成茅厕，平时没人愿意靠近。看守扳道房的老头，家是披甲村的，原先是铁路巡逻员，检修时被火车碾掉一条胳膊，脾气不好，老远看到我们这些半大小子，就捡起石头扔过来，嘴里骂骂咧咧，把我们往坡下赶。前些年，物流园把扳道房拆了，在原址建了立交桥，人们听不到要过火车时急促的警铃声，更不用在闸口两侧等待。至于老头，没人知道他究竟活着，还是早就死了。有运送铁矿石的火车经过，隔着老远，就能听到刺耳的笛声，我们放下正在玩的游戏，从村子的四面八方会聚到铁道下面，站在坡底，朝司机和车皮上的工人招手，呼喊，一起数总共有几个车皮。在一处铁轨上摆满石子，匍匐在对面，用石子击打，是我们这些少年乐此不疲的游戏之一。望不到尽头的铁轨，带给我们遐想——它到底通向哪里？铁轨的终点会是什么样子？我们也就结伴顺着铁轨，向北向南走，只是从未坚持走到尽头，半途中，总有人觉得累，或是天色已暗，怕回家挨揍，掉头往回走。

铁路上也死过人，都是几十年前的旧事，如今记起的人已经不多，我长到三十五岁，有次和老付看电视，新闻上播报动车事故。老付说，现在火车这么快，撞死人不算稀奇事。顺着这根引线，说起铁道上也死过人，周元律的父亲——周红旗，那年就是被火车撞死的，也不是不小心，他查出了癌症，知道活不久了，那时候还没你呢，周元律也才结婚不久，现在他都小六十的人了。别说以前，现在癌症也没得治。我插嘴，说远了。老付说，我没亲眼见，也是听别人说的，他趁着火车开过来，一头捣进轮子下面，自己寻短见，谁也拦不住，火车多重，这哪能活命。我说，这么多年，就这一个？老付皱眉，深思片刻，还有就是刘嘉应的儿子，刘嘉应领着儿子回披甲村的娘家，男孩淘气，在前面跑，看见火车来了，也不知道躲，就这么死了。我叹了口气。老付说，养个孩子多不容易，八九岁，就这么死了。刘嘉应有个闺女，嫁到了镇上，我过年还看见她回来了，都快认不出来了，也是四十好几的人了，她弟弟死后，她妈也没再生。

话说远了。后来，我们小学毕业，去镇上念初中，进入青春期，对性好奇又憧憬，也有了更多消遣的方式，铁路和火车早已经不能吸引我们。刘祥的父母常年在外贩菜，我们聚集在他家里，锁上铁门，拉上窗帘，把光盘放进影碟机，瞪大眼睛，期盼裸体出现。对我和刘祥来说，这条铁路新叠加的记忆，是有了新冠疫情，我们在村里隔离，从刚过年到桃花盛开，这两三个月里，我和刘祥顺着铁轨往北走，到中埠镇的村庄搭建的劝返点，再往回走。两三公里的路途，我们有时讨论疫情和村里的琐事，在未卜的心境下更多是沉默，一前一后，就这么走着。附近的工厂都停产，空气好了许多，能看到北边黑铁山的山顶上矗立的抗日武装起义纪念碑。

无人机升空，盘旋到高空。我们仰着头，看到它没了身影，又再次飞回，如此两匝。我和刘祥一左一右，在岳光喜的身旁看手机上的航拍画面。先是居民区，大雪覆盖下被清扫的街道如一条条灰线，把房屋切割成整齐的白色巧克力块。几个村民走在街上如墨珠缓缓滚动。在几公里外的铁路上，看到他们，虽辨别不出是谁，也让我和刘祥没见过世面般的大为震动。无人机向北飞，经过最后一排屋顶，我对刘祥说，咱们家。刘祥说，还真是。飞过林地，光秃的杨树挂着雪，如一片冰碴。扫过村委大院，王本道的私人庄园，担心飞出控制区，转向，往回飞。我们抬起头，看到无人机。岳光喜指挥我和刘祥，一前一后走在铁轨上。无人机绕着我俩拍。空镜结束。我打着灯光，刘祥戴上耳麦，接受采访。面对镜头，刘祥顿时换了个人，脸被冻住，眼神满是求救，看着我，一下子让我回想到小时候，他偷拿家里的钱，买了一堆零食分给我们，他爸提溜着他，挨家挨户向我们问钱都花哪里去时的样子。二十多年过去了，说变化大，骨子里没多少变化。看着他的窘境，我忍不住笑起来。岳光喜说，哥，你放松，随便说。刘祥一句话说不出口，冻在原地。见等刘祥开口无望，岳光喜问，你觉得你发小这人怎么样？刘祥说，挺好的。岳光喜又说，具体说一些。刘祥又看了我一眼，咽下口水，说不出任何一个字。我在一旁忍不住笑，你平时的话都去哪里了。刘祥岿然不动，站在那儿，两只手臂下垂，又留足了和身体的距离。让我想到，英国传教士拍的清末国人的样子，摁下快门，镁粉燃烧，伴随白烟升腾，魂魄也被摄取，留下一副副惊恐且无助的样子。岳光喜放下摄像机，搓着红肿的双手。刘祥深松一口气，身体瘫软，坐在铁轨上。岳光喜见状，举起机器说，就这样，放松点，说几句形容你发小的词，不用刻意说普通话。刘祥说，有点固执。

回城时，已经下午四点。市区路滑堵车，计划内的其余外景不再拍了。晚上约了饭局，吃火锅。饭前，岳光喜架好机器，在包间里采访张院长、宗主席和田主任。历时两天的拍摄总算完成。饭后，不到九点，各自回家。几天后，岳光喜发来剪辑好的片子，不到三分钟。岳光喜说，没用上的素材，以后拷给我。视频上线后，我把链接以及无人机镜头下村庄的照片发到村里的微信群。几个村民说，一下子没认出来。表姐、邻居刘宏及一些村民发来大拇指。尹长舜说，好样的。刘富国说，我佩服你。又说，改日深聊，我上学时也喜欢文学，现在研究佛学。又说，我想让你把我写进小说，每个人的一生都是一部小说。我回，你的一生不着急，还早着呢。一会，被其余的信息淹没。堂嫂任霞说，她家的狗找不到了，问谁看到了。妇女主任朱丹芝提醒大家，明天农村信用社在村委搞活动，免费领洗衣液，记得通知老人。这天晚上，我反复在想采访中对我的评价。友人的溢美之词，让我深陷羞愧，很久都没有睡着。视频里叠加了一年以来，本市可对外展示的繁荣且体面景象。我的发言夹杂其中，作为城市发展中微不足道的注脚。到了年根，我回村准备过年。老婆孩子还在城里，岳光喜送去一箱苹果。春节后，没出正月，岳光喜在朋友圈晒出孩子的照片，他老婆生了一对双胞胎儿子。我给他发去一个红包，恭喜他当父亲。

三月　防水

我不在村里时，一般情况下，都是我给老付打电话，保持着每天一个，时间大概在晚上七点到九点左右，也就是她入睡之前。有时，我恰好在外面吃饭，或者有聚会，不打电话也正常。如果超过两天没打电话，老付就会主动打过来，问我出什么事了，怎么不给她打电话。我和老付的通话，很少超过三分钟，一般就是问这么几个问题。问，你在干啥？答，我干啥用不着向你汇报。问，吃饭了吗？答，吃了。问，吃的啥？答，我爱吃啥吃啥。问，今天过得咋样？答，就那样。自从老付有了智能手机，我先让女儿在视频中喊一声，奶奶。老付响亮答应一声，你看，我多好的孙女。女儿打完招呼，自顾玩去。留下老付感慨，这么长时间不见，她都不想我了。以上，是基本的套路。偶尔也有那么一点话题说，比如家里谁来了，或者今天具体干了什么事。如果老付今天干农活了，她说话时一般没有好气，累是一方面，更多的是觉得养了我这个儿子没什么用，也不回来帮忙。如果老付主动给我打电话，肯定是有事，不是让我回去干活，就是遇到事情找我商量，口吻和蔼，我反而口气不太好。诸如：村里有人结婚，你结婚人家给了二十块钱的干份，咱也回个干份，不去坐席。但你要回来帮忙，充个人数。要不就村里有人死，你也要帮个忙，还人情。或者：村里开会，下来政策，要求清理房前屋后的垃圾，不能种菜，核桃树也要砍了。要量房子，户主回来签字，不回来也行，我去签了。后者是老付下的通知，并不需要我回去。总之，都不是多大的事，她心里也早就有了主意，也仔细权衡好了，我一般就听她的。老付做事，我放心。自从父亲去世，我虽然贵为一家之主，但决策权还是她，一些人情世故，我也并没有耐心去处理。家里还种着几亩地，老付六十多岁小七十的人，自己能应付锄草、打药等农活，也不麻烦我。浇地或是农忙，她提前和我说。这种事，我一听就犯难。老付在电话里开骂，农民还不种地了，让你干点活就犯难。

春节过后，过了惊蛰。这天，老付在电话中语气谄媚，喊了我一声乳名，寅啊。当时我坐在电脑前，对着文档发呆，没好气地说，啥事。老付嘿嘿笑起来，说想给屋檐做个防水，解释说，这时候做正好，我看别人家都做了。又说，打听了下，只做屋檐，大概六七百块钱。我说，那就做吧。老付又说，不做不行，一下雨就渗水，墙皮都泡烂了，过阵子，雨水多了。我说，好了，做吧。又过了两天，老付说，防水做好了，等你回来，咱俩盖起来，这样晒不坏，用的时间长。我说，都做防水了，还盖什么，你尽在这里没事找事。老付骂起来，他娘的，我咋个叫没事找事，人家都盖起来了，亮膜不盖，水冲散了，太阳一晒就坏。我说，行，我明天回去。老付来气，不回来你死外边，啥事也指望不上你。一听老付真生气了，我忙说，我回去，又没说不回去。又加上一句，割点肉，记得包水饺。老付扔下一句，你吃屎也吃瞎了。

回村，开门，进屋。老付系着围裙，坐在北屋里和面，抬头扫了我一眼，没说话。我说，听见我回来，你也不知道出去迎一下。我打开冰箱，酸奶放进冷藏，排骨塞到冷冻，又说，别忘了吃。老付没搭腔。肉馅已经剁好，放在盆里，剁碎的白菜伏在上面，撒好花椒面和盐粒，只是还没有搅匀。老付省炭，除了做饭，炉子封着，屋里感觉不到有多暖和。我把炉子捅开，火旺起来。老付有些不高兴，这都三月了，不知道你有多冷，要不是你回来，我连炉子都不生，有棉裤不穿，不冻你冻谁。我从后面抱住老付。老付说，滚一边，你不回来我不生气。我说，谁让我回来的。老付说，我要是自己能干，不用你这死害，好几天不回来，啥也不管，这不是你的家了。听到这里，我明白老付是怪我这几天没回来。冬天，城里有暖气，让她去住，她不去。春天，天气转暖，她更不愿意去了。

我爬梯子上屋顶，屋檐上一层锃亮的锡纸，在太阳下反着光，甚是耀眼。沥青还没完全凝固，走在上面有些发软，一股烧焦的味道向鼻子里注。我按了下，亮晶晶的碎片粘在手上。这一排胡同，其他家的屋顶，有些做过防水的，锡纸状的保护层被雨水冲刷，露出龟裂的沥青面。东屋的平顶，竖着绿色的大桶。入冬前，怕冻裂了，水清空，还没有蓄水。太阳能热水器装了四五年，红色的架子有些褪漆生锈，罐体的散热口被蒸汽熏得有些发黑。东邻李瑶家的屋顶上，放着几个花盆，里面的花经过一个冬天，已经凋零枯萎。他家和我家隔着一条胡同。去年，李瑶的爸李永禄死了，我当时在外地，没赶回来，老付去帮忙刷了两天碗。

李永禄生前有三大爱好：喝酒，钓鱼，养花。他从年轻时就爱喝酒，酒品不好，喝了酒六亲不认，摔东西，打人。李瑶出生，还不会走路，家里没钱，他和几个同伴，在村北边的国道上拦路抢劫，把人捅成重伤。七八年后，李永禄出狱回来，四十出头，开始戒酒，有时忍不住，只喝点啤酒解馋。过了五十岁，儿子结婚，了却心事的李永禄又喝上了，有时喝多，也不闹事，到这岁数，心气没那么足了。从牢里出来后，为了磨性子，李永禄开始钓鱼，夏天去村西边的小坝，离他家的果园也近。后来喜欢上钓鱼，骑摩托车四处找鱼塘，备好盒饭，成宿不回家。他不爱吃鱼，钓回来，先给父母，让老婆做鱼吃，有时钓多了，也给四邻，这样的情况不多。养花是近几年培养出来的爱好，每逢集市，李永禄守着花摊，问长问短，有喜欢的就买一盆，日积月累，天井摆满花盆，绿萝、兰花、天竺葵、月季，都是寻常的花品，新买了一盆花，先发朋友圈，也爱和人讨论，在外行看来，他是内行，在内行看来，他又成了外行。村里的几个酒友，在他熏陶下，也有了养花的习惯，喝着酒，在花盆间评头论足，一脸得意。天井没地方了，李永禄又在西屋顶上用脚手架搭建了个花棚。李瑶的妈出来聊天，说起养花，嘴一撇，浇水都是我的事，也不知道他弄回来，是他养，还是我养。前年秋天，李永禄刚查出癌症没多久。有天，我上屋顶拾掇烟筒，下梯子时看到李永禄坐在花棚底下，对着几盆业已凋零的花入神。我怕和他眼神相对，心想他也不想被人发现，匆忙下来。花虽然枯萎，但李永禄盯着花的状态，却在我的脑子里扎下根，慢慢滋长。以至于后来，我每次上屋顶，看到李瑶家的屋顶，就会想起那个画面。我想，那应该是他生病后，少有的安静时刻，暂时忘记病痛和生死，或者，看着那些枯萎的花，有足够的耐心去面对死亡，承认自己走到生命的尾声。如今，李永禄死了，花棚还在，葡萄藤蔓缠绕在脚手架上，过不了多久，将会开枝散叶。

东屋的平顶除了北边和屋檐搭界，其余的三边摞了几层红砖。十三年前，我大学毕业一年多，也没找到工作，父亲着急，去中埠镇找人给我算命，花了几十块钱，带回来一张纸，上面写满了对我命理八字的批注，以及对当下困境的化解方法。垒砖是其中一个办法。春末夏初，阳光明媚。为了改变我的命运，父亲站在屋顶上，我站在屋下，他用绳子顺下竹筐，我把砖放上去，他干劲十足，垒了四五层。我心想自己的命运要由这些原本扔在屋后的红砖来决定，觉得可笑，可仰望着父亲在蓝天映照下的不辞辛劳的身影，这种迟疑又开始松动。第二个化解的办法，是在我的床头摆放一个雄鸡，还必须是铜制的。这个不好找，村里和镇上商店都没有，父亲下工后骑着摩托车去城里，走进大街小巷的店铺，一次，又一次，等他买回来的那天，很是高兴，把雄鸡拿出来，放在桌上，他看一会它，又看一会我，似乎看到了我锦绣的前程。他死时，我还没找到工作。如今，父亲已经死去十年，每次看到这些砖，我就想起他。雄鸡摆在桌子上，落了一层灰，成了古铜色。我能记住的嘱托还有，适合从事与金属有关的工作，比如电脑什么的。后来知道我写作，他自我安慰，还是准的，有些牵强附会。还说，我如果发财的话，应该去东南方向。我至今仍在老家，哪也不想去。

盖垫上已经摆了半边饺子，大约三四十个。老付说，你要是饿了，就先下着吃。又说，早上起不来，饭也不吃，回来就中午了。屋里暖和起来。我从包里拿出七百块钱，放在桌子上。老付擀着皮说，不用你给，我有钱。她转过脸，脸色明显温和，告诉我茅房没法做防水，要找人焊上一层铝合板，这个就先不着急了。茅房是用麦秸泥土涂的，上面又盖了一层瓦片，老鼠挖洞，木头快烂掉了，一下雨就漏水。包完水饺，老付去下水饺。我打开电视，随便调了个台，问老付平时看什么电视剧，是哪个台。老付说，现在没啥好看的，不到点。第一锅出来，捞了两盘，我先吃，另一盘晾着。老付喜欢吃热的，等第二锅。好几天没吃水饺，终于吃上，心里顿时踏实了。

我问，村里有什么事不？老付说，整天的能有什么事，你想知道，自己出去打听的。又说，人家有事，还专门来告诉你了。我说，你也不出去打听打听。老付说，自家的事还忙不过来，管这些。又说，你有啥事，先和我说说。老付把饺子送进嘴里，嗯嗯两声，对自己包的水饺很满意，还是吃水饺熨帖。又压低声音说，李瑶他妈找主了。我愣了下。老付接着说，那天，李瑶家的狗叫起来不算完，我出去一看，一个老汉子敲李瑶家的门。我就问他，你是谁啊，你敲啥，惹得狗一直叫。敲半天了，不会打电话问问。老汉子说，电话没打通。我说，那可能去李瑶的小姨家了。老汉子说，行，那我等等吧。他坐在三轮车上等，我就回屋了。又过了两天，晚上我和魏晓妈散步，我们也走不远，就走到南公路，再回来。我就说起来，有个老汉子来找李瑶他妈，我没说是咋回事，咱不能传闲话。魏晓妈说，嫂子，这你不知道啊，那是李瑶他妈新找的主。我插话，你们这些老娘们儿没事凑一块就是嚼舌头。老付说，这哪里是嚼舌头。我这还是不怎么出去，有事我还不知道，她们都知道。又说，李瑶他爸这走了不到一年，这就找主了，还不让人背后多说几句了。我说，能，说吧。老付吃着水饺，有点烫嘴，吸溜了两声，又说，昨天中午，我出去倒垃圾，正好碰到了李瑶他妈，就站着说了几句话，我留了个心眼，说前两天一个人敲门，敲了老半天。李瑶他妈这人实诚，就和我说了。老付冲我点了下头，心满意足，为自己的套话技巧得意。老孟比李瑶他妈大七八岁，刚到六十五，从供电局退休，一个月退休金七八千，老婆前些年生病死了，两个女儿也都结婚了。家也是侯家屯的。老付一听，那你俩是一个村。李瑶妈说，从小就认识，家隔着两个胡同。老孟知道李瑶妈守寡后，隔三岔五来找她。李瑶他妈说，每次来都带东西，不让他进门，放下东西就走。来了好几次，不让人家进门，也说不过去，乡里乡亲看见也传闲话。李瑶他妈补充道，老孟对我倒是很好。话说到这里，她眼里含泪说起李瑶，他两口子都不干活，靠我打扫卫生一个月几百块钱怎么过。他爸治病还欠着空子。老付说，他以前也赚下钱了。你不知道，李瑶妈说，二三十万在病面前，就不叫钱了。老孟一个月给我三千块钱，我再贴补孩子。老付说，话说到这份儿上，咱也理解了，谁家里没个难处。

一些画面，从脑海中涌现。去年，大年初一下午，李瑶一身酒气进门。他脸色通红，头发因先天性心脏病也是红色的，像一团火。这时，他爸查出癌症已过去半年多。坐在凳子上，李瑶一直说自己压力很大，这么下去怎么办，一个月花好几千，花了十几万，不知道什么时候是个头，怎么办，我该怎么办，我很苦啊。我对李瑶说，你的处境我完全理解，你今年二十五，你爸五十五，我二十五的时候，我爸没的，才五十六岁，再过几天，这年过完，你爸也五十六。李瑶仍旧哭诉。我说，你这些我都经历过，每个人都要经历，只能自己来扛，没别的办法。劝慰了几句，发现李瑶只是单纯倾诉，并不在意我说什么。我就只听他说，不再搭话。李瑶足足说了有半个小时。从他出生，二十多年里，这是他和我说话最多的一次。

吃完饭，我躺在沙发上昏昏欲睡。老付在天井里喊。我出去。老付正从东屋出来，手里提着两捆帆布。前几年，我从镇上的五金店截了四块帆布，长条的，一块十几个平方，夏秋两收时用来盖粮食。当初家里五亩地，粮食多，现在还是五亩地，只有两亩地种着粮食，余出两块帆布没用处。上了屋顶，展开帆布，老付比量着剪开。我们一人拽着一头，铺好，留出淌屋檐水的口，再用砖头压好。胡同里有人说话，我站在屋顶上，看到李瑶家屋后的车库打开，车开出来，停在胡同里。几个陌生男的站在车旁，李瑶的妈手拿本子和他们交涉着什么。我下去，出门，走过去，问李瑶的妈，怎么回事？她说，想把这车给卖了，出的价太低。指着几个小伙子说，这是李瑶介绍来的。又说，多给一千块钱，这车就卖了。小伙子说，婶子，我们也做不了主，公司规定的。我开口说，这车才开了五六年。小伙子说，我们今天就是验车，把车开走，价格这事我们管不了。我说，我朋友也收车，我帮你问一下。我拿出手机，对着这辆黑色的东风日产拍了几张照片，又拍了下行驶证。老三骑着电动车过来，后面装着几桶从村委拉回来的纯净水。问清原委后，老三说也认识收车的，跟着拍了下照片。那几个小伙，见状走了。我给朋友发过去照片，和李瑶妈说，等着消息。我问，好好的车卖了干啥，让李瑶开。李瑶妈说，他连驾照都考不出来，科目一都过不了。老三和李瑶的妈攀谈起来，我自觉没趣，也回去了。老三的真名不详，村民背后这么称呼她，是从小三演化而来，她儿子叫文强，自然就称呼她文强妈。她丈夫是个猪贩子，比她大十几岁。夫妻刚来村里时，老三还挺着大肚子，现在文强念初二了。猪贩子这个营生听起来上不了台面，但不少赚钱，少说一年十几万，也因为这他才有资本抛妻弃女，还没离婚的情况下，离开老家沂水，带着老三来到这里，租住在我们村。十多年过去，老三也不再年轻，但夏天还是喜欢穿牛仔短裤，晃着两条大长腿，出现在村口的集市，和过往的村民闲聊。老三的丈夫酒品不好，和村民时有摩擦。这对夫妻外地人的身份，以及他俩苟且的生活，自然成为被攻击的要害，也殃及文强。过了半个小时，我出来。李瑶的妈在屋后打扫车库。我说，回话了，要过来看下车。她说，车已经卖了，老三找的人，多加一千块。我说，卖了就好。我帮她把几个纸箱子扔出来，洗车的家伙什还能用，我说，这个留着。车库里面放着几个花盆。我问，这些还留着？她看了下说，花都死了，留着也没用。又说，要不先放这里，再养花，花盆还能用。车库用了四年多，彩钢板已经生锈。

我和李永禄是同一年买的车。胡同能并停两辆车，一前一后或交错停放，留出过道。我们这一排房子，在村的最北边，比其他的村户，多出一个院子种菜种树。有次，李永禄的车停在胡同里被剐蹭了。他一气之下，决定在屋后面建个车库。四月份，我、李永禄、李永庆——我们一起平整地面，打地基。后来，下起细雨。彩钢板房不用垒墙，一上午地基打好了。李瑶的妈做了四五个菜，我们围坐在一起，他们喝酒，我不喝，虽然同辈，但年龄差了小二十岁，是两代人，平时难有机会坐在一起。客厅墙上挂着家庭合影，中间最大的两幅都是婚纱照，一张是李永禄夫妻人到中年时补拍的，后面站着的李瑶已经成年。另一张是李瑶结婚时一家四口的合影。照片因过度修图，和现实中的出入较大，但身上穿着的礼服以及面目表情的庄重，都准确传达出一家人对幸福生活的向往。我说，嫂子，你耳垂这么大，有福。李瑶妈又端上一盘菜，笑着说，真有福，就好了。酒过三巡，他们难免说起我爸，说他是个好人。邻居三十多年，从来没红过脸吵过架。李瑶的妈做的红烧鱼好吃，我吃了不少，他们还在喝酒，我就先走了。

李永禄刚查出病那会，我提着两个刚上市的哈密瓜去他家。家里只有他，坐在屋檐下的沙发上，消瘦露骨，脸面堆满褶子。背心松垮地挂在身上，露出胳膊和胸口的刺青，蓝色墨水点刺的线条粗糙的青龙和白虎。见我来，李永禄谈兴大开，那是只在酒后才有的健谈，人活的是一口气，有病就治，谁还没有个病了。他跷着二郎腿，坐在沙发上，一副悠闲自得的样子，向我展示强悍的心态。我应承道，你这么想就对了，我拿我爸举例子，他知道病情后，心态就不行了。李永禄说，多活一天算一天，心态不好可不行，活着就把这一天过好，想那么多没什么用。如此说了几分钟，他喘得厉害，喉咙如同被干草塞住，声音也没有力气。他把我送到门口，没事再来玩。我应承下，几步便走回家。后来，我再想去看望他，一来觉得这种看望多少有些观赏的成分，也并不见得他内心更为舒服。只是偶尔，李永禄从医院化疗回来，把车停进车库，在走回家十几米远的路上，匆忙打一声招呼。他已是一副害怕见到人的神情。

没过多久，李永禄下不来床了。老付在门口，碰到李瑶妈。李瑶妈说，出来喘口气。道别的话是，婶子，和你说这些，心里松快多了。抹了下泪，她提着垃圾桶，转身回了家。中间的十几分钟，李瑶的妈哭诉了大半生的命运，字字掺杂着血泪，从嘴里冒出来，在大地上砸出了一个个的血印。嫂子，你说这叫什么命。嫁过来，孩子生一个死一个，不是生下来就死，就是活两三个月，生了四个，好不容易活了李瑶，还有先天性心脏病。李瑶不到一岁，永禄就抢劫进去了，七八年，我一个人好歹拉扯大孩子，回来好好过日子，他一喝酒就惹事，不是打这个，就是打那个。过了四十五，好歹把酒给戒了，过了四五年安生日子，查出癌症了。小医院不行，去大医院，济南、北京、上海，去了一遍，医生都说这胰腺癌不好治，到最后医院都不收了，也不是心疼钱，几十万花进去，再出去借，他不死心，咱也不能说啥。一年多了，我好吃好喝伺候着，身上不舒服，我就给他揉，揉一两个小时，一停手，就吱吆着不对劲，继续揉，没白没黑，我这手都给揉烂了。

复述完。老付对我说，这些咱都明白，你爸那时候也是这样，好在时间短，一两个月人就走了。又说，邻居三十多年，他家的事咱都清楚，永禄除了喝点酒闹事也没别的毛病，年轻不正干，从牢里出来好多了，学了电气焊，他手艺可好了，后来带徒弟，去厂里看一遭就回来，一个月六七千。李瑶学习不中用，初中都没念完，身体又不行，熬不了夜，去个厂里上几天班，就被撵回来了。老付又说，一家门口一家天。

李永禄生病前，弟弟李永庆隔三岔五来他家喝酒。兄弟三人，这哥俩关系最近。每次都是空手来，李瑶妈炒菜买酒，一坐一下午。生病后，李永庆不常来，来了，坐一会，不说话，叹几口气。以上这些事，李瑶的妈说给老付，老付又告诉我。胰腺癌，快两年的生存期。医生说，这算得上一个医学奇迹。对于家庭来说，里面的心酸不足为外人道。这些点滴，也只是我们作为邻居，略显表面的观察。如今，李瑶和他对象住在城里。李瑶的妈住在老孟那里，平时偶尔回来一次，给养的那两条大狼狗喂食。李瑶家养狗的习惯，是从李永禄坐牢开始的。孤儿寡母，有狗看家护院，心里踏实。两条狼狗，状如狮子。二十多年里，死一条，再养一条，和村里那些其貌不扬的野狗不同，李家的狼狗拖着七八十斤的身子，招摇而过，把路过的村民吓得不轻。大狼狗的吼叫声，低沉，厚重，如野兽一般。有点轻微动静，狼狗狂吠不止，尤其深夜，躺在床上，感觉床板都在动。这天夜里，我躺在床上，蒙眬间又听到狼狗在叫。只是李永禄家的大门紧锁，没人住了。

四月　上坟

联通路作为贯穿市区东西走向的主干道之一，前两年向东又外延数公里汇入张辛路。张辛路从村口经过，我从城里回村，只需在联通路上一直向东行驶二十多公里。出了城区，途经一片山地。在高处，天气好时能看到二十公里外临淄城区的高楼。远处南山上齐鲁石化厂区炼油设备的指示灯闪烁不止，汇成一片，衬托得周边黝黑更显贫瘠和荒凉。下坡，不一会，经过我们村的墓园。我习惯这时放缓车速，从车窗向路南望去，能看到墓园里的凉亭，每个墓穴旁都栽有一棵松柏，数百个墓穴，绿色的松柏汇聚成林。清明节的前一天，我从城里回村，经过墓园，有几辆车停在路边，手提黄纸和供品的村民进进出出，镌刻着“天国银行”四个大字的焚烧炉，冒出一股浓烟。有些村民第二天要上班，趁着今天歇班提前来上坟。清明节国家规定的三天假期，只对公职人员、国企职工等少数人有效。在乡村，有工作的也多在附近的工厂，全年无休，只有歇班和轮休一说。上坟还是承袭旧俗，由男丁出面，实在没空，清明时也有女的上坟，但大年三十上坟祭奠，墓园里没有女性的身影。我有事或外出，老付骑着电动车来上坟，我有空，就我来。晌午，村里街上店门紧闭，偶尔有车驶过。今天的村口比往日热闹些，一个卖炸货的摊位，摊主守着一口油锅，用漏勺拨弄正在炸的肉丸，已经炸好的用白布蒙着防尘，等待村民掀开挑选。这两天，对他来说是好日子。小超市的门口摆出黄纸、元宝、香，黄灿灿的。我拐进胡同，车停在屋后。作为篱笆的一排花椒树，已经冒出细小的嫩叶，空气里飘荡着春天暖意的清甜，令人忍不住要舒展下筋骨。

老付不在家，前不久她找了份营生。王忠斌通过亲戚的一层关系，承包了城区的绿化工程。这几年，新城区开发，楼建成，路修好，绿化这块没有技术含量的大肥肉，被层层瓜分，轮到村民王忠斌，一些散活也让他双手沾满油腥，足够夫妻两人丢下原先的工作，又买了辆二手面包车，组织联络一帮村里六七十岁的妇女、老头。每天早上五六点钟，夫妻两人一人开着一辆面包车，去各个村接上他们，坐满面包车，拉到城里，在新修建的公路、广场、医院、大学城等地点卸下他们，交给工头，让他们给绿化带浇水和维护。分配到的地方不同，工资一百多到一百五不等，发给雇工一天七十，扣除的几十块钱，算是王忠斌夫妇的收入，多个人多一份钱。也因此，他俩通过乡邻和亲戚四处联络人。有村民家里有事，休息一天，第二天就打电话催，歇够了吧？老付抱怨，谁家里没点事，还不能歇两天了？拔草、浇水，活不算重，可以偷懒。老付干了半个多月，早上六点多走，下午四点左右回来，中午带着干粮，喝热水，吃完在阴凉处躺着休息半个多小时。这些都是老付转述给我的。她对找到这份差事很满意，六十多岁的人，到处都嫌他们年纪大，没有人要，在家里闲着，又闷，也没人给钱，政府按月给的一两百养老金，只够买点菜和肉，自己赚点，总好过向孩子伸手，一帮人凑一起，说些家长里短，也不闷。老付面对我的劝阻，总说七十多的人都在干，我在这里面算年轻的。对绿化的意义，老付干了两天后，下了定论，政府花这么多钱，栽这些破树，有什么屌用，还不如发给老百姓。这阵子，他们在张店和周村搭界的大学城里拔草浇树，活不累，天气适宜，就是有点远，开车要四十多分钟。我到家没多会，老付打来电话，说早上炒的土豆丝，冰箱里还有菜饼，让我在微波炉里热一下吃。我说看到了，问她吃的什么。她说，吃的菜饼，喝的热水。

自从去年，我们家评上“美在家庭”标兵，镇上和村里定期要验收卫生是否整洁，老付提前接到消息，不是不在家，就是在家也把大门锁上。朱丹芝让我和老付说，不能每次都不在家，卫生多少也要打扫下。老付不耐烦，有什么好打扫的，家里不乱七八糟，还算庄户人家？他们要是看不惯，自己来打扫，再不行把这个称呼撤了，我整天累死累活，还有闲心操心这个。桌上的烟灰缸里，还有我上次抽的烟头。最近天气好，茶杯里的茶叶，也长毛了。老付一向只顾在外面赚钱，不爱收拾屋子。我从包里把电脑、书以及充电器、刮胡刀等拿出来摆放好。卧室阴冷，被褥有些发潮。我拿出去，搭在铁丝上晾晒。我坐在天井里抽烟，晒了会太阳。每次回村，总感觉时间变得缓慢，此刻春风吹拂，蓝天中飘浮着几朵白云。一只花猫，从排水道里爬进来，刚露头，看到我坐在那里，怔住，依着墙根，转了一会，又钻出去。我开门，来到胡同里，野猫慢悠悠朝南边走去，不时停下，回看一眼。回到屋，我躺在沙发上，刷了会手机，拿出这几天在看的一本书，斜躺下，找到一个舒服的姿势，看了没几页，困意来袭。醒来时，阳光透过窗户，照在东墙贴着的卡通小熊，上面的一层薄膜，反照着光，有些晃眼。女儿三岁前，在村里生活，为营造童趣，不仅墙上贴了一组卡通画，还有各类识物贴。至今，它们留在门身等各处，作为这里曾抚育过孩童的痕迹，虽夹在屋里其余的陈旧摆设间，仍能提醒串门的乡邻，并不完全只是一个老妪的居所。墙角垒放着几个纸箱——上面印着帮宝适纸尿裤，里面装满陪伴女儿度过婴幼儿时期的物件——各种动物的毛绒玩具、厨房玩具、蔬菜水果模型、芭比家族、汽车、摇铃、木牌等，偶尔表姐家的小女儿来，把玩具倒出来玩一阵。她走后，老付再收起来，等她下次再来。二舅家的表姐，由老付做媒，嫁到我们村，家在胡同的南边，相隔五十米左右。政府放开二胎时，表姐家儿子已经念职高，想再要个女儿，作为高龄产妇，流产一次后终于得愿。

下午三点多。我从橱子里，舀了勺黄豆，过了遍水，倒进豆浆机。插上电，一会，刀片打豆子，发出尖锐的噪音。晚上吃菜饼，喝豆浆。我是这么打算的。我给刘祥打电话，说回村了，明天一起上坟。刘祥说，知道了。几分钟后，刘祥开门进来，都没太阳了，还不把被子收进来。又问，怎么才回来？我说，中午就回来了。刘祥坐在沙发上，拿着手机继续玩游戏。我问他，上坟的东西都准备好了？刘祥说，这着什么急，明天再买。说完，他笑起来，操他娘的，朱丹芝和李永邦整天吵架，大中午的，午觉也睡不安稳。我问，为啥吵？刘祥说，不知道，骂来骂去的，还摔东西。我那屋和他们屋就隔着一堵墙，我趴墙上听了一阵，没听清。我说，下次他们再吵架，你直接敲门，问问吵啥。刘祥瞥了我一眼，你去问的吧。我笑起来，又没吵着我。虽邻居三十多年，我印象中的李永邦，更多还是初中课堂上那个板书写得规整如书法作品的地理老师，手持粉笔能熟练勾勒出地球各大洲、各个国家的轮廓，在学生们赞叹不已的惊呼声中，他抿嘴而笑，四肢颇为得意地张开，身上那套黑色西服都挂满他口中的季风、洋流等名词。总之，李永邦成了我们记忆中地理这门学科的化身。教学之外，作为村民的李永邦，怕老婆，在家里做不了主，和西邻二弟李永禄仅一墙之隔，来往也不多。晚饭后，他总是独自去铁道散步，对偶遇的乡邻只颔首示意，不说半句废话。朱丹芝当了十多年的妇女主任后，基层领导的习性，不免也带入到了家庭生活，性格更为泼辣，说一不二。她从年轻时就热衷于打扮，人到中年，身体发福后，又注意塑身。夏天，她把瑜伽垫铺在胡同口的路灯下，穿着紧身裤，带领妇女健身。刘祥说，天一暖和，她又开始浪起来了。昨天下午，我去市场买菜，看着一个穿粉红裙子，梳着两个小辫的，我寻思这是谁家的姑娘，以前怎么没见过，一回头是她，从后面看真和个小姑娘一样，就是这正脸。我打断，行了，行了。生生咽下半句话，刘祥心里不快，你是没见她那样，四里八乡，没看别人的了。我问，这两天活多不？刘祥说，在盈科的车间检修摄像头，干了三天，昨天刚完事。我说，明天没事了吧。刘祥说，反正你姐夫打电话，就有活，不打电话就没活。又说，昨天中午，和大哥去镇上吃的牛肉拉面，大哥不吃肉包子，说外面的肉不干净，只吃素的，看不出来，他对吃这方面还很讲究。我问，你俩平时都聊啥？刘祥说，瞎聊，昨天大哥突然冒出来一句，人活着有什么意思呢，他对人生还有很多困惑。我问，那你怎么回的？刘祥说，我装没听见的。我说，人生对你来说，就是打斗地主赚话费。刘祥瞥了我一眼，和你没法沟通。说完，重又回到手机里斗地主的战局。我出去把被褥收进来，铺好，软绵绵的，一股阳光的味道。

大门有响动，我出屋，老付下工回来。她挎着黑色的帆布包，上面印着一行白字，“我总是古旧，总是清新”，在另一面印着，“我就是这性格”。先前诗人朵渔出诗集，我买了一套，帆布包是赠送的文创产品。我说，干活的回来了。老付心情不错，咧着嘴说，干活的回来了。看来今天的活不累。老付进门。刘祥说，今天回来得早啊。老付说，早什么，这都四点半了，本来三点半就收工了，结果王忠斌的面包车打不起火了，一车的人在那里骂，赚那么多钱，也不舍得换辆新车。我问，他能赚多少钱？老付说，一个月怎么不得一两万。我说，都是你们给他赚的。放下包，老付拿起一个苹果，用刀削着吃，边吃边说，王本道下来了。刘祥说，上面不让他干了吧？老付说，昨天晚上开村民代表大会，他说是自愿辞职，公司太忙，没办法继续为村民服务了。我问，新上来的是谁？老付说，选谁也不管咱的事，这离选举还有小半年。我说，我选刘祥。刘祥说，拉倒吧，我又不是你们村的人。他的户口上中专时迁出去了，当初农村户口不值钱，争着出去，如今想迁回来，不是件容易的事，享受不到村里的各项福利，不过遇事赔偿，城镇户口比农村户口赔偿多。从户籍角度来说，刘祥的确已经不是我们村的人了，没有选举权和被选举权。我说，总不能空着，一个村没有主任，也没有书记。老付说，这帮人都下来，村民日子该怎么过还怎么过，要不是这帮人，咱村里到不了现在这地步，占地款都给贪污了。村民没有不在背后骂的，一个个在任上人五人六的，不知道丢人多少钱一斤。刘祥说，自古都这样。我问，你上去，你贪污不？刘祥说，那你贪污不？老付说，那你多少意思下，少贪点，不能一口也不给村民留吧。又说，除了刘猛，咱村里的这些事，谁也办不了，物流园占村里这么些地，这几年的补偿款，现在都要不回来。之前刘猛在任上，他敢欠吗？压不住人。刘祥说，他再能，也没办法干了。老付说，真是的，还不能给人一次改过自新的机会了，年轻谁不犯点错，知错能改，不就行了。毛主席还说，要本着治病救人的方针。我问，你这些词都从哪里学的？老付说，“红宝书”上都有，年轻时都让背过的。刘猛年轻时拦路抢劫，坐过几年牢。前两年，中共中央印发《中国共产党农村工作条例》，村支书村主任一肩挑。有案底的人，不能入党，不是党员，也就进不了村委班子。此刻，刘祥脑海中一定又浮现出小时候的画面，他爸和刘丘关系不错。刘丘还抱过他。这是每次谈到刘猛，刘祥必提的事，尤其是在酒局上。明天是清明节，刘祥会想起死去的父亲。至于刘丘——刘猛的亲哥，二十多年前，就因杀人被枪毙了。

吃完苹果，老付起身，要去村口买明天上坟用的香纸。又说，明天你在家，把屋后面的核桃树杀了，搭个葡萄架。我说，前年刚栽上，现在又杀，你没点正主意。老付说，你知道什么，核桃树占地方，长了核桃咱又不吃，还不如留出地，种点菜。我说，谁说不吃核桃，去年的核桃都让刘祥吃了。刘祥说，滚吧你。我说，明天你没事，上完坟，咱俩杀树。我和刘祥跟着老付来到屋后。老付用手指了七八棵核桃树，都已经手臂粗了，这些都杀。葡萄树趴在地上，枯死一般，本来依墙在胡同长着，已经结葡萄，去年秋后，村里整治环境卫生，临街墙边的空地，除了统一栽种的用于观赏的玉兰花，一律不能私自种菜、大葱。核桃树在门口，长了四五年，夏天能在树下乘凉，就这么被杀了。葡萄树挪到了屋后，没想到还活着。

吃完晚饭，我和老付坐在沙发上看电视。我问，村里还有什么事吗？老付没好气地说，整天哪有这么多事，你想知道，自己去打听。她盯着电视，聚精会神，里面正在演一个抗日谍战片，这是她最喜欢的类型，悬念丛生中伴有枪战，对立双方黑白分明，无须考验智力，节奏也足够舒缓，为老年人着想，按照老付的生活习性，躺在沙发上小憩片刻，醒来继续看，也不会担心情节脱节，看不懂。老付当然不知道外界对此类抗战神剧的各种指责，诸如剧情荒谬，不尊重史实，把敌军描绘得过于弱智，也是对先烈在艰苦条件下浴血奋战的亵渎，容易让人对如今来之不易的幸福生活缺乏尊重，丧失感恩的心。这些在初中都没念完的老付眼中，都算不上多大的毛病，电视剧无非就是娱乐，看着玩，要那么多意义干什么，我要学习直接看书得了，我就是一看书头疼，才不念书。另外，剧情设定也没什么不合理，日本鬼子总是轻而易举被杀死，在国仇家恨面前，他们就应该这么兵败如山倒，老付目睹此景总会忍不住叫好，间或说一句，日本鬼子真是坏，杀得好。眼前，电视里的日本鬼子又被消灭了几个。我问，下台了，王本道怎么想的？老付盯着电视，双眉紧皱，你这么想知道，自己去问，他家离咱家又不远，你现在去还没关门。

从我们屋后，穿过一片树林，就到了王本道的私人庄园。庄园与村委毗邻，一个在西，一个在东。村委的两层楼，原是小学的教学楼。早年间，附近三个村（辛留、艾庄、披甲）为方便孩子念书，一起集资建了这座小学，取名“三小”。十几年后，生源减少，全镇的小学撤销合并成一个，由校车接送，集中去镇上念书。建小学时，三个村出的钱。学校废弃后，不少村民在里面养鸡养牛。刘猛上台后，以本村的名义，去找另外两个村协商，出钱买下小学。他对养殖户说，不搬走，鸡和牛，一个个都宰了。四里八乡都知道他不好惹，一夜间清空了。已经发迹的王本道把小学操场的地皮买下来，建了三层的主楼，比村委宏伟，弄上围墙，门口摆上石狮，里面修了喷泉，养上孔雀，平整地面停放他物流公司的渣土车和挖掘机械，住宅办公两用，俨然一个独立的庄园。主楼东边又搭建了一个几百平的阳光房，养着各类绿植，淘来几个石槽，养上鱼，中间搭了个茶台，摆上竹椅。置身其中，逍遥自在。王本道在任上的七八年，不去村委的书记办公室，在庄园的阳光房里接待村民，这也是为人所诟病的地方之一。去年，村里拆迁有了新的动向，为了老宅的宅基地，我去找过王本道两次，每次去，他态度客气。在自己家，不像在书记办公室里，有庄严感，以领导自居，可以坦然以主人身份，展示待客之道。王本道刚过五十，白发多过黑发，身形敦实，穿着便装，坐在茶台的主位，驾轻就熟操练着烧水、烫杯、选茶。我注意到茶台上琳琅满目的香烟、茶杯和茶叶，以及他脚下的污水桶里，漂浮的一层的烟蒂，无不显示，客人的络绎不绝。早就听说，不少村民喜欢茶余饭后来这里坐坐，和王书记增进感情。我看着满屋的绿植，以及不停喷出的雾气，听王本道说，空气污染太严重了，我特别安装了一套净化设备，时刻观测空气质量。他伸手指着挂在墙上的一个仪器，看到了没？这屋里的含氧量和在森林里一样。茶泡好，他示意我喝茶，我们共同端起，王本道浅尝一口，这是去年的龙井，今年的还没运过来，我在浙江认领了一棵古茶树，送送人，打理下人情世故。味道怎么样？我说，王书记，这茶味道很不错。王本道说，没事，来喝茶，别和我客套。点上烟，他靠在椅背上，思量片刻，眼神一亮，找到话头，分析村里各姓氏家族，王氏（主要是他这一支）自然是勤俭持家，子嗣都有出息，即便偶有不务正业的，在他这个村里首富的光耀下也忽略不计。刘氏（主要是刘猛及没出五服的族人）从祖辈起就门风不正，为匪当盗，远的不说，单说刘丘刘猛兄弟二人，枪毙坐牢，不走正路，新一代（包括刘祥在内），离婚，上不了台面。至于我们这一族，王本道说，你们族里的人，老实巴交，勤劳能干。除外，也倒说不出什么，老实和无能之间，也没有多大的区别。其余的闲散小族，也都有据可依，习性和基因一体。我当然对他这番点评予以肯定。见此，王本道又列举，自他上任后为村民所办的诸多事，老村修路，疏通排水沟。他不提，这都是由政府出的钱。说到村民发福利，王本道激动了，我刚上任，每个村民发两百块钱，后来为啥不发了，拿了我钱，背后去告我，一点都不领情。又说，这都是一小撮人，大部分村民还是拥护我的，只有极个别的，和我完全是私人恩怨，去告又怎么样，领导听他的，还是听我的，他们看不透，层次太低。他递给我一根烟，略带委屈地说，村民托我办点事，我都尽心尽力去办。赵全营的儿子开大车酒驾出了车祸，两口子哭着来找我，我去找人处理的。刘家高在炼油厂偷油，判了五年，他老婆提着东西过来，我去鲁中监狱，托人请监狱长吃饭，减刑两次，明后年就出来了。你去问问，咱村里在我这里开大车、挖掘机的，我工资按月发，逢年过节发油发面，这都是明摆着的，你也知道，现在工作不好找。托我办事，你拿东西来，我收下，临走我再回送别的，我这里什么都不缺，送点菜和煎饼，我欢迎。王本道强调，有一条，我送出去的东西，保证比他们给我的贵。茶已经凉了，我顾不上喝，投入到王本道对村庄未来的展望中，按照他的计划，拆迁就这两三年的事，他一定会为村民争取多分一套房子，我不差一套两套的房子，农民辛苦一辈子，就一块宅基地，分一套，一家老小怎么住，还要考虑孩子以后结婚，两套才够。他长叹一声，本来我还要带领村民致富的，还去上访举报我，我这公司，一年少说也几百万进账，我贪污村里那点钱有什么用，说句不好听的，还不够我送礼的。他指着墙边堆着的白酒箱子，我不喝酒，酒都是送人的，一年十几万都不止。我要是贪污，村里其他人上任，贪污更多，你说是不是这道理。我赔笑说，对，就是这个道理。后来，有村民来，我就走了。王本道没说尽兴，嘱咐我，没事过来喝茶。

老付对恭官的村民十分蔑视，谁在任上，就觍着脸去套近乎，没点脊梁骨。王本道在台上时，她减少来往。老付说，他下台了，应该去送点东西，还人情。开始想，到底送什么东西好，东西倒在其次，王本道也不缺。又说，他不缺，是他的，天底下没白掉下来的东西，还是应该去送。（半个月后，我回村，带着一箱从镇上买的牛肉干，去了王本道的庄园。进去后，跟着他混饭吃的于健也在。我在阳光房等了一会，王本道从主楼进来，姿态疲沓，远没以前的风采。坐下，王本道泡茶，开口说，我不干了，没意思，咱又不差钱，村里麻烦事也多，顾不上来。说了没几句，王本道说，一会我要去城里，朋友的孩子结婚。我忙起身，要走。他说，不着急，还有点时间，再喝点茶。王本道说，不好管，尤其是咱们村，我公司一堆事还忙不过来，人到了一定境界，还是要享受生活。临走，王本道指使于健提出一箱啤酒，让我拿走。我推让。他说，不拿是瞧不起我。这时，他的老婆也穿戴好走出来。我说，我就先走了。没过多久，我听老付说，王本道的庄园租给一个公司，一年租金三十多万。他一家搬城里住了，不常回来。末了，老付说，他到处都是房子。）

砍完树，搭好葡萄架。十点多，我和刘祥提着供品去上坟。碰到几个村民，照例点头打招呼，在这肃穆庄重的环境下，并不多说几句话。在坟前，摆好供品，烧香。略等片刻，等香燃一会，走到天国银行，把香纸点燃，塞进炉里，拿棍子挑拨，等燃尽回到坟前，磕头，白酒洒在地上，扔几块供品，收拾好碗筷。返程路上，我们一时没从上坟的凝重走出来，说起死去的亲戚，当然主要是我们各自死去的父亲。刘祥说，我爸刚走，第二天，小婶子就来要钱，几千块钱，生怕不还给她。刘祥的父亲从查出病到走，四五年的时间。没生病前，他爸是村里的能人，冬天贩菜，夏天贩水果，开着货车到处跑，最远到过新疆，那边的西瓜好吃，运回来，没几天就卖光了。有时，一走十几天，扔下刘祥，留足生活费。奔波操劳，睡不好觉，脾气急，爱发火。刘祥罗列出在父亲身上发生过的这些点滴，又说，后来就肝硬化了。他二十二岁生日那天，父亲死了。死后，发生在刘祥身上的事，他没在坟头对父亲说过，可心中早已默念无数次。让父亲不用担心，他成家了，有一个儿子。离婚也没什么不好的。我说，谁的家里都有几个不是东西的亲戚，等你小婶子要死了，别去看她。刘祥笑起来。我说，你放心，你小婶子这身体，也没几年活头了，你别着急。刘祥笑起来，和你这人没法说。我说，我说的不对吗？刘祥笑起来，点头，对，对，你说的都对。肚子饿了。我说，去镇上喝羊汤吧。刘祥说，清明节吃这么好，不太好吧。我说，你都给你爸买炸肉烧鸡了，他吃得比咱好。

五月　查体

老付讨厌春天，不仅风大，地里的农活也开始多了起来。打药，除草，松地，除了原本的农活，也要给地里的桃树、核桃树剪枝，再把树枝装车拉出地界。总之，也是一项繁重的事情。西边紧挨的四亩桃林，是老付堂嫂家的，当初种桃树，也不是为了长桃，为了占地赔偿，按棵数赔钱，也种得密。如今过去十来年，占地只存在传闻中，政府下达的文件也说明，不按照棵数赔钱，只按照地亩数。自从堂哥死后，这些年没人打理，枝子疯长，压过地界，冒出四五米高。到了春天，长出叶子，如密不通风的铁丝网。几年前，老付还让在外面的两个侄子修剪，当然他们也不回来，出钱让她找人修剪。桃树越长越茂密，遮阴是一方面，地里的养分也被吸走了，临着地界的一亩多地，基本都不出粮食。老付想明白了，索性也种上了两亩地的树。另一半还种粮食。这种方案兼顾自然与老付日渐衰老，不像过去有体力和精力去打理。尽管种地没有账可算，也要尽到农民的本分。老付看着堂嫂家的这块地，想起堂哥那年春天，小半个月都在地里剪枝，回到家脑溢血倒在天井里，过了几个小时，才被邻居串门发现，送到医院抢救。人当时没死，重症监护室住了大半个月。出院后一直没醒，不久也就死了。

下午四点左右，从城里干完绿化，老付在家里歇下脚，吃点瓜果，喝口水，把农具放进车斗，骑着电动三轮车去地里。春天，日头变长，从下午五点多一直到七点左右。落日过后，红霞消散，一道长达数千里的墨蓝色的云层，横跨在西边的天际，如同层叠的山体，甚是壮观。老付直起腰，站立一会，眼前的壮景，让她从疲惫中分神片刻。在半个多世纪与土地为伴的岁月里，此刻的场景出现过无数次，和当初对农活的抱怨不同，她已经坦然接受眼下的一切，泪水和疲惫，在歇息过后，自然会恢复，如同她总是告诫懒惰的后代，力气不出，也攒不下。回家的路上，照例会碰到有些已经吃完饭，沿着村道散步的乡邻，妇女会打趣老付，你一个人，家里外面都不闲着。老付说，你们家里有指靠的人，我这些活，我不干，没人干。话里话外，显示出这个丧夫多年的老妪，用自嘲堵住别人嘴后的坚忍。

这天下午，老付在地里锄草。五婶子从公路走下来，手里拿着一捆捡拾的树枝。这个过了八十的老太婆，平时住在和老付北边地头紧挨的果园里，保持着用柴火烧火做饭的简朴习惯，隔着老远，她扯着嗓子喊，别干了，过来坐下，咱俩说会话。五婶子驼着腰，穿着补丁衣服，迈过田埂，走过来。老付回头说，我刚种上的花生，让你给踩的，你还真会挑地方，长不出果子，你可赔我。五婶子赶忙到长着麦子的地块，坐在田垄上。老付不依不饶，又说，麦子又让你压得不长了。顺着这话，又指着北头，五婶子果园边上的一溜泡桐树，你整天没事，也不剪树枝，遮得地头不长庄稼。五婶子说，你又种的什么？老付放下锄头，迈过去，坐在五婶子旁边，取下头上戴着的凉帽，扑扇着说，去年种的花生和方瓜，不知道哪个死害偷了，这又不是六几年吃不上饭，这点东西也偷，死不出好死来。先前，老付就认为是五婶子偷的。一来，她一向手脚不干净，喜欢顺人东西。二来，菜地开辟在麦子和树间，虽隐蔽，但老付在地里种什么，五婶子都清楚。听老付如此咒骂，五婶子慌了神，蹲在地上，手里拿着柴火，放下不是，不放也不是。老付见状，更确定就是她偷的，便又说，也不是多么值钱的东西，想吃和我说一声，乡里乡亲的，我还能不给吗？背地里来偷，翻得乱七八糟，糟蹋东西，还不如个家翅子。五婶子附和道，果园里也总有进去摘桃的，少了就少了吧，这有啥办法，也拦不住。又说，地别种了，也没几个钱。老付说，五婶子，我不种，你种不，说得怪轻巧，有这地，还能让它撂荒。五婶子环顾四周，虽身处田野，四下无人，她还是条件反射，做出一副闲话怕被人听到，和老付交心的姿态，压低声音说起近期村里的秘闻。

一是前两天，文红把小赵赶走，带一个男人回家了。

三十五六的人，两个孩子都这么大了，没离婚，就把男人领回家，不知道丢人多少钱一斤。五婶子说，小赵也是窝囊，自己的老婆管不住，文红这样的，还不往死里打，只知道喝多了酒，躺在大街上哭，说日子不过了，要带着两个闺女回东北。老付边听边露出一脸鄙夷，你看，文红这是弄的一出什么，不和小赵踏实过日子，小赵也是没本事，还不拿着棍子把她打出去。说到这里，岔开话题。前些年，刘元中的老婆在外面有个相好的。这个男的喝多了酒，晚上找上门，要和刘元中谈判。刘元中打开门，男的刚进来，他一锄头夯在男的脑袋上，当场没气了。刘元中报警，警察来了。刘元中说，他喝了酒上门找事，打死不冤。五婶子说，元中还有两年就出狱了。老付说，回来也晚了，老婆都跟别人跑了。

二是五婶子怀疑，在小学校车接送点旁边开早餐铺的李秀花，和一个男的关系不太正常。老付问，你怎么看出来的？五婶子说，好几天早上，我看到这个男的在那里吃油条喝豆浆，吃完了不走，还帮忙收拾东西，那人我不认识，不是咱村里的，穿着一身宏远的制服。志国常年在外面跑车，两口子关系不好，也不是一天两天。现在年小的真有出息，干这事也不背人了，大清早送孩子上学的那么多人，秀花和那男的一点都不害臊。没人看着，这两个在小屋里还不知道什么样了。老付说，你别胡说八道，说不定是秀花的弟弟。她弟弟就在宏远上班。秀花娘家是侯家屯的，和我小姨家对门，我看着她长大。五婶子一跺脚，张大嘴巴，所剩的两三颗牙齿，暗黄又黢黑，加重口气说，我吃了八十多年的饭了，这点事能逃过我这双眼了？她这张原本黝黑的脸已经被密麻的老年斑占据，三角眼在道道皱纹的围剿下所剩无几，如一颗干枯的枣核，分不清眼白和瞳孔。老付说，五婶子，没影的事，和我说说也就算了，别到处宣扬，传到秀花耳朵里可不好。虽这么说，老付也清楚，五婶子在和她说之前，不知道已经和多少村民说过了，她的嘴和破裤衩子一样，到处漏风。老付嫁过来小四十年，对她的秉性很是了解。（几天后，秀花知道五婶子在外面造谣，把她拽到大街上，让她当众道歉。五婶子求饶说，不知道那是她亲弟。秀花举着手机，给五婶子录了个道歉的视频，发到村里的微信群。视频中，五婶子拱着双手，边点头道歉边说，我胡说八道，别听我瞎说，我对不起秀花。下面有不知情的村民问，怎么对不起秀花了？秀花到底怎么了？）

三是王传民查出了癌症。五婶子说，昨天我去卫生室做针灸，在里间躺着，听到王传民的儿子来问中药，说是他爸癌症晚期，医院都不收了。老付吃惊，我前两天，还看到王传民在市场上卖葱。五婶子说，去年在镇上查体，就有这问题了，又去大医院看的，这快一年了，寿限快到了。老付说，王传民也有七十多了。五婶子说，比我小，我今年刚八十一。老付说，你看你，也没的吃没的穿，你可真能活，一点毛病没有。五婶子笑起来，我是大毛病没有，小毛病不断。抬眼一看，天已经快黑透了，老付说，光顾着和你说话，地都没锄多少。说着，两个人站起来。老付感到一阵眩晕，急忙用锄头杵地才得以站稳。五婶子抱起柴火踩着刚才老付松过的地，大步而去，快点回去吃饭吧，出来这么一趟，回去你五叔又要骂我了。老付没搭话，反应一阵，等头不晕后才扛着锄头，骑着电动车回到家。她在沙发上躺了好一会。这天晚上，她没有吃饭，只吃了点水果，不是不饿，只是没有食欲。她最近总是头晕，有时还会胸闷，可能是过于劳累，休息好了就会没事。虽如此宽慰自己，内心还是余悸，心想应该去查体了。又一想，再过十几天，是一年一度的免费体检。每年体检，一个村里，都有那么几个查出要命的病，这次该不会轮到自己了吧？一连几天，老付都在这样的担忧中度过，在外界看来，并不妨碍她一早去城里绿化，下工后又去地里干农活。只是，她明显话没那么多了，显得心事重重。

每年五月份，作为新农合政策的一项福利，政府组织村民在镇医院体检。因为是免费的，村民都踊跃参加，户口在家里但居住在外面的，听到通知后也赶回来。体检持续一个月，全镇一共七个行政村，以村为序，每个村集中在两天左右，开始几天人满为患，需要排队，后面就清闲多了。大家赶早不赶晚，村里一下达通知，平时在工厂上班的青壮年没空，只能等歇班，赋闲在家的老人和妇女结伴，三四个挤坐在电动三轮车上，在通往镇上的乡间公路上往返。这也是镇医院每年最热闹的时候，拿着社保卡空腹没吃饭的村民在上下楼各个临时贴着检查项目的房间前排队，无序，嘈杂，相熟的人不时打招呼，听力不好的错过叫号，视力不好排错了队伍，辱骂伴随插队此起彼伏。所查项目中，身高、体重、牙齿、视力等过眼即可。心电图、CT、彩照、乳腺、血压等需要辅助设备和抽血化验的项目，总是排着长队。前几年，我还在村里住时，陪老付一起来体检。村民没有隐私的概念，加上都为上了岁数的老人，彩照室大门敞开，妇女不顾在外面等候的老头，不穿胸罩，旁若无人掀开上衣，亮出瘪塌的滑向两肋的乳房。医生见怪不怪，走程序检测后招手下一位。一具具等待仪器检测的身躯，在历经半个多世纪的劳作后，不同程度衰败——污浊的眼神、褶皱的脸、粗糙的双手、佝偻的腰板，还有肉眼不可见的脏器的病态。人到暮年，终于等来免费体检的福利。村民平时面对小病小灾不愿意去医院，看似洒脱，并不是轻视死亡。小病不值得去医院，生熬或吃点土方；大病重病更不用去医院，花了冤枉钱，人财两空，自我轻贱道，这不划算，生不来钱，还有什么必要去花钱，给子女添加不必要的负担。若说这是祖辈的传统，是一代代沿袭至今的生存技巧，不如说是在贫瘠条件下的自毁之道。约定成俗，在这片土地上扎根盘结，若逆时而行，不仅子女抱怨，众人也会在背后指点，归为不积德，留下不好的名声。当“新农合”实行后，过了八十岁，看病报销百分七八十，过了九十岁一分钱不花，条件达标的老人，身体略有抱恙，就让家人送去医院。

体检报告是个粉红色的册子，过后分到各村的卫生室，统一去领。村医看下诊断结果，说一下需要注意的。CT、彩照准确度欠佳，有问题建议再去大医院详细检查。每年五月份，总会有村民查出癌症（由于本地空气不好，肺癌比较多）或者血栓（既有生活条件好后，摄入油脂过多的原因；也和村民爱吃咸菜，饮食口味偏重有关），在大医院确诊后，过不了几天，村里的人都知道了。领体检报告，为了避嫌，没有结伴搭伙的，都是单独去拿。这天，我正在外地培训，老付说她胆囊有点问题，让去医院做个详细的体检。我问，具体到底怎么回事？老付说，我又听不懂。她用智能手机，仅限于接打电话和看抖音快手，略微复杂的比如把体检报告拍下发微信，她一概不会。我说培训快结束了，这两天就回去。老付说，你爱什么时候回来什么时候回来。我埋怨道，让你老实在家待着，不听，非要出去干活，赚这点钱有什么用。老付没好气地说，我赚多赚少，自己花着便利，啥都指望不上你。

我回到村，把体检报告拍给学医的朋友。血糖偏高，胆囊也并无大碍。老付下工回来，我先朝她发了一通火，为劝阻她不要再去干活，故意把病情说得有些严重。老付坐在沙发上，板着脸说，让我再去体检，我一夜没睡着，心浑，平时也没别的毛病，就是干活累了，身上疼，偶尔头晕，我不能不长命吧，你姥姥就是脑血栓，躺床上不到两个月就走了，我现在闭上眼，还能记得她的模样，说不出话，那时候你才两三个月，我抱着你回去，你姥躺在床上，不能动，嘴里呜啦呜啦的，眼里含着泪，有话说不出口，可遭罪了。我每次去量血压，就是有点低。我指给她看体检报告，上面都说了，要多运动，吃清淡的，你血糖高。老付说，我这干活，还不是运动来着。我说，运动和干活能一样吗？老付不说话，坐在那里，撇着嘴。我说，别瞎寻思了，帮你问了，都是小毛病，不过还是再去体检下放心。老付说，我自己的身体，我有数，能有什么问题。又说，王闻生病了。我问，这次体检查出来的？老付说，不是，王闻保证抱残了。说到别人生病，老付先前死灰的脸，焕发出神采，四肢舒展，调整下坐姿，探出身子说，这阵子干活，王闻妈不高兴，也没以前那么多话了，她平时多能说，嫌这嫌那的，现在拔草、浇水也唉声叹气，前天中午坐一块吃饭，说起体检，我说查出来胆囊有点问题。曹萌妈说自己高血压。王闻妈说自己七十五六了，啥毛病没有，医生都说她身体可真好。我说，王闻回来，怎么看起来这么瘦了，窝着腰。老付又对我说，王闻本来就瘦，这次瘦得走路都打晃，吹口气，人能倒了。她突然来了句，王闻干不了活了。这么一听，就明白了。我问，具体啥毛病？老付说，这种事咋好意思问。曹萌妈还问呢，我冲她使眼色，这种事人家不说，咱就装不知道的。我一琢磨，老付说，这事小不了。你是没看见，老付继续说，王闻的皮色就不对，蜡黄，没血气，和正常人不一样。又感慨，这都是累的，王闻开大车，二三十年了，跑长途倒是赚钱，买房，买车，买商铺，开奔驰，可是多累。你不知道王闻多节省，跑运输不舍得住旅馆，自己带着咸菜馒头，连个火烧都不舍得买。这都是王闻妈说的。王闻过日子，随他爸妈，这都什么社会了，他老两口还穿补丁衣服，全村找不出第二个门。光说赚钱多少，老付说，人不吃油水，身体还能好了。咱家起根不算宽裕，伙食也不好，至少菜肉不断。王闻妈，冬天腊月三九，不到零下十几度不烧煤。省下钱，又不吃，又不穿，人活一辈子，这叫活的啥。干绿化，中午王闻妈就拿着两块干粮，生吃，这怎么咽下去的。我听不下去了，对老付说，少说两句吧，管好你自己。老付刹住车，抱着胳膊，看电视不说话了。

虽家住一个胡同，我也很久没见到王闻了，上次还是去年秋天收玉米，他回来帮忙，从胡同走，打了个招呼。他一米八，全身没肉，如树苗披着衣服。王闻比我大十几岁，二十来岁考出大车证，天南海北运货，近处不说，远到新疆、云南，各省到处跑。他也是村里最早一批靠长途运输赚钱的。这些年，就没那么吃香了。王闻给村民印象最深的，是他短命的第一次婚姻。王闻的第一任妻子，和他洞房后的第二天早上就收拾东西走了，再也没回来过。他俩离婚纠缠两年多，等后来女方有了心仪的对象并且同居后，王闻这边才终于松口不抱任何幻想。对于离婚的细节，村民知道的其中一处是，洞房时王闻脱掉衣服，抖落出鱼鳞状的皮屑，后背和大腿处散布着银屑病的痕迹。新娘见状，不让他近身。当时王闻二十岁出头，离异后那些年，他一直在外面跑运输。快三十的年纪，经人介绍，认识了离异比他大五岁的小高。小高话多，性格大咧，手脚笨拙，心眼不太够用，自此开启十余年不受公婆待见的生活。两人生育一个女儿，没有儿子传宗接代，大概也是小高不被公婆瞧得上的原因之一。

定好明天一早去城里体检，我和老付各自回屋睡觉。过了许久，老付还在辗转反侧，并不时叹气。我说，还不睡觉？老付说，你怎么还不睡？我说，没啥大问题，你瞎寻思什么？老付没说话，又叹息一阵。自父亲去世，至今十余年间，家里始终笼罩在死亡的阴影下，让我们意识到死亡离自己是如此近，不免对生命悲观，也就格外注意身体情况。之前体检，还没买车，我和老付坐公交车去城里，再转车，到医院抽血化验后，我先送老付去车站坐车回去，自己在市区游荡到下午，再去医院拿结果。智能手机普及后，医院系统升级，体检后在医院的小程序上随时能看体检报告，没必要一直等到下午。现在也有了车，体检完后，我和老付计划在城里吃饭。除了饺子和煎饼等自出生时就融化在骨子里的饮食习惯外，老付最喜欢吃炖鸡，而且是清炖，除了八角、花椒、葱、姜、蒜之外，不放额外的调料。

去医院的路上，老付坐在副驾驶后面的座位上，不说话，眼睛看着外面，我从车内后视镜留意着她的表情。我和她所想的大致一样，医院没有留给我们美好的回忆。我问，你想什么呢？老付说，我想啥还非得和你说。我说，你放心吧，你肯定很能活。老付说，活成老不死也讨人嫌，能活到八十我就很知足了，别和你姥姥似的，躺在床上不能动，活受罪。我说，那你就使劲好好活。老付调整了下姿态，两只手压在大腿下面说，现在的人这么能，不是那种生古症候，就没事。我笑起来，你把心放肚子里吧。

四院是市传染病医院，每次在抽血处总能碰到警察押送着一串人排队，嫌疑人进拘留所前先要查有没有传染病。抽完血，又去彩超和CT的地方排队。早上八点到的，查完后已经快十点了。我在网上搜了下吃炖鸡的地方，一些店没去过，不知口味如何，或是环境不好，权衡之下还是去大红门。这里的炖鸡我吃过，虽然放酱料不是清炖，但味道还不错。路上，也是刚查完体，老付的心态明显好了不少，回味着医生说的话：胆上的囊肿没大碍，不用放在心上，肺和肝都挺好，就是有点脂肪肝。老付说，这个我知道，每次查体都这么说，少吃肉，多运动，我这还算是没吃多少肉。医生说，没啥问题，多注意就好了。

大红门在共青团路和西六路的转角处，共六层，一到二楼为餐饮，三到六楼为住宿，正门在现代建筑的基础上镶嵌了重檐庑殿顶，砖瓦混凝土粉刷为古木的深灰色，在两侧屋檐垂下两个硕大的红灯笼。老付走下车，站在门口，这座略显恢宏的仿古建筑，让她双脚前后不定。在我的引领下进门，到处都是雕梁画栋，以及仿古物件的点缀——乡间的石磨，饮马石槽中金鱼游弋。服务员们穿着统一的大红色对襟衫在擦拭桌面，为一会的食客盈门做准备。我们来到大堂西边以木制屏风作为隔断的餐饮区。老付坐下，手抚摸着红绸桌布，说了句，这里弄得和旧社会财主家一样。我说，厕所的隔断也都是木门，就是这种风格。老付有些局促，两只眼睛不够用，看什么都新鲜。

离十一点营业还有段时间，我点了一份炖鸡、一盘水饺、一个大拌菜，还有一个黄米糕。嘱咐服务员，一会直接上菜。座位是靠背的木板床，铺着农村常见的大红色被面，我说，你累了就躺下。老付顺势脱鞋，枕着靠枕躺下，盯着桌面上的石刻佛头，感慨了一句，现在的生活好了，你们年轻的，动不动就下馆子，这样有什么好的，还不如在家里吃着熨帖。我说，都你这老思想，这饭店都关门了。老付又说，我和你爸还没下过饭店，以前来张店，也就在街边吃个火烧，喝个八宝粥，我到现在还都记着八宝粥的味，里面有红枣什么的，加了白砂糖，可甜了，那时候没钱，你和你姐还要上学，花钱的地方多，你现在倒好，你也下意去手。我说，吃顿饭花不了几个钱。老付说，我现在就很知足。我没接话。老付自顾说，你爸这个人没福。又说，以前算命，真没算错，都说我老了有福气。又说，什么叫福气，没病没灾的就是。又说，到了我这岁数，他们不是糖尿病，就是高血压，啥也不能吃，先不说有钱没钱，想吃啥就能吃啥，这也是福。我说，这不就是嘛，趁着能吃，多吃。老付说，就是让我吃，我能吃多少。又说，要说好吃的，你爷那时候炒的白菜是真好吃，这都多少年了，我都还想着，就再也没吃过那么好吃的白菜。我问，他怎么炒的？老付说，我也心浑，就是放上油，在锅里炒，咱就炒不出这个味来。我说，那就是以前的白菜比现在的好吃。老付说，炒得白菜和肥肉一个滋味，烂乎乎的。说到这里，老付咽了下口水。我笑起来，别着急，菜一会就上来。老付摸了下自己花白的头发，重新又躺下说，你爷这个人好，说话办事都在理，你奶就不行，糊里糊涂的，你姑就随她。我刚嫁过来那年，还没你，你姐刚会走，那时候多穷，冬天没青头，除了咸菜没别的吃，我从你姥姥家带回来四五颗大白菜，留着吃一冬的。我出工回来，白菜一颗不剩，问你奶去哪儿了，她说给你大姑了，我一听当时肺就气炸了，他娘的，手怎么这么松，我好不容易拿回来的白菜，招呼都不打就送人了，也不和我商量，还拿我当人不，你要是和我打个招呼，给她一颗两颗的，我也不说啥，一口气都给了。老付又向我解释，你知道当时日子多苦，你爸在南山修河渠搬石头，出多少劲，连口菜都捞不着吃，不心疼自己的儿，拿着白菜为好人，自己天天在家里啥都不干，我就不算完了，我说上你闺女家把白菜给我要回来。都不听我的，你爸回来打我。打我，我也不松口，又喊了大队书记来劝我，给我做思想工作。几颗白菜，值不当这样。我说，把你家的白菜拿过来，真是站着说话不腰疼。不给我要回来，这事不算完。我就闹，谁劝我都不听。你爷认为我在理。当天晚上，你奶去要白菜。你大姑父骑着自行车驮回来，我拿刀剁了全扔茅坑里了，谁都别吃了。从这往后，不敢眼里看不见我这个人了。你奶老实了，家里有啥事都得和我商量。老付说到把白菜扔进茅坑时开始上菜。老付谈兴不减，继续往下说。我先给她舀上炖鸡，里面有粉皮、鸡肉。老付看着面前摆满的盘子说，要这么多，怎么吃得了。我说，你多吃点。老付喝了一口汤，夹起一块肉，送进嘴里，用手拽出骨头，咀嚼片刻咽下去。我问，味道怎么样？老付说，人家饭店里，味道还能差了，加这么多料。

几天后，验血结果出来。医生说血糖有点高，没啥大问题，平时注意点，按时体检就行。老付说，我就觉得自己没啥事，浪费六七百块钱，买啥吃不行，以后还是不体检了。我说，你尽在这里胡说八道。老付骂道，小死害子，没大没小，说谁胡说八道，不让人笑话嘛。

六月　麦收

过了小满，除了地里待割的小麦，老付格外关注两件事。一是天气预报。尽管能在手机上便捷地查到天气，她还是保持着晚上守在电视前看天气预报的习惯，似乎从主持人嘴里说出的更为可靠。二是我的动态。提前七八天，随时能收麦子，她让我最近不要出门。若我真有事要出去，她便说，早不出，晚不出，非得赶到这时候。从小到大，我就痛恨无休止的农活，来自父母的言传身教也是，不好好学习就去种地。农民这两个字眼，也是我们对自身处境的一种轻贱。农民在人群里是如此容易辨认，穿着土气，肤色黝黑，目光躲闪。早年，村子里脸色白皙的寥寥几位，不是教师，就是下车间的工人，无须置身在太阳底下经受风吹日晒。在许多人心中，农民代表着没见过世面、愚昧、贫穷。尽管人们还赋予其勤劳、朴实、善良等词汇，也无疑是对负面印象的另一种阐释。让任何人去选择，想当农民的肯定是没体会过农活的艰辛，只是吃惯了山珍海味，偶尔吃点粗粮利于脾胃。双手不沾土亲近下田园风光，绝非撸起袖子手持农具面朝黄土背朝天挥汗如雨。自身定位是土财主，而不是佃户。对于真正的农民，田园风光只存在想象中，现实是用汗水浇灌土地，并投身其中摸爬滚打，看天吃饭，从未真正掌控生活。

过去，农民的收入完全依赖于土地的产出。土地容纳了你，让你吃饱饭。土地是你的全部，生存的根本。农民被禁锢在土地上，不能随便迁移，外面没有容身之处。不种地，就吃不上饭；不种地，就活不下去。没有什么比土地更重要，只要精心伺候土地，按照季节施肥播种，精心呵护，除草，翻地，流下多少汗水就会有多少收成。它会带给你回报，不会亏待你，不会对你另眼相看。不像现在，不种地，可以去工厂打工，来钱的门路多。细算下来，也只过去三十多年。当有了别的赚钱门路，土地收益越来越不划算，人们开始轻视土地，种地不如打工。对土地的感恩，深植老付这辈农民的脑海中。在六十多年的农民生涯中，老付看不起两种人。一是，不好好打理土地的。比如，和我们家里的地正对着的刘富国的父母。每次老付看到他家的地，都要说几句，好好一块地，也不拾掇，同样的一块地，他家是在草里种粮食。富国的爸妈，比老付年长几岁，从年轻时就在街上站着玩，也不来地里干活。有时恰好碰到——这样的次数不多——富国的爸来地里，老付说，咦，今天是怎么说的，你可真是稀客。转言，又说，你来地里，就两个膀子挑着一个脑袋，啥也不拿，你是来干活还是来视察。富国的爸说，够吃的就行，出这些劲干啥。老付说，我要是像你这么能赚钱，我也不种了。他家也没啥钱，富国的爸胖到两百多斤，在吃上不松口。如今和老付一起在市里干绿化。老付说，让他浇水都嫌累，中午还好意思吃火烧，四五个火烧十块钱，他一天才赚六十块，只顾便宜自己的嘴。二是，不占便宜就算吃亏的人。富国家东边的一片地是王忠合（杏园居老王的父亲）家的，十几年间，每年翻地，地基已经挤占富国家半米。半米宽两百五十米长的地，少说能打六七百斤麦子。有年秋后，农忙时有个外地收割玉米的，机器碰倒了王忠合的几棵玉米，他拦着人家不让走，非要赔他一百块钱。外地人出来干活，耽误不起工夫，就给他了。这事传出去，没人给他家割玉米，王忠合开着拖拉机，自己在地里装车，翻了车斗，把他脚砸断了。农忙时，大家排号等收割，他要插队。有年种上麦子，王忠合开着拖拉机从田埂过，车轮陷在我家的地里，把刚冒头的麦子压了一片。老付说，你咋不从自家地里掉头。王忠合说，压你几棵麦子算什么事。老付拿着铁锹，把他地里的麦子也给铲了。王忠合打110。警察来了，把他训了一顿。这么点事也报警，派出所是你家开的？你先压人家的麦子，你还有理了？

入夏后，烈日炙烤，热风吹拂几天，原本还有些泛青的麦子已成金黄。麦浪滚滚，麦穗干瘪，麻雀成群结队飞来哆食麦粒。每天早上和下午，老付都要去地里，拽根麦穗，揉搓后吃一口，尝下硬度。半路上，老付看到冯爱月歪着步子走着。前几年，她的膝盖出了毛病。老付停下说，连道都走不动，还去地里干啥。老付把她送到地头，远远看到地里扎着两个穿着花衣服的稻草人。冯爱月说，麦子都让家翅子吃光了。老付说，你家这两口人的地，管那么多干啥，它们吃了，剩下就是咱的。

晚上，我回来。老付说，明天一早，咱去把麦子收回来，地里还没有割的，咱不管别人。我问，机器都联系好了吗？老付说，早上去等着，有过路的收割机。村里两户人家有收割机，本村的地少，都先去外边忙碌。老付说起下午去地里，见到冯爱月，听说上面派人在村里查账，刘兴民和王本道沾亲带故，自王本道上任后，一直是村里的会计。上面来查账，他已经好几宿睡不着觉了。老付又说，你看他，当了几年会计，肚子都出来了，三天两头有人请吃饭，他以前在养殖场当会计，瘦得和干药似的。吃完饭，老付从东屋里找出镰刀，在瓮的边沿上磨了几下。又找出几个袋子装在车斗里，插上充电器。回到屋里，老付说，赶紧把麦子收回来就放心了。又说，现在多省事，机器打完了，装车拉回来，都不用人工。又说，你不回来，我自己也能忙了。我说，那你还喊我回来干啥。老付说，你不是这个家的人了，喊你回来干啥，让你干点活，不然你都忘了有这个家了。我问，早上几点起来？老付说，你爱几点起就几点起。又说，也不用很早了，早上有露水，差不多八点多，我先过去。

说完，老付躺在沙发上看电视。我坐在客厅的电脑前。

刚结婚时，买了一套餐桌，平时在茶几上吃饭，餐桌挪到西北角，铺上布，成了我的书桌，堆满平时寄到家里的期刊和报纸，以及从城里带回来待看的小说，只留出一块空隙，放置笔记本电脑。老付早就看这堆杂物不顺眼，一心想着卖破烂。不止这些，西屋里我自学生时期攒下的信件、日记、杂志等，在她眼中也是没用的，不如卖掉换几块钱买酱油醋。

八点多，我起床简单洗漱，换上干活的衣服，开车去地里。老付戴着凉帽穿着套袖，如一只全副武装的成年鼹鼠，蹲在北边地头的树荫下面，盯着眼前的一片麦地。我把车停在路边，走进地里。太阳一出来，露水蒸发殆尽。地头三米多宽的麦子，因树荫遮挡，长势弱，麦穗也小了不少，老付把这片麦子用镰刀割好，扔在地里头的麦穗上，等收割机一起脱粒。老付抱怨五婶子果园种的一溜泡桐树，饿着地，都不长庄稼了，少打多少粮食。我坐在旁边，点上一根烟，一起望着麦地。老付说起，上个月在地里锄草，五婶子凑过来和我说话，我就不爱搭理她，骂地里种的葱和花生，不知道哪个老不死的拔了，她还装不知道，我这是说话给她听，少不了是她干的。五婶子又说，小杨（我堂嫂）怎么还不死呢？一听，我就火了，老付说，五婶子，你这叫人说话吗？她又不是鸡不是狗的，说死就死，她是人，你活到八十多了，你怎么不去死。五婶子说，她病秧的，啥活干不了，拖累人。老付说，拖累你家里了？看病花钱，你出一分了？人活着还能不生病？五婶子说，我就是随口一说，没别的意思。老付说，八十多的人，说话不在二十四节气里。我回头看了下果园，你小声点，别让她听见。老付说，听见怎么了，欠骂的东西，咱和小杨是一家，没出五服，别人说她，我当然不愿意了。又回忆道，三十多年前，五叔当大队书记，别人家批宅基地不要钱，还要了咱五百块钱，那时候五百块钱多值钱，我去他家里骂，多拿这些钱，你日子也好过不了，死不出好死来。骂完没几天，他家致胜骑着自行车在村口让拖拉机撞了，钢筋把脊梁都穿透了。我说，第一次听说，他家还有个小儿子。老付说，致胜那才十七八，不上学，在建筑队当小工，长得排场，也爱说话，见了我就喊嫂子，不像他哥虹井心术不正，就这么死了，现在想起来，真疼人。热风吹拂着泡桐树，我说，有这些树也挺好，能遮阴凉。

九点左右，老付拦下一辆过路的外地收割机，谈好价钱，又找来一辆时风牌的三轮小货车。车主是外地人，租住在我们村里，平时收废品，农忙时拉粮食赚外快。麦子打好，联合收割机倒仓，装进三轮货车的车斗。车斗装满，我跟着小货车回家，倒在胡同里。运了两车，一趟三十块，共花了六十。老付在地里拾麦穗，我先回来，拿推耙摊麦子。等老付回来，麦子已经摊完。老付说，摊薄一点。烈日当空，照这样的天气，两个晌午头就晒干了。我抓了一把麦子，尝了下，熟透了，几乎没什么水分。乡邻路过说一句，麦子都打好了。又说，你家今年麦子真好。前一句是明知故问，后一句是客套话。就算不好，也要说好。简单吃了点饭，我睡午觉起来。老付坐在墙边的阴凉下，涨红的脸满是疲惫，望着粮食，神情踏实，似乎是已经吃饱的鼹鼠，沉浸在丰收的喜悦里。老付用扫帚把混在麦子里的碎麦秸扫到边沿，麦子干净了不少。老付指使我耧一遍麦子。我捡起竹耙子，一道一道在麦子上走，留出几道痕迹。趁着太阳还毒，多翻腾几遍，麦子干得快。没一会，我耧完。老付捋着湿漉的头发说，让你干点活，你就在这里糊弄。我说，差不多就行。没一会，我坐在阴凉里抽烟。陆续有村民也收了麦子，三轮车满载着麦子从胡同里驶过。老付说，人就是这样，看到有一家收，都沉不住气了。

一到农忙，累得没心思做饭。快天黑时，我舀了勺豆子，放进豆浆机。老付去集市上买油条和炸鸡排。炸油条的一对父女是河南人。女儿二十出头，负责揉面扯条。父亲拿着笊篱在油锅里翻腾，火候到了捞出来，一根根金黄色的油条竖立在铁框里。邻村的一户也炸油条，没有河南这家好吃。小市场养不活两家炸油条的，他俩轮流出摊，另一户去外面的集市。老付都是趁河南这对父女摆摊时买油条。炸鸡排的摊主，个头不高，常年和油污做伴，人也如刚从花生油里捞出来，泛着油腥。有次，我买炸鸡排，听他口音不像是本地的，问他是哪里。他说是安徽的，具体地名没听清。我问他，怎么来这里了？他说，在外面打工认识的老婆，结婚后跟着老婆回来，学了这门手艺。他生意不错，有人排队，他炸起来也不慌不忙，说火候不到不好吃。老付提着油条和鸡排回来。我问，怎么去了这么久？老付说，碰到你三婶子在市场上卖菜，说起来没完了。我问，你俩都说什么了？老付没好气地说，说什么，还向你汇报了？一会，老付喝着豆浆说，以后别放枣了，不好喝。又说，你三婶子翻来倒去就那些话，说小光投资理财被人骗了十几万。我说，上次不是说赚了十几万吗？老付说，又都赔进去了，还欠了十几万，又说你三舅懒。这么一说，我就不爱听了，老付说，七十好几的人，他懒，你就多干。你三婶子说我护着他，那肯定，好歹也是我亲哥，不过你三舅的确是懒，从小就懒，横草不拿，竖草不立，你二舅和你四舅也懒，连顿饭都不做，坐下就不动弹了，你大舅人倒是勤快，可没那些寿命，四十多就没了，还是懒人能活。我说，你这么勤快，也挺能活。老付说，他娘的，我要死了，可高兴你了，看谁给你做饭，地就荒了。我说，没你，我肯定不种地了。老付说，没出息的样儿。

过了晌午，吃完午饭，下午两点多，我和刘祥一人拿着一个推耙，推成四大堆。一个撑袋口，一个拿着铲子，轮番装袋。老付拿着笤帚把地上的碎麦子扫起来。装一会，歇下抽根烟。刘祥家里只有一亩地，种上了树，没有农活干，帮工有劲头。我说，天黑前能干完就行。装完袋，老付拿着绳子系口，数了下，一共三十一袋，一袋七八十斤不等，不到三千斤。腾出西屋，我和刘祥把粮食抬到三轮车后斗，开进天井卸下，抬到西屋垒起来，最低一层竖着放四袋，上面横着放四袋，彼此交错，一直到头高，扔不上去为止。下午五点左右，忙完后我和刘祥坐在胡同里抽烟。刘胜天他妈下班，骑着电动车路过，说这么快就晒干了。刘祥喊了声，婶子回来了啊。我说，早腾出空，你们晒。她回了句，明天割。刘胜天是我家西邻，比我和刘祥小一岁，从小一起玩到大。他和刘祥是本家，刘祥的曾祖父和刘胜天的曾祖父是亲兄弟，到他们这一辈，刚到五服。

按照惯例，刘祥帮工，我请他吃饭。简单洗漱后，我们一前一后，穿过屋后的小树林，走向大新烧烤店。店址原为小学的后操场，院落里栽种的桃树，大概已经不是我们二十多年前上小学那会的树了。时间尚早，只有我们一桌客人。篮球场大小的院落，北边加盖了一排平房，隔成四五个单间，用以天冷时在里面吃火锅。中间的空地开辟出一块菜地，几垄茄子、豆角和大葱长势正旺。围绕菜地散布着几棵小腿粗壮的桃树，树下各摆放着铝合金矮桌和马扎。我们选了菜地南边的一棵树，坐下后店主送来两根蚊香插上。我指着南边村委办公楼的其中一个窗口说，这就是我们教室吧。刘祥起开一瓶啤酒，倒上说，早就忘了。肉串还没上，刘祥几杯下肚，从胸膛一直红到脸。一斤牛肉、一斤猪肉、两包小饼、一份大葱蘸酱，外加一碟拌黄瓜，陆续端上来。肉串烤了七成熟，放在小烤炉上继续烤，油脂滴落在木炭上，冒出一阵浓烟。不说话，先吃。吃饱后，还有不少肉串。又来了两桌客人，脱下工作服，露出半身的肥肉。不时互相打量。这里食客多来自附近的村庄，看起来眼熟，细论之下，说不定也是九族内的亲戚。

酒足饭饱。除了短裤遮挡的部位，刘祥全身涨红，在灰暗中如一块尚有温火的木炭。他拿着一根串肉的铁签，剔着牙说，我一个技校的同学，上个月刚放出来，前两天又进去了。刘祥初中毕业后上的陶瓷技校，包分配，念两年直接去陶瓷厂当工人。二十年前，这也算是进城当工人的渠道。技校念了一年，陶瓷厂效益不佳，难以为继，发不出工资。陶瓷厂不再招工，他们这批学生，一共二十多人，拿着技校毕业证书另谋他路。我问，他犯什么事进去的？刘祥说，强奸。我又问，这次又为什么事？刘祥说，还是强奸。说完，刘祥也跟着笑起来，也不知道他怎么想的。我问，你和他很熟？刘祥说，上技校那会，经常一起玩。他伸出左胳膊，一排烟疤中，指着其中一个说，这个就是我们拜把子时烫的，那时候他就很流氓，说这辈子不强奸几个女的，太吃亏。我问，上次判了几年？刘祥想了下，技校毕业没两年就进去了，十三四年是有的。又说，前两天一个陌生手机号，给我打电话，没想到是他，说约个时间喝酒，有什么话和我说。我说，这下好，进去再蹲十来年，出来四五十了，这顿酒，你耐心等一下。刘祥说，我等他个屁，就别放他出来了。

天已经见黑。我结账回来，把剩下的肉串打包，和刘祥一前一后走出院落。村委大院里响起热闹的广场舞音乐，竖立在杆头的探照灯下，朱丹芝领舞，闲来无事的妇孺排成几队，跟着节拍舞姿晃动——不太激烈，适合老年人的慢节奏步伐。刘祥抻着脑袋，往里面看，寄希望能看到几个年轻点的异性。我说，这么想看，你也进去跳。刘祥说，一边去吧你。说完，他把短袖搭在肩膀上。夜色中，他闲庭信步，后背猛虎下山的潦草刺青，如被人用皮鞭抽打后留下的道道瘀痕。

七月　选举

种上玉米，又过了半个月，我回村和老付浇地。老付说，半个月没下过一点雨，地都要冒烟了，再不浇地，苗都死了。浇地需要排号，今年轮到从东边堰下开始，我们的地所在的西坡就成了末尾。刚种上玉米，为了保苗，浇地不分昼夜。老付三番五次去问赵传俭，什么时候能排上。半个月来，看水员赵传俭不时骑着电动车在机井和乡间往返，应对跑水、交接、放闸，睡眠紊乱，刚眯一会，便被村民的手机吵醒，以致脸色蜡黄，对老付说，轮到你，就和你说，不用一次次来找。老付还是不放心，一有空就去地里查看，神情焦虑地站在地头，俯身用手刨开土，玉米粒涂抹着防虫咬的艳红色药剂，躺在泥土里，还是种下去时的样子，没有发芽，也没有发霉，等待着浇灌。下午从城里回来，老付灌满四五个塑料桶，拉到地头，拿着勺子浇地。能活多少算多少。路过的村民对她开玩笑，老付，咱这么大的村，找不出第二个你。王忠合从镇上借来洒水车，开进地里浇苗。夜里，老付和我说这事。王忠合这洒水车，估计是王本道的。感慨说，你看看人家。她话里话外，充满对自己儿子缺乏能力没有这些门道的失望之情。我没接她的话。老付说，拉了两车水，累得腰疼。我说，这都是你自找的，这才八点多，离天亮还早着，你再拉水浇地去，累出毛病别找我。老付骂道，他娘的，白养你了。转而，她语气讨好地说，要不你去找下王本道……没等她说完，我说，拉倒吧，为这点玉米搭人情。

上家浇完，轮到我们时大概下午两点。上午趁着太阳还不算高，老付先铺好水龙带，我把胶皮套管套进水龙带，在两条水龙带的连接处，用木棍和尼龙绳捆绑好。水口在南边的地头，地块南北长一百米，一共十几垄地，两个水口各铺设一条水龙带，一条顺到地北头，另一条在五十米处，一起向南流，在中间汇合后，再把水龙带挪到另一垄地。我戴着凉帽，绑水龙带，汗湿了一身。老付在旁边不停叮嘱，绑紧了。我说，怕我绑不紧，你绑。老付说，让你干点活，你就没好气。忙完，离下午还早，我去镇上买回来牛肉火烧，坐在树荫下吃。赵传俭骑着电动车，从路北过来，经过树荫，明暗交替，如印花扣在身上。到了地头，他停下，腿支着地，从踏板上提溜出两个水阀。老付问他吃饭了没，要不吃个火烧。赵传俭说，吃不下去。他捂住胸口说，堵得慌，嫂子，你是不知道，看水不是个好营生。老付说，干啥也不容易，着急忙慌的。赵传俭从电动车走下来，席地蹲下，随手拽了一把青草，捋出秆子，含在嘴里说，没干过不知道，我这半个多月，就没睡个囫囵觉，一会一个电话找，让关闸，要不就跑水了。老付说，来了忙，就是这样。赚钱多也行，他说，咱村里种地的也少，浇地的钱是全归我不假，也没几个钱，还不够拿药看病的，你是不知道，我血压高，又心颤，熬不了夜，一年下来，万把块钱，还要把命给搭上。我在一旁盯着赵传俭，他嘴唇发紫，倒有些心血不足的样子，耳垂上一道深陷的横纹，也是心脑血管不好的征兆。赵传俭起身说，等过阵子，村里选举，他娘的，我就把这差事交出去，谁爱干，谁干。

赵传俭骑着电动车走远后，老付吃着火烧说，一年就忙这几天，赚一万多块钱还嫌少。二十世纪九十年代初，村北边的309国道通车后，赵传俭在道边开饭店，也提供住宿。来往过路的大货车，停下吃饭过夜。那几年，他赚了不少钱。长途大货车司机身上的现金多。与饭馆、旅店、按摩等同时兴起的抢劫团伙，成员多为附近村庄的青壮年小伙，辍学后不安于追随父辈的贫困足迹，盯上过路的外地牌照大货车。他们作案手法多种多样，不限于半夜趁司机休息时破门而入，更有甚者趁着夜色（当时没有路灯）设置路障——钢钉、石头等，洗劫车祸现场。其中，以刘丘为头目的团伙最为猖獗，他不屑于以上的埋伏偷袭，光天化日下直接动刀，性情刚烈的司机稍有反抗轻则刺成重伤。后来，刘丘被公安机关抓获，审讯得知，他身上至少背着两条人命。前几年，区里纂修区志，在军事、政法这一章节的打击刑事犯罪中，详细记载了一九九二至一九九四年间，公安机关严厉打击车匪路霸的成果，从中能一窥当初治安的混乱。三年间，309 国道区内沿线，共发生斗殴、抢劫、偷盗等治安刑事案件二百余起，其中十七人遇害，二十五人重伤。经公安机关有力的侦破，破获刑事案件四十五起，受理治安案件八十三起，抓获犯罪嫌疑人五十七人，八人判处死刑，十一人判处无期，二十四人判处一到五年不等。都知道这地界不安生，大货车不停或绕路而行，饭馆陆续倒闭。赵传俭又去城里开店。前两年，他的儿子赵红星先是酒驾撞死人，出来后在酒吧与人发生口角，把人捅死。经过两次折腾，赵传俭把城里的房子全部卖掉，打点关系，赔偿受害人，儿子改判为死缓，命保住了。老付说，年轻只顾着赚钱，不顾家，孩子没人管，不学好，钱都给赔上了，到头来白忙活一场。城里没了落脚的地方，赵传俭回到村里，修缮了快要倒塌的老宅，凑合住着。吃完火烧，老付从车筐拿出洗好的西红柿，撕掉皮，啃着鲜红的果肉说，赵传俭可会说了，以前我和你爸赶马车卖铁，他买好菜和肉让你爸捎回去。我每次都和你爸说，别听他的，他使唤人有一手。你爸不听，念在他俩是同学，每次都绕路送到他饭店里。回回帮他捎东西，他也不说请你吃个饭，手里掉不出一点东西。太阳越来越高，我和老付挪到路边的树荫下，不时有车经过，老付脱下鞋，光脚踩在土里，当初我劝你爸卖了马车，学开车，以后都是车，他不学，你爸胆小，怕折腾。你看赵传俭，这把年纪，儿子出事，一折腾，头发全白了，人也没心气了。我说，去年浇地，水口跑水，他连个水口都不会修。老付说，他没干过，不懂这些农活。

进了七月，村民的心思都放在换届选举上。往年都在十一月份，今年提前了。一来村书记一直空着；二来镇上已经物色好了新的人选，就等着走程序。我们家里，一共四张选票。定了选举日期，老付嘱咐我，记得回来。选举前，先成立选举委员会，负责布置选举现场，维持秩序和唱票。选举委员会由村民代表选出。十户选一个村民代表，没出五服的家族，几个堂叔伯已经死了，老付的妯娌还有一个，常年住在城里，往下数，堂嫂们也都没时间，村民代表就归了老付。这天，召开村民代表大会，传达选举精神和规章制度——不能贿赂选票，要公平公正。在村委一楼的会议室，三四十个村民代表齐聚一堂，村民的微信群实时更新着现场照片。因许久不染发，老付的头顶新长出白发，其余褪色成灰黑，她趴在桌子上，下巴垫着手背，肥大的碎花裤脚悬空摇晃，身材臃肿如不认真听课的巨婴。或许是有人拍照，留作宣传资料，主席台上的三位领导正襟危坐逐一宣讲，其余代表千姿百态，脱掉鞋在剪脚趾甲的，埋在桌下看小视频的，交头接耳说闲话的。散会，老付回来。我说，你开会不认真听。老付说，我听他娘个屁。我问，会议精神，你作为村民代表传达给村民了没？老付说，我还有这闲工夫，都是些场面话，选举公正，他娘的，属他们不公正。我说，选票是神圣的。老付说，不给钱谁选他们，还不如选我儿呢。我说，你大小也是个领导，要提高觉悟，你要不尽职尽责，我作为户主，下次不选你当村民代表了。老付打开电视，调到正在追的谍战剧，发现已经演了大半集，骂道，他娘的，耽误我看电视，都接不上茬了。

我想起五六年前的那次选举，王本道结束第一个任期。三年间，王本道竞选时承诺带领村民致富，以及每个月向年满六十岁的村民发放三百块养老金和每个村民二百块福利补贴等拉拢人心的漂亮话都没有落实。说是怨声载道有些夸张，相较之下，当时投票给王本道的村民念起刘猛在任时的好。如政治漫画中，一杆秤上放置的两伙人，在这个北方的小村庄，刘猛这边的砝码加重，民意偏离正把王本道托举在半空中摇摇欲坠。在王本道之前，刘猛连任三届。小十年内，村庄以政府引资建厂为契机，几百亩的农田被占，从一穷二白没有任何集体经济，到仅靠企业占地租金，每年收入二三百万。目睹账户上攀升的数目，让刘猛产生一种错觉，把时代机遇和个人能力混为一谈，逐渐迷失在围绕他周围的拥趸们（其中多数在其下台后，顺势转投王本道）的赞美声中，手捂膨胀的腰包，舍不得贿选，只是象征性串门走访，嘴唇上下闭合攀亲拉票，结果可想而知。下台三年间，刘猛回归老本行，继续放贷。汇恒金融贷款公司比邻王本道的庄园，不同于后者的恢宏壮观，其前身为幼儿园。刘猛买下后，把三排平房共六七间校舍进行改造，划分出办公区、卧室、休闲区、餐厅，外观虽朴实，却也是难得一见的深宅大院。从铁艺大门向里望去，纵深四十多米的庭院，常年停放着几辆黑色轿车，池塘早已干枯，幼儿园的痕迹全无，能从几个吊起的沙包一窥主人崇尚武力。每到饭点，刘猛手底下圈养的员工（实为打手）提着饭菜、数箱啤酒和几大包馒头进出。一旦有陌生人靠近此地，两条大狼狗毛发直立，作势挣脱铁链狂吠不止。头顶下台村主任的光环，刘猛的放贷业务越来越不好开展，他一心想重回政坛，难免束手束脚，大部分款放出去收不回来。

蛰伏三年，刘猛吸取上次掉以轻心落选的经验，选举前半个月就放出话，这次要不惜代价，钱不是问题——有知情的村民佐证，刘猛公司的两个保险柜已经塞满现金。除了王本道本族及党羽的家庭，刘猛在亲信的陪同下入户走访选民，态度和善，问长问短中透露自己上任后的施政方针。我要是上台，村民福利翻倍，不分老幼，每月每人五百，要回占地赔偿款，并揶揄王本道，他连这点钱都要不回来。又以奠基者的身份说道，咱村的底子是我打下来的。例数他在台上的各项政绩，把小学夺回来当村委大院——全镇最气派的村委，盖老年公寓——年满六十岁免费入住，修建中心大街——妥善处理拆迁纠纷，并继续推动物流园占地——争取全村不种地，有钱拿。王本道没有亲自出马——这不符合他的性格，作为一个小有所成的企业家，平日里习惯了趾高气扬，有求于人走门串户赔笑脸这等杂事，交给家族里的人。他的叔伯堂弟们和村民说，王本道不缺钱，上任主要是给村民服务。他已经和区里的领导商量好，下一步我们村整体搬迁，在城里单独建个小区，这么大的工程，村里只有他有实力办成，刘猛这个混子早应该被抓进去了。尽管王本道过去的政绩不堪，但他确实抓住了村民最关心的问题，搬离这个被污染企业环绕的村庄，进城住上楼房，不用拿出一辈子的积蓄再四处借债为后代买楼。不论是哪一方势力走访，都得到村民支持的承诺。也不是他们狡猾，更多是碍于情面且任何一方都不得罪，也想把双方的钱都放进口袋。村民的基本态度是，认钱不认票。也清楚，谁上台都是会捞钱。唯一的奢望是，捞钱之余，多少为村民办点实事。

走访只是表面的演出。选举前半个月，王本道和刘猛在约三平方公里的土地上展开白热化的竞选攻势。刘猛因有前科，不是党员，没资格参选村书记。王本道上台这三年间，大力发展本族亲戚入党，对其余党员格外照顾，逢年过节发钱给物，书记一职基本锁定。与几年后的情形不同，村里的大小事务还是由民选出来的村主任一肩挑，书记的权力有限，王本道也参选主任一职。这是后话。为阻止刘猛给村民发钱，王本道以维持选举秩序为由，安排人马——两人一组，一组一车——日夜把守每条胡同，监视村民动向，记录出入人员，基本达到了禁宵的效果。村民纷纷不满，你不发钱，也不让别人发钱。除了书记，主任（只能在王、刘两人中产生），竞争委员和妇女主任的还有四五个人，按照邻村的贿选行情，村主任一张票五百，委员、妇女主任两百，加起来一张选票，能有两三千的进项。选举要公平公正，那就比发钱多少，拦着不让发钱算什么本事。选举日期临近，在村民的埋怨声中，竞选人员借机开空头支票，王本道的人盯得紧，钱发不出去，选上我，立刻发钱。村民心想，没见到选上后还发钱的。

选举当天，两轮投票后刘猛以一百多票领先。最后一轮投票前，维持现场秩序的派出所所长让村民回家休息，吃了午饭再来投票。敏锐的村民注意到所长旁边站着的面色凝重的王本道，心领神会，趁其余村民还守着计票牌妄议点评时，从人群中抽身赶回家中，老付便是其中之一。此时，王本道的党羽们怀揣着信封，敲门发钱，家中没人，让本族的亲属委托转交。午饭后，选举继续。王本道以十几票微弱优势当选，书记主任一手抓。口头支票不起作用，锁在保险柜中的现金成为失利的注脚。

当天晚上，王本道的庄园内大办宴席，众人畅饮，纾解半个月以来的紧张和疲乏。显然逼仄的村庄已经容不下他们积压在胸中的豪气——更多的是贿选前落后时的惊险和愤恨。夜幕降临，王本道指使手下搬出十几箱烟花，一字排开，点燃，发射到空中。村庄上空的这片黑夜，成为他们随意涂抹的纸张。璀璨的烟花照亮王本道的脸，或是沉浸在炫美中，他的表情达到了生理高潮，释然中挂着虚妄，转而又是大业未成的悲壮，随着烟花逐渐熄灭，放完的几箱烟花冒着烟，留下一个个黑洞。他还是不理解，为什么那么多村民没有选我呢，非要多花十几万冤枉钱才行。一墙之隔的汇恒金融，同时也在聚会，场面乏闷，桌上用塑料袋盛放的菜肴几乎没人动，汤汁流出，蔓延出一道道如裂纹，十几平方米的地面几乎被空酒瓶占据，众人喝得面红耳赤，静默不语。烟花在半空中绽放，忽明忽暗间，众人望向窗外，被美景震撼的瞬间，立刻意识到这是一种羞辱，从酒精中短暂清醒过来，咒骂声四起。多年后的夏天，我和东超吃烧烤，行至一半，同村的李晓星和儿子走进院子，在旁边的位子坐下。堂哥伸手打招呼。回去的路上，东超回忆起刘猛竞选失利的这个夜晚，望着漫天的烟花，他情绪失控，迁怒于身边的李晓星，把他打了一顿，揍到鼻血横流。他虽事后道歉，两人关系生疏，再也没坐在一块喝酒。我对堂哥的这个举动并不感兴趣，他说起这个，只是酒后吹牛的副产品。作为刘猛的拥趸，这天晚上东超不仅打了李晓星，还对前来慰问的一名镇上的工作人员污言秽语辱骂。这些在多年后，都成为堂哥可以酒后炫耀的自认能彪炳史册的行为。如果你们知道，当初他在外地因偷盗被拘留，刘猛不远千里驱车过去托关系把他捞出来，就能理解这种看似鲁莽的行为中蕴含着的伟大情义。我问堂哥，那天晚上刘猛在干什么呢？他说，过去这么多年，早就忘了。不管他是为了维护刘猛的体面故意不说，还是确实记不清了。但都不妨碍我在这里进行一番文学化想象。刘猛坐在椅子上，一言不发，隔壁的烟花掉落在院子里炸开，两条黑狗夹紧尾巴缩在角落里。面对这样的挑衅，众人发现刘猛一脸狰狞，等天空恢复平静后，他开口说话，低沉却又坚定，准确传达到了房间的每个角落，这才开始，好戏还在后面。第二天，刘猛开始搜集王本道贿选的证据，召集村中和王本道素来不和的村民，出资支持他们上访。一场持续至今的斗争正式拉开帷幕，若有舞台背景的话，正是漆黑夜空中绚烂的烟花。

如今，在主要大街和胡同的墙面上用油漆粉刷的“贪污犯王本道”“吸血虫王本道”等标语，历经几年的风雨依然醒目。委员及妇女主任在屋顶安装上监控，防备有人使坏。经常上访的几户人家，在玻璃、汽车被砸后也装了监控。四五十个村民——多为妇女、老头，扯上横幅在镇政府门前静坐，要求调查村里的贪污。三年过去，刘猛竞选当上村主任。没过几天，中共中央印发《中国共产党农村工作条例》，有案底的不能在村两委任职。刘猛卸任，他的司机李大召当上村主任。李家是外来户，经过李大召的叔父两兄弟四五十年的经营，终于有人站在村庄权力的中心。当晚，李大召的小叔，迈着在两次车祸中瘸了的双腿，把鞭炮挂上长杆，举向夜空，鲜红的炮仗皮落满一身。此后两年，李大召成为附庸，起初他反对王本道的任何决策，后逐渐认清形势，不再去村委办公，只偶尔在重要的会议上现身。尽管如此，作为村领导，李大召还是发福了，面对村民反映情况只是点头应允，既没有心气也没有能力去做点什么。任期一到，他没有寻求连任，回到工厂上班。

王本道和刘猛失去资格竞选，派系斗争成为过去，只暗中较劲。最为重要的村书记，上级已有考量。刘猛暗中扶持刘家佐竞选村书记，选举前夕，镇上的人找刘家佐谈话，他也自动退出了。至于妇女主任，没有出现新的竞选者，自然还是朱丹芝的。选举的过程中，朱丹芝神态自若，身穿鲜红的连衣裙，被一群妇女簇拥，只等结果公布。刘祥撞了下我的肩，目光瞟向朱丹芝说，又出来骚了。

竞选委员的有三个人，分别是：刘宏、刘昆仑、王俊。三人中，刘宏年纪最大，已过五十。刘昆仑次之，不到五十。王俊三十出头。刘宏当了五届委员，十五年，跑票时对村民说，再当一届，我可以领退休金，多帮忙。村民应许，心想他在任上这么多年，只求自保，谁都不得罪，毫不作为，不为村民服务，选上去只是摆设。刘昆仑心术不正，小偷小摸，不赡养父母，动辄打骂，全靠刘氏家族大及堂哥刘宏的关系在混。大家普遍认为，他参选只是为了分流本族的票数，恶心刘宏——迁怒上届选举时，刘宏站位不定，抛弃本家刘猛的阵线。刘昆仑逢人便说，刘宏在村委这几年，王本道没少给他好处。

计票结束。在村委大院百姓大舞台的高台上，王俊的名字下面“正”占满两排，一直延伸到黑板的下沿。刘氏兄弟的“正”字均为单列，如兔子尾巴。王俊的亲友不等唱票和公布结果便振臂高呼，人群一阵骚动，村民纷纷向散布其中的王俊的亲属道喜。刘宏挤开人群，在老婆余桂莲和儿子刘胜天的陪伴下，消失在大家的视线中。

人生中第一次如此被重视，王俊满脸红光，难掩内心的喜悦，初尝到权力的滋味，在经受村民们势利眼的炙烤后神情激动，眼泪几乎要夺眶而出，弯腰拱手不断示好。大家暂且忘掉了基层政治斗争的残酷，而眼下这个身高接近一米九、没念完初中、与父亲一起以灌装工业氧气为生、空闲时喜欢在村头和老头儿们打牌的人，是否能胜任委员为村民谋福祉，这些关乎自己利益的想法也被村民抛之脑后，单纯被一个年轻人处在自己人生高光时刻的喜悦所感染，这场略显简陋的加冕礼，并不亚于村民去观看乡邻的红白喜事所带来的新鲜感。这一张张暗淡且布满尘土的脸庞，用自己的选票，践行了内心的真实想法。既然那些老家伙一次次让他们失望，就让年轻人来，要是都不行，三年后推倒重来。不一会，零星的掌声开始汇聚。赵庆业站在角落里，虽贵为新上任的村书记，却挺着在镇上当科员三十余载吃成的大肚，满是落寞。三十多年前，他离开村子，满心欢喜终于不用务农，如今回归，眼下的农村又增添了一份陌生感，不尴不尬目睹着王俊在人群中穿梭，与人击掌。不久的将来，王俊这身休闲服，会换成西服、衬衫，他的体形会进一步发福。这些过去有些陌生的面孔，他将会在日后的工作中一一记下他们的名字。此后人生的许多时刻，王俊还会想到此情此景——他被这些沾满泥土的双手托举，完成身份的蜕变，是否心存感恩，我们不得而知。当天晚上，八点左右，王俊家的门口足足响了十几分钟的鞭炮声，炮仗皮如铺在婚床上的红色棉被，厚厚一层。第二天清晨，清洁工赵丽拿着扫帚看到炮仗皮，暗自骂了句，他娘的，不干点好事。

后续：

刘宏连续几天闭门不出。人生的落差一时难以接受，年近六十，工作不好找，回归老本行也不现实，如今木匠派不上用场，铝合金窗的生意也不好做，何况还需要投入不少的成本，习惯坐在村委的办公室里写材料，三高体质也应付不了零工，去工厂看门还有点早。村里返聘刘宏，负责日常政务，碍于村民的意见，他去了几天就又回来了。后来，刘宏去了披甲村他堂弟的厂子里负责账务，但不发工资，工资用来抵前几年刘胜天结婚、离婚、做买卖欠的十几万的账。刘宏在屋后开辟出一块地，种上时令蔬菜。余桂莲很少去市场买菜，肉也几乎不吃。偶尔，她的两个姐姐带来肉和菜。

刘昆仑接替赵传俭，负责村里的农田灌溉。他的老婆潘咏梅在一天夜里脑溢血，幸好送医及时，只留下轻微后遗症，腿脚总是发麻，二百多斤的身子，坐在家门口，一坐几个小时，望着街上来往的村民，招呼他们过来聊天。少有人停下，大家都忙，不像她习惯了好吃懒做。

王本道全家搬到城里，除了开党员会，很少回村露面。受疫情影响，物流不好做。修高架桥，王本道承包下土方工程。堂弟王强和村里打官司，要求偿还修路建公墓的工程款，共计七八十万。村里的账户被封，物流园下拨的占地款没法按时发给村民，引起了民愤。王本道在任上这些年的财务问题逐渐现形，村里不仅没有盈余，还亏损数百万。一审，村委败诉。村民要求上诉。官司至今没有定论。王本道的母亲在过完八十二岁的生日后被送进养老院。王本道的哥哥和三个姐姐，想让他出钱赡养。王本道的父亲在世时，住院、看病等一系列花销，都是他掏的腰包。轮到母亲，还要他出钱，他生气了，咱娘又不是只生了我，要管一起管，要不管，都别管。

自从当了委员，王俊虽时常出现在村口的集市上，但再也没坐下和老头们一起打牌。他一改过去逢人羞怯的性格，与人目光相对时不再躲闪，而是迎上去脸堆微笑，攀亲论辈问候几句。这当然有赖于村民也把他放在眼里，当成一个领导。任何上级的通知和文件，王俊都及时发送到微信群里，缀上一句：谢谢家人们配合工作，王俊谢过。

起初，上级要求赵庆业回来当村书记，他是不情愿的，领着退休金，没人管束更自在。上任一个多月后，赵庆业尝到了当一把手的甜头（在镇上的农委，他一直都是科员），在杏园居喝完酒，披着月光，回家的路上，他自语道，书记官小，也是领导。

八月　婚礼

罗亮要结婚了。他是我堂姐的儿子，每年大年初二，都会提着一箱几十块的奶或八宝粥来家里看望，坐在客厅的马扎上寒暄几句，恰好家里还有客人，趁乱放下东西就走，没客人的话，他坐下等一会有客上门趁机再走，即便没有，不超过十分钟，他也会起身走，回到堂哥红岩的家里。我们也会故作客套留下他吃饭，他也从没留下。一切都是远亲走访时应有的节制和疏离。这么说，一年中，除去掐头去尾的客套，我和罗亮实质上说不上几句话，因一年一次，有些当时问过的话，过了一年后早已忘记，又要再问一次。比如，你多大了？还在上学？在哪里上班了？老付告诉我，他要结婚时，我才意识到，他已经二十七八。挂了电话，我在脑海中梳理罗亮的大致信息，发现虽为亲戚，我了解的也只是凤毛麟角。他是家中独子，在济南念的大学，具体专业不详，理工科，大概和电有关。毕业后，罗亮在济南工作了一阵。去年春节时，我问他是否还在济南。他笑着说，早就回来了。这个笑，让我这个当舅的心想，的确对眼前这个外甥不太关心，只好圆场道，回来离家近，济南也没什么好的。他回来后，这两年具体在哪儿上班，我也不清楚，可能他说了，我没往心里去，不是多么显赫的工作，无非是在厂子里。尽管春节走亲访友都穿着比较体面，从罗亮略显单薄的身板和字句间文雅的谈吐可推测，有个文凭傍身，不需要再像父辈那般卖体力求生。

至于罗亮的母亲——我的堂姐小霞，几年都见不到一次，了解更少。我的爷爷，亲兄弟三个，排行老幺。老大是堂姐的爷爷。堂姐的父亲，兄弟三人，排行老大，在她还咿呀学语时，跳井寻了短见。此后，她只能从长辈的只言片语中拼凑出生父的形象——能言善语，心地善良，聪慧练达，不同于两位叔叔行事死板，以至于后来因琐碎家务事闹得天翻地覆，老死不相往来，互为仇人。父亲死后不久，母亲改嫁到几公里外的北焦宋村，小霞过继给了二叔。二叔家有两个儿子，红岩、重庆。堂姐如今已是五十多岁的妇女，作为一个传统意义上命苦的女人，其饱含着艰辛的人生历程并不为人所知，不局限于我下面所了解到的，她小学没念完，操持家务，不满十五岁跟着建筑队当小工，一到法定结婚的年龄，嫁到军屯，虽相隔不足十五里地，但不在同一个区县，考虑到当时交通不便，军屯被山包环绕，称得上是远嫁，且被村民称为“山里”，远没有我们平原上的居民生活便利，就算是种地，那边多为山地，辛苦也加倍。往深里说，叔婶对这个养女的终身大事并不用心。此后的近三十年间，小霞依附在罗亮的成长轨迹中，或是以丈夫老罗的角度，被长辈们略有涉及，她已经模糊到失去了自身的价值。但你真的见到她，通过她的脸，就会知晓小霞遵循一个妇女的轨迹，又在她躲闪的目光、漠然表情、举止麻利中推测她如长工般的日子，只是生活投射在她身上的屈辱又不仅如此。此时罗亮即将举行的婚礼，让我想起小霞出嫁时，那是我记忆中参加的第一次婚礼，对于一个刚上小学的孩童，相比早已丢掉的记忆，印象深刻当然不是因为新娘是我的堂姐，记忆点是我人生中第一次乘坐小轿车。冬天，天还没亮，我在睡梦中被大人塞进车厢，车不知道开了多久，醒来下车，天已经亮了。我站在屋外，看到南边竖着近在眼前的山包，和身后的屋舍相比，如巨石堵在地鼠的洞前，随时要滚下来把一切碾碎。对于婚礼，印象全无，只记得我去爬山包，站在顶上，看到进出忙碌的大人们，像是平日里摆弄的玩具。

去年，我的堂伯、伯母——也是小霞的养父母，在二十天内相继离世，我也就在二十多天内见到堂姐两次。许多年没见——起码有十年以上，堂姐的头发还是浅红色，不是为追求时髦烫染，而是天生的自然颜色。当她这个岁数的农村妇女都模糊性别留短发时，她还梳着马尾辫。虽然常年风吹日晒，堂姐的皮肤并不黝黑，白底微红，也因此皱纹更加显现。她一身老式的长衣长裤，包裹着消瘦的肉体。如此种种，小霞像是活在二十多年前，仅靠穿着打扮看不出一丝时代的特征。她多年来一定是参加了不少的葬礼，懂得各种民间习俗，在养父母死亡的当晚就被召唤过来，往前探着的身量如被卷进机器快要压弯的钢板，被红岩和重庆来回指使着颇为干练地布置着灵堂——在瓷罐里放进麦粒，包裹着黄纸，再插上香，捏好面人，叠元宝等。在葬礼肃穆且沉痛的气氛下，我和堂姐并没有说过一句话，作为近亲，对双方的出现毫不意外，只是漠然为丧事准备。

天亮后，老罗出现。这是自他俩成婚时，我第一次见他，鉴于早已忘记他新郎时的样子，可算是我初次见到这个姐夫。老罗的头发依旧茂密，多半已经花白，穿着一身藏蓝色的粗布衣服，脚下蹬着一双黑色老布鞋。如果拍张照片，调成黑白色，说他是百余年前民国那会的人，也有十足的可信度。他嘴巴抿着，因牙齿已所剩无几，下巴上翘，上颚塌陷。没有人招呼，也无人在意他，老罗作为女婿游离在整个丧事之外，妻子有事和公公交头商议，他和我们一道，在天井的灵堂前席地而坐，有亲属前来吊唁时，我们起身跪伏磕头还礼。老罗脸色凝重并不完全为当下的悲伤情绪所致，沟壑的皱纹中弥漫着一种无法纾解的痛苦，卑微如一棵杂草，可惜身处在水泥地中，努力生长却被卡住，壮年时从工地的脚手架摔下颅骨骨折后，他就失去了家庭中应有的地位，父亲和妻子看起来更像是一对忘年夫妻，不堪的传闻也自此流出，在他的身体上又抹了一层水泥。

两场葬礼都安排在重庆的家里，他早年离婚，和女儿小雨住，家里宽敞些。伯父伯母都已七十多岁，且生病多年，已在大家的意料之中。伯父患有帕金森和肌肉萎缩，卧床多年，几无行动能力。伯母自年轻时就有肺痨，一到冬天就咳嗽，喘不上气，众人已经习惯了她的病情，肺癌晚期似乎就应该是她最终的结局，亲友还会提及她的痨病，用来宽慰她，这也是死得其所。伯母最具标志性的是她后背的罗锅，一提罗锅，就知道说的是她。这也预示了她的一生，罗锅如同一座山，她也就如此驮着整个家庭。伯母是女怕嫁错郎的现实例子。伯父如同一个离开阳光就不能存活的植物，一年四季，几十年如一日，依偎在墙边晒太阳，家里家外都是伯母操持。如果说伯父对家庭有什么贡献，大致就是生育了两个儿子，没上几年学就出工赚钱。伯母在生命的尾声，还拖着病躯，伺候伯父吃穿。她查出癌症后，老付提着一箱鸡蛋去看望。此时，伯父已经处在昏迷中。回来后，老付缩着脑袋，拱起双肩，模仿伯母的罗锅，口鼻被封，食道塞满头发，用腹语说，我这辈子，让他（指着躺在床上的伯父）给治死了，没有一天轻松的日子，盼着多少年，他死了，我自己能清闲点。不等他死，我就活不了了。

学舌完毕，老付又重述过去伯母的一席抱怨，伯父一辈子窝囊，在外面大气不敢喘，戾气都用在自己老婆身上。伯母做好饭菜，端上桌，或咸或淡，他就开骂，他娘的，连个饭都做不好。一时看不见人，到处找，等伯母回来，开口便骂，骚货，到处跑，几点了，还不做饭。老付听后鸣不平，嫂子，你也是脾气好，他欺负你，还给他做饭吃，吃他娘的，饿死他散伙。伯母不说话，坐在马扎上，埋头抓着头发。当时伯母还没查出肺癌，也可能已经病变，只是没有去医院验证，认为身体日趋衰微，也是年龄渐长的必然结果，她终于不用下地务农，也不会遭到家人的非议，有了短暂歇息的权利。老付回忆道，我刚嫁过来时，家族十几口人住在一个宅院里，进进出出，朝夕相处，一起上工、下工，一样穷，饭都吃不饱，也没什么好攀比的。作为家族中年纪最小的妯娌，老付还没从娘家的呵护中走出来，不论农活还是针线都很生疏。东超的妈身体不好，农具不经手，针线应手，老付跟着她学，手笨，只学了个姿势。红岩的妈，一双手脚如男人一般。老付说，别看她背着罗锅，力气不小。没几年，东超妈先死了。各户分家，不住在一起。一晃，小四十年过去，都成老太婆了。日子不经过，老付沉默一阵，又说，年轻吃苦受累不算什么，人一旦长病生灾，做不了自己的主，除了等死，没别的道走。

老年公寓在村西边，紧邻铁道，一排四户，共十几排，一户只有平房民居的一半大小，村里年满六十岁的老人免费入住，先到先得，不用和孩子住在一起，减少摩擦和矛盾，有些老人和子女还算和睦的，有这样的机会，也都搬了过去。公寓还没完全建好，刘猛就下台了，打好的地基上堆放着残砖瓦砾，成堆的沙子和石子，经过十余年后早已被村民挪用殆尽。公寓虽小，五脏俱全。走进宅门，十几平方米的天井，屋里一半是贯通南北的客厅，另一半是两间小屋，背阴的是厨房，朝阳的是卧室。宅门敞开，我和老付走进去，拴在墙角的小黄狗，犬齿毕显，从踏进门到我们离开，叫声没停过，令老付感慨道，人老实，养的狗倒是争气。屋门没遮没拦，成群的苍蝇不顾吊扇的转动，围着躺在两张床板上病入膏肓的老人伺机产卵。狭小的房间被两张床板占据，东边伯父，西边伯母，中间只留下一条狭窄的过道，竖着一个白色的塑料桶，上面有个盖垫。不用掀开，也知道这是个粪桶，屋里浓厚的臭味也正来自于此。不同于露天的茅坑，粪便经风吹日晒，虽臭，但也是大自然应有的存在，而眼下新鲜的粪便，携带着体内的酸臭，身处其中如陷在粘鼠板上的老鼠，越挣脱越无力。老付喊了几声嫂子，没人应答。伯父伯母平躺着，身体随呼吸略微浮动，此外别无反应。老付又问，小杨呢？怎么孩子一个都不在，都去哪儿了？我来到外间，老付也跟了出来，朝我使了一个撇嘴皱眉的表情。除了走进来的一条道，再没下脚的地方，生病这阵亲戚送来的鸡蛋和纯奶杂乱地堆放在一旁，北边是伯母还能活动时捡拾的纸壳和各类饮料瓶子。进入三伏天，后排的窗户里吹进来的都是暑气。印有领导人标准宣传照的覆膜纸，贴在窗户下方，目光如热风吹拂着整个房间。案板支在塑料桶上，切好的黄瓜，水分已经吹干。一碟咸菜，挂着白色的盐粒。墙上贴着的挂历，已有一个多月没掀，还是六月份。又站了一会，没等到有人来，老付站在卧室的门边，对着里面的两具肉体说，我先走了，过两天再来。丝瓜架繁茂的枝叶间垂下一个硕大的丝瓜，老付经过，伸手摸了下，太老了，留着当种子还行。

伯母死去的当晚，一如在半个多月前，伯父临终时一样，堂哥召集我们过去。不同的是，伯父是在老年公寓里咽气，旁边的木板上躺着伯母。在我们把伯父的遗体抬走时，她艰难地睁了一会眼睛，对突然眼前有许多人，感觉诧异，但很快就明白了什么，放心闭上眼睛，继续昏睡。小霞留守陪着她。丧事结束，伯母被抬到重庆的家里。省却如伯父这样，死后被人抬着在大街上招摇，让乡邻围观。在生命最后的十几天里，伯母睡在小儿子家里，周围被粮食环绕——这间西偏房原本是储存粮食的地方，和老年公寓相比，因背阴，不见阳光，更为凉爽，也因视线不好，头顶的节能灯瓦数也低，不论白天黑夜，像是一个地窖。我过去时，伯母盖着一床又脏又破的毛巾被，小雨跪在床边无望地喊着，奶奶，奶奶。小霞、红岩、小杨、重庆、东超、任霞守在一旁。我走到床边，伸手抚摸伯母的手背，还有温度，她裸露在外的四肢，比平常男的都要壮大，也更为粗糙。背后的罗锅已经融进身体，让前胸高高隆起盖住脖子，让人误以为枕头有个洞，使脑袋陷进去了。家族中父辈的男性都已经死了，只有我们这些晚辈静候伯母死去。过了好一会，死亡迟迟不来，我们退到客厅。客厅的当中为放置棺材，先在四角摆放好砖头，用来烧香纸的铝盆放在一旁，盆里在前不久伯父死时已经被熏黑。我坐在客厅的沙发上，通过窄门，看到小雨跪在床前，处在青春期的纤薄身体因哭号颤抖着。任霞碰了下我，她奶奶没白养小雨。忽然，小雨撕心裂肺哭起来。我们纷纷站起来，一拥而上。紧接着哭声大作，准备已久的寿衣被拿了出来。我和东超去找棺材。已过十二点，村民早已入睡，深夜的街上空无一人，只有路灯还亮着。等我们把棺材抬回来时，一些乡邻闻讯赶到进进出出。小雨还在哭，不再哀号，只是默默抽泣。在其余的人眼中，伯母的遗体成为摆设，围绕着它布置仪式现场。香纸点燃，灰烬在客厅里纷扬着。伯母身穿艳丽的寿衣躺进棺材，棺材板露出一角，向里望去，只看一张覆盖在脸上的黄纸。离天亮还有六七个小时，乡邻们又都走了，答应一早来帮忙。只剩下我们几个近亲的晚辈。又过了一会，儿媳小杨身体不好，明天一早还要去医院做透析，先回去休息了。侄儿媳任霞还有三岁的幼女在家中等她照料，也先走了。守灵的就只剩下小霞、红岩、重庆、东超、我。重庆拿出手机，向我亮出十九天前，伯父死时他发的两条朋友圈：一、祝父亲在天堂一路走好。二、我失去一位我至亲的人——我的父亲，儿子祝愿您在天堂一路走好。他说，你帮我编一条，别这么写了，我发个朋友圈，这样伙计们看到，就不用挨个通知了。我接过手机，思索一会，打出四个字：母亲走了。他问，就四个字？我说，对，这样就行。重庆抱着手机，坐在一旁，思索一阵，发了条朋友圈：母亲走了，儿子深深怀念您。我们在棺材前面烧了一会黄纸，就各自找地方躺着了。为给棺材腾地方，沙发搬到天井里，我和东超分别在一张沙发上，蜷缩着眯了会。半梦半醒间，听到有人走动，大概是红岩或是重庆，起身去给他们的母亲烧纸。

每年，村里要死十几个人，也就是说要办十几起丧事。以往，每个家族——多指几十户以上的大家族，都设有专门的账房，负责婚丧等事，其余的姓氏要专门去请。现在村里年轻人越来越少，懂礼数的老人也渐次凋零，大家族办起丧事也都有些吃力，更不要说那些小门小户，或是无儿无女，或是有女无儿的，家里死了人，更没有多余的人手去操办。而且，政府提倡节俭白事，治丧委员会也就应运而生。村委领导牵头，各族有经验的账房和长辈组成固定的成员，人员费用由村里记工，不需要个人承担。把人情世故变成一份额外的工作，避免了没必要的人情纠葛。所谓新旧交替，丧事的仪式也有了革新，披麻戴孝只成为一个名词，死者至亲仅有白布系在头顶，而不是一身白衣白裤。不允许大办宴席，或锣鼓喧天请戏班。除了外面的亲属前来吊唁，由主家出钱在饭店办一桌宴席外，其余帮工一律吃大锅饭。全村只留下一副棺材放在村委，随时可用以盛放死者摆在家中守夜。治丧委员会一视同仁，给所有仙去的村民用同一份悼文，除姓名、出生死亡时间、家庭工作情况等基本信息不同外，不论死者人品如何都冠之以为人正派、忠厚老实、勤劳朴实、团结乡邻、吃苦耐劳等词汇，算是最后的哀荣，不过也因死者生前的言行和口碑，大家反应不一。伯父的葬礼上，念悼文和短暂的默哀中，一直有村民在窃窃私语，甚至还有笑声，概因他懒惰的一生，并不值得被尊重。念伯母的悼文时，提到勤劳朴实，人群中一阵哀叹和抽泣。

伯父伯母先后死了的这一年多里，发生了这么几件事。一、伯母临死前，想吃一个鸡蛋羹。鸡蛋放在冰箱里都臭了，没有人给她做。经任霞的嘴，村里多半的人都知道了这件事。后来村民再提到伯母的死，也就说一句，养了两个儿子没用，老战临死想吃个鸡蛋羹，也没人去做。小霞作为养女，并不被大家责怪。二、村里陆续又死了十四个人。八十多岁到三十多岁不等，有常年生病最终不治的，也有洗澡摔倒脑出血而死的。其中一个妇女，因家庭琐事在家中上了吊。三、当初拓宽中心大街，占了伯父家的一部分老宅，说好了分一套老年公寓作为补偿。但当时没留下字据。赵庆业上任后，要他们把老年公寓腾出来。重庆酒后扬言，要剁下赵庆业的一只手。四、两场丧事后收到的各类礼金，共一万出头，重庆拿着没和红岩算账。几个月后，政府退还的伯父伯母养老金和保险共三千多，小杨取出来也没和重庆算账。因为钱的事，这对兄弟心生芥蒂，各自酒后痛骂对方，维持着表面的和睦。五、人口减少，土地重新分配，割出去两亩，留下的三亩地没人种，经重庆红岩同意，村民纷纷在上面辟出一块块菜地。六、小雨考上高中。在教育质量堪忧的镇中学，小雨是考上重点高中的三个学生之一，也是我侄子这辈，还留在村中能唯一进城享受高中教育资源的。红岩的儿子，初中毕业后在武校念书。东超的儿子，初中毕业后上了技校。七、重庆在家里和酒友喝酒，指着在沙发上玩手机的小雨说，有你这个累赘，我上哪里找老婆。小雨哭着跑出去。重庆发动亲友找了半宿，天亮前，在铁道沟里找到小雨。八、罗亮结婚。

罗亮结婚这一天，烈阳高照，是一个典型的三伏天，天空如同有个巨大的吹风机，要把万物吹干。上午十点多，我开车载着老付、东超任霞夫妻。红岩和重庆喝酒，那边专门派了辆车来接。沿着联通路向西，先经过村里的陵园。以前这片都是山包，只有人走出来的小路，也不通车。小三十年过去，城区不断外扩，联通路从军屯边经过，山包也顺势成为公园和景区。一排车停在路边，我们也停下，一行人穿过婚庆的红色拱门。

军屯要拆迁了，楼区在不远处已快竣工，村里到处都是断壁残垣。我们进门，罗亮的爷爷迎来招呼片刻便说，再过几个月能住上楼了，孩子结婚定下了日子，拖延不太好，先将就在这里办了。天井以及屋里都站满了人，我们大多不认识。罗亮穿着西服衬衣，胸口扎着礼花。新娘穿着红色的中式礼服，妆容精致。这对新人，与这个杂乱的乡村房舍格格不入。账房在东屋，上完礼金看着记好账后，我们几个人来到几步远的村口。旁边一处齐腰矮墙围着的闲置院落里搭着一顶防雨的蓝色帐篷，下面支着几张桌子，坐着村里的几个人在打扑克。院落门口支着丝瓜架，我们坐在下面乘凉。离中午开席，还有一段时间。天气闷热，热风吹着树叶和丛生的杂草。老付感叹，没想到西山这几年变得这么好了。又说，咱们的村还不知道什么时候拆迁。东超插言，你等着吧，拆个屁，死了也等不到。老付又说，小霞和咱们不亲，平常也不来往。我说，叫你婶子了没。老付说，叫了，还能连个婶子都不叫了。我说，那你还想怎么样，你也没对人家多好。任霞看了我一眼说，中午你多吃点。我说，好几天没吃了，就等着中午这一顿了。任霞知道我在说笑，你哥出门拿着塑料袋，打算吃不了带回去。东超说，尽在这里胡说八道。我插嘴说，嫂子，骂你呢，你还不拿出家法来收拾他。东超点上根烟，掏出手机，开始刷短视频。我歪头看到，一个女的穿着紧身裤，在公园里扭着屁股跳舞。又刷了下，还是一个跳舞的。我对任霞说，嫂子，你也不管管我哥，就知道在手机上看别的女的。任霞常年在塑编厂熬夜加班，头发已有花白，瘦黑的脸上满是妇女的犀利，外甥结婚，当舅的也有想法了，再看也不是自己的老婆。堂哥不为所动，继续刷视频。我说，论迹不论心。嫂子没明白什么意思。我说，行动上没问题就行了。嫂子瞥了一眼，哼，我就不说了。堂哥说，行了吧，都闭嘴吧。

婚宴安排在不远处立交桥旁边的华山大酒店。主楼后面的一排平房是举行仪式的会场，主席台已经由婚庆公司布置妥当，一条塑料花簇拥的过道，两侧是十几桌宴席，放着瓜子、喜糖等零食。我们一行六人作为娘家的亲属，坐在靠近主席台的一桌。亲朋好友陆续进场，喜庆的音乐声中场面嘈杂，除了几个孩童在追逐打闹，大家早已见惯了这种在乡村流行的西式婚礼，也对婚姻和生活的本质有了更为清晰的认识。这只是人生的一个必经步骤，光鲜和亮丽无法持久。人们算计着要给的礼金，空腹期待端上来的菜肴，幕布上循环播放的婚纱照不免令人回忆起自己结婚时的样子，顿生感慨，时代的确在进步，一切都变得体面，可也缺少了应有的热闹，在这个略显庄重的场合下，诸如“婚闹”等陋俗没有施展的空间，无法趁机发泄内心隐藏的恶，在有些人看来，不得不说也是一种遗憾。大喇叭里传来司仪尽可能庄谐兼具活动气氛的话语，伴随着零星的掌声两对亲家走上台。稍后，灯光暗下来，一对新人走上舞台，在司仪的引导下分别讲述了恋爱过程，对各自的评价，海誓山盟的誓言下相互递交了信物。红岩和重庆背对着舞台，并没有调整一下座椅，去见证外甥人生重要时刻的兴趣。一番互动后，司仪唱了一首助兴的歌曲。服务员端着菜肴鱼贯而出，大厅里充斥着吃喝的响声，不一会餐盘空去大半。新人来敬酒，红岩和重庆的脸上才逐渐有了勉强的笑容。因平时不太走动，亲情稀疏，敬酒时我们保持着拘谨的表情。面对婚姻，在座的都是些失败的案例，祝福的话说出来时也欠缺底气，显得言不由衷。敬酒时抓拍的两组照片里，红岩和重庆穿着汗衫，黝黑的皮肤自年少时就没再变白过，经过夏天在太阳下烤晒后更为深重。他俩从外甥媳妇的手中接过酒杯，腼腆喝下，全无往日在酒桌上的肆无忌惮。东超在被敬完酒后，坐下照例剔牙。老付作为仅存的姥姥，拿出红包，象征性喝了口茶水。只有她的脑海中，留存着小霞生父的样貌——当初她嫁过来时，笑容明亮的堂哥。散席后回去的路上，经过陵园，我们同时望去，只见绿油油的松柏间冒头的天国银行。老付自言自语道，办完婚礼，罗亮和他老婆，应该来给他姥爷姥娘上坟。

九月　秋收

我戴着斗笠，穿着长衣长裤，钻进玉米地里，双手并用把玉米掰下，四五米扔一堆。掰完后，提着化肥袋子逐堆装袋，等分量足够沉，但又不至于扛不动后扛在肩上，俯身穿过玉米地，走到地头，拽着袋底，倒进车斗。装满一车，老付开车拉回家中。一百米长，西边紧挨的核桃林，两三年已经枝繁叶茂，混杂在玉米丛中，收割机不给割。一垄地，电动车四五趟就拉回家了。中途，我和老付坐在地头。她啃着苹果说，明年这垄地不种了。我没好气地说，早让你不种，你还不愿意。老付摘下帽子，用毛巾擦着脖子和脸上的汗，天一热，太阳一晒，她皮肤泛红，如整个人在沸水中焯了一遍。我说，今年还没吃过煮的玉米。往年，玉米没熟透前总掰几个回去煮着吃。这半个月我没回村，九月一过中旬，玉米就不能吃了。下午三点多，太阳还很大。四下的玉米长得比人高，没有一点风。老付说，一坐下就不想起来了。我说，那就再歇一会。老付说，歇着这些活谁干。我说，今年玉米不大。老付说，种子不行，今年用的金海 702，从镇上老肖那里买的，也不知道是不是陈种子，去年用的先行 1658，粒子就饱鼓。下次还是去凤凰镇那边的种子站买，总去一个地方买东西，他就糊弄你。她扭头看着刘富国家的玉米地，咱这不算小，你看他家的，玉米一个个和指甲盖这么大小，种瞎了地。我说，今年雨水还算好，不旱。老付说，咱多浇了一遍水。我问，今年能有三千斤？老付擦了下脸颊的汗，打多少算多少。歇够了，我们又把地头这一片玉米掰下来，装满一车回了家。

第二天。老付一早来到地里排队。十点左右，老付走在前面引导着玉米收割机驶进地里。收割机后面跟着一辆时风牌农用三轮车。和麦收时不同，虽是同一型号的车，车和车主不是一个。但车主也有相同的地方。一、都是外地人。二、都是收废品的。三、都租住在村边的果园里。两个人年纪相仿，都已近五十，但今天这个更显老，穿着褪色的迷彩服，一副流浪汉的装扮，从三轮车的驾驶室走下来，因身形矮小动作迅疾，如被扔下来的一截柴火，恰好立在地上。还没看到人，已经笑得咧着嘴露出被烟熏黑的牙齿，似乎别人的钱都进了他的腰包了。老付说，老黄，你开车看着点，别压了脊子，碰了我的树，不然我让你赔钱。老黄嘿嘿笑，压不着。老付又说，一车装满了再走，别装半车，不然我可不给你钱。老黄嘿嘿笑，肯定装满。老付又说，你看你脸上脏的，也不洗把脸。老黄嘿嘿笑，洗了也不干净，浪费水。收割机在地里穿梭，齐整的玉米秸秆被打碎，激起一团尘土，悬在行驶的收割机的后方半空中，如牵引着一团灰云。我走到地里，踏着打碎的玉米秸秆，软绵绵的，青草的味道扑鼻而来，混杂着玉米新鲜的香味。联合收割机又来回走了几趟，一亩地的玉米收割好，仓里满了，升起割台，朝这边开过来。老黄发动三轮车开过去，等联合收割机停下，三轮车来到机身一侧，我和老黄手持两把铁锹，爬进车斗，等储粮仓升起，新鲜的玉米倾仓而出，我们找平以防玉米倒在外面。两仓过后，车斗满了。

上了公路，老黄踩油门提速，车身晃动，没出几十米，他从车窗伸出头，对顺着路边走着的肥胖妇女喊，靠边走，别让车撞了。我歪头向后看去，那个妇女没有任何反应，仍低着头，亦步亦趋走着，如一个刚学会走路的巨婴，痴迷于自己的双脚能稳妥踩在地上。老黄叹口气说，有啥办法。继续踩油门，往前开。这几年，我经常在路上看到她，不声不响，对路上来往的行人和车辆，没有丝毫关心，只低头走路。以前，我问老付。老付说，一个收废品的，四五十岁，找不上老婆，不知道从哪里捡来这个女的，生了两个孩子，一男一女，孩子倒不傻，女的平时在家，不知道干活，饭倒不少吃，吃饱饭顺着路走，走到饭点回家再吃饭。老付不忘感慨，你看人家，这也一辈子，傻人有傻福，什么都不用操心，也不用干活。咱这命不好，从坡里干活回来，不做饭，就没饭吃。这时，我终于把这个妇女和老黄联系在一起。我问，你老婆怎么天天走来走去的？老黄说，想走，就走，不走，她也没事干。我问，你俩怎么认识的？老黄说，这有啥好说的，吃不上饭，我给她口饭吃，就赖着不走了，我这是请回来一尊佛。妇女的体形倒真像弥勒佛。老黄又说，啥也不知道，里里外外都是我。我说，好歹还给你生了俩孩子。说到这里，老黄又嘿嘿笑起来。

路太短，有些话还没问，几分钟到了胡同，我指挥他把玉米倒下。坐上车，路上没见他老婆的影子。我问，来几年了？老黄说，十来年了。这些年，走了一批收废品的。我问，你怎么还在这里？老黄说，这里赚钱容易，待习惯了，孩子也在这里上学。话没说几句，又到地里。我递给他一根烟，他夹在耳朵上。玉米收割机还在地里，如电推子一般来回割，只剩下一缕地还没理成平头。我问，那老家蒙阴还有什么人不？问这些的时候，我想起前两年村里的另外一个人，我不知道他的姓名，只能把一些细节描述给老黄，个头也不高，和老黄相仿，总是皱着眉，说每句话都唉声叹气，在铁路边上的养猪场打工。我刚说完，老黄一拍手，你说的是老耿。又说，他前年就死了，喝酒喝死的，我和他半个老乡，他是沂水，我是蒙阴，隔着百里地。老黄又嘿嘿笑起来，取下耳朵上的烟，拿眼前看了下牌子，好烟啊这是。点上后，吐了一口，瞬间被风吹散，说道，我没什么能耐，随便找个女的生了孩子，傻归傻，孩子没毛病，老耿这辈子，活到四十八，比我大两岁，死了也就死了，啥都没留下，老家也没来人。我去养猪场送玉米秸秆，老耿原来住的那间小屋，没人愿意去住，腾出来装饲料，骨灰盒还扔在里面，说让我回老家，顺道把骨灰盒送回去，他家还有个哥哥，我心想，一百多里地，光油钱就好几十块钱，人都死了，埋在哪里都一样，老耿活着都不愿意回家，死了还埋回去干啥。他转头问我，你咋认识老耿的？我说，他下午去集上买菜，路过我家屋后说过几次话。还有一句话，我留在心里没说，有次我把扳手落在道上，老耿敲门，问是不是我的扳手。老黄说，刚来那几年，我和老耿还一起喝个酒，他喝了酒，爱骂人。

收割机从北头过来，轰鸣声越来越大，绿色的碎秸秆喷在地上。老黄还想说些什么，收割机停在地头，司机推开玻璃朝这边骂道，他娘的，还不赶紧装车，蹲那里拉屎呢。老黄赶紧起身，跳进驾驶室，把车开到收割机的旁边，车斗对准车仓，满仓的玉米滚落进去。三轮车开到路边，收割机掉头又冲进地里。老黄下来，讪笑着走向我。我说，你就这么让他骂你？他说，我们外地的，不和你们本地人一般见识。又说，让人骂两句身上又掉不了一块肉，赚到钱就行。我问，两趟说好的多少钱来着？他说，一趟三十，一共六十。我微信扫码，先付给他。

我守在胡同里给玉米扒皮，今年机器脱皮彻底，大部分玉米只还有一层薄薄的皮，剩下的光着身子，只需挑选出来即可。车卸得有点靠西，快到刘胜天的家门口了，我坐在他家门边先把这一块给清理出来，别妨碍他家进出。

刘祥光着膀子，短袖搭在肩头，似乎觉得有人注意他一样，摇摆着身姿从胡同走来。他下午还要和我姐夫去盈科安装监控，先帮我干会，下午干完活再过来。中午，我们随便吃了点饭，没歇脚。下午，来了几个帮手。魏晓妈骑着电动车从胡同经过，她在镇政府打扫卫生，不到四点就下班。她停下车，收了啊。我喊了声婶子。老付问，你家里什么时候收？她说，一点地，也就打四五袋，昨天去看，还有点生，过几天再说。说完，她骑着向西，不足五十米就是她的家了。一会，魏晓妈换好衣服走来。老付见状，忙客气道，干了一天活，你快歇着吧，又麻烦你了。又过了会，我表姐领着她两岁的女儿悦悦来了。老付说，快点看孩子吧，别干了。表姐说，我让她奶奶也过来。一会，悦悦的奶奶来了。她七十多了，从五十多就耳朵半聋，旁人说什么话她都听不清，但别人一说话，她就认为是和她说话，便应声，啊？自顾说起来。比如现在，她说，我扒皮慢，今年的棒子好收成啊。她拿起一个玉米，给大家看，多好。又说，我昨天刚去坡里捡的柴火，液化气太贵了。老付说，冬天打下棒子穰，给你两袋，你留着生炉子。她说，我不能吃肉，血压高，好久没吃饺子了，孩子不让我吃。说完，她笑起来。老付看了眼表姐。表姐说，医生让她忌口，她不听，别管她，她自己能说一天。悦悦奶奶又说，天气预报说这两天有雨，大晴天，雨在哪里呢，我晚上盖一床薄被子。苞米皮逐渐埋了她瘦弱的身子，她边扒皮边说，现在社会好了，一会工夫机器就收回来了，不用人工一个个掰，地多的话一两天掰不完。她目光慈祥地望着躺在玉米堆里的悦悦，孩子赶上好时候了。李瑶妈关上门，提着马扎走过来。好久不见，她胖了不少，脸色也比先前红润，听说也快领证了，开始人生的第二段婚姻。老付忙客气说，你快歇着吧，本来腰就不好，你家里不种地，我也帮不上忙。李瑶妈只是笑。人来人往，扒皮到晚饭的点，等她们各自回家做饭时，已经完工一大半。在她们还扒皮时，我爬梯子来到南屋的屋顶，红色的广告条幅束成绳子，系上铁钩，老付装满土篮子，我把玉米拉上来，倒在屋顶上晾晒。这两年地少了后，玉米不多，就全部拉到屋顶上，等到冬天晒干推下来脱粒，比摊在胡同的水泥路上晒要省事。往年五亩地，玉米多，在胡同里晒，碰到连阴天。摊开，堆起来，盖上帆布防雨，来回折腾。晒几天，都没干透，脱粒不干净，玉米瓤的粒子，要一个个用手脱下来，一天都忙不完。拉到屋顶上，就不用管了，阴天下雨盖一下。一个季度过去，冬天晒干，脱粒也干净。我站在屋顶，不停拉绳子，一筐、两筐……几百筐，中间歇了不知道几次，抽了半盒烟，往下一看，还没到一半。扒光皮的玉米黄澄澄堆在墙根上，像一座小山。我问，还有多少？老付没好气，自己没长眼啊。我瘫坐在屋顶上，衣服湿透。歇一会，再继续。刘胜天家也把玉米拉回来了，堆在胡同里。刘胜天奶奶八十多岁了，拄着拐杖弯腰驼背来扒皮。余桂莲在镇上的饭店当服务员，还没下班。刘宏卸完车，又去捡地里遗落的玉米。往年，刘宏在村里当委员，快到农忙，有些妇女隔着半个村赶过来打听什么时候收麦子、玉米，等收下来，纷纷赶来搭把手。现在他下了台，没人来帮忙了。刘胜天奶奶守在玉米堆前，如蚂蚁用力叼一个饱满的玉米。天快黑时，刘祥回来上了屋顶，我俩交替着干。刘胜天下班了，带回来两个人，一个是未婚妻，一个是男同事。刘祥给我使眼色，从屋顶往下看。我说，干你的活吧。

又干了一个头午，玉米全部挪到屋顶。不一会，下起小雨。老付坐在门下挑选着碎玉米粒，雨水顺着屋檐滴落，不无得意地说，咱挑的时候好，也就忙完，下雨了。五点多，我和刘祥来到中埠镇的乡村鱼馆，点了一份烤鱼，一个拍黄瓜。刘祥要了一瓶二锅头。乌云密布，雨势渐大，气温走低。院子里支的帐篷已经裂纹，雨水不停滴落在铝合金桌子上。烤鱼端上桌，铝盆遍布油渍。等烤鱼开锅，刘胜天成了我们谈话的主题。下周，刘胜天结婚。我们早就知道了，但一直不清楚刘胜天的结婚对象是谁。他的父母总是回避，并不觉得是个喜事，值得到处宣扬。乡邻问起来，只说未来儿媳是外地的。刘胜天离婚后的三年多里，余桂莲逢人便抱怨前儿媳如何不守妇道，全然不提自己儿子的过错，儿子是否能再婚成为她心头大事，四处托人介绍。现在终于等来二婚，热衷于显摆的余桂莲却避而不谈，实在有些反常。直到半个月前，我们才清楚刘胜天的结婚对象是谁。说刘彤不是本村的，其实也算是本村的，只是从小没在本村长大。刘彤的生父刘丘被枪毙时，她只有几岁大，还不记事。她妈带着她回了娘家朱台镇，又结婚，后来又离了。刘彤的弟弟刘豪，因是男孩，在刘丘父母眼中，肩负着传宗接代的任务，留在村里由叔叔刘猛抚养。刘彤也是二婚。对于这门亲事，刘祥说，按照村里辈分来说，算刚出五服的本家，姑侄关系。一口白酒下肚，他红了眼。作为一个离异多年的单身汉，刘祥站在屋顶望向刘彤（也是他的姑姑）的眼神中，要说心中没有浮现出杨过和小龙女的画面，也多少把自己代入到了尹志平。此刻，他掰着指头，以晚辈的身份，理清辈分后挥舞着道德的大棒，成为刘氏家族的卫道士，对眼看就要到来的这门亲事无能为力，心有不甘地怒斥道，现在的人啊，宗族观念太单薄了，伦理都不讲，要是在古代，诛九族的话我们都是要死的，这能是一般的关系吗？再说，他俩结婚了，称呼怎么办，全他娘的乱套了。我说，那你说怎么办？一会喝完酒，你去胜天家里，和你叔说说去？刘祥骂道，滚吧你。我笑起来，继续说，实在不行，下次上坟，向你们刘家祖宗告个状。刘祥叹了口气，用筷子夹着鱼肉，有些烫嘴，又忍不住笑起来。我问，你笑啥？刘祥说，我们刘家这辈男的，不是离婚，就是找不到对象。他伸开手，给我数算。他爸兄弟三个，生了三个儿子，他大伯家的堂哥，四十多了，还没结婚，去年在城里当厨师，认识了个小他十来岁的外地服务员，领回家住了一阵，小姑娘不声不响走了。他小叔家的堂弟，前两年也离婚了，去年又结婚，到现在也没有孩子，和前妻就是因为要不上孩子离的婚。说回刘祥身上，儿子刚出生没几个月就离婚，现在儿子上三年级了，他还一个人过。再说刘宏这一脉，儿子刘胜天前几年赌博，赔了三十多万，离了婚。亲侄子三十好几，常年在外，也没结婚。数算完，劈成两半的草鱼已经熟透，酱黑的汤汁冒着泡，豆芽、甘蓝、金针菇、菠菜等漂浮在上面。我夹起一块皮烤焦的鱼肉，放在一次性餐具的盘里，吹了两口气说，这是你们刘家的门风。

雨越下越紧，鱼肉吃得差不多。我们动筷打捞汤汁里所剩无几的菜干和花生米，并不是为了吃，只是在交谈中找点事情做，来消解突然而至的沉默。天已经黑透，雨水滴进锅里，院子里后来的两桌客人正在大口吃着。刘祥喝完一瓶二锅头，又要了啤酒。和许多喝多后伤古怀今的男性一致，刘祥所不同的是他这么多年积攒下的引以为傲的吹嘘资本都和女人有关。今晚除了老调重弹外，喝得比较到位，加上小雨沥沥，秋意初现，刘祥又多分享了几件过去从没提过的新鲜事。他在坦诚和隐藏间摇摆，关键的情节欲言又止，几件事来回串台，但不妨碍我在混乱中抽丝剥茧，以时间降序进行理顺。一、上周，刘祥和几个哥们喝完酒去东四路边上的练歌房唱歌，四个男的和四个陪酒的姑娘，又喝了七八箱啤酒。其中一个哥们儿，喝到去医院打点滴。刘祥感慨，你不知道现在的小姑娘多能喝，成瓶吹，就是只能摸，不能干，有点可惜。二、去年冬天，刘祥去朋友家喝酒。中途，酒喝没了。刘祥和女主人出去买酒。酒买回来，他俩去了地下室，在闲置的沙发床上干了一炮。刘祥说，又冷又潮，只脱了裤子。我想起来，去年冬天，刘祥有天晚上给我发来一张喝酒的照片。其中有个女的。刘祥说，就是那次。我拿出手机，翻看聊天记录，放大那张照片，是这个女的吗？刘祥眼睛放光，重重点了下头。照片中的女人，穿着开领毛衣，露出锁骨处的一串英文字母的文身。因滤镜过重，有刘祥在一侧作为参照，女人的长相倒看不真切了，只能说比较有欺骗性，面对镜头时微笑充满了热情，可知当时的酒局氛围融洽。三、八九年前，刘祥刚离婚那会，和一哥们儿去三亚玩了两天，住在海边的酒店，早餐自助免费，楼下可以桑拿洗浴，吃了海鲜又去酒店的夜总会唱歌，喝多了酒，和陪酒的姑娘在沙滩上散步，后来衣服脱光在海水里泡澡。以上是他讲述的细节，但重点是下面这句，一共花了三千多，还不包括来回路费。四、这条是每次酒后必提的。初中时，当刘祥身边的同龄人对男女之事还一知半解时，他就趁着晚自习的夜色，在操场后面的小树林里把自己的童贞交付给了高年级的女同学。这些事迹，久远或新鲜，在雨水中再次端出来接受了一遍清洗，又变得闪亮，它们会继续陪伴着刘祥，在村子的那间由其父亲建造如今只有他居住的砖瓦房支撑着他枯燥乏味的生活。对于一个光棍，眼看家族里的弟弟要二婚了，他有资格把女性作为附庸来展现自己的男性魅力。

几天后。整条胡同悬挂起几十条红线，上面缀着的红色小旗随风飘扬。村委的红色大鼓放在胡同口，鼓槌插在一侧。老人把刚会走的小孩放在鼓面上，小孩盘坐着远看如一只葫芦。小孩用手拍打鼓面，身体随之晃动。鼓声沉闷，玩一会，自觉无趣，吵着下来，跑向胡同口的红色拱门，手摁上去，留下一个坑，缩回手，拱门恢复原状。自觉新奇，反复去摁。竖立在墙头的音响放着流行歌曲，在切歌时留下片刻寂静又再度吵闹。那些来帮忙的乡邻和亲戚们在刘胜天的家门口，围着铝合金矮桌正在打牌。不是假期，平常都有工作，来帮忙的人不多，只有十来个。距婚礼还有两天，并没有什么忙需要帮，只是凑个人气。真正干活的也就是那么几个，比如在一旁守着铝皮桶用柴火烧热水的王传利，因风不定，烟四处乱跑，不时遭受大家的责怪，他娘的，让你烧个水，呛死个人。又说，上一边去烧的。除了烧水，他还负责倒茶。打牌的人说没水了，他就跑去沏上。不到一个上午，凭借他的智力，已经记不清烧了多少壶水。有人打趣道，老利，你啥时候结婚。老利不说话，只是憨笑。老利的二嫂，是刘宏二叔的女儿。

来回进出的多为刘家的近亲，他们听从账房安排，去购买东西或给本村以外的亲友送请帖，忙碌的身影和一旁喝水打牌的乡邻对比鲜明。那个爬着梯子上了屋顶，准备把两个灯笼安在大门两侧的是村里开商店的刘善梁，血缘上和刘宏一组早已没有了牵扯，在村里只是统称为刘氏。这次婚礼的烟酒都是从他那里进的，他也有道理来出一把子力。刘善梁也已五十多岁，这种爬上爬下的活，按道理不应该再让他出马，但是现在年轻人确实少得可怜，刘胜天今年三十五岁，又是二婚，同学或是玩伴多半已经成婚，对人生大事不再抱有新鲜感，或推脱有事没来，或是等婚礼那天再来。在工厂上班，请假牵扯到几百上千不等的罚款和奖金，只有刘祥或是我还有些闲空，也早就被安排去刘豪位于村南的老宅里挂灯笼和小红旗去了。刘善梁挂上灯笼，问下面的人正不正。下面的人忙着打牌，敷衍道，比遗像都正。

他娘的，让你们来打牌还是来帮忙了，一帮人在这里吊脖子，让小刘子一个人干。大家纷纷转身，看到王青海摇晃着身子，穿着宽大的工作服，敞着怀，亮出干瘪又松弛的肚皮，趿拉着鞋走过来。众人脸上的愤怒和不解瞬间变成蔑视，转回头又回到刚才的状态，专注于手里的牌。王青海早已经习惯了众人对他的忽视，并不妨碍他熟络地抽出一个马扎，挤在打牌的人群中吆五喝六。一身酒味，让大家鼻子难受起来。有人说，才九点多，你就喝成这个死样的。王青海说，打牌不来钱的，你们打个屌。见众人还不说话，他自顾拿起桌子上的喜烟，抽出一根，碰了下身边的人，给我点上。抽了一口，王青海开始指挥别人打牌。没说几句话，众人扔下牌散去，王青海边查牌边说，你们咋这么听我的话，这就不打了。他一只手搭在旁边的人身上，喊着他的小名，长安，咱俩打牌。几十年前的，父母给孩子起小名多用地名，长安、上海、洛阳、杭州、苏州、重庆、日照、桂林、鞍山等这些在村民的心目中，不是那些没踏足过遥不可及的大城市，而是一个个四五十岁的村民，从孩童一步步到如今成为别人的爷爷、父亲，就算他们的父母健在，也只会在私下呼喊的乳名。王青海这种当众喊小名的行为，刺耳又让人讨嫌。但不论王青海说话怎么冒犯别人，众人都习以为常，不做强烈的反馈。他用自己五十多年的经历获得了豁免权，村民在私下达成默契，对于喝多酒的王青海，不要招惹。直白来讲，和这种人较真不值当。所谓，好鞋不踩烂狗屎。自王青海出狱后，十余年间，每天至少一斤酒，他脸色发黑，四肢不受控制，大脑浸泡在酒精中已呈病态。而没酒喝的王青海，如毒瘾发作，在家里四处打砸。他固定在刘善梁的小卖部赊账，最后由他老婆去结清。他为自己赢得了一个泼皮无赖的名声。此外，他是一对双胞胎男孩的爷爷、一个儿子的父亲、一个常年劳累备受他打骂的妇女的丈夫。王青海不管家里死活，终日饮酒，如果你还要和他一般见识，并对他所说的话感到被冒犯，这只能说明你不是本村的人，或是心智不够成熟。实际上，每年都有忍无可忍的村民或不明真相的外地人揍王青海几次，他个头不高，酒后也几乎没有任何抵抗能力。但揍和不揍，效果一样，并没有让王青海改变丝毫。他坚如磐石，游走在村里各处，对任何事情都大放厥词。比如现在，他高声宣读自己的人生观，人活着，除了吃，就是喝，别的都没个屌用，好日子、喜庆日子，凑一块，不就是应该热热闹闹的，一个个不说话是几个意思，咋的，这是发丧还是结婚。大家听着他咒骂，终于他累了，趴在桌上呼呼睡去。大家挪到了另一边，放开喉咙发出疑问，村里每年死这么多人，怎么还轮不到这种祸害。有人说，阎王爷知道他什么人，眼不见心不烦。

中午，王青海闻到了大锅饭的香味，他跑到了厨房，早早端出来几盘菜，并打开了一瓶白酒炫耀道，有肉，有酒，你们等着吧，我先吃了。抻着脖子骂起来，老曹，你娘的砸死卖盐的了，齁死人了。说完，他把碗里的菜倒在地上，又起身去厨房。一条野狗，夹着尾巴过来，吃着地上的白菜和猪肉。王青海出来看到狗，一脚踢开，下午就把你给炖了。我和刘祥隔着几个胡同就已经闻到了大锅饭的香味，不自觉咽口水。我说，你猜这次是豆腐猪肉炖白菜，还是土豆炖白菜。刘祥说，是啥吃啥。我问，那你想吃啥？刘祥笑起来，还是猪肉炖白菜好吃。我说，我也喜欢吃这个。说着我们加快脚步，能吃上一顿大锅菜，是在村里参加婚礼和发丧之余的盼头，这种垂涎三尺的状态，源自小时候难得吃上肉的味觉记忆。到了门口，众人埋头守着碗，手里夹着两个馒头吃起来。只有王青海边上放着酒瓶子。王青海向刘祥招手，大侄子，过来咱俩喝点。刘祥说，咦，叔，你这贵客咋来了。王青海说，不是你入洞房，吃饭你还不积极。刘祥说，咦，说得好像谁没入过洞房了。

十月　耕种

前些年，为建设社会主义新农村，修路、铺设污水沟、栽种观赏性绿植等一系列整治后，乡村面貌不说是焕然一新，也大为改观。有些规划和建设，碍于我们镇早已列入规划拆迁的范围，比如天然气取暖、沼气池、旱厕改造等没有推行。改造好后不多久拆迁，的确也劳民伤财。搬迁虽未成行，但动静从没停息。你不抱任何希望时，上面派人下来测量房屋面积，不允许继续盖屋建舍企图多拿补偿款。众人翘首期盼，放弃买房，畅想进城的美好生活时，拆迁这事又偃旗息鼓。当城区房价一路走高，厂房继续吞占耕地，村民接二连三身患重疾，上访及举报次数增多后，政府网站发布搬迁信息，主管领导在面对当地电视台记者追问时信誓旦旦要在年内推动拆迁，并立下辞职的军令状。领导后续的工作调动，已经无人去关心。拆迁规划的巨幅鸟瞰图竖立在镇上主干道路口的户外广告架上，如今早已褪色且铁架锈迹斑斑。十多年过去，我们越来越倾向认为，一次次动迁举动，只是一种安抚手段，用来化解民愤。这两年零星还有信息传来，比如全镇拆迁在城区规划建楼。后来没谈拢，要在镇上另辟土地。总之，给人感觉搬迁在有序推动，只是碍于现实条件，一时难以落实，但迟早会实现的。慢慢地，大家习以为常，也不放在心上，只是谈到拆迁就要扯嗓子咒骂几句。新农村建设告一段落，进入美丽新乡村。中心大街及村内显眼位置，请人专门涂绘插画，结合“中国梦”的主题，又分为尊老爱幼、睦邻友好、勤俭持家、耕读传家等美德板块，其艳丽与灰朴的民房、为生机奔忙的村民宛如两个不同的时空，也倒是相映成趣。垃圾分类的措施渗透进乡村，每户分发的小型分类垃圾桶被闲置在一旁。原本露天的垃圾池，有异味不够整洁，换成垃圾桶，定时有垃圾车转运。为了村庄更为整洁，要求柴火入户，引来不少的民怨。

王闻父母，除种地外，以收废品谋生。收来的破烂堆在屋后的空地。镇上的人下来视察，要求把这些杂七杂八的废品放回家里，不能堆在屋外。并强调说，下一步无人机侦察，发现要扣分。王闻妈扯着嗓子骂，我家的地，我家的东西，我想怎么放就怎么放，你们管天管地，还管我拉屎放屁了，一个个人模狗样，不干人事。镇上的人黑着脸。邻居刘宏作为村委员，躲在人群的后面。时任村主任的李大召，也不说话。仿佛是在骂别人，不认为是骂自己。循着骂声，前邻后院跑出来围观。王闻妈一边收拾破烂，一边骂，放点柴火还不行，做饭生火，不用这个，烧煤气罐花多少钱，你们给我钱啊。

后来尹长舜来了，劝着说，大娘，这也不是我们要这样，上面的任务。王闻妈不依不饶，口沫横飞，你们官小，让官大的来。她穿着补丁衣服，一激动就结巴，唾沫在嘴边泛出一丝白沫，作为一个虽七十多岁，历次体检中都指标康健的老妪，在对其缺乏了解的人们看来，很容易被她常年操劳的外观唬住，以为她体弱年迈，如此动气，说不定下一秒就会栽倒在地不省人事。真要这样，事情就棘手了，不是一点柴火和废品的事。她站在一堆废品当中，上气不接下气，口干舌燥，一身褪色打着补丁的秋衣秋裤，眼看也要冒烟了。尹长舜对在场的其余人说，来，我们一起帮大娘收拾。说到这里，老付陪着说，别骂了，都这样，又不是对你这一家，你这么大年纪，生这些气干啥。王闻妈说，我说这么个道理，庄户人家的，收拾这么干净，给谁看，你们要想真干净，村子拆迁，让我们住上楼房，不就没这些事了。这话一出，围观的村民来了精神，七嘴八舌说到搬迁，嚷嚷十多年了，还没搬迁，到处都是工厂，污染多严重，你们下班回到城里，不在农村住，一点都不关心老百姓，你们一个个倒好，下班后，回城里了，晚上别回去了，在这里住下，闻闻到底呛不呛人，你们也干点实事，整天和柴火较劲，不如多为老百姓考虑。镇上的几个工作人员，上身蓝衬衫，下身黑裤，整洁体面，手里抱着柴火以及纸壳废品，如抱着粪桶，刻意和身体保持距离，生怕沾染到胸口，又怕掉落在地，喷溅到裤脚上，轮番往家里搬。王闻妈叉腰，站在一边看，开始指挥起来，看你们一个个的，平时就没干过活出过力，今天让你们也尝尝干活的滋味。

人走后，大家围着王闻妈，刚才不说话的人，现在纷纷表态说，骂他们活该，就应该这么骂。王闻妈说，骂得好，刚才你们怎么不骂，就知道看热闹。旁人不说话。老付笑着说，我们要是骂，还能显得出你来吗？大家听着，乐起来。午后的阳光洒在众人的身上，她们又说了些近期村里的事，劳民伤财，矛头指向村委的不作为。刘宏推着自行车，从家里出来。众人稍微收声，等他走远后，矛头指向他，每次选举都觍着脸要选票，选上他啥事不干，刚才在后面站着一句话不说，不为民做主。又说，选上他，他眼里没人了。又说，刘宏就是这样的性格，谁都不想得罪，在村委里拿工资，过年过节的往家里拿多少东西，都是村集体的。王闻妈最后总结：下一届不选他了，选票扔了也比这强。

上面都是以前的事了。村里又开始搞工程，这次是居民生活污水下潜，把每条胡同的水泥地面钻开，开挖沟渠，铺设 PVC 管，连接到每户村民院落的出水口，达到只有雨水在路面上，生活污水无处可见。像之前的每次行动一样，引起村民的一阵反感，把这些归结为面子工程，有这些钱不如发到村民手里。胡同里挖好的沟渠，如一条巨蟒从地里钻出来留下的痕迹。老付背靠大门口对面前邻的后墙，坐在马扎上，双腿并合放着簸箕，里面装着烂玉米粒子，她簸一阵，挑选出好的粒子，倒在脚下的土篮子里，等装满后，起身倒在旁边的路面摊晒。那里已铺了一层，有一张双人床大小，这是她一上午的劳动成果。老付脚边卧着一只黄白相间的小野猫，头趴着，蜷缩成一团，温顺中又显出淡定，我走过来也懒得睁开眼。我问，哪儿来的猫？老付说，别提了，前两天西屋进来老鼠，我把猫逮住关进屋里，让它抓老鼠。它倒好，老鼠没抓到，赖着不走了，把它扔出去，一开门就往家里跑，死活也打不走。老付自早不喜欢养小动物，在她眼中，任何动物有它的价值，才肯花粮食来养，比如狗要看家护院，猪为了卖钱和养粪，鸡是为了下蛋，猫不抓老鼠吃瞎了粮食。这小东西，贼得很，现在哪里都不去，老付怕弄醒它，用手指象征性点了两下。老付说，这几天已经搭进去不少东西，馒头、饼干，但它一只老鼠都没给我逮住，一到点，就来家里找吃的，关上门，它从阳沟里钻进来，一个劲叫唤，烦死个人。我放下包，在对面蹲下，给老付和小猫拍了张照片，发到朋友圈里，配文字：前几天，老付从外面抱回来只野猫，本意是让它抓老鼠。白吃白住，老鼠也不抓，赶也赶不走，进屋跟着老付，干活跟着老付，去市场也跟着老付。老付很苦恼。

从多年前开始，政府推行秸秆还田，同时禁止焚烧秸秆这个延续了数千年的农作习惯。情理之中遭到普遍的抵触和不理解。村委印发材料向村民普及秸秆还田的好处，保证土地废料不流失，增加土壤有机质，改善土壤结构，达到增肥增产的作用。这些名词，村民也不懂。秸秆焚烧后的土灰，留在地里照样能肥地。不让焚烧，为了空气质量。村民又说，烧点柴火能有多少污染。玉米收割后，绞碎的秸秆铺在地里，和去年的麦秆、杂草混在一起。一些秸秆没有打碎，铺在地里厚厚的一层，影响接下来的耕地。心想，还是焚烧省劲。今年老付决定不耕地了，镇上没钱，不像往年免费负责耕地，两亩多的地，多花两三百块钱也不值当的，没办法把这些秸秆翻耕到地下，又不能焚烧，就要人工把这些秸秆和杂草清理出来。吃过午饭，小憩片刻，我和老付拿着耙子上了地。公路到地里的岔口，树荫下坐着三个戴着红袖章的老头，他们是村委组织的巡逻员，一到麦收和秋收，整天守在这里，跟随着树荫而坐，上午在道西边，下午在道东边。老付经过时和他们打招呼，其中年龄最大的叫三叔。我在村里基本不称呼人辈分，除了本姓的，还能分辨出来。其余的杂姓，除了极少熟络的，我都是点头示意，不称呼，是担心辈分喊高或者喊低了都不合适，但不称呼辈分又显得没礼貌，可也顾不上这么多了。经过这三个老头，我点头示意，去了地里。老付在后面，骑着电动三轮车，经过时喊了声三叔，又对曹永正说乖话，抓到放火的了没啊？老曹笑起来说，你点把火，让我抓你。老付说，一会我点火喊你。到了地头，老付羡慕又厌恨地说，狗屁巡逻员，一天天晃荡，钱不少赚，人事不干。

巡逻员也不是随便都能当的，坐在路边望风，村委按

委对伤残人员的关照。老刘的老婆，早在他患病前就上吊死了。老刘年轻时风光过一阵，在镇上合伙开水泥预制厂生产盖房建屋所需的楼板等，赚下不少钱，在外面搞七搞八，都花在女人身上，对家里不管不顾。生病后，老刘半精神半糊涂，女人纷纷离他而去，厂子也没了他的份儿。老刘回到村里，开始病情不重，喝酒度日。如今他的脸上，早已经没有当初暴虐的痕迹，穿着老布衣服，不言不语，安静到如同一截坑洼正在腐朽的榆木。他有一儿一女，儿媳是王闻的妹妹。儿子刘成高原来在钢铁厂上班，一只脚卷进机器里，半块脚掌做了几次手术勉强接上，缺了一块骨头，掌心凹陷，不能吃力，走路不稳。因是工伤，厂里赔了钱，把他安排到门卫，和一帮老头做伴，底薪一千。后来，工厂倒闭，剩余的赔偿款没了着落。刚过四十的刘成高，干不了重活，也没地方要，在家里养了几只羊。老刘的女儿上的卫校，在镇医院当护士。儿女都不随他，性情温和。女儿嫁给艾庄的毕家，离家虽近，不常回家，因母亲的自杀，对父亲怨恨至今，在街上看到老刘也不打招呼。老刘大半生的记忆丢失后，父爱复苏，知道帮衬儿子，家里还种着几亩地，一到农忙，他一声不吭拿着工具去收粮食。其余大部分时间，老刘喝完酒，站在街边，抽烟，下神，很少抬头。

我又装完一车的秸秆和杂草，上公路，和老曹擦肩而过，他经过我家地头，走向西边的桃树林，没等进去，动手解裤腰带。老曹能在巡逻队，是手里有选票。老曹兄弟五个，他排行老二，兄弟多，没钱盖屋娶媳妇，他当上门女婿，入赘给村里魏氏，除了被剥夺对后代的冠名权，并没有人们印象中上门女婿那般受气。曹魏两个家族联姻，倒成了村庄中不可忽视的政治势力，更何况老曹的老婆是刘猛的小姨。老曹年轻时，在村里经营磨坊，两台机器，一个磨面粉，一个磨玉米面。磨坊租的刘猛家的沿街房，麦收或秋收后，附近村子来加工的运粮队伍挤满半条马路，机器昼夜不歇，人也跟着熬。逼仄的磨坊里，机器声震耳欲聋，到处尘土飞扬。生意好，人也受罪。没几年，老曹的老婆瘫痪了。机器卖了，磨坊关门。又过了几年，老曹把老婆伺候走后在建筑队当小工。这几年，老曹在家带孙子，把孙子教育得三句不离脏话。儿子把孙子接到城里上幼儿园，老曹六十多，寻不到正经营生，靠外甥刘猛的关系，在村里打零工，一年下来，够自己抽烟喝酒。我到了地头，老曹正和老付说话。老曹点着烟说，不用弄得这么干净，打不了多少粮食。老付在地里扯着喉咙说，你这当姑父的，不下来帮着一块干，站着说风凉话，滚一边去。老曹一脸谄笑，看到我回来，又问，你在哪儿上班？我说，自己干。老曹说，自己干好，不用服人管。我说，自己管自己。老曹又说，你还回来干地里的活干啥，让老骨头自己拾掇就行。说完，老曹笑着走回公路。

下午，过了四点，太阳西斜，起了风，凉快了些。我和老付坐在地头喝水，不远处，三个巡逻员在树荫下，落满一身的光斑。眼前这一切，让我想起前不久在网上看到的一组老照片，其中一张是一九一三年三月三十一日，山东乐陵乡村一景。由美国农业部职员弗兰克·尼古拉斯·迈耶于一九一三至一九一六年到中国来探险，进行植物收集时所拍。照片中，两个青壮年的农民，身穿棉裤棉袄，上身用布条拴住腰身，背靠一堵土墙，站立在一棵状似枣树的树两侧。黑白画质，清晰度有限，树荫落在脸上，只有五官的轮廓，难以分辨他俩脸上的表情，可并不妨碍进行联想，他们刚经历了改朝换代，溥仪下台，袁世凯任大总统，一系列政治变动，只是上层人的游戏，是否波及他们的生活并不可知，但未来几十年的战乱动荡，他们命如草芥，身处其中免不了要去承受。此时，他俩是否顺势剪去长辫，从照片中看不出。这天，他们遇到眼前这个洋人，手持摄像机，在历史上留下这张照片。这个经历，大概更值得他们长久回味并与同乡吹嘘。只是，碍于当时的照片洗印技术，他们没有机会看到自己在照片中的形象。这是他们被时代裹挟下，微不足道的一生中的小插曲，如何果腹，是生是死，没人去关心，对整个世界也没丝毫影响。一百多年后，十月份的山东临淄的乡间。若有人经过，拿出手机，拍下眼前的这对在歇脚的母子，配图介绍大致如此：秋收后，一对母子劳作之余，坐在田间地头喝水。土地尚未翻耕，小麦还没播种，他们脸上看不出一丝丰收的喜悦，只有对接下来农事的焦虑。再过一百年，后人如何看待这张照片，也未可知。

冯爱月瘸着腿，朝这边走过来。老付说，都这个点了，你还来地里。冯爱月说，不放心来看看。老付说，你这有啥不放心的，有玉米你不放心，这玉米收到家里了，你还是不放心，地里都是些烂柴火，谁还偷你家的。冯爱月说，在家里坐不住。老付说，别人来地里是干活，你又干不了，还来凑什么热闹。冯爱月说，在家里歇了好几天了，收那点玉米，累得我浑身疼，今天才敢下地。冯爱月说话声小，习惯性地眨眼，她从年轻的时候就没胖过，现在还是那么瘦，一年到头，总是穿着长袖衣服，把自己包裹严实，夜里三四点睡不着，习惯来地里坐着，等旭日升起。这几年，她膝盖不好，走不了太远的路，夜里睡不着，坐在客厅里发神。老付问，刘涵和刘聪最近回来了没？冯爱月说，没空回来，光说让我去。老付说，让你去，你就去，自己孩子。冯爱月一副苦不堪言的表情，诉道，我是真不愿意出门，坐六七个小时的火车，出了站还要倒车，太费劲了，十一假期让我去南京，我说腿疼走不了，能走我也不去，到了那里谁都不认识，买菜都找不到地方，还不如在村里，干什么都便易。一对儿女毕业后留在了南京，小伟三十多了，还没结婚。刘家旺妈一手抱着孙女，一手牵着摇摆车，往这里走来。我扔下烟，去地里继续搂秸秆。三个妇女坐在地头，不停地叽叽喳喳说些什么。

晚上回到家，吃完饭躺在沙发上。老付笑起来，突然说了句，现在小旺妈没脾气了。我问，咋啦？小旺妈在村里口碑不好，蛮横自强，为人处世过于死板，对内对外都这样。刘家旺的前妻从外地来这边的工厂打工，不出一年，两个人由工友成为夫妻。小旺妈瞧不上儿媳，觉得她是山区的，总觉得自己家的条件好一点，其实也没好到哪里去，都是庄户人家，下苦力赚钱，只是儿媳那边作为革命老区，交通闭塞，工厂少，赚钱门路不多。小旺妈疼儿媳饭量大，一顿吃两个馒头，嫌她不会蒸馒头，不会用缝纫机。这些编排儿媳的话，经她的嘴让乡邻皆知。老付说，现在不是古时候，规矩那么大，她要是早听我的，不至于小旺离婚。还有更过分的，儿媳回娘家住几天，小旺带别的女人回来，小旺妈好吃好喝招待。等儿媳回来，邻居把这事告诉了她。一点当家长的样都没有，说到这里，老付言语中很为自己作为婆婆的表率而自豪，又说，儿媳嫁过来，就是一家人，要好好对待，要比对自己的亲闺女还要好才行。孩子长大了，年轻人有自己的家，当老的就少掺和这些事，花钱大手大脚，现在年轻的哪有吃过苦的，花了再去赚，观念不一样，以前当婆婆的说一不二，使唤儿媳跟使唤丫头一样，现在肯定不行。我说，你别说这些我都知道的，说点我不知道的。老付笑起来，现在这个儿媳和前面那个不一样，性子刚，脾气大，不吃小旺妈这一套，她这次被治住了，不让小旺妈进自己家门，威胁她再没事找事孙子（前妻所生）和孙女（现妻所生）连面都不让她见。这下她没脾气了，老实帮着看孩子，不插手家务事了。小旺离婚后，前妻再也没露面，当初小旺妈放下脸皮去求人家回来，也不管用。老付说，心凉了，换不回来了。二婚，有儿子，刘家旺那几年到处相亲，一听这个情况，又打听到他妈的为人，没人愿意跟他。这可把小旺妈愁坏了。现在，小旺妈又编排儿媳不好。老付说，你别忘了，当初你儿没人跟，人家没结过婚，也不嫌弃当后妈，能和你儿结婚就不孬了，再对人家不好，再离婚，看你咋办。小旺妈听后，附和说，你说得对。老付说，你早听我的，到不了今天。小旺妈说，人也不长前后眼。老付说，那你就别说现在儿媳对你不好了。有句话，老付心里有下午没说出来，现在对我说，脾气好，受欺负。又说，小旺现在的老婆还是不够厉害，要是摊上我这样的儿媳，我早就治熨帖她了。我说，看你的电视吧，啰唆起来没完了。老付谈兴不减，还不是你问我的，我和你说，你又嫌我说多了，往后我再也不和你说了。

又过了半个月，地里种上麦子，排号浇地。老付站在地里，看着水流过一垄一垄的地。我问，你在想啥？老付说，我想啥还和你说了。我说，不说拉倒。过了一会，老付又说，一年又要到头了。我说，等打完玉米，装了袋，才算完事。老付说，十一月再打。又说，地里没活，可以再出去干活了。我说，你还嫌干活不累。老付说，累也得干，不然在家里闲着干啥，一块干活的还有七十多的，我还不到七十。我说，你管别人干啥。老付说，干完今年再说。我坐在地里，松过的土地，吃水，水缓缓流过，地里冒着气泡。老付穿着水鞋，扛着铁锹，往北头走去。我起身，扛着铁锹，往南头走去，一步步，追上了水流。流在前面的水面上，一层浮着的白沫，混杂着细碎、枯黄的苞米皮和麦秸。

远远地，刘昆仑穿着保安服，骑着电动车过来，还有多久浇完？浇了不到一半，我说，还要两个小时。刘昆仑从车筐拿出一个塑料袋，递给我，里面装着一个演草本和一支笔，叮嘱我，浇完了，记下时间。我打开塑料袋，拿出演草本，上面沾染着泥水，最新的一页里，记着上一家浇地结束的时间。我没话找话，要去上班了？刘昆仑从电动车后座上解开绳子，扔下两个水阀说，你浇完了，东边周家浇，到时候他来拿水阀。我说，知道了。刘昆仑掉转车头，临走又看了眼地，说了句，水不是很大。我说，凑合着浇吧。刘昆仑说，那你忙着吧。

十一月　照片

每到年底，市作协召开一次年终总结会，回顾这一年的工作，并对申报加入作协会员的人选进行审定。会议由市文联牵头，主席、副主席以及主席团成员和各区县作协主席参加。往年都在文联的会议室，今年换了地点。上午九点多，我卡着点，到了地方，早有女员工在一楼入口等候。旁边设置了一个简易签字台，在红纸上签字留念，显得多少有些隆重。上了二楼，大家都已经到了，正在企业董事长的带领下参观。我先去会议室，一张硕大的会议桌上早已摆好桌签，我找到自己的位置把包放下。出来后，经过一条长长的走廊，开放式的办公区座位上都空着，不知是平时没人，还是因为会议提前支走了。整个工作区除了南面是窗户，另外三面墙上悬挂着大红色的木质镜框，照片中除董事长一人是固定的，合影的众人包括中外政商或演艺界的名人，怕别人不认识，在每张照片的上方细心地用红色加粗字体标注，诸如，英国前首相特蕾莎、英国历史上最年轻的首相卡梅伦、著名歌唱家 ×××、中国奥运冠军 ×××、著名演员 ×××、中央电视台节目主持人 ××……不清楚这些名人在和这位董事长合影留念时，有没有想过，这些照片会被悬挂在山东这个地级市沿街商业房的二楼，并以这些名人收藏董事长的书法作品加以说明，供人观赏和玩味。照片没有明显 PS 的痕迹，权当这是真实的合影，只是当初的真实情境无人知晓，任由董事长去注释了。大部队已经去了东边的会客厅，我饶有兴趣地看着墙上的这些照片，拿出手机拍下来。路过的服务人员端着茶水，示意我去会客厅。我指着墙上的照片，露出不怀好意的微笑继续拍照。我仔细端详这些照片，获得了丰沛的乐趣，由最开始的鄙夷，慢慢地从照片中这个衣冠楚楚、留着分头、笑容拘谨，却又努力对着镜头向世人表明自己是大人物的身上，洞悉到可悲的无奈。能出入这些场合，有幸和这些人中龙凤的大人物会面且合影留念，且不说需要花费多少钱，这已经是自己人脉和财力以及个人钻营精神的综合体现。其书法造诣，因我外行无可置喙，但用词都是这些人物收藏他的书法作品，虽说有点过分，但能这么堂而皇之悬挂在显眼处，供人来观赏，起码说明董事长的心理素质还是很过硬，并不在意他人非议和揭穿，可能他也明白，明眼人并不在被他唬弄和欺诈的范畴，无须多虑。我站在这些照片面前，流连忘返，不远处的会客厅不时传来欢声笑语。在和卡梅伦先生的合影中，背景是蓝红色相间的幕布，上面印有“合作与双向投资”的字样，下面是英文的翻译。我早先在网上看到新闻报道，这类冠以国际高端交流的会议，交钱就可以轮番上场合影。别说卡梅伦，奥巴马也不在话下。把这些合影发在自己的社交平台及印发在宣传材料上，这既是不良商人蛊惑人心的常用把戏，也与这些国外总统、首相等政客们下台后能继续敛财的欲望相契合。往好处延伸，他们三番五次跑到中国来，也恰好说明中国市场经济的活跃。在董事长与×××的合影中，两人手持一张书法作品，背后的展板上能辨别出“淄博保利大剧院”的字样。没有把墙上的所有照片拍完，我被喊去会客厅，一张案桌上几个作家正在挥毫泼墨。其余人坐在椅子上。两个服务员端茶递水，脚步繁忙。我环视一周，没有落座的地方，略显尴尬地站了一会，便提前去了西边的会议室。

开会时，窗外飘起雪粒，不一会，风紧起来，如天上装盐粒的麻袋口松了，倾盆而下。文联领导讲话，结合今天立冬和纷扬的雪粒，感慨外面冰天雪地，而屋里暖意融融，对会议胜利召开表达祝福。轮到主席台上端坐的董事长，他梳着和照片中一样的分头，西装革履，把自己打扮得一尘不染，微笑时苹果肌也在跳动，嘴巴歪斜大概是言不由衷的谎话说太多所致。他着重讲了企业文化——强健体魄，利国利民，列举海藻胶囊、纳米活性益生菌等保健产品的功效，宣传以往做的公益事业——不外乎给希望小学送学习用具，逢年过节带着油和面去敬老院看望孤寡老人，地震水灾时发放赈灾物资等。怕众人了解肤浅，让助理打开投影仪，播放了一组照片。意料之中，这些获得了应有的掌声。发下来本年度的申请入会的名单和简介，表态通过后会议结束。午饭安排在马路对面的餐厅，我们一行人迎着风雪过马路。保健品公司在酒店有个常年冠名的包间，能坐二十余人，在品尝完贵司的羊奶——据说有延年益寿的功效，午餐开始，硕大的桌面上摆满了菜肴，按照座位次序的敬酒和祝词中，我们又一次次听取了保健品的各类宣传。大约两个小时后，丰盛的午餐结束，外面的街道布满厚厚的积雪，雪还在下，盐粒成了面粉，扑面粘在脸上，让人寸步难行。白茫一片，一切装扮得洁白无瑕，令人感到身处其中，当真是一种不可避免的罪恶。

回到家，我拿出赠送的礼品——老干部茶杯和印有保健品宣传作用的扑克牌。手提袋里还有一份企业报纸和宣传书，宣传书近一半的篇幅是董事长和各色成功人士的合影，除了上面提到的悬挂在墙上的照片，还有新的发现，比如和著名公众人物 ××× 的合影，与那些正式场合不同，这可以说是一张生活照，背景在一处普通的居民楼的门洞外。看楼房的外观和颜色，少说也是建于二十世纪的九十年代。前不久该人物去世时，网上流传关于他死前几年的生活状态，提到有人花几千上万购买他的书画作品。报道中配有他居所的照片，和宣传书中所见一致。照片下面有一行介绍性文字：××× 支持董事长孝善文化。××× 身穿蓝色的衬衣短袖，两手握着手机放在小腹处，一侧的董事长双手下垂紧贴裤腿，眼神所看方向并不是镜头。两个人中间隔着一条缝隙，董事长商业性浅笑，×××面无表情——他如果让人感受到一丝笑意，也是法令纹和嘴角两侧的纹路所造成的假象，明显是一种见惯了此等浮皮货色，不堪其扰又碍于收下他人钱财，心高气傲又被迫营业的无奈。企业报纸一共四版，头版是企业慈善捐款报道，二版为中医科普类的知识及对产品的介绍，三版是感谢多年来消费者（多为退休领导和工人）的支持，四版配有一群老年人外出旅游的大合影。

这场大雪，从上午一直下到深夜。第二天，我给老付打电话，问村里下雪了没。老付说，同一个天，还能你那里下，我这里不下了。我问，下得大不？老付说，大，把人都给埋了，你不放心回来自己看看。我说，雪大，你可别出去扫雪。又过了一天，我再问老付。她说雪已经化得差不多了，天也蓝得清澈。又过了两天，我回村。车开出城区，顺着联通路进入军屯附近的山坳中，只有背阴的山坡还有些残雪，远处去看如无数只绵羊趴伏在枯季的草原上。路过罗亮的家门口，几个月过去，结婚时悬挂的彩旗已经没了，不知道是撤了，还是被风刮跑。经过陵园，我习惯性地望去，绿色的松柏间，天国银行冒出滚滚浓烟，飘向湛蓝的天空。不知道是谁家亲人的忌日。入了冬，我爷和我奶的忌日也快到了。

十一月，气温刚到零下，老付还照常去城里干绿化。下午四点多，听到大门有动静，我忙走出去，打开厦檐的门，老付挎着布包裹着头巾，一脸倦怠地走过来。我说，干活的回来了。老付笑着说，回来了。能开玩笑，说明今天的活轻松，心情也不错，至少是没受气。往常要是活累，和别人闹了不愉快，进门就跌着脸，不搭理人，还找碴儿，常说的一句话，我不回来，你也不做饭，就等着我。今天，老付进屋后把包放在茶几上，取出保温杯和饭盒，中午捎的腌豆腐块和馒头还剩下一些。她坐在马扎上，啃着苹果，问我晚上想吃啥。话到这里，说明老付心情不是一般的好。我说，随便炒点吃，豆浆已经打好了。老付说，你又回来干啥，人活不干，给我添麻烦，我还多做一个人的饭，你不回来，我自己喝点热水吃块馒头就行了，你回来还要单独炒个菜。边抱怨，老付开始做晚饭，猪肉我已经提前从冰箱里拿出来。白菜炒肉。我说，炒烂一点。老付说，爱吃不吃，嫌我做得不好吃，你去外面吃大肉大鱼的，我还伺候你这个爷爷了。

一盘白菜炒肉端在茶几上，看不出菜色，如一盘炭。我说，你这炒的什么玩意儿，想毒死你儿啊。老付笑嘻嘻说，铁锅子炒菜就是这样，生锈了，我这还是刷了好几遍，刷不出来。我吃了一口，觉得还行。老付说，铁锅好，补铁。我说，这猪肉没烂。老付夹了一块放进嘴里，我这还是尝了的。她咀嚼着琢磨片刻，稍微有点不太烂，吃不死。过了会，老付说，我给你爸做了三十多年的饭，他从来不嫌弃我，到老了，你还嫌弃我了。我说，说你两句你还不愿意了，做得不好吃，你就想办法改进，把饭做好吃了，你这态度可不行。老付说，我这态度咋了，我做得不好吃，你还没做饭给我吃过，你干啥中用，不会炒菜，连个馒头也不会蒸，现在哪有你这样的，哪有男人不会做点饭的，你吃现成的，还嫌三道四，整天半吊子，还识文写字，我看你连老徐都赶不上。我问，老徐是谁啊？老付一听我问老徐的事，拿着馒头，嘴里还有一口白菜，先乐起来，又说，老徐和你一样，说傻不傻，说乖，也乖不到哪里去。

老徐虽和我素不相识，却从老付的口诛笔伐中拯救了我。谈及老徐，老付话密集起来，没头没尾，我听进耳朵，过了脑子，捋顺出个大概。老徐六十多岁，个头一米五，身材臃肿，如一块木墩子。老徐家在铁冶村，丈夫在监狱里服刑，儿子一家三口在西安开餐馆。她借住在北焦宋村她大姐的家里。老徐不住自己家，一是胆小害怕；二是她笨手笨脚，做饭都不利索，没人照顾日子没法过。大姐两口子，大姐的儿子一家三口，大姐离异在家的女儿，加上老徐，七口人挤在一个屋檐下。老徐住在偏房，与粮食和农具为伴，虽简陋但和她的身份倒也搭配，寄人篱下本不该要求过多，比如冬冷夏热，蚊虫叮咬，老鼠和壁虎频繁出没。老徐人也懒，衣服不洗，也不洗澡，到了饭点，大姐盛饭让她边上去吃。干绿化，一天六十。老付给老徐出主意，发了工资，多少也给你大姐一点。老徐说，我不给她，她整天凶我，让我干这干那。老付说，你这人，眼里看不见活，白吃白住，又不问你要钱，骂你几句咋了。老徐说，她是我姐，给不给钱，也是我姐。老付又说，那你发了钱，别乱花，给你儿媳妇，你不帮忙看孩子，给点钱，她高兴。老徐想了下说，这个对。老付又说，你自己攒着点钱，年龄大了，手里没有余钱，问谁要都不合适，让人嫌弃，自己受难为。又过了几天，发了工资，一千多块钱。老付问老徐，钱给儿媳妇了没？老徐说，给了，还给我姐姐家割了肉，一共花了五百多块钱。老付说，你可真下得去手啊，五百块钱，到过年也吃不完。老徐说，是你让我给大姐买东西的。老付说，真是教的曲子没法唱，那剩下的钱呢？老徐说，我收起来了，压在枕头底下。干累了，坐在树荫下歇脚，老徐也说自己在西安看孙子的日子。两年前，孙子还没上幼儿园。儿子儿媳在一条商业街上开了家小餐馆，一人下厨，一人当服务员。生意不说好，也不算差，能养活一家老小。忙起来时转不开身，闲的时候让人心慌。老徐在哪都是让人差使的命，眼里没活，客人吃完饭，不知道收拾桌子。孙子上了幼儿园，老徐吵着要回来。老付说，你不帮衬着儿子，回来干啥，你在饭店里帮着打杂，不省得雇人多花钱。老徐说，他两口子老说我。老付说，说你，也说得着，你在这里干绿化，不也整天让人说来说去的。老徐说，在那里没人说话。老付说，你回来了，不想孙子？老徐说，想归想，我也不想去。

自从认识了老徐，老付常把她挂在嘴边。一来，拿老徐来揶揄我。诸如，你还不如老徐，老徐都比你强。二来，说老徐又干了什么不在二十四节气的事，又被谁凶了。都知道老徐脑子缺根弦，大家都使唤她去干点重活，让老徐去扛树，去扯水管，去挖坑。老徐都一一照办。管事的没在，几个人在阴凉下歇着，管事的来了隔着老远，不说别人，先骂老徐。骂老徐，也是敲山震虎，骂别人，对方免不了回嘴，一来二去局面就闹僵了。骂了老徐，相当于骂了全部的人。老徐从不回嘴，麻利去干活，虽然活还是干得一塌糊涂。

有次，他们在周村的大学城拔草浇树。这个活轻快，也没时间要求。王忠斌提前打好招呼，让他们别干太快了，少干点，多干几天，工钱不少拿。又专门叮嘱老徐，别多干。老徐点头说，不干活我在行。太阳一出来，这帮老妪躲在教学楼背阴处说闲话，三五成群的学生路过，阳光落在他们年轻又富有朝气的身体上。在这些孙辈的孩子身上映照出老妪们年轻时的样貌，并不时感叹自身命运不济，无福赶上新时代，在过去物质匮乏动乱的年代里，并无多少可供奋斗的机会，如今年老体衰已无心气再去做些什么，混吃等死罢了。追忆过去，一句一句说下去。轮到老徐，她说起丈夫前几年把他亲哥给杀了。听到这里，我问，为什么杀的？老付说，肯定是为了家务事，不为了事，还能把人给杀了。我问，为了什么家务事？老付不耐烦了，你这么想知道，明天你跟着我，你去问老徐的，问问到底为什么事杀的。我说，你帮我问问。老付说，我不问，这种事，人家不说，我才不问。我问，那老徐还说啥了？老付说，我让她去给她嫂子赔礼，说和下，让她男的从监狱放出来，不管怎么样，求情先把人放出来，也是一家人过日子，老徐说她不管，关在牢里正好。我说，杀了人，又不是别的，求情也不管用。老付说，怎么不管用，侯家屯的小菊，被她大儿子给杀了，家里求情，没关几年就放出来了。我问，小菊是谁啊？老付说，我们一个生产队，从小一块玩，后来嫁到侯家屯，生了两个儿。她男的开拖拉机，早些年来咱村里，给咱家耕过地，少要了十块钱，我中午给她买的油条，这都过去小三十年了。我打断说，扯远了，儿子杀她是啥时候的事。老付说，前两年。我又问，前两年到底是啥时候？老付说，你这么想知道，自己去问，这到侯家屯也不远。我说，问你点事，你就急眼。老付说，我不说，你也别问我。我问，你从哪听说的？老付说，好事不出门，坏事传千里，十里八乡的，谁不知道这事，儿子把亲娘杀了。我问，到底是为了啥事？老付说，也不能完全怪她大儿，小菊有点太偏沉，两个儿子，不是一碗水端平，大儿子迂了点，小儿子能一点，小菊把钱都给小儿子买房买车，大儿子本来就迂，赚钱少，按说应该多帮衬点，日积月累，心里憋屈，闹出了人命。我问，到底怎么杀的？老付说，他娘的，我咋知道，就这么杀的，这问起来没完了还。我说，你不一口气说明白。老付说，我又没亲眼见，说多少你就听多少。我说，那你下次问清楚了再和我说。老付说，我以后啥也不和你说了。

豆浆没喝完，老付放下筷子，依靠着沙发看电视，一脸寞落。过了会，老付说，没想到小菊是这样的命，以前我们七个人，天天在一起玩，还一起去张店拍过照片，我们才十五六岁，还有你小姨，早上走着去，快到中午才走到，在照相馆拍完照片，吃着干粮往回走。我还记得，那天我穿着一件的确良的方格子褂子。一转眼，这都五六十年了，人可真不经活。我问，照片去哪儿了？老付说，早找不到了。她沉在沙发里，盯着电视，又说，小菊死的时候也有六十了吧。老付继续看电视，剧情映照在泛黄的瞳孔中。与其说她在怀念过去，不如说是对自己青春的追忆，而横死的同伴，无疑让蹉跎的人生蒙上一层命运无常的薄纱，触手可及又无从挣脱。老付的脑海中渐而浮现出一张张年轻的面孔，清晰又模糊，混杂在浩瀚的人生记忆中也算不上突兀。

两个多月后，大年初五，我和老付去小姨家拜年。她常年住在村边的养猪场，一进门，刚坐下，小姨饶有兴致拿出手机，给我们母子看几张旧照片——草率翻拍，已经出框，点缀的霉斑并不妨碍辨认，除了我姥姥的照片——这也是我人生中第一次看到她的长相，我的激动和兴奋之情按下不表，还有一张正是老付所丢失的在张店拍的合影。我数了下人头，一共十四个人，分为三排，上面五个人，中间四个人，下面五个人。记忆的闸门瞬间打开，铺天盖地的回忆奔泻而出，这对相差两岁如今头发花白只靠染色而掩目的姐妹面对照片，一言一语不顾对方所说地点评着众人，有人在照片拍完没多久就暴毙而死，没活到成年。有人到中年出车祸死了。有人走失至今杳无音信。有人前几年得癌症死了。有人瘫痪在床。其中，小菊的死最令人唏嘘。我问，哪个是小菊？老付用手指向第一排的中间，这就是小菊。我仔细观摩，这个少女留着齐耳短发，戴着发卡，脑门上的几缕杂发落下来，单眼皮，眼睛细长，几乎看不到眼白。她表情呆滞，似乎还没准备好，照相师傅就按下了快门。

十二月　开会

每次我回村，只要刘祥闲着，老付又不在家，我和刘祥就去外面吃饭。镇上的志刚羊汤、赵家包子、马国火烧，都是我们固定去的。刘祥几次提议去吃拉面，碍于每次都是我请客，我又不喜欢吃面，他也没再坚持。两年多以来，去镇上吃的次数多了也想换个口味，后来我们开车，顺着铁山路，去北边临近的中埠镇，途经的铁冶村也是刘祥的姥爷家，至今他的两个舅还住在村里。在铁冶村头，向东过一个弯道，从镇政府门前经过，进入中埠镇的中心大道。大道双向四车道，路两侧的沿街门头房，除去银行、邮局、超市等，多为餐馆、服装店、五金等店铺。每到中午，附近的村民和在周边务工的人们冒出来，不说人山人海，也颇为热闹，公路两边规划的停车位也不够用的。相对于烤鱼、火锅等消费偏高的餐馆，火烧、包子、油饼铺以及拉面等快餐的顾客更多，店外摆放的矮桌坐满人不说，还排着长队。我们开车缓慢驶过，张望着公路两侧，火烧、油条、灌汤包、拉面，一一打消，都没那么想吃，直到看到一家牛肉包子——这家包子铺也就成了我们此后固定来光顾的。相较而言，这里一个肉包只需要一块五，我们镇上要两块，这里的三鲜包一块，我们镇上要一块五。味道上来说，肉馅只有牛肉和大葱，并不比镇上的味道差，咸菜萝卜丝和玉米黏粥免费供应，也更出味。一般点六个牛肉四个三鲜，我只吃两个牛肉和两个三鲜，其余刘祥吃。有个别几次，心情不好或想换个口味，我们也去村头的快餐店，点两个现成的小菜，坐在店里喝酒。今年夏天，我们点了一个炖丸子，一个拍黄瓜，一份猪耳朵，要了两瓶啤酒，一冷一热。喝了点酒，刘祥说起在家里让人给杀了的海地总统，这总统当得真够憋屈，还不如来当个村书记，起码说一不二的。又说，他怎么能在家里就让人给杀了，好歹也是总统。我说，海地太穷了。刘祥说，再穷也穷不到他总统身上吧。我说，外国雇佣兵干的，背后有美国，一两句说不清楚的。刘祥说，美国他娘的就不干点好事。店里人来人往，有打工的，留在店里吃，又有附近的村民，买了菜带回家吃。刘祥又说，还是以前好，有毛主席在，还怕美国吗。又感慨，还是过去好，大家一样穷，你看现在，都是人，有钱的那么有钱，穷的就穷死，都是钱闹的，一样穷就没这么多事了。我说，你是没钱，才这么想，我不信你要是有钱还这么想。一句话，刘祥摆出一副我不可理喻的表情，拿着酒瓶往嘴里灌。他脱下上衣，红通通的。这顿饭，花了一个小时，也没吃完。刘祥心有不甘，但自觉没什么和我好说的，心不在一处，分歧太大。我作为朋友没有站在他的角度去考虑，这让他有些失落。我付账后让刘祥提着剩下的酒回去慢慢喝。此后，不再去这种快餐店，也是怕刘祥喝了酒说起话来没完没了。吃牛肉包子就没有这样的问题，也没有酒。中午的饭点，包子铺七八张桌子，一张桌子坐满四五个人，边上还有站着等位的，食客两三口一个包子，吃完赶紧腾地方。

孩子妈又要住院了。这天中午，在去中埠镇的路上，刘祥突然说了这么一句。车驶过乡野公路，初冬时节，万物萧瑟，阳光惨淡，尚未完全穿透雾霾。刘祥唉声叹气，下巴上的胡楂没有修剪，身穿黑色棉服，整个人散发着一股霉气。我问，想喝点酒不？刘祥说，大中午的，喝什么酒。我说，借酒消愁。刘祥说，你快拉倒吧，又不是第一次住院了。过了会，他又说，不过这次有点严重。我边开车，边抽出一根烟，递给他，他没接，歪头看着车外说，这次要安排动手术，我得去陪床。我说，你这前夫，做到这份上已经不错了。刘祥说，说这些没用的。冬天，刘祥没生炉子，省煤炭，平时睡觉开着电热毯。白天有太阳还好，多少还暖和一些，太阳一下山，他就躺在床上盖好被子，只在出门时穿着体面的衣服——过于单薄，平时在家里穿着棉裤棉袄。刘祥的手上已经生了冻疮，此刻他把手搭在膝盖上，望着外面。我从他的神情中看到了父辈的影子。

前妻具体什么病，刘祥也说不清楚。婚前，他只知道前妻有癫痫，严重时要送去医院，身边离不了人。怀胎十月期间，癫痫没再发作，一度让家人以为此病已无大碍。除了癫痫，婚后刘祥陆续得知，前妻初中时从一次车祸中死里逃生，经过几次大手术，卧床半年后有了内脏移位、脾大、肝损伤等后遗症，需每年住院一两次治疗，一次下来少则几万，多则十几万。好在这些花销，刘祥的老丈人出，不用他花一分钱，当然他也没有钱。儿子出生没多久，刘祥提出离婚。如今，儿子上小学二年级了。前丈母娘在一次脑溢血后去世，刘祥母亲在城里和前儿媳、孙子住在一起，做家务和照看孩子，闲时在附近的比萨店当杂工赚点自己的生活费。刘祥平时住在村里，偶尔去城里，享受下天伦之乐。复婚隔三岔五被提出来，也没有动摇刘祥。起初她们还以为刘祥有心思二婚。七八年过去，刘祥还是单身，和前妻、儿子保持着疏远又亲密的来往。刘祥没有找个稳定的工作，是否如他所说，每年要固定去医院陪床照顾前妻，没有工厂宽容到给他十天乃至一个月的假期，还是他根本不愿意再去工厂这种苛刻的环境讨生活，不管如何，前者倒是一个不争的事实。结婚前，刘祥在盈科环保下过车间，一次事故中左脚烫伤，至今还有大片的伤疤，比正常皮肤惨白且鼓出细密的肉瘤。父亲死后，刘祥辞职，不说声色犬马，也在拮据中放纵自身，他认识了一帮志同道合的来自东北的朋友，在一次东北老乡的聚会上和前妻邂逅，对方殷实的家境让两人的感情迅速升温。那几年，这对恋人选址开店，经营不善，关门歇业，再寻觅商机，陆续踏足了服装、餐饮等行业，最终在珠宝首饰这里栽了重重的跟头后决定携手踏入婚姻的殿堂，用喜气来冲淡过往的不顺。

这些年，刘祥过着清苦的单身汉生活。先前和朋友一起出摊卖豆浆、里脊饼，每天一早五点多从村里坐早班的公交车去市里，中午再坐车回村，收入微薄。近两年，自疫情后，刘祥和我姐夫安监控，干半天，给一百，一天，给两百，现结但不固定，一个月下来，也有两三千进账，够吃喝。这就是刘祥的生活状态，在村独居，没有稳定收入，平时自己买菜做饭，没有交通工具，偶尔去市场买菜，在乡民的面前晃荡一番。饭后，他趁着夜色没人看清自己，去铁路或乡间小路散步。此外，刘祥锁上铁门，在家里抱着手机玩游戏、看视频、斗地主赢话费。刘祥虽收入微薄，但生活简朴，确实过得逍遥自在，却不得不忍受寂寞的乡村生活。

包子铺店外支着一张木质桌子，放着一个盖着棉布的大簸箩。周围已站着五六个食客，眼睛盯着后面一侧冒着热气的蒸笼，等待出笼的蒸包倒进簸箩，再进入自己的嘴巴。停好车，我示意刘祥去里面找座位，我排队点餐，碰到披甲村的小学同学老隽，彼此虽一脸吃惊，话却无从说起，只说真够巧的，也来吃包子。刘祥从里面出来，提高嗓门，重复刚才的寒暄。老板娘在本子上记下包子数量，我去屋里找地方。进门，看到南边的一桌坐着王强，他老婆孩子一家三口正在吃包子。打完招呼，我在他后面的空位坐下。刘祥进来，也看到王强。他俩沾亲带故，王强的父亲入赘到刘家，没出五服，大年初一拜年，他们作为同族是要一起串门的。王强的父亲是王本道的五叔，自我记事起，就在村里开诊所。王强前些年还在厂里上班，自王本道上任后，他辞职为堂哥鞍前马后，承包村里大小工程，作为一双洁白的手套，让堂哥下台后，村里还欠着他七八十万的工程款。前不久听说一审宣判，官司输了，村委的银行账号被冻结，有任何进项要先还债。村民意见很大，要求继续上诉，不能让村民的钱都进了这帮王八蛋的腰包。落座后，隔着玻璃门，我看到老隽提着包子掀开门脸打了声招呼。刘祥回头，起身说，坐下来一起吃吧。老隽说，不了，还要上班。从小学到初中的那几年，我们几个经常厮混在一起。二十多年过去，虽早已不来往——也无必要，却越发衬托过去的珍贵。王强一家吃完走后，我们的包子也上了桌。我说，今天巧了。刘祥说，今天中埠镇的大集。我说，一会咱俩也去赶集。刘祥说，好陌生的，赶集干啥。我说，买老鼠药。刘祥说，有啥事想不开，寻短见。

中埠镇的大集规模不小，南北向的中心大街上主要是卖衣服的，往西进入水泥小路，是卖零食的和水果摊。沿街房后面是大片的空地、围绕福利彩票站的健身设备，和菜、肉、生鲜等容易制造垃圾的摊位。中午，热闹过去，快要下市了，肉和菜都会便宜些。赶集的大多是附近村民，老年人居多，少有的年轻人也多是带着孩子的妇女。我买了一袋老鼠药和一个老鼠夹子，一共花了四块钱。刘祥买了些沙糖橘，分给我几个，我们边吃着边往里走。太阳出来了，一切都明亮起来，老年妇女们身穿艳丽的大袄，案板上摆放的肉和排骨，沙糖橘和橙子堆放在地上，白菜萝卜垒放着。这些在萧瑟的冬日，焕发出勃勃生机，让人感觉鲜活。若不是随处可见的手机付款码，看不出时间的印记，和十几年前也没什么两样。经过卖锅饼的摊位，可算是见到一张熟悉的面孔，摊主是邻村艾庄的，一米五不到，包裹严实，站在电动三轮车旁，像是别人在坐着。车斗上放着的那张如锅口般大小的锅饼，切出一角。我问，你不买点锅饼？刘祥说，不如下午从东超那里买。我说，她就是从东超那里进的锅饼。走过去，妇女站起来。刘祥说，五块钱的。妇女拿出刀子，割了两块，称好递给刘祥。往回走。我问，你还认识她吗？刘祥说，我怎么不认识。我说，她儿子叫什么来着，比咱高一级，上初中那会，咱还经常去她家玩。刘祥说，大智不是她儿子，她是大智的小姨。我说，我知道，大智的亲妈死了，他小姨嫁给了他爸，继子也是儿子。刘祥说，这哪能一样。我说，大智死了也有七八年了吧。刘祥说，不止，十多年了，咱都三十五六了，大智比咱俩大，死的时候也就二十出头。我说，是怎么死的来着？刘祥说，喝酒骑着摩托车，撞电线杆上了。我说，大智他爸也是车祸死的，那时候大智还在上初中，他爸和我爸还认识。刘祥说，他爸是开拖拉机吧。我说，就是开着拖拉机，出车祸死的。刘祥说，也喝酒了吧。我说，这我怎么知道，要不你过去问问她。刘祥停下，回头看了眼。我说，你还真要过去问啊。大智的继母坐在那里，手里正吃着掰下的一小块锅饼。我顺着看去，大智长得和她挺像。路上，我给老付买了份糖炒栗子，花了十二块钱，又买了散的五香瓜子，花了十块。

下午老付回来，看到糖炒栗子，问我在哪里买的。又说我乱花钱。虽然这么说，老付吃起来也就把嘴闭上了。秋后，屋里进来老鼠。夜里熄了灯，老鼠出来窸窸窣窣不知道在哪里啃咬，吼一声停息片刻又开始。电视柜抽屉的下面，有一堆吃空的核桃和老鼠屎，撒上老鼠药，我又把老鼠夹子放在里面。几天后，都没变样。老付卧室的柜子下面，找到被拉走的一斤多黄豆，有些黄豆还没来得及吃，在豆壳堆躺着两只刚出生没毛的小老鼠。老付骂道，好好的一斤豆子，全让这些玩意儿糟蹋了。她拿着火柱，戳死幼鼠，打扫干净，喷上酒精，又撒上老鼠药。消灭完房间里的老鼠，老鼠们转移阵地，把窗棂咬破，窜进西屋——那里存放着去年的小麦。装小麦的袋子咬破，撒了一地。(来年的春天，村里来了个桓台的粮食贩子，老付和兄弟两人谈好价格，一斤麦子一块两毛五。价格不算高，也算可以。兄弟俩一个称重，一个往货车上运。除了堆放的十几袋，又把三个大瓮清空。在其中一个大瓮里发现六七只吃了老鼠药的老鼠，早已经死掉，尸体脱水，埋在一堆粮食里。我买来填缝泡沫剂，把老鼠咬坏的窗棂堵起来，鼠害告一段落。)

月中，玉米脱粒。我问刘祥回来了没。他说，还在医院陪床。大概是怕我不信，认为他故意不回来帮我干活，发来一张吊着的输液袋的照片。过会，又发来一张住院清单的截图，住院半个月，已花费十四万多。我回了句，幸亏不用你花钱。刘祥发来两个嘿嘿笑的表情，又补充道，还要自己花钱买白蛋白，十克一瓶三百五十八,一天一瓶。七点多，我起来时，屋顶上的玉米已经堆在胡同里。老付四点多就起来，把屋顶上的玉米装袋扔了下来。我说你怎么不喊我起来。老付说，我又不是干不了，喊你干啥。玉米脱粒机是个拖拉机车头，前面装上铲斗，向前开，铲起的成堆玉米，通过架起的传送带进仓搅拌，玉米粒从车底卸出，碎裂的玉米瓤子吐到一旁。我和王闻妈手拿铁锹站在车头两侧，把铲斗遗落的玉米往传送带送。老付在后面用竹耙子把玉米粒堆里的瓤子勾出来。二十多分钟，两亩多地的玉米脱粒好，一共六十块钱。老付问王闻妈借了个筛子，把玉米粒铲到里面，筛干净后装袋。十点多，老付放下筛子，忘了件大事。我问，咋啦？老付站起来，把围裙解开，陈云太昨天死了，今天发丧，我得去看。说着，又把头巾摘下来，小跑着走了。半个多小时后，老付回来还沉浸在刚才的一场至亲痛哭中，情绪有些消沉，显得有气无力。迎着中午的太阳，她戴上头巾。我说，看完人家哭，满意了吧。老付说，寥寥几个人，也没几个帮忙的，一点也不热闹。我说，你还想多么热闹，载歌载舞的。老付说，现在一点也不讲究，昨天晚上人死的，这就发丧了，以前死了人，要摆三天。我问，你啥感觉？老付说，谁都有这么一天。玉米瓤子装了十几袋，堆在墙边，老付骑着电动车给红岩、重庆、东超各送去四袋，当作引柴火。表姐的婆婆提着垃圾桶倒垃圾，停下来装袋，给了她两袋。下午两点多，玉米装好。怕被老鼠祸害，没有搬进西屋，二十多袋玉米堆在大门口。

自我小时，我们家过生日是吃顿水饺。吃蛋糕是我姐有了小孩之后的事，大人也跟着吃几口。大人过生日照旧吃水饺，买蛋糕也是应孩子的要求，并不点蜡烛许愿。这足以看出，我们对水饺的尊重。蛋糕和生日歌这类颇显隆重的方式，并不扎根在我们的生活记忆里，突兀出现在大人的身上，也有些让人不知所措。村里一些老人过寿时，也会邀请亲友在家或去饭店大摆筵席。老付对这有些鄙夷，没到七老八十的，来这出给谁看。其中或有钦慕的成分。老付六十七岁的生日，她女儿一家四口，订了一个大蛋糕。她儿子一家三口，买了水果和酱牛肉。老付花了六十块钱，从杏园居订了一盆清炖的整鸡。她惦记了好久，终于有个隆重的场合可以喝汤吃肉了。平时她想吃，总觉得不值当，一个人吃不了，吃独食也有违她一向节俭的生活作风。一大盆鸡放在桌子中间，老付用舀子盛了一碗，喝着鸡汤、吸溜着肉时不禁感慨，我就吃惯了这个味。菜肉吃饱，老付在儿女要求下戴上金色的生日帽，面对镜头，她失去了日常中的自在，不敢乱动，像出席重要的场合，主席台下围观的并不是眼前的儿女、女婿儿媳、外孙、外孙女、孙女，而是静等她出糗的陌生人。

一个多月后，我姐把照片洗印带回来。照片里，老付笑容拘谨，两只手放在双腿间，头上的生日帽歪斜，一缕花白的头发伸在外面，与旁边的儿子保持距离。另一张，孙女在她的怀中，上初三的外孙女站在后面，外孙子坐在右边，如道具般只等拍照结束吃茶几上摆放的水果蛋糕。老付把照片放在书架上，和外孙女刚出生时，她在女儿家沙发上拍的一张照片并列。虽然过去十多年，她还认为这张由其女婿抓拍的照片，是她一生中最好看的时刻，并叮嘱过我，等她死后，遗像就用这一张。老付笑容自然，因光线明亮，脸上看不出白斑的痕迹，如今近七十的年纪回看，五十出头，有活力不说，还没丧偶，刚当了外婆，生活虽然贫苦，却也称得上幸福。现在洗出来的照片，老付不爱多看一眼，说了句，人确实老了，脸上都是褶子。又说，应该换身衣服，这身红棉袄太难看了。回到生日当天，老付在吹灭蜡烛前，按照儿女的提议两只手抱拳放在胸前，在并不一致的生日歌的伴奏下许愿。她表情凝重，持续了一分钟。我说，别贪心许太多，一个两个就行，以后过生日慢慢许。老付罕见地没有还嘴，怕分心，虔诚的心愿无法感动上天。睁开眼，她憋足一口气，吹灭蜡烛。问她都许的什么愿。老付说，这怎么能说，说出来就不灵了。切蛋糕，吃了几口，老付退到一旁的沙发上，注视着吃蛋糕的孙辈，不时叮嘱道，多吃点，别剩下。养育的后代们齐聚一堂，老付外表平静，内心注定五味杂陈，她会想起死去的丈夫，对其没能活到当下、享受儿孙之福而怅然。多年前算命的那句话也会在她脑海中闪现——你有福，能活到八十岁。细算下，还有十三年的活头。

又过了几天，我要去北京开会。从前出差或是开会，老付先问，给不给钱。不给钱的话，再问，食宿和路费报不报销。如果需要自己花钱，老付就觉得这会开得没什么意义。不需要自己花钱，那去也可以，但总归没有给钱好。她只好说，出去看看景致，见下世面，也行吧。这次不一样，会议地点在人民大会堂，有领导人出席。老付不相信，问我，这么重要的会，凭啥让你去，你去了能有什么用，你除了吃，还能干点啥。我说，你对自己儿子的优秀一无所知。老付坐在沙发上，笑着说，我不知道，你再能，也是我生的，我从小把你养大，供你上学，没我，你能有今天？晚上，我躺下，听到老付一阵笑，自顾说着，还去人民大会堂了。又说，咱这一辈子，还没去过北京，天安门的门朝哪儿都不知道。隔着客厅，我喊道，你不睡觉，自己瞎嘀咕什么呢。老付说，我说啥你还管了，嘴长在我身上。我说，你睡不着，想想有什么话要带给主席的，我见到了和他说。老付又一阵笑，行，你让他先给我儿子找份好工作。我说，你别这么自私，见他一面可不容易，说点有用的。老付说，这怎么叫没用了，我不为我儿子，我为了谁，别人过得好，和我有啥关系，又不给我养老送终。我说，你想大一点。老付说，那你让他关心下咱村里的占地款，还有拆迁的事，也得抓紧了，这都拖了多少年了。我问，还有别的吗？老付说，能办成一件就不错了，还能总麻烦人家啊，这么大的国家，忙不过来，你以为都和你似的吃饱了不饿就行了。我说，你还很知道好歹。老付说，别开口就求人办事，也得说点好话，让他注意身体，在任上这么多年，干得这么好。我说，你考虑得还挺全面。老付又是一阵笑。一会，她问，你真能见到主席？我说，骗你干啥，这么重要的会，他肯定要出席讲话的。老付又问，你能和他说上话？我笑起来，你还真信啊，一千多号人，能老远看见人就不错了。老付说，你找机会和他合个影，回来咱挂墙上，让村里人都来看看。我说，睡你的觉吧，瞎操心。

按照会议要求，我们先在济南集合。当天下午，省里开了个欢送会。第二天，代表团一行三十多人坐动车去北京，办好入住已是下午三点。我和老付视频，把房间里送的水果给她看。老付说，这么多水果你能吃得了吗？我说，吃不完带回去给你吃。我拿着手机给她看酒店房间。老付说，条件不错。晚上，在餐厅，取好自助餐，我拍下来，发给老付。她说，伙食不错，你多吃点。又问，啥时候开会？我说，先隔离几天，我都不着急，你急什么。老付说，你可别犯错误，认真听领导的，让你干啥，你干啥。按照防疫要求，隔离期间不能出酒店，活动区域只剩下了房间和餐厅，偶尔下楼围着酒店的院子散步。参会代表们都戴着口罩，面目难以辨认，除了几个发型独特的著名作家，一望可知，引来众人争相合影。又过了三天。会议结束，大家返程。代表们从京城又各自回到地方，传达会议精神和接受电视台的采访，都是应有之义。

这些告一段落，我终于回了村。半个月没见，老付开口先问，会开得怎么样？我拿出手机里存的照片，一张张给老付看，这是开会那天早上，在人民大会堂前拍的。老付说，你穿着西装，还有个人样了。我说，会场不能带手机，工作人员拍的。老付问，人民大会堂里面什么样？我说，《新闻联播》里天天演，和电视里一个样。老付问，人多不多？我说，到处都是人，全国各地，一千多人，都上《新闻联播》了。老付问，能看到你？我说，我坐在后面，拍不到。老付问，见到领导了？我说，看到了，真人和电视上一个样。老付说，人家平时吃啥，七十多了还和四五十的一样。我说，这半个月，你怎么样？老付说，我还能怎么样，你天天给我打电话，干活，吃饭，看电视，睡觉。我说，你多说一点。老付说，我还向你汇报了。一会，又说，我把棒子卖了，你猜卖了多少钱。我说，一万。老付说，满嘴胡话，你给我一万，我卖给你，不到三千块钱。我说，十块钱，也是不到三千。老付眼神坚定，伸出两根手指，咬牙说，两千八。又说，种地累，到手的钱，总比荒着强吧，我等发了工资，凑够五千，把钱存起来。我问老付，你现在到底存了多少钱了？老付说，我不和你说，我攒点钱不容易，你花起来倒大手大脚。我笑起来，从后面抱着老付。老付一边挣，一边走着说，快滚一边，抻着我的腰了，你又不是小了，这么沉。又说，我存多少钱，最后也是你的。我说，你没钱和我说，我给你。老付说，指望你，凉水也没给喝的，熊玩意儿，去北京开了个会，口气不小了。她伸出手，你先拿出十万块钱，给我看看。

后 记

这本二十万字出头的小说，分为上下两部分。上部，写于二〇二三年一月到九月；下部，写于二〇二二年的一月到七月。不以写作顺序进行编排，只以成色的主次来分。土广寸木，顾名思义，是对“村庄”两个字进行的拆卸，也表达了这本小说的主题，从不同的视角，对村庄进行解剖。解剖这两个字，不够准确。但此刻，我也只想到这个物理化的表达。

作为一个村落，辛留村，无甚特别，不起眼。三百多户在籍户口，七八百名村民。不少青壮年及老人，已经搬去城里谋生或是颐养天年。留在村里的，自然也并不是因为留恋或所谓的乡愁，更多的是出于现实的考量，没有能力去外乡或城里，让自己的生活更有奔头。这个自然村，正在政策的指导下奋力进行着“美在乡村”建设。从外观来看，砖瓦房整齐划一，水泥路纵横交错，观赏树木点缀其间。总之，不够破败，也难言体面。那么村民们曾经或现在拥有着一种什么样的生活？他们的内心世界又是什么样子的呢？而这就是我写这个长篇的初衷。

若把我这本小说，和过去几年的乡村题材的小说进行对照，“辛留村”仍旧是重要的发生地，它是一个我基于现实基础虚构的村庄。《余事勿取》《都是人民群众》《王能好》里的人物，也继续在串场，留下自己风尘仆仆的身姿。在进行了长达三四年（二〇一七年底开始《余事勿取》到二〇二〇年底完成《王能好》）的写作之后，我自然陷入了一种疲沓。好在经过一年的休整（二〇二一年完成《沈颖与陈子凯》），发现乡村题材（以我的经验）还有更多可以挖掘的地方。

首先，过去，我总是以小说化的笔法去书写乡村，或是碍于时节的限制，村民的日常生活又被我忽略。而，其中的“我”也是缺失的。我总是以第三人称，站在客观的立场去观察他们。那么，活生生的我，并没有参与其中，这让我多少有些遗憾，下笔也不满足。长篇的下部，我首先调转思路，以“我”为叙述者，以月为单位，以“我”和老付这对母子的生活为主，涉及的其余村民为辅，贯穿一年的乡村生活，里面包含了农事生产、婚丧嫁娶、基层政治等，以文字纪录片的形式，来展现乡村的各方面，以求达到对过去书写的补充。

写完长篇下部九万余字的成稿，我陷入了严重的自我怀疑。一方面，是过度透支自己；另一方面，我颇为沮丧地意识到，我对过去的素材有些重复利用。经过半年的短篇写作，尽可能虚构，以及刻意远离乡村的题材后，二〇二三年一月份，对“村庄”的剖析上，我又找到了一种新的角度。不对准具体的人和事，不以通常意义上的人物延续来进行长篇的叙述，转而对准了事物或是地点，由此勾连出世事百态。从“馒头”“酒”“人肉”“屎”“福利”“混子”等这几个主题，作为章节进行书写。由此，这上部和下部，才完成了我文学意义上对“村庄”的拆解。

站在二〇二三年的尾巴（十一月中旬），来总结今年的创作，我并没有任何的欣喜和成就感，我的确勉力去完成了自己的东西，却没有呈现出我脑海中的全貌。这种落差，总是让我郁郁寡欢。艰难和犹疑，大概就是我的常态。当然，我在回望自己时，流露出一丝的满意，这更多的是坚持去写，得到一种劳工式的自我肯定。但文字中体现出的焦灼，又很难一语道尽。我不清楚其他的作家，在四十岁将至时的创作心境如何。就我而论，反观自身，我体会更多的是无力感。坚持去写，进展缓慢，甚至是在疲惫的状态下，下意识去完成。我已经很久没有以松弛和轻松的态度，去面对当下的写作，获得单纯文字上的快乐。令我苦闷的一点，如今这本小说的语言，显然比过去的写作更为精准。如何去处理这种对立呢？抛开文学，我的处境并不是一个特殊的例子，放眼四周，众人都笼罩在一种短促的气氛中。呼吸短促，生活短促。我的这点写作上的困扰，相对于日光下那些奔劳的人们，并不值得多去在意。

二〇二三年行将过去。留给我的，似乎就是这些文字。

我总在怀疑，文字的意义，也怀疑自己的动机。笨拙，沉浸在文字中，似乎又更自洽。可能就是需要去做一件事，把这些幽暗呈现出来。它显然，导向不了光明，也无力去激励着什么。这一年，除了写作，阅读也更侧重文史类，心想从那些久远的历史缝隙中，寻觅或渺小或身影高大的人们，以他们的人生，去获得一种慰藉，叩问自己，前路又有什么在等待着我们呢。

结论总是如此的悲观。但愿我只是陷入了自己的生命危机中，并不具有普适性。不论是迎面而来，还是在身旁结伴同行的人们，我们都不是在做些无用功，那些愁苦和内心的挣扎，最终也不是卑微的耗材。年初，给自己定下的行为格言是，行乐须及春。乐，并不容易寻到，就更别说去行了。至于春，严冬来临。春，还在我们焦躁的张望中，并不现形。

二〇二三年十一月

照零工算账，一天六十块，和白拿没什么区别。眼红的村民不在少数，也有去提意见的。每次换届选举，总有赋闲在家上了岁数的老人，以多让自己干村里的零工作为交换条件，让竞选者对其许诺换取手中的选票。眼下这三位巡逻员，那位穿着衬衣坐在椅子上，身体发福，老付口中的三叔，党龄超过三十年，他耳朵半聋，刮风听成下雨，回家听成下工。三爷对脚下这条出村的乡间公路最为熟悉，老黄的老婆也比不上。七八年前，三爷脑溢血，出院回来，开始每天拖着右腿，沿着公路练步做康复训练。数九寒冬，一天不歇，下雨打伞，天冷戴帽。歪斜的步态，坚忍的品格，给路过的乡邻留下深刻的印象，在背地里说他，还挺有毅力。当然，也有好事的村民从另一个角度去阐释三爷的行为，他真是怕死，就想多活几年，留着力气还不如多享受下，早死少受罪。自身康复只是表面，不能忽视的一点是，三爷的一对儿女不惜财力购买各类营养品，以及带他按时复查。同期或是比他更早患脑溢血的村民相继死去，或再次发病只能和床铺做伴，三爷还能来回行走，并在去年把为自己按时做饭的老婆熬死了。三爷落单后逢人就说，人各有命，能活就好好活着，不知道啥时候就去阎王爷那里报到了。

那位站在边上，表情呆滞，脸色暗黑，探着酒糟鼻的人是老刘。老刘还不到六十，患有阿尔茨海默病快十年了，这并不妨碍他每天坚持喝酒。让他当巡逻员，并不是需要他具体干些什么，他也做不了什么，充人数而已，也是村